Namenlos unterwegs

SABINE NATTKEMPER-SPERLICH

Namenlos unterwegs ...

... oder Wenn Gefühle Beine kriegen

Bibliografische Information der Deutschen Nationalbibliothek
Die Deutsche Nationalbibliothek verzeichnet diese Publikation
in der Deutschen Nationalbibliografie; detaillierte bibliografische
Daten sind im Internet über http://dnb.d-nb.de abrufbar.

Umschlaggrafik: VladisChern/ Egorova Olesya/ Sopelkin/ Nikolaeva/
Sonya illustration/ Danussa/ T.mar/ Sketchi/ Natalia Sedyakina/
Shutterstock.com

Umschlagdesign, Satz, Herstellung und Verlag:
BoD - Books on Demand, Norderstedt

ISBN 978-3-7494-1703-2

Inhalt

Vorwort

Ja, es ist für mich eine bewusste Entscheidung, ein Vorwort zu schreiben, denn ich möchte, dass es Ihre bewusste Entscheidung ist, sich auf diese Geschichte einzulassen. So wie es für mich eine bewusste Entscheidung war, diese Geschichte aufzuschreiben.

Wie schon jetzt unschwer für Sie erkennbar ist, geht es in diesem Buch um Entscheidungen.

Das ganze Leben wird getragen von Entscheidungen. Manchmal sind es einfache, manchmal sehr schwerwiegende. Doch eines ist sicher: Wir alle gehen gern auf Reisen, machen Urlaub in den schönsten und weit entferntesten Ländern, doch machen wir auch einmal Urlaub vom Ich?

Jetzt haben Sie eine Entscheidung zu treffen: Ist diese Geschichte lesenswert? Für Sie, liebe Leserinnen und Leser, kann ich das nicht entscheiden, doch für mich war meine Idee es wert, aufgeschrieben zu werden.

Und nun wünsche ich Ihnen viel Vergnügen bei der Entscheidung, ob dieses Buch etwas für Sie ist oder nicht.

Ich wünsche Ihnen ein spannendes Lesevergnügen.

Herzlichst Ihre
Sabine Nattkemper-Sperlich

Verworrene Gedanken, wiederkehrend, immerzu. Dann die erlösende Vertrautheit der Findung. Hindurchschreitend auf wundersame Weise, das Spüren verschiedener Untergründe, Bäume und Sträucher. Das Ertasten der Umgebung mit nackten Füßen, einen Waldweg entlang. Das Grün der Natur, welches mit dem Sonnenschein spielt. Die eingeatmete Luft. Kurz festhalten und dann wieder entweichen lassen. Der Duft der Blumenwiese, welche aus der Ferne aussieht, als sei sie ein flauschiger Teppich, der die Landschaft ziert.

Ich laufe und erspüre mit meinem Körper die Natur. Meine Fußsohlen berühren die Wurzeln der Bäume und Sträucher. Die kleinen Kieselsteine kitzeln mich, ich bin glücklich. Ich erwische mich bei einem Grinsen über meine Zufriedenheit. Ich laufe voran, ohne Angst zu haben, mich zu verlaufen. Mal langsam, mal schnell.

Ich sehe mich um und registriere die Umgebung. Ja, die kleinen Insekten nehmen mich wahr. Die geschäftigen Ameisen, deren Straße meinen Weg kreuzt. Ich schmunzele in mich hinein. Ich sehe die kleinen Käfer, die umherirren und an den Grashalmen Halt finden. Den Schmetterling, der aufgeregt flattert, um die schönsten Blumen zu besuchen. Da, ein junges Rotkehlchen, welches sich ohne Scheu auf einen Zweig unweit von mir niederlässt. Es ist, als ob es mit mir einen Plausch halten will. Dort das Eichhörnchen, welches weich von Ast zu Ast springt.

So schön kann es sein, die Stille in sich zu genießen und zu beschließen, bei sich zu bleiben angesichts all dessen, woran einen die Natur teilnehmen lässt. Es sind die kleinen Dinge, die mich erfreuen.

Laufend und springend komme ich voran. Doch plötzlich wird der Weg dichter und enger, dichter wird auch das Laub. Starke Äste lassen mein Vorankommen schwieriger werden. Fest entschlossen, weiterhin diesen Weg zu nehmen, streiche ich die Äste fort, damit sie sich hinter mir wieder schließen können. Eine ganze Weile überlege ich die Umkehr, um einen leichteren

Pfad zu finden. Doch mein Instinkt lässt mich vorankommen. Warum sollte ich mich ihm widersetzen? Mit erwartungsvoller Freude folgte ich meinem Inneren und beschreite den Waldboden mit allen einen Sinnen. Ich ertaste die Natur. Wir sind eins geworden. Sie zeigt sich in ihren schönsten Farben und mit herrlichsten Düften. Diese leiten mich bei meinem Herzen. Warum dann jetzt die Richtung ändern? Nein, eisern und entschlossen bahne ich mir den Weg durch das Zweiggeäst. Ich ignoriere die Beschwerlichkeit. Mein Herz trägt mich mit pulsierendem Schlag weiter. Weiter und weiter. Meine Füße spüren eine leichte Nässe und meine Nase nimmt einen moosartigen Geruch wahr. Die Äste lichten sich. Da ist er wieder, der Sonnenschein, der die feuchten Blätter zum Funkeln bringt. Mit Freude nehme ich die Lichterkegel auf, die größer und größer werden, bis die Blätterwand ganz verschwindet.

Eine große, weite Wiese erstreckt sich vor mir. Meine Augen nehmen die vielen kleinen und großen Blütenkelche auf, die wie stimmige Farbtupfen in das sich vor mir ausbreitende Panoramabild passen, als hätte sie ein Innenausstatter aufeinander abgestimmt. Ich spüre das feuchte Gras zwischen meinen Zehen und empfinde es als angenehm. Fröhlich über meinen Mut, doch diesen Weg beibehalten zu haben, laufe ich über die Wiese, tanzend und lachend bewege ich mich voran, mit der Sonne um die Wette.

Ein Glitzern in der Weite des Horizontes. Ein Spiegeln. Wie schön, ein See, der sich bis in die Ferne ausbreitet! Ich brauche nicht lange zu überlegen. Ich laufe schneller und schneller, ja, ich renne auf das Wasser zu und lasse mich am Ufer in das feuchte Gras fallen.

Ich schaue in den strahlenden Himmel, der mich an eine Schafherde erinnert oder gar an einen Haufen Watte, die jemand in die Luft geworfen hat. Ein Adler zieht seine Kreise. Er schwingt seine gewaltigen Flügel, wieder und wieder, bis er in der Weite des majestätischen Himmels verschwindet.

Gedanken kommen und gehen. Achtsam registriere ich jede schöne Wahrnehmung, welche mich auf dieser Reise begleitet. Das Geschenk, einen Tag wie diesen zu erleben. Alles auf diese wundersame Weise zu empfinden, die freie naturale Welt. Das größte Vermögen kann einen solchen Tag kaum aufwiegen. Ich ertaste das nasse Gras. Ich spüre das Verlangen nach Erfrischung. Mein Lächeln sagt mir: Warum nicht? Ich ergreife einen Kieselstein vom Ufer und werfe ihn mit einem Schwung ins Wasser. Er zieht erstaunliche Kreise nach sich, als er niedersinkt. Nun bin ich an der Reihe. Ich streife meine Kleider ab und hüpfe wie ein Kind in das feuchte Nass. Ich spritze mit ausgestreckten Armen das Wasser umher und erfreue mich jeder Sekunde, die ich erleben darf. Mit großen, weiten Armzügen beginne ich zu schwimmen. Im glitzernden Wasser, mit den umhertanzenden Sonnenstrahlen schwimme ich um die Wette. Da: eine Möwe, die mich ein Stück begleitet, um mir munter zuzukreischen. Die Sonne hat ihr schönstes Lächeln aus der Grimassenkiste geholt, um mir mit ihrem breiten Lachen Konkurrenz zu machen. Es ist, als zeige mir die Möwe die Richtung an.

Vor mir liegen Felssprünge und in weiter Ferne, kaum erkennbar, sehe ich ein Aufschäumen des Wassers. Neugierig schwimme ich voran. Freudig werde ich belohnt mit einem riesigen Regenbogen, den die Lichtreflexe der Sonne und das sprühende Wasser an den Felsen hervorzaubern. Bei näherem Hinsehen erkenne ich einen großen Wasserfall, der rauschend und prasselnd niederfällt. Welch zauberhaftes Bild das gibt. Welch wunderhaftes Schauspiel der Natur sich vor mir aufbietet. Die Dankbarkeit über diese schönen Eindrücke steht mir sicherlich ins Gesicht geschrieben.

Ich spüre, wie sich meine Augen mit salzigen Tränen füllen, die brennend mein Gesicht benetzen. Nein, es sind keine Tränen der Traurigkeit. Es ist nicht das Weinen, das einem das Gefühl von Niedergeschlagenheit bereitet, das einen herunterzieht in das Dunkel des Abgrundes. Es sind Tränen der Freude, die über mein Gesicht rinnen. Die ich spüre trotz der Massen an Wasser, die mich umgeben. Genau das ist es, was mich glücklich macht: Ich kann Freudentränen von anderen unterscheiden. Welch ein erquickendes Empfinden, welch eine Freude über diese Augenblicke des Glücks.

Mit kräftigen Schwimmzügen erreiche ich dieses Naturschauspiel. Es ist, als würde ich überschüttet werden mit funkelnden Edelsteinen in Form von erfrischenden Wassertropfen, die sich über meinen Körper ergießen und an meiner Körperoberfläche zerschellen. Einige Minuten lasse ich mich von meiner überschäumenden Freude berieseln. So, wie ich die Zeit des Augenblickes genieße.

Mit dem Durchbrechen der Fluten befinde ich mich in einer Felsebene, die durchleuchtet ist von den schönsten Sonnenreflexen und wiederkehrenden Spiegelungen. Ich wate hindurch, worauf ich zu einer Öffnung gelange, die zwischen den Felsen gelegen ist. Es ist, als nähme ich die Stimme des Wassers wahr, die mir zu verstehen gibt: Geh weiter! Geh weiter! Lass dich begleiten!

Ich folge und ohne Angst gelange ich in den Hohlraum der Felsen. Eine Welt in noch nie dagewesenen Farbzusammenstellungen öffnet sich vor meinen Augen. Völlig fassungslos über das, was ich sehe, setze ich mich auf eine naheliegende blühende Wiese, denn nur so kann ich die Vielfalt wahrnehmen, die sich mir hier darbietet. Nach einiger Zeit habe ich mich wieder gefangen, bin wieder losgelöst von diesem Moment, dieser künstlerischen Natur. Jegliches Zeitgefühl ist mir entglitten. Es hat keine Bedeutung mehr für mich. Ich frage mich lediglich, warum ich hier gelandet bin. An einem Ort zwischen den Zeiten. Denn alle vier Jahreszeiten treffen an diesem Ort aufeinander.

Einige Meter vor mir schneit es dicke, weiße Flocken. In einer anderen Richtung toben die schlimmsten Herbststürme. Und entgegengesetzt scheint die Sonne mit heißesten Strahlen.

Doch wo bin ich? Ich empfinde mich ungewöhnlich ruhig,

wie gelassen und doch etwas ängstlich. Nicht mehr forsch wie zu Beginn meines kleinen Ausfluges. Einen Moment denke ich darüber nach umzudrehen und richtete meinen Oberkörper in die Richtung, aus der ich gekommen war. Doch von den Felsspalten ist nichts mehr zu sehen. Noch mehr steigt die Ängstlichkeit in mir auf. Als ich mich ungläubig umsehe, sehe ich, dass die Felsen nicht mehr dort sind.

Ich mache einen Schritt nach vorn, um die Beschaffenheit des Bodens zu ertasten. Langsam wage ich mich vor. Erst vorsichtig, dann etwas rascher. Doch wohin? Welchen Weg soll ich nehmen? Den in Richtung des Winters? Das wäre witzig, wo ich doch nur noch meine Unterwäsche trage. Hm, der Herbst kommt aufgrund der Witterungsbedingungen wohl auch nicht infrage. Jetzt, da ich an mir herabsehe, um mich zu entscheiden, ob ich den Sommer oder den Frühling wählen soll, fällt die Entscheidung auf den Sommer. Zumal ich auch im Sommer geboren wurde.

Ich folge dem sich mir aufzeigenden Pfad entlang der duftenden Wiesen, der blühenden Blumenbeete und der obstgefüllten Bäume und Sträucher. Einige Meter voraus entdecke ich ein wunderbar anzusehendes weißes Haus, welches mir mit seinen grünen Fensterläden und den reich mit Geranien bepflanzten Blumenkästen an den Fenstern entgegenleuchtet. Wirklich ein einzigartiger Anblick. Auch die weißen Margaritenbüsche, die vor der Eingangstüre stehen, strahlen wunderschön.

Etwas unheimlich ist mir schon zumute. Als ich näher komme, duftet es herrlich nach frisch Gebackenem. Das kann doch nicht sein, wo bin ich hier hingeraten? In eine abgeschlossene, für sich gelegene Welt? Unerklärlich. Einerseits will ich zurück nach Hause, in mein gewohntes Umfeld, in mein Leben. Doch andererseits ist die Neugierde groß zu erfahren, wer denn wohl hier wohnt und was hier vor sich geht. Auf den Heimweg kann ich mich immer noch machen. Insofern das überhaupt noch möglich ist ...

Doch jetzt will ich es wissen. Vorsichtig nähere ich mich dem Häuschen und schleiche mich auf das Grundstück. Ganz bedacht setze ich einen Schritt vor den anderen, um auf diese Weise einen Blick in den hinteren Teil des Gartens werfen zu können. Ich staune nicht schlecht, als ich einen blühenden blauen Rosenbusch und einen Apfelbaum mit pinkfarbenen Früchten sehe. Was sich da meinen Augen darbietet, ist total unglaubwürdig. Immer wieder reibe ich mir die Augen, schüttele fassungslos den Kopf. Frisch gewaschene weiße Spitzenschürzen hängen flatternd an der Wäscheleine!

1. Kapitel: Ankunft im Sommerland

»Kann ich helfen?«, ertönte es hinter mir. Ich erschrak und wäre fast über meine Füße gestolpert, als ich einige Schritte zurückging.

»Ganz ruhig, mein Kind«, sagte die ältere Dame mit den silbergrauen, hochgesteckten Haaren. Sie trug ein blaues Kleid mit einer vorgebundenen Spitzenschürze, die auch zahlreich auf der Wäscheleine zu finden waren. Nachdem ich mich etwas gefangen hatte und meine Füße bessere Standsicherheit gefunden hatten, versuchte ich es mit Freundlichkeit und lächelte der älteren Dame zu. Ganz ungezwungen versuchte ich eine Unterhaltung in Gang zu bringen.

»Wo bin ich? Bitte sagen Sie mir, wie ich hier hingeraten bin. Ich bin doch nur zu einem Spaziergang aufgebrochen und jetzt ...«

Die Dame unterbrach mich und meinte: »So, ein Spaziergang? Na, dann komm doch erst mal näher.« Sie nahm mich beim Arm, führte mich auf die hübsche Veranda und setzte mich an die gedeckte Kaffeetafel. »Nimm Platz, ich hole dir etwas zum Anziehen und frischen Kaffee. Magst du auch etwas von dem Obstkuchen? Habe ich erst heute früh gebacken.«

»Oh, das ist sehr lieb, ja, ich hätte gerne etwas von Ihrem Kuchen und ein Kaffee wäre auch sehr schön.« Kaum hatte ich das ausgesprochen, machte sich die freundliche Dame auf den Weg, um mich mit Kaffee und Kuchen zu versorgen. Dann verschwand sie noch einmal und kam mit einem hübschen Kleid auf dem Arm zurück. Mit den Worten: »So, das müsste passen«, reichte sie es mir. Ich streifte es über und setzte mich wieder an den Tisch. Sie schenkte uns Kaffee ein und legte ein Stück Kuchen auf den Teller.

»Was ist denn der Grund für deinen Besuch?«

»Mein Grund für diesen Besuch?«, sagte ich fragend. »Ich

wusste bis zu unserer ersten Begegnung nicht einmal, dass ich heute einen Besuch bei Ihnen machen würde.«

»Nein? Wie kommst du denn darauf, dass du das noch nicht wusstest?«

Irritiert schaute ich sie an. Verlegen meinte ich:»Ich weiß nicht einmal, wie ich hierhergekommen bin.«

»Ach so, du weißt es nicht. Dann freue ich mich umso mehr über deine Gesellschaft. Und genieße die Zeit, in der ich mich daran erfreuen darf.«

Einen Moment lang aß ich schweigend etwas von dem köstlichen Kuchen und trank einen Schluck meines Kaffees. Vorsichtig fragte ich:»Ach bitte, wie komme ich denn wieder zurück?«

»Zurück? Wohin zurück?«, fragte mich die Frau.

»Nun, ich meine in mein Leben, auf meinen Nachhauseweg. Eben zu meinem Spaziergang.«

»Du bist entzückend. Erst weißt du nicht, wie du hierhergekommen bist, dann fragst du mich, wie du heimkommen sollst?«

Die ergraute Frau schmunzelte scheinbar über mein irritiertes Gesicht und strahlte dabei eine Aura aus, die ich noch nie zuvor wahrgenommen hatte. Ich versuchte, weiterhin den Gesprächsfluss aufrechtzuerhalten.

»Wie ist das möglich?«

»Was meinst du, mein Kind? Ich verstehe nicht, worauf du hinauswillst?«

»Wer sind Sie? Wo bin ich? Und vor allem: Warum bin ich hier?«

»Ach, so meinst du das. Zu meiner Person gelangt bist.« Die Dame überlegte kurz, dann meinte sie:»Für welchen der Wege hast du dich denn an der Jahreszeitengabelung entschieden und warum?«

Verdutzt antwortete ich:»Für den Sommer.«

»Na, dann hast du dir die Antwort ja schon selbst gegeben. Ich meine, auf die Frage nach meinem Namen.«

»Ihr Name ist also Sommer?«

Die Dame nickte zustimmend und meinte:»Warum fiel deine Entscheidung auf den Sommer und warum hast du dich für meinen Lebensraum entschieden?«

»Für Ihren Lebensraum entschieden?« Mit sichtbaren Gedankenblasen sowie Fragezeichen über dem Kopf, als sei ich ein lebensechtes Comic – so muss ich die Dame angesehen haben.

Ich schluckte und säuselte mit zurückhaltender Stimme, dass ich im Sommer geboren wurde und deshalb nach dem Ausschlussverfahren vorgegangen sei. Zumal mir auch die passende Kleidung für eine andere Jahreszeit gefehlt habe. Somit sei nur der Sommer für mich infrage gekommen.

»Sie bezeichnen das hier«, ich machte eine Präsentationsarmbewegung in die Weite,»als Ihren Raum.«

Frau Sommer nickte:»Ja, mein Lebensraum.«

»Okay.« Meine Neugierde war einfach zu groß, als dass ich mit meinen Worten innehalten konnte, forschend kam es aus mir heraus:»Sie meinen also, wenn ich mich für den Herbst, den Winter oder den Frühling entschieden hätte, hätte ich nicht Sie, Frau Sommer, kennengelernt, sondern wäre auf Frau Herbst, Frau Winter oder Frau Frühling getroffen?«

»In dem Fall wärst du einem eiskalten Herrn Winter, einem stürmischen Herrn Herbst – der sehr aufbrausend sein kann, wenn man zu viele dumme Fragen stellt – oder einer mürrischen Frau Frühling, die sich nie so recht entscheiden kann beziehungsweise nie weiß, was sie eigentlich will, begegnet. Diese Herrschaften hättest du kennengelernt, wenn du ihren Weg gewählt hättest«, meinte Frau Sommer. Sie hatte scheinbar einen Heidenspaß daran, mich bei meinen verwunderten Reaktionen zu beobachten.

»Aber wie bin ich hierhergekommen?«

»Mit deinem offenen Herzen, mein Kind.«

»Mit meinem offenen Herzen?« Fragend sah ich Frau Sommer an. Sie ahnte meine Unsicherheit und berührte sachte meine auf der Tischplatte ruhende Hand.

»Hab keine Angst, mein Kind, du bist hier, weil es so sein soll. Dein geöffnetes Herz erlebt das, was es spürt, und beschützt gleichzeitig dein Ich, damit es keinen Schaden nimmt.«

»Aber wo ist das hier?«

»Lass uns von etwas anderem sprechen, mein Kind. Du bist da und ich freue mich, dass es so ist. Wir wollen die Zeit genießen, zweifle nicht, lass dich leiten. Was hatte dich bewogen, einen Spaziergang zu unternehmen?«

»Es war ein schöner Tag und ich hatte Lust auf die Natur. Sie macht so schön den Kopf frei, sie entrümpelt auf ihre ganz eigene Art die Schubfächer der Kopfkarteikästen.«

Frau Sommer lächelte besonnen, wobei sich ihre hübschen Grübchen bemerkbar machten und sie noch eindrucksvoller erscheinen ließen. »Die Kopfkarteikästen?«

»Ja, ich nenne es so, wenn der Kopf lange vergessen hat, sich zu defragmentieren.«

»Welch ein neumodischer Ausdruck für die Einfachheit dessen, was er beschreibt.« Schmunzelnd schenkte sie uns noch einmal Kaffee nach und ermutigte mich, mehr zu erzählen. Also führte ich weiter aus: »Das Gehirn des Menschen ist unergründlich. Man möchte vergessen und kann es nicht. Irgendwo finden sich immer Restbestände und verknüpfen sich neu, wobei die kolossalsten Gedanken herauskommen. Das sind Dinge, die mich beschäftigen und mich nicht loslassen.«

»Nicht die Gedanken lassen dich nicht los, mein Kind, sondern du musst die Gedanken loslassen.«

»Leicht gesagt, wenn das Gedankenkarussell den Motor angeschmissen und das Zündschloss zerstört hat, um nicht ausgeschaltet werden zu können.«

Lichtreflexe spiegelten das Lächeln von Frau Sommer, worauf auch ich mir ein Lächeln nicht verkneifen konnte, da ich mir jetzt selbst zuhörte.

»Du lächelst?«, fragte Frau Sommer.

»Ja, komischerweise kann ich das immer. So schlimm die Lebenslagen im Alltag manchmal auch sind, ich erfreue mich an mir und meinem Selbst.«

Mit einem Lächeln bestätigte Frau Sommer:»Ein Geheimnis kann ich dir anvertrauen, du bist ein Sonnensommerkind. Es wurden dir von den Gaben der Natur viele in die Wiege gelegt. Ja, ein jedes ist ein Etwas, eine Kleinigkeit, und aus vielen Kleinigkeiten wird ein Ganzes. Die Einzigartigkeit des Menschen, sei dir sicher, ist ein Geschenk, welches dir niemand nehmen kann. Es ist dein eigener Reichtum, geschützt von den großen Wächtern.«

»Den großen Wächterinnen und Wächtern?«

»Ja, es gibt da Frau Gerechtigkeit, Frau Vertrauen, Frau Zuversicht, Frau Vernunft, na ja, und mich. Und sollte sich dann mal die niedrigere Garde der Wächter beim mächtigen Verstand melden ...«

»Die niedrigere Garde? Der Wächter?«, fragte ich interessiert nach.

»Ja, Herr Unrecht, Herr Zweifel, Herr Unvernunft. Also, sollten die sich mal melden, kommt der Kollege Zufall dem mächtigen Verstand zu Hilfe, um ihm auf die Sprünge zu helfen. Aber zurück zu dir, mein Kind. Was ist es, das dich so irritiert?«

»Um mit Ihren Worten zu sprechen, Herr Zweifel bereitet mir zunehmend Schwierigkeiten.«

»Da hat Herr Zufall dir doch geholfen und einen guten Job gemacht, denn schließlich bist du hier«, lachte Frau Sommer. »Erfreue dich an dieser schönen Umgebung und behalte die Eindrücke in deinem fotografischen Gedächtnis. Besser noch, speichere sie dort ab, um in deiner Sprache zu sprechen, um sie auf Wunsch abrufen zu können, wenn es dir einmal schlecht geht. Eben mithilfe der Vorstellungskraft.«

»Das hört sich an wie eine Gebrauchsanweisung für meinen Kopf.«

»Wenn du es so bezeichnen möchtest. Was ist es, das dich so bewegt? Was macht dir Angst? Möchtest du dich mir nicht anvertrauen, mein Kind, dir wird es dann bestimmt etwas leichter ums Herz. Du hattest die Kraft, einem Sterbenden die Angst vor dem Übergang zu nehmen, und gleichzeitig fesselst du dich mit Zweifeln an deiner Person. Versuche erneut, die Kräfte zu sammeln, um dich zu beraten, vertraue dir und deinen Fähigkeiten. Erfreue dich an jedem neu beginnenden Tag und lass dich treiben im großen Fluss. Beschenke dich jede Stunde mit dem Gefühl der Liebe zu allem, was dich umgibt. Bisher hast du dich doch selten täuschen lassen, wenn ich, ich meine, wenn Frau Intuition sich gemeldet hat.«

Überrascht und verwundert hörte ich die Worte. Wieso wusste diese mir fremde Dame so viel über mein Leben?

»Entschuldigung, Frau Sommer, ich bemühe mich wirklich, Ihnen zu folgen und aufmerksam zuzuhören, doch ich bin einfach zu müde.«

»Ich muss mich entschuldigen, dass ich so unaufhörlich geredet habe, mein Kind, komm, leg dich ein Stündchen in den Garten, um dich auszuruhen. Ich werde dich wecken, wenn es Zeit ist.«

Frau Sommer griff nach meiner Hand und geleitete mich auf die Wiese, wo ein Liegestuhl stand.

»Nimm Platz, schließe deine Augen und entspanne dich.« Mit diesen Worten entfernte sich Frau Sommer aus meinem Sichtfeld und ich versuchte, an nichts zu denken. Ehe ich drei Wölkchen am Himmel zählen konnte, schlief ich ein. Auch bemerkte ich nicht, dass Frau Sommer sich mir noch einmal genähert haben muss, um mir eine Decke überzulegen. Sie hatte wohl weiteren Besuch bekommen, denn wie aus weiter Ferne konnte ich Getuschel wahrnehmen.

»Lass sie schlafen, sie ist zu erschöpft für deine Scherze und langwierigen Geschichten«, drang es wie durch Watte in mein Bewusstsein. Meine Neugierde war sehr groß, doch meine Müdigkeit hatte mehr Durchsetzungskraft. Somit schlief ich ein und bekam nichts von den Geschehnissen um mich herum mit.

»Komm, Herr Traum.« Frau Sommer nahm den bunt gekleideten Herrn beiseite. »Leisten Sie mir Gesellschaft, bei einer Tasse Kaffee lässt es sich besser plaudern.« Frau Sommer nahm den kunterbunten Herrn beim Arm und zog ihn in Richtung Veranda. »Ach, Frau Sommer, ich sah deinen Besuch über die Wiese laufen. Da dachte ich mir, ich müsste bei dir nach dem Rechten sehen. Wer ist das?«

»Du nun wieder. Es ist ein lieber Besuch, Herr Traum, der nicht recht weiß, warum er mich besucht.«

»Hört sich sehr fragwürdig an, liebste Frau Sommer, kann ich helfen?«

Frau Sommer sah Herrn Traum lange an und meinte: »Ich weiß nicht recht, du übertreibst immer gleich so mit deiner Mitwirkungskraft. Na ja, und bisher hat sie noch nicht so recht erfassen können, was da mit ihr passiert.«

»Ja, das ist sehr schwierig zu erklären, wo einem in der heutigen Zeitgeschichte nur geglaubt wird anhand von Beweisen und Bildmaterialien.«

»Kaum vorstellbar, dass du sie dann nicht überfordern würdest, mein geschätzter Herr Traum.«

»Aber ich könnte doch hier und da etwas ...«

»Stopp, stopp.« Mit einem Schütteln des Kopfes unterbrach Frau Sommer ihren Herrenbesuch. »Mein lieber Herr Traum, ich glaube, wir beide brauchen uns jetzt nicht über Sinn und Unsinn zu unterhalten«, meinte sie mit einem ernsten Blick in Richtung des bunten Herren.

Langsam rekelte ich mich unter der Decke und schlug meine Augen auf. Ich glaubte, ich hätte Stunden geschlafen, doch deutlich spürte ich, es war keine Zeit vergangen, in der ich geruht hätte. Von Weitem hörte ich Gelächter von der Veranda und machte mich auf, um zu erfahren, wer da mit wem lachte. Frau Sommer sah in meine Richtung. Sie winkte mich heran mit den Worten: »Komm, mein Kind, ich möchte dir einen lieben Freund vorstellen.«

Der ungewöhnlich bunt gekleidete Herr erhob sich von seinem Stuhl, um mich mit großen Augen anzusehen, bevor er mir mit einem freundlichen Gesicht die Hand entgegenstreckte. »Darf ich mich vorstellen, junge Frau, mein Name ist Traum, zu jeder Schandtat bereit und immer zu Diensten in allen Lebenslagen.« Ich schüttelte ihm die Hand und beschenkte ihn mit einem Lächeln.

»Welch netten Besuch du hast, Frau Sommer«, meinte Herr Traum mit einem grinsenden Gesicht. »Zu beneiden, meine Gute, du bist zu beneiden!« In meine Richtung sagte er: »Es ist schön, deine Bekanntschaft zu machen.«

Frau Sommer schenkte erneut Kaffee ein und reichte auch mir eine Tasse.

»Danke«, sagte ich und stellte sie auf der Tischplatte ab. Nach Worten suchend, um mich einzubringen und endlich Antwort auf meine Frage zu bekommen, äußerte ich: »Abgesehen davon, dass ich mich bei Ihnen sehr wohlfühle und auch sehr dankbar für Ihre Gastfreundschaft bin, würde ich gerne wissen, wo ich überhaupt bin.« Frau Sommer und Herr Traum lächelten vor sich hin.

»Mein liebes Fräulein«, begann Herr Traum. »Manchmal ist es gar nicht wichtig zu wissen, wo man ist, besser ist es zu wissen, wo man hinwill. Nämlich dorthin, wo man sich wohlfühlt und angenommen wird. Ja und überhaupt, immer diese Fragen: Wer bin ich? Wo bin ich? Wo will ich einmal hin? Es ist nicht maßgeblich und auch nicht wichtig. Du bist hier und nichts geschieht ohne Grund. Doch alles zu seiner Zeit, mein Fräulein.«

Frau Sommer mischte sich ein und meinte: »Ich freue mich, dass du da bist. Egal wie lange du entscheidest, deinen Besuch auszudehnen, du bist willkommen. Genieße den Aufenthalt. Herr Traum, mein Guter, mit dir würde ich mich gerne noch kurz unter vier Augen unterhalten.« Mit tiefem Blickkontakt machte sie eine Kopfbewegung in Richtung des Gartentores. Herr Traum erwiderte den tiefen Blick und in meine Richtung schauend sagte er:»Ich darf mich verabschieden.«Der merkwürdige Herr reichte mir die Hand mit den Worten:»Es wäre schön, wenn wir uns noch einmal begegnen könnten, vielleicht zu einer anderen Zeit, an einem anderen Ort. Ich muss jetzt hinfort, sei gewiss, mein Kind, wir werden uns wiedersehen.«Noch ehe ich etwas erwidern konnte, hatte er schon meine Hand mit einem Kuss versehen.»Tschüss, ich muss jetzt gehen.«Frau Sommer und Herr Traum gingen wild gestikulierend in Richtung des Gartentors davon.

»Hör zu, mein Liebster, die Situation ist etwas heikel. Ich habe noch nicht durchblicken können, wie sie hierhergekommen ist. Doch eines ist klar: Sie hat noch zu viel Außenwissen.«

»Wie, meine Gute?«, fragte Herr Traum.

»Na, ich meine, sie hat auf dem Weg hierher wohl den Pfad verlassen. Das heißt, sie hat nicht den direkten Weg beschritten, auf dem ihr die Erinnerung aus ihrer Zeit genommen worden wären. Es ist nur eine Vermutung, doch spricht alles dafür. Sonst würde sie nicht so viele Fragen stellen mit Wo und Warum. Sprich, sie weiß gar nichts von unserer inneren Welt. Du weißt, manchmal haben wir ein schweres Los zu tragen. Gerät alles durcheinander, müssen wir für die innere Ordnung sorgen.«

Herr Traum kratzte sich am Kinn:»Ach du meine Güte, und jetzt?«

»Und jetzt?«, wiederholte Frau Sommer. Dann sprach sie aufgeregt weiter:»Im Moment hab ich keine Ahnung. Wir müssen sehr vorsichtig vorgehen beziehungsweise genau überlegen, wie wir weiter verfahren. Wenn sie nicht alle Erinnerungen von außen vergessen hat, ist es gut möglich, dass sie Erinnerungen von innen mit nach außen nimmt. Für den Fall, dass ...« Nach einer sekundenlangen Pause führte sie weiter aus:»Jedenfalls spricht alles dafür.«

»Du hast recht, aber jetzt ist guter Rat teuer. Wie sollen wir uns verhalten?«

»Na, mal sehen, wie sich das entwickelt. Im Augenblick können wir ihr den Aufenthalt nur so angenehm wie möglich gestalten und abwarten, was sich ergibt. Ja, und wenn es gar nicht anders geht, werden wir wohl eine große Versammlung abhalten müssen.«

»Das sehe ich auch so«, meinte Herr Traum. »Dann kümmern Sie sich mal. Ich darf mich verabschieden, meine liebste Freundin.«

»Sicher.« Und in Richtung der Veranda blickend sagte Frau Sommer: »Ich sehe mal nach ihr. Wir bleiben in Kontakt.«

»Selbstverständlich, wir stehen das gemeinsam durch.« Nach einer kurzen Umarmung verabschiedete sich die beiden voneinander.

Frau Sommer kam langsam auf mich zu. Sie wirkte nachdenklich, doch als sie mich fast erreicht hatte, erstrahlte ihr sonnengleiches Gesicht in einem Lächeln. »So, mein Kind, da dein Aufenthalt scheinbar doch von längerer Dauer sein wird, werden wir mal sehen, wie wir dich unterbringen können. Komm, geleite mich ins Haus, um ein Zimmer für dich herzurichten.« Sie sah mir wohl meine Unsicherheit an, denn sie legte einen Arm beruhigend um meine Schulter, um mir etwas Sicherheit zu geben. »Keine Angst, mein Kind, alles wird gut. Vertraue mir.«

Sie öffnete die Tür zum Haus und bat mich herein. Mein Blick ging umher. Ich wusste gar nicht, wo ich zuerst hinsehen sollte. Wunderschön und geschmackvoll war alles eingerichtet. Mit jedem Augenblick entdeckte ich etwas Neues, an dem sich meine Augen festsahen. Die Einrichtung wirkte verwunschen, so als sei man in eine andere Welt eingetaucht. Besonders ausgefallen fand ich das riesige Schlüsselbrett, welches entlang der Korridorwand angebracht war. Es war bestückt mit vielen Schlüsseln in unterschiedlichen Formen und Farben.

Frau Sommer beobachtete mich und sagte:»Jetzt zeige ich dir dein Gästezimmer, und alle weiteren Dinge werden wir dann sehen.« Sie nahm einen der zahlreichen Schlüssel vom Haken des Schüsselbrettes und stieg die Treppe hinauf. Ich folgte ihr und bemerkte einen Hauch von glitzerndem Flitter, der in der Luft lag. Erahnend, was mich beim Treppenaufstieg beschäftigte und immer langsamer werden ließ, meinte die entzückende ältere Dame:»Das ist der Sommersonnenregen, Liebes.«

»Der Sommersonnenregen?«, fragte ich verwundert.

»Ja, mein Kind, das ist einer meiner ständigen Begleiter. So, da sind wir. Das ist dein Zimmer.« Sie schloss die vor uns liegende Tür auf und drückte die herzblattförmige Türklinke herunter.

Ich folgte ihr und trat in das hübsch anzusehende Zimmer, das mit einem Himmelbett, einem großen Sessel, einem Schrank, einem Schreibsekretär und einem angrenzenden Badezimmer ausgestattet war, also mit allem, was das Frauenherz begehrt.

»So, wir müssen nur noch das Bett beziehen und etwas frische Luft hereinlassen. Saubere Wäsche findest du dort im Schrank. Na ja, und alles, was du sonst noch brauchst, befindet sich im Bad, mein Kind. Sei doch so lieb und bediene dich selbst und richte dich ein. Wenn du fertig bis, findest du mich unten in der Küche. Ich werde etwas zum Abendessen richten. Noch etwas möchte ich dir sagen: Gib deinen Gedanken Raum.« Mit diesen Worten öffnete die liebenswürdige Dame die schweren Schranktüren, ehe sie die Zimmertür hinter sich schloss und langsam die Treppe hinunterschritt. Ich lauschte für einen kurzen Moment ihren Schritten, um ihren letzten Worten noch einmal Gewicht in meinen Gedanken zu geben.

Ich wiederholte ihren letzten Satz, indem ich ihn laut vor mich hin sagte:»Gib deinen Gedanken Raum.« Im Prinzip machte ich den ganzen Tag nichts anderes. Alles hatte mit einem schönen Tag an der frischen Luft angefangen, als ich mich aufgemacht hatte, um einen Spaziergang zu machen. Doch war es das wirklich? War es wirklich einer dieser schönen Tage gewesen oder war es das Wunschdenken, welches mir nur glauben machen wollte, es wäre einer dieser schönen Tage, wie ich damals unzählige erlebt hatte, als ich bei jedem Wetter mit meinem engsten Vertrauten Spaziergänge unternahm? Wie auch immer. Nun fand ich mich in einer anderen Welt. Ängstlich, nein, ängstlich war ich nicht. Im Gegenteil. Ich fand mich aufgehoben, aufgenommen und umsorgt.

So hing ich meinen Gedanken nach, während ich gleichzeitig auf den geöffneten Schrank zuging, um ihm Bettwäsche für mein Nachtlager und frische Handtücher zu entnehmen, welche ich zugleich in das angrenzende Bad brachte. Nun machte ich mich daran, das Bett mit der angenehm duftenden Bettwäsche zu beziehen. Voller Ehrfurcht glitten meine Hände über die weiße Spitzenwäsche. Dann öffnete ich das Fenster, um mit tiefen Atemzügen die wohlriechende Abendluft einzuatmen. Einen Augenblick sah ich den in das Licht der Abenddämmerung getauchten Garten, der auch im Halbdunkel ein wahrlich wunderschön anzusehendes Schmuckstück war.

Genug mit den Gedankenreisen. Rasch erledigte ich noch ein paar Dinge, die ich für nötig empfand, damit ich mich in meinem puppenstubenähnlichen Zimmer wohlfühlen konnte. Da ich noch nicht wusste, wie lange ich hier bleiben würde, beschloss ich, das Beste aus der Situation zu machen. Ich machte mich mit den Gegebenheiten vertraut und ging noch ins Bad, um mir mein Gesicht und meine Hände zu waschen. Anschließend schloss ich die großen Schranktüren, löschte das Licht und zog die Zimmertür hinter mir zu. Nun machte ich mich auf den Weg den Flur entlang, die Treppe hinunter. Ich sah mich um.

Plötzlich, als hätte Frau Sommer mich durch die Wände gesehen, rief sie vom Ende des Ganges: »Hier bin ich.« Ich folgte ihrer Stimme und fand mich in einer großzügigen Wohnküche mit einem riesigen Kachelofen, auf dem ein großer kupferfarbener Kochtopf stand, wieder. In ihm blubberte die wohl bestduftende Suppe, die ich je gerochen hatte. Sie sorgte mit ihrem köstlichen Aroma dafür, dass mein hungriger Magen sich meldete. Auf dem Tisch stand bereits ein Korb mit selbst gebackenem Brot. Der Tisch war hübsch eingedeckt und wartete nur darauf, dass man an ihm Platz nahm. Er lud regelrecht dazu ein, um ihm somit Leben einzuhauchen.

»Nun setz dich, mein Kind, das Essen ist fertig.«

»Kann ich helfen?«

»Nein, nein, du bist mein Gast.« Die Dame füllte die Teller mit der heißen Suppe und setzte sich mir gegenüber. Sie reichte mir den Brotkorb mit den Worten:»Greif zu, lass es dir schmecken. Ich freue mich, dass du da bist.«

Ich versuchte, das Gespräch in Gang zu halten:»Oh, ich freue mich über Ihre Gastfreundschaft. Obwohl ich immer noch nicht recht weiß, warum und vor allem wie ich hierhergekommen bin.«

»Genieße den Moment, mein Kind, denk nicht wieso, weshalb, warum. Der Augenblick ist die Zeit. So wie die Zeit es bringen wird. Wenn du die Antwort auf deine Fragen bekommen sollst, wirst du es wissen. Vertrauen und Glauben, sie liegen in dir, mein Kind.«

»Es ist, als sei ich in einer anderen Zeit. Ist jetzt und hier jeder Atemzug? Oder ist, jetzt in diesem Augenblick die Vergangenheit des vorherigen Wimpernschlags, die vergangene Sekunde vor der vorherigen?«

»Hol jetzt nicht Herrn Zweifel herbei, denn dafür reicht die Suppe nicht«, sagte die liebreizende Dame schmunzelnd. Die Fragezeichen über meinem Kopf mussten sichtbar geworden sein, denn sie griff zu ihrer Serviette und betupfte damit ihre Lippen.»Mein Kind, manches ist nicht so einfach zu erklären. Weißt du, am besten wäre es, wenn du aus deinem Leben erzähltest, so könnte ich eine einfache Weise erfinden, dir diese Situation zu schildern. Mögen wir es doch einmal versuchen?«

Ich räusperte mich und begann zu erzählen:»In letzter Zeit bin ich zum Beobachter meines eigenen Lebens geworden. Das Leben passierte, aber ich lebte nicht mit diesem Leben. Ich lebte daran vorbei. Dann musste ich hinaus in die Natur, um die Farben und Gerüche wahrzunehmen, um zu spüren, dass ich lebe. Durch so manche Selbstverständlichkeit geriet mein Inneres in Stress, man ist stets darauf bedacht, es jedem recht machen. In vielen Situationen war mein Vertrauen zu mir selbst verloren gegangen. Auf so einem Seelenspaziergang befand ich mich, ehe ich hier bei dir, Frau Sommer, gelandet bin. Der Weg war beschwerlich und aufregend zugleich, zumal das Ziel unbekannt war. Ja, jetzt bin ich da ... so ist das ... Nun sag mal, Frau Sommer, was meintest du damit, als du sagtest: ,Jetzt lade nicht noch Herrn Zweifel ein'? – Ist das der bunt gekleidete Herr von heute Nachmittag?«

»Nein, nein, das war Herr Traum, er hat sich doch vorgestellt.« Sie beobachtete mich und führte weiter aus:»Herr Traum kommt, wann er Lust hat, um schöne Dinge unvergessen zu machen oder um einem ein Zeichen zu geben, dass alles gut ist.«

»Und wer ist dann nun Herr Zweifel?«

»Das ist ein Mann, dessen Daseinsgrundlage es ist, alles und alle durcheinanderzubringen. Der Wirrwarr ist ihm der größte Lohn. Ein unvernünftiger Zeitgeselle, der manchmal die Unterstützung von Frau Unvernunft herbeisehnt, damit Herr Chaos seinen Lauf nehmen kann.«

»Für mich klingt das alles sehr merkwürdig. Es gibt hier Personen, die eigentlich Emotionen sind, und ...«

»Du hast das schon richtig erkannt. Auch deine anfängliche Formulierung die innere Welt betreffend war eine von dir selbst gefundene richtige Antwort. Du hast dir die Antwort somit selbst gegeben, das heißt, dass Frau Intuition ...« Bei diesem Namen stieg Frau Sommer eine leichte Röte ins Gesicht und sie brach ihren Wortfluss ab.

»Die innere Welt?«, sinnierte ich.

»Ja, all diese Dinge sind der innere Kreis, der täglich dafür Sorge trägt, dass es dir gut geht.«

»Aber das ist doch verrückt.«

»Nein, mein Kind, es gibt Dinge, die unerklärlich sind, und doch gibt es sie. Es ist jetzt wirklich Zeit, schlafen zu gehen.

Morgen sehen wir weiter. Lass mich schnell etwas Ordnung machen.« Frau Sommer stand auf und begann, den Tisch abzuräumen. Ich half ihr und dann wünschten wir uns eine gute Nacht. Langsam ging ich die Treppe zu meinem Zimmer hinauf. Dabei bemerkte ich, dass die kluge Frau eine andere Tür öffnete, und als sie die Schwelle überschritt, rieselte noch einmal etwas von dem Sonnensternenregen herab. Ich schüttelte den Kopf. Ob ich auch wirklich ich war? Ob ich wirklich wach war und das alles nicht nur träumte? Ich ging weiter die Treppe hinauf. Oben angekommen, öffnete ich meine Zimmertür. Ein leichter Sommerduft lag in dem Windzug, der durch das offene Fenster schwebte. Ich entnahm dem Schrank ein Nachthemd und verschwand im Bad. Dadurch entging mir, dass Herr Traum durch mein Zimmerfenster sah. Etwas ängstlich wurde ich daher, als ich das Zimmer wieder betrat und einen Schatten am Fenster wahrnahm. Ich ermahnte mich selbst: Wegen eines kleinen Windzugs sollte ich nicht gleich in Panik ausbrechen. Frau Sommer hatte mir zu verstehen gegeben, dass mir nichts geschehen könne, solange ich Gast ihres Hauses war. Ich schlüpfte unter die Bettdecke und löschte das Licht.

Währenddessen ging Frau Sommer mit einer Laterne hinaus auf die Veranda. Sie leuchtete an der Hauswand entlang. Da, ein Schatten schlich ums Haus. »Als hätte ich es geahnt.«

»Na ja.« Herr Traum stand im Lichtkegel der Laterne und wirkte verlegen, als habe man ihn bei unerlaubten Dingen erwischt. Dabei wollte er doch nur seiner Arbeit nachgehen.

»Komm schon ins Haus, wir trinken noch ein Gläschen Wein zusammen.«

»Wenn du mich so nett bittest, gerne. Lass uns noch etwas reden.« Beide gingen ins Haus und machten es sich im Lesezimmer mit einer Flasche Wein gemütlich.

»Sag schon, was ist los mit dem jungen Fräulein?«

»Sie ist scheinbar etwas durch den Wind.«

»Wie, der hat auch etwas damit zu tun, dass sie hier ist?«

»Nein, nein, Herr Wind hat, glaube ich, nichts damit zu tun. Das ist doch nur so eine Redensart.«

»Ach so, du meinst, dass sie zu viele Gedanken im Kopf hat.«

»Ja, das könnte auch der Grund für ihre Anwesenheit sein. Du weißt, nur ganz selten betreten Leute unsere innere Welt. Und noch seltener können sie sich an ihr eigentliches Leben erinnern. Es wird für die Dauer ihres Daseins in unserem Lebensraum einfach ausgeblendet. Du weißt schon, zumindest bis endgültig entschieden ist, wie es weitergeht. Bis letztendlich der Zeitraffer einer jeden gelebten Stunde an einem vorüberzieht beziehungsweise die Zusammenfassung des gelebten Daseins in der letzten Stunde erscheint. Das ist der Moment, bevor das irdische Leben erlischt. Wie ich schon heute Nachmittag sagte: Wenn es nicht anders geht, müssen wir eine Versammlung einberufen. Doch eines nach dem anderen, wenn wir jetzt gleich so eine Aufregung machen, meldet sich Herr Chaos. Du weißt, wie er ist, dann kommt alles durcheinander. Bei ihr und bei uns.«

»Stimmt, liebste Frau Sommer. Ich sagte ja schon, wenn du dich erst mal mit deiner äußerst liebenswürdigen Art um sie kümmerst, kommt sie sicher bald wieder in Ordnung, und eh wir uns versehen, kann sie wieder in ihr altes Leben zurück.«

»Ja, ich habe gesagt, ich werde alles machen, damit es unserem Gast an nichts fehlt und es ihr gut geht.«

»Mich hat sie schon kennengelernt. Weiß sie auch um meine Aufgaben?«

»Ich habe versucht, es ihr zu erklären. Ich meine das mit dem inneren Kreis, mir ist nichts anderes eingefallen. Wie hätte ich ihr sonst unsere Geschehnisse hier erklären sollen.«

»Hat sie es verstanden?«

»Ja, sie hat nicht einmal erstaunt geguckt oder so. Ganz ruhig hat sie dagesessen und mir zugehört. So, wie ich ihr auch zugehört habe.«

»Weiß sie um deinen Job?«

»Du meinst die Sommerintuition? Nein, ich hätte mich schon fast verraten, doch sie hat nicht nachgefragt.«

Herr Traum sah auf die Uhr. »Oh, jetzt wird es aber Zeit. Ich habe noch ein paar Dinge zu erledigen, bevor es wieder Morgen ist. Wir beide haben dann ja erst mal alles besprochen. Also abwarten und Tee trinken. Ich meinte natürlich Wein.« Er nahm sein Glas vom Tisch und prostete Frau Sommer lächelnd zu. »Ich muss jetzt wirklich los. Morgen sehen wir weiter.«

2. Kapitel: Ein Besuch bei Frau Gesundheit

Ich rieb mir die Augen und streckte mich unter der Bettdecke. Die Sonne strahlte zum Fenster herein und beschenkte mich mit Glückseligkeit. Aufstehen?, fragte ich mich selbst. Schlaftrunken sah ich mich um und stellte fest: Nein, das alles war kein Traum. Ich setzte mich auf in meinem Himmelbett, in meinem niedlichen Zimmer mit den rustikalen Möbeln. Okay, so ist es nun mal, was auch immer noch kommt, ich nehme es an. Leise stand ich auf und öffnete die Zimmertür. Ganz sachte schlich ich die Treppe hinab. Doch frisch riechender Kaffee und ein Duft von Backwaren sagten mir, dass Frau Sommer schon vor mir aufgestanden war. »Guten Morgen, mein Kind, komm herein und setze dich zu mir«, hörte ich sie sagen. Wie schafft sie das nur zu wissen, dass ich da bin, ohne dass sie mich schon sehen konnte beziehungsweise dass ich die Küche betreten hatte? Ich sah in die Küche und mein Blick blieb an einer Stuhllehne haften, denn dort hing – mir unerklärlich – meine Kleidung, die ich gestern getragen hatte. Unstrittig waren das meine Shorts und mein gestreiftes T-Shirt. Eben die Sachen, die ich am Seeufer zurückgelassen hatte, als das kühle Nass mich lockte.

»Wie kommt die denn hier her?« Ich zeigte auf meine Kleidung.

»Frau und Herr Glück brachten sie heute früh vorbei. Sie haben die Sachen am Seeufer gefunden. Da sie schon von meinem Hausgast gehört hatten, haben sie die Sachen hier abgegeben.«

»Frau und Herr Glück?«, fragte ich nach.

»Ja, die beiden waren schon früh zu einem Spaziergang aufgebrochen.«

»Moment bitte«, unterbrach ich. »Erklären Sie mir bitte die ganze Sachlage, ich habe es immer noch nicht ganz verstanden.«

»Mein Kind, wollen wir nicht erst frühstücken?« Der Tisch

war reich gedeckt mit allem, was einem schmeckt am frühen Morgen.

»Gestern Abend«, begann Frau Sommer, »hatte ich noch Besuch von Herrn Traum.«

»Ja?«, fragte ich nach.

»Wir haben noch nett beieinandergesessen und bei einem Glas Wein über deinen Besuch gesprochen. Er ist wie ich der Meinung, dass wir uns über deinen Besuch sehr freuen, auch wenn es eher selten geworden ist, dass wir Gäste haben.«

»Selten?«, fragte ich nach. »Also war schon jemand vor mir hier?«

»Ja, so könnte man es sagen«, tat Frau Sommer geheimnisvoll.

Denn ihrer Meinung nach gab es Dinge, auf die ihr Gast selbst kommen sollte, oder auch nicht, je nachdem, wie es sich Frau und Herr Schicksal so ausgedacht hatten. Somit ging es hier vor allem darum, wie das Herz der jungen Frau entscheiden würde.

»Wann war das denn?«, wollte ich wissen.

»Was meinst du?«

»Den Zeitraum, wie lange ist es her, dass Besuch da war?«

»Weißt du, Raum und Zeit sind hier nicht von Bedeutung. Das Wichtige ist, dass du bei dir bleibst und deinen Gedanken Raum gibst. Es ist so, als ob du Urlaub machst. Ja, mein Kind, Urlaub vom Ich-Sein. Sei dankbar für diese Erfahrung und freue dich über jedes neue Aufwachen an diesem Ort. Dann kannst du es absolut genießen, bei uns sein zu dürfen. Ich werde dich später mit allem hier vertrauter machen, sodass du für die Dauer deines Aufenthaltes gut zurechtkommst. Es kann auch nicht schaden, Frau und Herrn Gesundheit einen Besuch abzustatten, damit wir sicher sind, dass es dir wirklich gut geht.«

»Sie meinen so was wie einen Arzt?«

»Ja, wenn du so willst.«

Unbewusst schüttelte ich den Kopf. Frau Sommer bemerkte meine Geste. Sie strich mit ihrer Hand über meine. »Das wird schon und du wirst sehen und erleben, wie schön es ist, so ein Urlaub vom Ich«, sagte die liebliche Frau schmunzelnd.

Wie es schien, konnte ich im Augenblick wirklich nichts ändern. Ich musste mich dem Geschehen hingeben. Sicher würde
ich irgendwann wach werden und das alles als einen meiner
schönsten Träume bezeichnen. Bis dahin einfach mal Urlaub
machen. – Mit diesem Gedanken konnte ich mich anfreunden,
je mehr ich darüber nachdachte.

»So, nun mal den Tisch abräumen und dann werde ich dich
etwas herumführen. Aber erst, wenn du dich angezogen hast,
denn dein Nachthemd ist nicht das, was die Damen und Herren zu Gesicht bekommen wollen am helllichten Tag.« Frau
Sommer lachte über das ganze Gesicht und schon rieselte es
wieder Sommersonnenregen. Ich lachte ebenfalls und half ihr,
den Tisch abzuräumen und das Geschirr zu spülen. »Wenn wir
fertig sind, gehe ich in den Garten, um nach dem Rechten zu
sehen. Du kannst ja dann nachkommen. Mach dich frisch und
zieh etwas Alltagstaugliches an.«

Ich sah an mir herab. »Also, ich finde dieses Nachtgewand an
mir sehr schick.« Herausfordernd zwinkerte ich Frau Sommer
zu. Beide lachten wir, was durch den Sommersonnenregen von
Frau Sommer untermalt wurde. Ich ergriff meine Kleidung und
sprang rasch die Stufen der Treppe hinauf. Auf der Hälfte drehte
ich mich noch einmal um und rief: »Bis gleich, ich beeile mich.«

»Mach nur, ich werde im Garten auf dich warten.«

Ich empfand mich in meine Kindheit zurückversetzt, in die
Zeit, als ich die Ferien bei meiner Großmutter verbracht hatte.
Auch wenn es jetzt nicht so war, machte mich der Gedanke fröh-
lich und unbeschwert.

Diese Unbeschwertheit nahm ich mit in den Tag. Schwungvoll öffnete ich die Zimmertür und machte mich daran, meine
Bettdecke aufzuschütteln sowie die Kissen zu richten und das
Laken glattzustreichen. Ich beschloss, etwas Luft in den Raum
zu lassen, und öffnete das Fenster. Beim Hinuntersehen in den
Garten bemerkte ich Frau Sommer am Gartentor. Sie unterhielt
sich mit zwei anderen Damen, doch es war zu weit entfernt, als

dass ich hätte verstehen können, worum es in dem Gespräch ging. Sie waren so hübsch und außergewöhnlich angezogen, dass ich mich daran erfreute, sie nur anzuschauen. Da bemerkten sie mich am Fenster und winkten mir fröhlich zu. Ich winkte mit einem Lächeln zurück. Nun aber schnell. Rasch ging ich ins Bad. Bei einem Blick in den Spiegel fiel mir auf, wie rosig und aufgeblüht mein Gesicht aussah, und hörte plötzlich jemanden sagen.»Ja, mein Kind, die Luftveränderung tut dir sehr gut, du siehst blendend aus.« – Erschrocken wich ich zurück. Was war das? Irritiert schaute ich mich um und dann wieder in den Spiegel.»Ja, mein Kind, nett siehst du aus. Aber ich würde mir die Haare kämmen.« Ungläubig sah ich mich um. Doch niemand war da. Das»Etwas« bemerkte wohl meine Unsicherheit und meinte:»Du kannst mich nicht sehen.«

»Aber wer bist du? Was machst du? Vor allem: Wo bist du?«
Keine Antwort. Ich sah in den Spiegel.
»Mensch, ich kann dir doch nur antworten, wenn du mich ansiehst«, kam es aus dem Spiegel?
»Hm, okay, dann sprich mit mir, wer bist du?«
»Gestatten, Eitelkeit. Der dafür zuständig ist, dass du dich sehen kannst.«
»Hast du keine Frau?«, fragte ich.
»Ja, aber ich habe heute die Frühschicht.«
Ungläubig schüttelte ich den Kopf, nahm ein großes Handtuch vom Haken und warf es schwungvoll über den Spiegel, damit ich ungestört duschen konnte. Wer hat schon gerne Zuschauer dabei? Als ich mit dem Duschen fertig und wieder angekleidet war, nahm ich das Handtuch wieder herunter. Noch ehe ich mich versah, meckerte es los:»Das war nicht nötig, was sollte das? Ich habe gesagt, ich kann dich nur sehen, wenn du mich ansiehst. Es war also völlig überflüssig, zu solcher Art von Maßnahme zu greifen und mir die Helligkeit zu nehmen, junge Dame.« Es waren richtige Rauchwolken im Spiegel zu sehen, so

wütend schien Herr Eitelkeit über meine Aktion mit dem Handtuch zu sein.

»Entschuldigung, aber duschen möchte ich lieber allein. Das bin ich so gewohnt und wer sagt mir denn ... Ich dachte mir eben: Sicher ist sicher.« Ich wartete keine Antwort mehr ab und verließ das Bad.

Immer noch fassungslos über das Erlebte, rannte ich die Treppe herunter, erst über den Flur, dann durch die Küche hinaus auf die Veranda. Ich blickte mich im Garten um, doch von Frau Sommer war keine Spur zu sehen. Also versuchte ich es mit rufen: »Frau Sommer, hallo Frau Sommer, wo sind Sie?«

»Hier, mein Kind, hier drüben, hinter dem Gewächshaus.«

Langsam ging ich auf das hübsch anzusehende Glashäuschen zu und entdeckte die Dame mit ihrem riesigen Gärtnerhut, der ihr ohne Frage sehr gut stand. »Frau Sommer, so geht das aber nicht. Nein, so was ...«

»Ach herrje, war es Herr oder Frau Eitelkeit? Es tut mir wirklich sehr leid, das hatte ich völlig vergessen. Hast du dich sehr erschrocken?«

»Erst ja, aber ich glaube, ich habe mich gerade sehr unbeliebt gemacht bei Herrn Eitelkeit.«

»Warum? Was hast du gemacht?«

»Och, ich habe ihm etwas die Sicht versperrt, indem ich ihm ... Ich bin es eben nicht gewohnt, dass ich beim Duschen nicht allein bin. Ich glaube, der war ganz schön wütend.«

»Oje, da kann ich mir mal wieder was anhören, aber weißt du, der kriegt sich auch wieder ein. So, und nun zu uns beiden. Lass mich eben noch meine Arbeit hier zu Ende machen, denn ich bin dabei, einige Heilkräuter für Frau Gesundheits Bestellung zusammenzulesen. Frau Rücksicht und Frau Vernunft brachten mir die Liste vorbei.«

»Ach, das waren die beiden Frauen eben.«

»Ja, die beiden, mit denen du mich am Gartenzaun gesehen hast. Sie waren so lieb vorbeizukommen. Natürlich auch, um einen Blick auf meinen netten Besuch zu werfen.« Bei diesem Satz musste Frau Sommer schmunzeln. Ich beobachtete, wie aus diesem Schmunzeln ein Kichern wurde. Und aus dem Kichern ein breites Grinsen. »Es ist immer wieder erstaunlich, wie schnell sich etwas herumspricht.« Kopfschüttelnd setzte Frau Sommer ihre Arbeit fort. Achtsam und voller Hingabe verlas sie die Kräuter und legte sie in ein feuchtes, weißes Leinentuch, welches sie dann in einen Weidenkorb gab. »So, nun bin ich fertig. Wir können uns jetzt auf den Weg machen, wenn du magst.«

»Gern, ich bin schon so gespannt, etwas von der Umgebung zu sehen.«

»Dann mal los, mein Kind, wir wollen doch den Tag nicht ohne besondere Erlebnisse vorbeiziehen lassen.« Frau Sommer nahm noch ihren Gärtnerhut ab und richtete ihre Haare etwas mit den Fingern.

»Bitte lassen Sie mich den Korb tragen, Frau Sommer!«

»Das ist aber sehr lieb von dir, danke, mein Kind, das nehme ich gern an.«

So machten wir uns auf den Weg an diesem wunderschönen Tag, der nicht zu heiß und nicht zu kühl war. Die Sonnenstrahlen umspielten immer wieder das silbergraue Haar von Frau Sommer. Dieser Anblick faszinierte mich so sehr, dass ich sie immer wieder ansehen musste. Ich mochte diese Dame. Wie schön sie aussah, trotz ihres älteren Semesters hatte sie eine Ausstrahlung, mit der sie wohl noch so manches Männerherz erobern könnte. Das brachte mich auf einen Gedanken. »Du, oh, Verzeihung, ich meine Sie, Frau Sommer.«

»Na, bleib ruhig beim Du, mein Kind.«

»Warum gibt es keinen Mann an deiner Seite?«

»Hoppala, mein Kind, das ist aber eine sehr direkte Frage. Ach, weißt du, ich lebe schon lange allein. Ich habe alles, was ich brauche, und viele nette Leute um mich herum.« Mehr wollte Frau Sommer mir in diesem Augenblick scheinbar nicht sagen. Ihr Gesichtsausdruck vermittelte mir, dass sie nicht weiter darüber sprechen wollte. Doch meine Neugierde war größer und nachdem wir einige Zeit schweigend nebeneinanderher gegangen waren, wagte ich einen neuen Versuch:»Gab es denn da jemanden?«

»Mein Kind, du lässt scheinbar nicht locker. Weißt du, es gab da mal jemanden, doch leider war der wohl für etwas anderes bestimmt.« Frau Sommer wirkte nachdenklich und etwas zurückhaltend in einer Art und Weise, die ich an ihr noch nicht kennengelernt hatte. Scheinbar hatte ich einen wunden Punkt getroffen. Das wollte ich jedoch auch wieder nicht. Ungern wollte ich diese liebe Dame, die mich so herzlich und aufgeschlossen aufgenommen hatte, an eine vielleicht weniger schöne Zeit erinnern.

»Sieh dich mal um, mein Kind, ist das nicht ein schöner Tag? Ach, sieh mal ...«

»Hallo, Frau Sommer!« Ein gut gekleideter Herr kam auf uns zu. Er reichte Frau Sommer die Hand und wandte sich dann mir zu.»Guten Tag, darf ich mich vorstellen?« Noch bevor er seinen Namen erwähnte, hätte ich ihn schon erraten. Mit seiner Nickelbrille auf der Nase und einer kleinen Waage in der rechten Hand konnte das nur Herr Gerechtigkeit sein. Die Bestätigung bekam ich postwendend:»Mein Name ist Gerechtigkeit. Mein Fräulein, sollten Sie einmal in Schwierigkeiten sein, berufen Sie mich, ansonsten wünsche ich Ihnen, Frau Sommer, und Ihnen, mein Fräulein, einen wunderbaren Tag.« Schwupps, so schnell, wie er erschienen war, war er auch schon wieder fort. Also, höflich waren alle Personen, die ich bisher gesehen beziehungsweise kennengelernt hatte, das musste ich wirklich sagen.

»Mein Kind, das war Herr Gerechtigkeit, der immer zu seinem Wort steht. Wenn er helfen kann, kann man sich auf ihn und seinen absoluten Gerechtigkeitssinn wirklich verlassen. Glaub mir, er hat schon viel für unseren Lebensraum getan. Er ist so pflichtbewusst und gründlich in seinem Handeln wie kein anderer. Sicher werden wir noch Gelegenheit haben, dass du ihn besser kennenlernst. Er war wie so oft in Eile. – So, wir sind fast da. Da vorne kannst du schon das Haus der Gesundheit sehen.« Frau Sommer zeigte in die Richtung, ich folgte ihrem Fingerzeig und entdeckte ein Häuschen, das mit rot glänzenden Ziegeln gedeckt war.»Mach dir keine Gedanken, Frau und Herr Gesundheit sind sehr nett und vor allem sehr kompetent. Selten irren sie sich, wenn es um das Wohlbefinden geht.« Für mich wirkte es manchmal so, als wenn Frau Sommer sich für jeden in ihrem Lebensraum Wohnenden verwenden würde.

Vor dem Haus herrschte ein buntes Treiben. Viele Leute standen beieinander und unterhielten sich. Doch als ich mich mit Frau Sommer näherte, wurde es etwas stiller. Wir spürten, dass man uns neugierige Blicke zuwarf. Doch Frau Sommer entspannte die Situation mit den Worten:»Guten Tag zusammen. Das ist mein Gast für unbestimmte Zeit. Eine nette junge Frau, die sich freut, bei uns zu sein. Seid so lieb und nehmt sie ebenso herzlich auf, wie ich es getan habe. So, nun macht mal etwas Platz.« Mit ihrer charmanten Art und ihrem sonnigen Gemüt meisterte Frau Sommer die Lage, sie nahm mich bei der Hand und schritt gemeinsam mit mir die Stufen bis zur großen Eingangstür hinauf. Diese öffnete sich wie von Geisterhand.

Als wir den großzügigen Eingangsbereich betraten, konnte ich mich gar nicht sattsehen an den Wandmalereien sowie an den großen, bunten Verglasungen, die jede für sich wohl eine eigene Geschichte erzählten. Selten hatte ich so etwas Schönes gesehen. Das Sonnenlicht brach sich mehrfach in den mosaikartig gestalteten Fensterscheiben. Durch dieses Lichtspiel entstand ein immer wieder neu anzusehender Regenbogen in verschiedenen Farbgestaltungen. Ich hatte gleichzeitig das Empfinden, als ginge ich einer wohligen Wärme entgegen.

Frau Sommer war mein Erstaunen wohl nicht entgangen. Mit ihrer sanften Stimme meinte sie:»Genau wie du jetzt habe ich mit großen Augen diese Lichterspiele beobachtet, als ich das erste Mal hier im Gesundheitshaus zu Gast war. Es haben mich diese immer neu entstehenden Farbbögen einfach nur fasziniert, mein Kind. Es ist etwas Besonderes, diese eine Einzigartigkeit zu erleben.«

»Ich weiß nicht, wann ich zuletzt etwas so Wunderschönes gesehen habe, Frau Sommer.«

»Von solch schönen Dingen haben wir hier im Sommer-Lebensraum noch mehr zu bieten. Warte ab, mein Kind, ich bin sicher, wir werden noch das eine oder andere gemeinsam zu sehen bekommen. Lass dich überraschen!«

»Kann ich helfen, Frau Sommer?« Während unserer Unterhaltung über die schönen Dinge hatten wir nicht bemerkt, dass sich eine zierliche Dame in einem weißen Kittel genähert hatte.

»Guten Tag, Frau Zuversicht. Entschuldigen Sie, ich hatte uns ja schon angemeldet. Das ist die junge Dame, um die es geht.«

»Frau Gesundheit hatte schon gefragt, ob Sie angekommen sind. Darf ich Sie bitten, sich noch einen Moment in den Wartebereich zu setzen? Ich werde Sie dann gleich anmelden.«

»Danke, Frau Zuversicht. Ich hoffe, dass es Ihnen gut geht. Wir haben uns ja lange nicht gesehen.«

»Danke der Nachfrage, Frau Sommer, alles in Ordnung. Lassen Sie uns demnächst mal wieder eine Tasse Tee zusammen trinken.« Die Dame geleitete uns in den Wartebereich und verschwand wieder.

»So, einen Moment wird es dauern. Setzen wir uns doch.«

Ich blickte mich um. In diesem Raum gab es hübsche Wanddekorationen sowie Wiesenblumenarrangements, einige Stühle und ein Tischchen, auf dem ein Tablett mit Gläsern sowie eine Karaffe mit Wasser standen. Doch Zeitungen oder Illustrierte suchte man vergebens. Das wunderte mich etwas.

»Ich weiß«, meinte Frau Sommer, »du suchst vermutlich die zahlreichen Zeitungen und Illustrierten, die sonst im Wartebereich herumliegen. Doch die haben Herr und Frau Gesundheit längst abgeschafft, da sie der Meinung sind, dass es nicht gut sei, sich vor dem Besuch bei ihnen noch kurzfristig mit irgendwelchen Modekrankheiten zu beschäftigen. Wenn du mich fragst, sie haben damit völlig recht. Wem ist es noch nicht so ergangen, dass man eigentlich kerngesund ist, doch plötzlich, wenn man über etwas liest, ist man sterbenskrank? Also warum sollte man sich dann mit solch einer psychologischen Dummheit in solchen Blättchen beschäftigen?«

»So?«, sagte ich nur.

»Ja, mein Kind, Herr und Frau Gesundheit haben kaum noch Möglichkeit, in einem persönlichen Gespräch etwas über die Belange zu erfahren. Jeder kommt schon mit einer eigenen Diagnose und einer Liste von erbetenen Medikamenten, die den Körper erst recht krank machen.

»Frau Sommer, bitte!«

»So, wir sind schon dran. Dann komm mal, mein Kind.«

Wir folgten Frau Zuversicht einen Flur entlang zu einer großen Flügeltür. Diese öffnete sich von allein, ohne dass man auch nur die Türklinke berühren musste. Wir betraten den Raum und nahmen auf zwei Sesseln Platz, die vor einem großen Schreibtisch standen. »Einen kleinen Augenblick, bitte.« Frau Zuversicht verließ uns wieder. Ich ließ meine Blicke durch das Zimmer schweifen und war überrascht, wie viele Bücher in den Regalen platziert waren. Ungewöhnlicherweise waren sie nur mit Zahlenfolgen beschriftet. Ich wollte gerade zu einer Frage ansetzen, als sich die große Tür erneut öffnete.

»Guten Morgen, meine Damen. Bitte entschuldigen Sie die kurze Verzögerung. Frau Sommer, wir hatten ja bereits ...« Dann sah sie mich an. »Hallo, Sie sind also die junge Dame, von der ich schon so viel gehört habe. Schön, dass ich Sie auch kennenlernen darf. Was kann ich denn für Sie tun?«

»Frau Sommer empfahl mir einen Besuch bei Ihnen, da ich immer noch nicht so recht weiß, wie ich hierhergekommen bin.« Unerwartet begann Frau Gesundheit mich zu duzen, um mir das Gefühl der Vertrautheit zu schenken.

»Ach, weißt du, das wusste so manch anderer auch nicht, der

hier Gast war. Lass es uns doch einmal so versuchen: Du erzählst etwas über dich.«

»Wo soll ich da anfangen?«

»Du hast recht, wir machen es anders. Ich lese mich mal etwas ein.« Frau Gesundheit stand auf und kam auf mich zu, um mir tief in die Augen zu sehen. »Ich würde sagen: »2371969-13.20.« Wenn man gedachte Fragezeichen sehen könnte, hätten sie jetzt wohl über meinem Kopf gestanden. Frau Gesundheit ging auf das Wahnsinnsbücherregal zu, nahm einen Zweitritt zu Hilfe und tippte entlang der Buchreihen. »Das wird wohl eine längere Geschichte. Da muss ich mal eben ...«, sagte sie, kam die Stufen wieder herunter und ging zur Tür, um Frau Zuversicht zu rufen. Diese erschien sogleich. »Bitte, Frau Zuversicht, gehen Sie ins Herzensarchiv, um mir 2371969-13.20 zu besorgen. Danke schön, so, das wird jetzt einen Augenblick dauern. Wollen wir die Zeit nutzen, um uns besser kennenzulernen? Wann ist die junge Dame denn angereist, Frau Sommer?«

»Angereist ist gut, Frau Gesundheit. Gestern Nachmittag stand sie plötzlich und unerwartet in meinem Garten. Was soll ich sagen, Sie wissen doch, ich freue mich immer, wenn ich Gäste habe.«

Ich sah von der einen älteren Dame zur anderen, um mir ein Bild von deren Gedanken zu machen. Beide schienen vom Bann des Lichtes, das beide umgab, so innerlich erstrahlt zu sein, dass sie meine Blicke nicht wahrnahmen. »Sie können mir glauben, dass ich ...« Ich wurde vom Öffnen der Tür unterbrochen. Frau Zuversicht betrat den Raum mit einem großen Buch, welches in schwarzes Leder eingebunden war.

»Da ist es, Frau Gesundheit, 2371969-13.20.«

»Danke Ihnen, Frau Zuversicht. Ich würde Sie dann bitten, eine Karteikarte anzulegen.«

»Gerne, Frau Gesundheit.« Mit diesen Worten verließ Frau Zuversicht den Raum und Frau Gesundheit öffnete das Buch mit dem merkwürdigen Zahlencode. Doch Moment, so merkwürdig war der gar nicht. Wenn ich es recht überlegte: Diese Zahlen hatten mich mein ganzes Leben begleitet. 23.7.1969, das war mein Geburtsdatum, und die 13.20 meine Geburtszeit. Das gibt es doch jetzt nicht ... das ist ja ...

»So, da haben wir es. Gewissenskonflikte ... Das ist wirklich der meiste und verbreitetste Grund, warum so etwas passieren kann. Die Zeit ist schneller als du selbst. Beziehungsweise du bist in die Situation geraten, schneller als die Zeit sein zu wollen. Das lässt sich diese auf Dauer natürlich nicht gefallen. Ein Widerspruch in sich selbst. Dies kann zu Eskalationen führen, ohne dass du dir dessen in diesem Augenblick bewusst bist.«

»Wie meinen Sie? Ich verstehe nur Bahnhof!«

»Es ist so, dass die Emotionen den Aufstand proben. Mit anderen Worten: Alles ist etwas durcheinandergeraten. Nichts gerät so schnell aus der Fassung wie die menschlichen Emotionen. So gibt bei einem Ungleichgewicht der Bedürfnisse zum Beispiel mehr Leid als Freude für den Einzelnen. Das heißt: Wenn ich dir jetzt sage, dass du so schnell sein und so viele Aufgaben in einer Stunde erledigen kannst, wäre danach trotz allem erst eine Stunde von deiner Zeit abgelaufen. Verstehst du, worauf ich hinausmöchte?«

»Sie meinen, dass ich im Augenblick nicht lebe, sondern nur meine Zeit herunterlaufen lasse?«

»Ja, du vergisst es ob deines ganzen Pflichtbewusstseins, den Tag zu erleben. Und auf Dauer kann das krank machen. Lebe dein Leben, aber lasse dein Leben nicht leben. In vereinfachter Form ausgedrückt: Lasse dich nicht nur benutzen, sondern nimm dir das Recht, dein Leben zu gestalten, wie du es magst.«

»Moment mal, ich erlebe den Tag bewusst. Ich gehe hinaus in die Natur, das habe ich auch getan, bevor ich hierhergekommen bin. Liebe Frau Gesundheit, im Übrigen, was ist daran so schlimm, dass man versucht, es jedem recht zu machen, eben aus einem inneren Pflichtbewusstsein heraus?«

»Zunächst einmal: Könnte es nicht doch so gewesen sein, dass du viel zu viel im Kopf hattest, um mit dem Rad unterwegs zu sein? Das mit dem Es-jedem-recht-machen-Wollen ist so eine Sache, sobald man in die Situation kommt, dass andere nur ihren diversen Ballast bei einem ablagern, damit es ihnen gut geht, und sie aus mangelndem Anstand vergessen, dass auch man selbst Bedürfnisse hast. Dadurch gerät man nur in die Geberrolle und wird leicht zu benutzen sein, ohne dass es einem auffällt, dass sich der eine oder andere zurückzieht, sowie er sein Ziel erreicht hat. Man selbst aber wundert sich, warum das so ist. Nächstenliebe ist eine tolle Eigenschaft, doch kann sie sehr schnell zu Überforderung des Selbst führen und dann in eine echte Lebenskrise.«

Komisch, schon wieder fiel mir auf, dass nicht nur Frau Sommer über einige meiner Lebenssituationen Bescheid wusste, nun war es auch Frau Gesundheit, die Geschehnisse eines Unfalls aus vergangenen Tagen erwähnte. Laut äußerte ich:»Was kann ich da tun? Wie geht es für mich weiter? Wie komme ich wieder in mein Leben?«

»Zunächst einmal runterschalten, sich nicht zu viele Gedanken auf einmal machen, das überfordert. Ich würde vorschlagen, dass wir uns bald wiedersehen, und zwar dann, wenn du wirklich bereit bist, es zu wollen.«

»Was zu wollen? Sie meinen, Sie wiederzusehen?«

»Ja, das auch, in erster Linie meine ich dein gewohntes Leben.«

Frau Sommer, die dieser Unterhaltung ganz zurückhaltend gefolgt war, meldete sich zu Wort.»Frau Gesundheit, ich hatte der jungen Dame auch schon vorgeschlagen, dass sie ihren Aufenthalt als Urlaub vom Ich betrachten solle. So würde es ihr vielleicht etwas leichterfallen, sich hier in unserem Lebensraum zurechtzufinden.«

»Ich verstehe gar nicht, warum Sie damals nicht diesen Job übernommen haben, Frau Sommer. Sie haben immer so hervorragende Ideen. Das ist unglaublich.« Frau Gesundheit musste lachen.»Also, junge Frau. Urlaub vom Ich auf unbestimmte Zeit ist meine Verordnung bis zum nächsten Besuch.«

»Ja, aber meine Arbeit, mein gewohntes Umfeld oder mit anderen Worten, meine Zeit, die herunterläuft. Ich kann doch nicht seelenruhig Urlaub machen ...«

»Oh doch. Du kannst, denn wie du sicher schon bemerkt hast, die Zeit bestimmt uns hier nicht, auch nicht in diesem Augenblick bei dir zu Hause beziehungsweise in deinem Leben dort ... Du wirst sehen. Für heute ist es genug. Ich werde eine mögliche Therapie für dich erarbeiten oder besser gesagt, eine weitere Vorgehensweise in Sachen Rückkehr.« Frau Gesundheit sah mich an und lächelte mir aufmunternd zu: »Das wird schon.« Sie öffnete eine Schublade und überreichte mir ein silbernes Armkettchen mit den Worten: »Das ist für dich. Ich wünsche dir alles Gute, bis zum nächsten Mal.«

»Aber das kann ich doch nicht ...«

»Doch, doch«, unterbrach mich Frau Gesundheit, »ich freue mich immer, wenn Besuch angekommen ist. So wie es aussieht, ist er ja von längerer Dauer und ich freue mich aufs Wiedersehen in den nächsten Tagen.«

Frau Sommer erhob sich zum Aufbruch und reichte Frau Gesundheit den Korb mit den Heilkräutern. Mit einem freundlichen Händeschütteln verabschiedeten wir uns von der klugen alten Dame und gingen Richtung Ausgangstür. »Wir sehen uns bald.«

Erstaunlicherweise wirkte ich sehr ruhig und irgendwie erleichtert. Diesen Besuch hatte ich überstanden. Frau Zuversicht kam auf uns zu und reichte uns ebenfalls die Hand zum Abschied mit den Worten: »In den nächsten Tagen komme ich mal auf einen Plausch vorbei, Frau Sommer, wenn es Ihnen recht ist. Ich muss Ihnen doch etwas von meiner köstlichen Marmelade vorbeibringen.«

»Ich freu mich drauf, oh, ich muss mich noch etwas umgewöhnen: Wir freuen uns darauf, Frau Zuversicht. Noch einen schönen Tag und bis bald.«

3. Kapitel: Viele neue Bekannte und viele Geschenke

»Da hast du aber ein schönes Armband bekommen«, versuchte Frau Sommer ein Gespräch in Gang zu bringen. Mit einem Seitenblick wollte ich ihre Mimik deuten, doch reflektierende Sonnenstrahlen schienen dies verhindern zu wollen. »Ich weiß nicht was ich davon halten soll. Ist Frau Gesundheit immer so großzügig?«

»Frau Gesundheit macht nichts, bei dem sie sich nicht etwas gedacht hat, mein Kind. Anders gesagt, alles hat einen Sinn. So auch, dass sie dir dieses Armband geschenkt hat. Wo hast du es denn?«

Ich zog das hübsche Kettchen aus meinen Shorts und legte es in meine Handfläche. »Hier, sieh mal.« Bei genauem Hinsehen waren daran viele aufeinander folgende Ösen erkennbar.

»Soll ich es dir umlegen?«

»Ja, bitte. Würdest du das machen, Frau Sommer? Es ist doch zu schade, würde ich es nur in meiner Hosentasche herumtragen. Meinst du nicht auch?«

»Klar, mein Kind, dafür hat sie es dir sicher auch nicht gegeben. Komm, lass mich das gleich mal machen.« Frau Sommer und ich blieben kurz stehen, damit sie mir das Armband anlegen konnte. »Das sieht wirklich toll aus an deinem Handgelenk. Doch nun lass uns weitergehen, damit ich unser Mittagessen zubereiten kann. Mir ist mittlerweile etwas flau im Magen. Ich dachte auch nicht, dass wir den ersten Besuch bei Frau Gesundheit so ausdehnen würden.«

Frau Sommer und ich gingen eine Zeit still nebeneinander her. Ich versuchte umzusetzen, wozu Frau Gesundheit mir geraten hatte. Viele Dinge, die ich auf dem Hinweg nicht wahrgenommen hatte, sah ich jetzt umso deutlicher, besonders die reizenden Häuschen mit ihren parkähnlichen Vorgärten. Welch ein Verlust wäre es gewesen, hätten meine Augen dies alles nicht gesehen.

»Sieh dich ruhig um, mein Kind. Das ist das, was uns entgeht, wenn wir schneller als die Zeit sein wollen.«

»Ich glaube, ich verstehe jetzt, was ihr mir näherbringen wollt, und auch, dass ihr beide es gut mit mir meint, Frau Sommer. Doch bitte beantworte mir eine Frage: Was war das für ein Buch, in das Frau Gesundheit hineingesehen hat, als wir das Gespräch geführt haben?«

»Sieh mal, es gibt viele Dinge, von denen es besser ist, sie nicht zu wissen, mein Kind. Warum sich also Gedanken darüber machen? Sie überfordern und belasten nur.«

Nachdenklich wirkte Frau Sommer jetzt und ich hatte das Empfinden, als wenn sie nicht so recht mit der Sprache herausrücken wollte, wie bei so manch anderen Dingen auch nicht. Doch so einfach wollte ich mich nicht zufriedengeben. Ich versuchte es erneut: »Aber bitte, ich würde gerne wissen, was da vor sich geht. Ich hatte den Eindruck, dass Frau Gesundheit über mein ganzes Leben Notizen in diesem ledergebundenen Buch gesammelt hat. Es betrifft doch mich. Kannst du das nicht nachvollziehen?«

»Oh ja, ich kann. Ich verstehe dich sehr gut. Doch bedenke, dass es nicht gut ist, schon vorher ...« Mitten im Satz hielt Frau Sommer wieder einmal inne und ich bekam erneut den Eindruck, als würde mir absichtlich etwas verschwiegen. Was sollte ich davon nur halten? Einerseits meinte man es hier sehr gut und liebevoll mit mir, man wollte jedes noch so ängstliche Gefühl von mir fernhalten, und gleichzeitig regte mich dieses Verhalten an, neugierig zu werden. Was sich wohl hinter diesem seltsamen Geschehen verborgen hielt?

Meine Gedanken wurden jäh unterbrochen, als von Weitem eine Gestalt hüpfend auf uns zukam. »Da, sieh, was für ein Glück ... Guten Tag, guten Tag, guten Tag, die Damen«, sagte der grün gekleidete Herr zusammen mit dem Lüften seines Hutes.»Frau Sommer, Ihr strahlendes Dasein übertrifft wie immer jeglichen Sonnenschein an diesem Tag. Ach, und Ihre so reizende Begleitung. Ich muss sagen, ihr bekommt unser Klima sehr gut.«

»Ach Herr Glück, Sie und Ihr Charme. Ich grüße Sie. Auf des Glückes Rappen unterwegs?«

»Selbstverständlich. Wie immer im Dienst. Ich eile und eile, verweile, verweile, geleite und beeile mich hier und da, da und hier. Wie du mir, ich zu dir. Nur das Glück, das bring ich dir.« Mit diesen Worten überreichte Herr Glück mir ein kleines, in Samt gewickeltes Etwas. »Sie verstehen, Sie verstehen. Ich muss jetzt gehen, muss jetzt weiter. Leider, leider auf des Glückes Leiter. Auf Wiedersehen, auf Wiedersehen. Bis bald, bis bald. Auf des Glückes Rappen halt.« Der fröhliche Mann machte sich springend und singend wieder auf den Weg.

Kopfschüttelnd musste ich herzhaft lachen. »Was war das???«

»Das war Herr Glück, leider ohne seine Frau. Sonst hättest du sie auch gleich kennengelernt. Schade, dass sie heute getrennt in Glücksdingen unterwegs sind. Ich hätte sie dir gerne gemeinsam vorgestellt.«

»Ach herrje, da hab ich doch jetzt glatt vergessen, mich bei dem Herrn zu bedanken. Wo er und seine Frau es doch waren, die mir heute Morgen meine Kleidung gebracht haben. So etwas Dummes, Frau Sommer. Denkst du, ich habe irgendwann die Gelegenheit dazu?«

»Sicher wirst du noch eine andere Gelegenheit dazu haben, mein Kind. Doch sieh mal nach, was er dir soeben geschenkt hat.«

Vorsichtig und gespannt öffnete ich meine Hand und sah mir das kleine grüne samtene Tuch genauer an. Sachte entfaltete ich es. »Oh, wie süß. Sieh mal, Frau Sommer, ein Kleeblatt.« Ich hob meine Handfläche Frau Sommer etwas entgegen, damit sie auch einen Blick auf mein soeben erhaltenes Geschenk werfen konnte. Wie hübsch es war: ein silberner Anhänger in Form

eines vierblättrigen Kleeblattes, das im Sonnenlicht wunderschön funkelte. Dieses zweite Geschenk an diesem Tag löste ein regelrechtes Gefühlsbad in mir aus. Meine Augen füllten sich mit Tränen der Dankbarkeit und ich ließ ihnen freien Lauf.
»Mein Kind, komm mal.« Frau Sommer nahm mich in den Arm und drückte mich herzlich an sich. »Lass es geschehen. Lass es zu. Sammle nicht die Gefühle, sondern gib ihnen die Möglichkeit, ihre Existenz zu verkörpern, mein Liebes.«
»Aber ...« Weiter kam ich nicht, meine Worte erstickten erneut in einem Tränenfluss. Frau Sommers Umarmung löste sich sanft. »Geht es wieder, mein Kind? Oder wollen wir uns einen Moment ins Gras setzen? Meinst du, das würde dir etwas helfen?« Still nickte ich Frau Sommer zu, woraufhin sie mit mir einige Schritte vom Weg abging und sich ins Gras fallen ließ. Ich folgte ihr und setzte mich neben sie. Ich versuchte, mich zu fangen.
»Ach, Frau Sommer, ich weiß nicht ...«
»Schon gut, es ist alles okay. War wohl etwas viel. So viele neue Eindrücke. Ich kann dich gut verstehen.« Frau Sommer nahm meine Hand und begann, sie zu streicheln.
»Weißt du, selten habe ich eine solche Nächstenliebe erfahren. Von einer solchen Art von Freundlichkeit umgeben zu sein, das ist schon etwas ganz Besonderes.«
»Ich glaube dir das ohne Zweifel, in eurer schnelllebigen Zeit, mein Kind. Doch hier ist es eine Selbstverständlichkeit, erst recht dann, wenn Besucher anwesend sind. Sicher gibt es auch hier dann und wann Meinungsverschiedenheiten, doch im Großen und Ganzen sind wir uns immer schnell wieder einig. Außerdem haben wir Herrn und Frau Gerechtigkeit. Herrn Gerechtigkeit haben wir schon heute früh getroffen, weißt du noch?«
»Ja, das war doch der Herr mit der Nickelbrille und der kleinen Waage in der rechten Hand.«
»So ist es. Er sorgt immer für eine gewisse Ausgeglichenheit.

Jetzt lass uns doch einmal den hübschen Anhänger genauer anschauen.« Ich öffnete das samtene Tuch erneut und sah mir das kleine Kleeblatt noch einmal an. »Wie kam Herr Glück dazu, mir ein solches Geschenk zu machen?«, fragte ich mich laut. »Mein Kind, daran solltest du dich gewöhnen. Du bist hier zu Gast und erhältst somit dann und wann ein Gastgeschenk.« »Aber das ist doch schon eine verkehrte Welt. Ich bin hierhergekommen, wie du immer so schön sagst, um dich zu besuchen. Normal wäre es also so, dass ich dir ein Geschenk mitbringen würde.« Nachdenklich und irritiert sah ich Frau Sommer direkt in ihre tiefgründigen Augen, deren Glanz ihrer Aura Konkurrenz machte. Innerlich machte ich in diesem Moment mit mir selbst aus, dass ich mich von diesem Augenblick an nicht mehr fragen würde, warum, wieso, weshalb ich hierhergeraten war, sondern dass ich alles so annehmen würde, wie es war. Ich wollte nicht mit dummer Fragerei die Leute vor den Kopf stoßen und schon gar nicht mit irgendwelchen Äußerungen auch nur den Hauch des Anscheins von Undankbarkeit erwecken.

»Ein tolles Geschenk von Herrn Glück, meinst du nicht auch? Etwas Glück kann doch jeder brauchen. Lass es uns doch gleich einmal an deinem neuen Armband anbringen.«

Wortlos reichte ich Frau Sommer meinen Arm und sie öffnete den Karabinerverschluss. Sie fädelte den Anhänger ein, um dann das Armband erneut an meinem Arm zu verschließen. Einen kurzen Augenblick betrachtete ich das Schmuckstück. Dann stand ich mit neuem Schwung auf, klopfte meine Shorts ab und bot Frau Sommer meine Hand, um ihr das Aufstehen zu erleichtern.

»Danke, mein Kind, so geht es. Geht es dir jetzt besser?«

»Ja, danke, jetzt bin ich bereit für den Rückweg, Frau Sommer.«

»Das freut mich. Dann mal los. So langsam habe ich auch etwas Hunger. Du auch?«

»Etwas? Ich weiß gar nicht, wo ich hin soll mit meinem Appetit«, versuchte ich einen Scherz zu machen, um etwas meine Traurigkeit zu überspielen.

»Worauf hättest du denn Lust?«

Ich überlegte eine Weile. »Apfelpfannkuchen«, platzte es hemmungslos aus mir heraus.

»Da hast du es. Dein Glück hat schon Erfolg. Ich mache die besten Apfelpfannkuchen weit und breit.« Beide mussten wir herzhaft lachen. Wir hakten uns unter und setzten unseren Weg fort. Unterwegs zeigte Frau Sommer mir noch das eine oder andere, um mir die Orientierung zu erleichtern. Falls ich einmal allein umherziehen würde, sagte sie freundlich und sehr fürsorglich zu mir. »Da sind wir schon, siehst du, dieser gerade Weg führt direkt zu meinem Haus.« Frau Sommer öffnete die Haustür und ließ mir den Vortritt. Ohne zu überlegen, ging ich direkt in die Küche. Frau Sommer folgte mir und band sich sogleich die Schürze um. »Möchtest du mir helfen?«

»Gern, was kann ich tun?«

»Du weißt doch, wo der Apfelbaum steht, du weißt schon, der große mit den reifen, pinken Äpfeln? Nimm den Korb, der auf der Veranda steht, und bringe mir die größten und schönsten Früchte, die du findest, mein Kind.«

»Okay, wie viele dürfen es denn sein, Frau Sommer?«, fragte ich nach. Doch die liebe Dame war schon mit ihren Rührschüsseln und Pfannen so beschäftigt, dass sie mich wohl nicht mehr wahrnahm. Ich zuckte die Schulter und begab mich auf die Veranda, um den Korb zu holen. Fröhlich ging ich auf den Apfelbaum zu. Doch, oh Schreck, die dicken reifen Äpfel hingen oben in der Baumkrone, sodass ich nicht einfach damit anfangen konnte, die hübschen Früchte zu pflücken, sondern es würde schon eher eine Herausforderung werden, mit einem halbwegs befüllten Korb wieder in die Küche zu kommen. Also was tun? Auf Apfelpfannkuchen verzichten? Um Hilfe bitten? Mir eingestehen, dass ich zu feige war, den Baum hinaufzuklettern? Nein, sicher nicht. Ich werde Frau Sommer nicht enttäuschen, sagte ich mir und ging auf den Baum zu. Dort angekommen, stellte ich den Korb ins Gras, um mich nach einer Leiter umzusehen. Mein Blick wurde fündig. Dort, neben dem Kräutergewächshaus, lehnte eine ansehnliche Leiter, die scheinbar nur darauf wartete, eingesetzt zu werden.

Frohen Mutes und voller Entschlossenheit machte ich mich daran, das Ungetüm Richtung Baum zu transportieren. Ruckzuck fand ich mich in der ersten Astgabel wieder. Es wackelte und knackte, doch voller Tatendrang versuchte ich, die mahnenden Geräusche zu überhören. Vorsichtig hangelte ich mich im Baum hin und her, um die Äpfel zu pflücken und sie einen nach dem anderen treffsicher im Korb zu platzieren. Jetzt ist es genug, dachte ich noch, als sich eine Stimme meldete.

»Es sind genug, du solltest jetzt den Rückweg antreten. Nein, warte mal, dort ...«

»Wer ist da, wo sind Sie?«

»Ganz ruhig, immer langsam. Dort, etwas weiter rechts hängt noch ein wunderbares Exemplar von diesen, wie ich finde, ausgezeichneten Früchten. Meine Liebe, erst mal solltest du dich auf deinen Abstieg konzentrieren, ich warte auf dich. Hihihi«, machte es noch.

Ich sah mich um, konnte aber beim besten Willen niemanden sehen. Vorsichtig verließ ich den Baum und stieg auf die Leiter zurück, um eine Stufe nach der anderen zu nehmen. Da, plötzlich, am benachbarten Birnbaum konnte ich die Silhouette eines kleinen Mannes erkennen, der lustig und munter mit einem angebissenen Apfel in der Hand am Baum lehnte und wohl einen Heidenspaß daran hatte, mich bei meinem Vorhaben zu beobachten.

»Na, haben Sie Spaß daran, anderen bei der Arbeit zuzusehen?«

»Oh, gestatten Sie, ich wäre Ihnen jederzeit zu Hilfe gekommen, wenn Sie mich gebraucht hätten, junges Fräulein. Doch ich muss sagen: Ausgezeichnet, wie Sie das gemacht haben!«

»Ganz schön frech, wenn ich das anmerken darf. Das ist mir jetzt auch zu blöd. Ich bin sicher, Frau Sommer wartet bereits auf mich. Dürfte ich noch Ihren Namen wissen, mein Herr?«

»Der erübrigt sich, glauben Sie mir, schönes Kind. Hihihi«, machte es wieder und eins, zwei, drei – fort war der zwerggroße Mann mit den merkwürdigen Manieren.

Ich schnappte meinen reich gefüllten Korb und machte mich auf den Weg zurück, um über die Veranda in die Küche zu gelangen. »Da bin ich wieder, Frau Sommer.«

»Eben wollte ich schon rauskommen, um nach dir zu sehen. Ich dachte schon, du brauchst doch meine Hilfe, mein Kind. Na, lass mich mal sehen.« Frau Sommer nahm mir den Korb ab und stellte ihn auf den Küchentisch. Prüfend sah sie sich die Äpfel genauer an und meinte: »Sehr schön, das hast du toll gemacht. Die sehen prächtig aus, Liebes.«

»Frau Sommer, wusstest du, dass da draußen ein kleiner Mann umherläuft und anderen Menschen gern bei der Arbeit zusieht? Dazu noch dieses schelmische Lachen. Ich bin richtig erschrocken. Aber mehr noch war ich ärgerlich darüber, dass er mich bei meiner waghalsigen Aktion nur beobachtet hat, anstatt mir zu helfen. Er gab mir noch altkluge, dumme Ratschläge.«

»Da hast du wohl Herrn Faul getroffen. Der ist immer da, wenn andere fleißig sind, um mit seiner Anwesenheit glänzen zu können, beziehungsweise damit er wenigstens das Gefühl hat, er habe etwas zum Allgemeinwohl beigetragen. Mach dir nichts draus, mein Kind, er hat auch seine guten Seiten, glaub mir, du wirst schon sehen.«

»Ich weiß nicht, Frau Sommer, ich sehe nichts Gutes daran, anderen bei der Arbeit zuzusehen, außer man kann dabei was lernen.«

Frau Sommer zog ihre Schultern hoch und murmelte etwas wie: »Wir werden sehen.« Eifrig fing sie an, die Äpfel zu schälen, um sie in Stückchen zu schneiden und in den Teig zu geben. Ich sah ihr dabei zu, nahm dann ein Messer und machte es ihr gleich. Schweigend arbeiteten wir eine Weile vor uns hin, als es plötzlich klopfte.

»Es wird für dich sein, mein Kind. Geh und öffne bitte die Tür.«

»Für mich? Aber wer sollte denn ...?« Ich legte das Messer ab, wusch mir schnell die Hände, griff nach einem Handtuch, um mir auf dem Weg zur Tür die Hände daran abzureiben. Da klopfte es wieder. Mit Herzklopfen öffnete ich die Tür. Eine gut gekleidete Dame stand vor mir und fragte: »Sie sind die junge Dame, die vorübergehend bei Frau Sommer zu Gast ist?«

»Ja, möchten Sie eintreten? Frau Sommer ist in der Küche.«

»Oh nein, mein Fräulein. Heute nicht. Ich bin nur vorbeigekommen, um Ihnen das zu bringen.« Sie reichte mir eine kleine gestreifte Schachtel. Mein erstauntes Gesicht ermunterte die Dame weiterzusprechen. »Entschuldigung, ich vergesse meine Manieren.« Jetzt reichte sie mir die Hand. »Mut ist mein Name. Mir ist zu Ohren gekommen, dass ein waghalsiges Abenteuer im Apfelbaum für Aufsehen gesorgt hat. Ich muss sagen: Hut ab. Und das als Frau. Toll, einfach toll. Aus diesem Grund mein kleines Präsent.«

»Aber ich kann doch nicht ...«

»Doch, doch, Ehre, wem Ehre gebührt. Es ist nur eine Kleinigkeit.« Die Dame hatte sich schon fast abgewandt und meinte noch: »Ich hätte mich das nicht getraut. Ach bitte, richten Sie Frau Sommer herzliche Grüße aus. Ich komme demnächst auf ein Likörchen. Ich wünsche einen schönen Tag, mein Fräulein.«

Mit offenem Mund stand ich da und sah der Frau nach. Dann schloss ich die Tür und machte mich auf den Weg zurück in die Küche. »Frau Sommer, da war eine Frau Mut. Sie gab mir das.« Ich hielt Frau Sommer das eben erhaltene Präsent entgegen.

»Na, das ist schon, warte ... das dritte Geschenk an einem Tag. Bei dieser Geschwindigkeit wirst du ganz schnell ein edles Schmuckstück dein Eigen nennen können.« Plötzlich hielt Frau Sommer inne und deutete in Richtung Küchentisch. »Essen ist fertig. Setz dich bitte. Magst du noch etwas Zucker oder Sirup zum Pfannenkuchen?«

»Nein, danke. Frau Mut sagte noch, dass ich dich grüßen soll und dass sie in den nächsten Tagen auf einen Likör vorbeikommt. Sie wünscht uns einen schönen Tag. Hübsch, die gestreifte Schachtel, findest du nicht auch?« Ich beäugte die Schachtel, die ich in der Mitte des Tisches abgestellt hatte, und überlegte, was wohl darin sein könnte.

»Ja, sehr schön ist sie.«

Gedankenverloren widmete ich mich meinem superleckeren Pfannkuchen.

»Sag mal, und du bist tatsächlich im Baum hin- und hergeklettert?«

»Ja, wie sollte ich denn sonst an die Früchte kommen?«

Frau Sommer lachte und kicherte vor sich hin.

»Lachst du mich jetzt aus, Frau Sommer?«

»Aber nein, ich frag mich gerade, warum du es dir so schwer gemacht hast, mein Kind. Du hättest doch den langen Apfelpflücker nehmen können.«»Apfelpflücker??«

»Ja, das lange Ding, das an der Hauswand steht. So was habe ich. Denkst du, ich klettere in meinem Alter noch die Bäume hoch, um meine Früchte zu ernten?« Bei diesem Gedanken mussten wir beide losprusten vor Lachen und bekamen uns nur schwer wieder ein. »Ja, aber du hast wohl mit deiner Aktion für so viel Aufsehen gesorgt, dass man darüber spricht. Sonst hätte Frau Mut so schnell nicht den weiten Weg auf sich genommen, um dich kennenzulernen, mein Liebes.« Frau Sommer zwinkerte mir zu.

»Das war so lecker, also, könnte ich Preise vergeben, du würdest einen bekommen für den weltbesten Apfelpfannkuchen.« Ich stand auf und drückte Frau Sommer kurz an mich, wobei ihr die Röte ins Gesicht stieg. Sogleich rieselte es Sommersonnensternenstaub.

»Ach Kind, jetzt lass uns mal sehen, was du bekommen hast.« Frau Sommer schob mir die kleine Schachtel zu.

»Okay, dann.« Ich öffnete die Schachtel und ein kleiner silberner Baum strahlte mir entgegen. »Wie schön, wie wunderschön. Sieh nur, Frau Sommer.«

»Dann walte ich mal meines Amtes.«

Ich streckte der Dame meinen linken Arm entgegen. Frau Sommer löste das Armband, brachte den neuen Anhänger an und legte mir das Armband wieder um.

»Frau Sommer, ich frage mich nur, woher Frau Mut so schnell über meine Apfelbaumaktion Bescheid wusste.«

»Meine Liebe, was habe ich denn vorhin angedeutet, als du von dem kleinen Mann erzählt hast, der dich beobachtete? Das ist seine Art, zum Allgemeinwohl beizutragen, mein Kind. Er sieht und erzählt, er beobachtet und nimmt zur Kenntnis, wenn es außergewöhnliche Ding gibt, die sich lohnen, weitergetratscht zu werden. Das ist eben seine Art von Daseinsberechtigung in unserem Lebensraum.«

»Dann muss ich ihm wohl auch noch Danke sagen! Denn ihm habe ich es zu verdanken, dass ich das Geschenk von Frau Mut bekommen habe.«

»Wenn du es so siehst. Er wird sich sicher freuen, etwas Positives zu hören. Leider ist das nicht oft der Fall. Er hat eine Wesensart, die einem schon manchmal den letzten Nerv rauben kann, mein Kind.«

»Dann mach ich das. Soll ich jetzt mal eben das Geschirr sowie die Küche in Ordnung bringen? Währenddessen kannst du dich etwas ausruhen, Frau Sommer.«

»Das ist lieb von dir. Ich bin tatsächlich etwas müde. Es war doch etwas viel heute.« Frau Sommer drückte mich noch kurz an sich. Sie wirkte erschöpft und meinte noch: »Würdest du mich nachher wecken? Für den Fall, dass ich zu lange schlafe.«

»Ja, das mache ich. Erhole dich etwas. Bis später.« Frau Sommer verließ die Küche, ich hörte noch, wie sie tief atmete, bevor sie die Treppe hinaufstieg.

Sogleich machte ich mich daran, den Tisch abzuräumen sowie

die Schüsseln und Pfannen zu spülen. Dabei dachte ich über das bisher Erlebte nach. Auch wenn ich inzwischen gut hier angekommen war, mich aufgehoben fühlte und sicher auch herzlich willkommen war, irgendetwas gab es, das mich noch immer beunruhigte. Ich konnte nicht einmal genau sagen, was es war. Doch es war immer gegenwärtig und mir fielen die Worte von Frau Gesundheit ein:

»Wenn Sie es wirklich wollen ...«

Ich dachte über mein Leben nach, welches immer von Pflichten und Regeln erfüllt war, in dem es selten Platz für Eigenheiten gab und noch weniger für Kreativität. Diese Kreativität, die den Geistesherausforderungen entspricht, Verborgenes, das zum Vorschein kommt, wenn es zugelassen wird. Der geistige Raum, der stets gut gefüllt war mit Gedanken, von denen ich mich nie traute, sie jemandem anzuvertrauen, aus Angst, man könnte mich missverstehen oder für komplett übergeschnappt halten.

Unterdessen erledigte ich die Aufräumarbeiten. Als Letztes wischte ich den Tisch ab. So, fertig, was konnte ich jetzt noch tun? Eine Entdeckungsreise? Ja, warum nicht? Von der Küche ging ich in den langen Flur, schaute mich um und sah die verschlossenen Türen. Welche sollte ich öffnen, so ganz ungefragt? Doch die liebe Dame hatte ja gesagt, ich solle mich wie zu Hause fühlen. Also warum nicht?

Ich öffnete eine Tür, sie führte mich ins Lesezimmer. Dort begann ich, mich umzusehen. An den langen Bücherregalen entlanggehend, las ich die einzelnen Buchtitel und ließ sie auf mich wirken. Was hatten wir denn da? Von Kräuterkunde bis zu umfangreichen Gartenratgebern war alles dabei. Gut sortiert, dachte ich. Dann kamen Back- und Kochbücher. Nun wurde es schon etwas interessanter. Astrologie und Sterndeutung sowie Traumdeutung und Traumerklärung. Doch was war das:»Wünsche leicht gemacht«, »Finden Sie zu Ihrer Wunscherfüllung«, »Die Kraft der inneren Energie«, »Wissenswertes über die Kraft der Gedanken«. Das war wahrlich eine der interessantesten Büchersammlungen, die ich in der letzten Zeit gesehen hatte. Ich schnappte mir eines der dicken Bücher. Ohne den Titel bewusst ausgewählt zu haben, machte ich es mir damit in einem großen Sessel gemütlich und las den Buchtitel laut vor: »Elementeverschmelzung – Ein großer Schritt in Richtung Wunscherfüllung«. Wie aufregend das klang. Ich begann, in dem Buch zu blättern, und stolperte über das Kapitel »Sammlung der Elemente«. Ich begann zu lesen:

»Es ist alles in dir, wenn du darüber nachdenkst, denn was wäre wenn ...
... das Herz ohne das Feuer, das darin brennt,
... die Tränen ohne das Wasser, welches du vergießt,
... die Atmung ohne die Luft, welche du einatmest,
... die Bodenständigkeit ohne die Wurzeln, die du zum Gedeihen bringst,
... ohne dich auskommen müsste?«

Wollte ich über diese Dinge in diesem Moment nachdenken? Hatte ich in diesem Augenblick die Geduld für solche Intellektualität? Nein, sicher nicht jetzt. Mit einem lauten Geräusch schlug ich das Buch zu. Ich stand auf, verstaute es wieder im Regal und verließ den Raum. Leise schloss ich die Tür hinter mir.

Ich hörte Schritte und eine Tür knarrte. Kurz darauf erschien Frau Sommer am Treppenabsatz. »Mein Kind, hast du die Zeit gut herumbekommen?«

»Oh ja, habe ich. Soll ich uns jetzt einen Kaffee kochen?«

»Ja, gern, meine Liebe, es müsste auch noch etwas Kuchen von gestern da sein. Oder hast du schon ein neues Rezept aus einem meiner Backbücher herausgesucht?«

Erstaunt und etwas verlegen antwortet ich: »Aber ich habe ...«

»Ist schon gut, mein Kind. Ich hatte dir erlaubt, dich wie zu Hause zu fühlen. Dazu gehört auch, dich an meinem Bücherschrank zu bedienen, Liebes.« Frau Sommer lachte in sich hinein und ging die Treppe hinunter. Ich ging in die Küche, befüllte den Wasserkessel und stellte diesen auf den Ofen. Sogleich nahm ich Tassen und Teller aus dem Schrank und brachte diese auf die Veranda. Frau Sommer war mir mit dem Kuchenteller gefolgt und stellte diesen auf den Tisch.

»Setz dich, Frau Sommer. Ich brühe eben noch den Kaffee auf und dann komme ich dazu.«

»Mein Kind, du solltest Urlaub machen und nicht ich.« Doch sie folgte und setzte sich.

»Ich mache das gern, Frau Sommer«, sagte ich und begann dann, den Kaffee aufzubrühen. Einige Minuten später stellte ich die dampfende Kanne auf den Tisch und schenkte erst Frau Sommer und dann mir eine Tasse ein.

»Mir auch, bitte«, tönte es vom Gartenzaun. Herr Traum stand dort und winkte uns zu. Frau Sommer bat mich, noch ein Gedeck zu holen. »Hallo, die Damen, ist es gestattet?«

»Natürlich, mein Lieber, Sie sind doch immer willkommen. Das wissen Sie doch.«

»Danke, Gnädigste. Wie ist es, mein Fräulein, wie ist Ihr Befinden?«, fragte mich Herr Traum.

»Danke, sehr gut. Wissen Sie, bis jetzt, oh, ich wollte sagen, bis auf eine Begegnung, waren alle Leute sehr freundlich und zuvorkommend.«

»So!«, sagte Herr Traum mit hochgezogener Augenbraue. »Wer war denn nicht so nett?«

»Herr Faul war auch schon so lieb und hat unserem Gast seine Aufwartung gemacht. Du weißt schon, in seiner ganz besonderen Art, Menschen zu belästigen mit seinem Gerede und so ...«

»Ach, Herr Faul, der Beobachter, der immer da ist, dem nichts entgeht und sei es die geringste Kleinigkeit. Gern schmückt er sich mit fremden Federn. Dadurch, dass er alles weitertratscht, macht er sich interessanter denn je. So verdient er sich die Aufmerksamkeit, die seine Existenz nährt. Ein verrückter Kerl, der eine ebenso verrückte Frau an seiner Seite hat. Mach dir nichts draus. Es gibt sicher wesentlich aufregendere Leute als diese beiden. Weißt du, Kontakt zum Leben behält man, wenn man es schafft, die Unberechenbarkeit beizubehalten. Es erweitert die Aura des Geistes. Man bleibt geheimnisvoll und interessant. Es ist nicht ratsam, sich mit dem Geschehen oder gar mit den Neuigkeiten anderer aufregend oder gar geheimnisvoll zu gestalten. Wenn man erst die anderen braucht, um sein Leben zu gestalten, bleibt man orientierungslos zurück.«

»Herr Traum, mein Guter, du bist heute wieder unschlagbar darin, rätselhafte Weisheiten zu verfassen.«

»Du weißt doch, dass der Sinn zwischen den Zeilen verstanden werden muss. Der Rest muss allein herausgefunden werden, um Bestandteil des Wissens zu werden.«

Interessiert versuchte ich, der Unterhaltung zu folgen und somit das Bestmögliche für mich aufnehmen zu können, um eventuell meiner Wissensbegierde etwas Nahrhaftes anbieten zu können. Wohl mit dem Gedanken, mit meiner jetzigen Situation zurechtzukommen.

Frau Sommer bemerkte mein ruhiges Verhalten: »Bist du anwesend, Liebes?«

»Oh, aber ja, ich lasse gerade die Worte von Herrn Traum auf mich wirken.«

»Schön, zu jeder Zeit bereit zu einem Gespräch zu zweit.«

»Hey, hey, mein liebster Freund, muss ich mir Gedanken machen?«, fragte Frau Sommer lächelnd. Sommersternenregen begleitete ihr Lächeln und sie freute sich wohl insgeheim, dass sie es schaffte, den ach so redegewandten Herrn Traum etwas verlegen zu machen. Dass es so war, sah man dem liebenswürdigen Herrn an der Nasenspitze an. Eine charmante Röte zierte sein markantes Gesicht. Um dem reizenden Herrn in seiner Situation zu helfen, sagte ich: »Frau Sommer hatte mir Ähnliches über Herrn Faul erzählt.«

»Genau, weißt du, mein Kind, die Gemeinschaft kann noch so klein sein, einer wird immer anders sein«, meinte Frau Sommer herzlich. Sie stand auf, um nach der Kaffeekanne zu greifen. Doch Herr Traum kam ihr zuvor.

»Darf ich den Damen noch etwas Kaffee nachschenken?«

»Gern, mein Lieber, verwöhnen sie uns, da Sie sich so nett selbst zu unserer Kaffeetafel eingeladen haben.«

»Wo wir schon einmal dabei sind, was machen die Damen morgen Nachmittag?«

»Warum fragst du? Möchtest du uns ein Unterhaltungsprogramm vorschlagen?«, fragte Frau Sommer freundlich und zugleich herausfordernd.

»Es ist so, dass unser lieber Besuch noch nicht allzu viel von unserer schönen Umgebung gesehen hat. So dachte ich mir, wir machen am morgigen Tag mal einen Ausflug mit einem Picknick, wenn ihr mögt und ihr einen weiteren Tag mit mir aushaltet, meine Lieben.«

»Tolle Idee, Herr Traum, das würde ich gerne machen. Oder, Frau Sommer, was meinst du?«

»Klar, mit dir werden wir schon fertig«, grinste Frau Sommer, »eine bezaubernde Idee, mein Freund. Hast du bereits ein Ziel im Visier, mein Lieber?«

»Ich habe überlegt, dass wir hinaus auf den See fahren könnten, eine schöne Bootsfahrt und im Anschluss ein Spaziergang ins Grüne. Vor allem kam mir der Gedanke, wie es wohl wäre, wenn ich noch männliche Verstärkung mitbrächte.«

»An wen dachtest du, mein Lieber?«

»Was glaubst du, an wen ich wohl gedacht habe, wenn wir einen vergnügten Tag haben wollen, liebe Freundin? An meinen lieben, vertrauten Freund Herrn Geselligkeit natürlich.«

»Was für ein guter Einfall. Herrn Geselligkeit habe ich schon lange nicht mehr gesehen. Wann soll es denn losgehen, morgen früh?«

»Ja, ich denke, wenn die Sonne über dem Apfelbaum steht. Dann haben wir den ganzen Tag vor uns, oder?«

»Okay, abgemacht. So machen wir das, liebster Herr Traum.«

Frau Sommer stand auf und machte sich daran, das Geschirr auf ihr Küchentablett zu räumen.

»Ich mach das, Frau Sommer!« Und sogleich stand ich auf, um Frau Sommer das Tablett abzunehmen.

»Eine nette Hilfe, die du da ins Haus bekommen hast, meine Liebe.«

»Ja, ich muss sagen, dass ich schon jetzt sehr dankbar bin, dass mich die junge Frau aufgesucht hat beziehungsweise dass das Fräulein in meinem Haus eingekehrt ist. Wer weiß, wofür es gut ist?« Die Nachdenklichkeit in Frau Sommers Stimme hallte noch nach, als ich mit dem Tablett bewaffnet in die Küche ging. Sogleich machte ich mich an den Abwasch und brachte den Rest des Kuchens in die angrenzende Speisekammer.

»Mein Kind, das war sehr lieb«, sagte die eintretende Frau Sommer und meinte weiter:»Kommst du noch einen Moment zu uns?«

»Gleich, Frau Sommer, ich wasche mir nur noch die Hände und komme dann wieder zu euch auf die Veranda.«

»Lieber Freund, du hast wirklich einen tollen Vorschlag gemacht, ich meine die Idee mit Herrn Geselligkeit, er ist ein netter und interessanter Zeitgenosse, der es sicher blendend verstehen wird, unserem Fräulein eine fröhliche Abwechslung an diesem Tag zu sein. Vor allem habe ich ihn lange nicht mehr gesprochen. Es hatte sich nicht ergeben in der letzten Zeit.«

»Oh, ihm geht es ganz gut. Er scheint die Trennung von seiner weiblichen Hälfte inzwischen ganz gut verkraftet zu haben. Ich habe versucht, ihm in der vergangenen Zeit ein guter Freund zu sein, mit Gesprächen und gut gemeinten Ratschlägen zur Seite zu stehen.«

»Da bin ich«, sagte ich zu den beiden und setzte mich wieder auf meinen Stuhl.

»Wir waren gerade dabei, ein paar Dinge für morgen zu klären«, meinte Frau Sommer vielsagend in Richtung Herrn Traums, der auffällig fröhlich nickte.

»Ich freue mich sehr. Wie ist das? Da Sie, Herr Traum, für das Unterhaltungsprogramm zuständig sind, sollen Frau Sommer und ich für das leibliche Wohl sorgen?«

»Was für eine Frage, das ist doch klar«, erwiderte Frau Sommer und weiter meinte sie:»Ich habe da schon etwas in Gedanken. Das wird uns allen schmecken.«

»Dann haben wir ja alles besprochen, meine Lieben. Ich werde mich jetzt mal auf den Heimweg machen, denn ich habe jetzt noch etwas zu organisieren.« Wie geheimnisvoll der nette Herr Traum tut, dachte ich, schon verrückt, dass ich mich so wohl in der Gesellschaft der beiden fühle, als würde ich sie schon eine halbe Ewigkeit kennen.»Ich darf mich verabschieden, meine Damen?« Herr Traum stand auf und gab erst Frau Sommer und dann mir einen Handkuss.»Ich geh eben noch mit«, warf Frau Sommer ein. Sie stand auf und folgte Herrn Traum zum Gartentor. Ich sah den beiden eine Weile hinterher. Auch konnte ich wahrnehmen, dass sie sich über wohl etwas sehr Fröhliches unterhielten. Das verrieten mir ihre strahlenden Gesichter.

Frau Sommer kam zurück auf die Veranda.»Wollen wir gemeinsam überlegen, was wir den Herren morgen Köstliches servieren wollen? Komm, mein Kind, lass uns sehen, was wir zaubern.« Frau Sommer ging in die Küche und ich folgte ihr, um sie tatkräftig zu unterstützen. Die Dame öffnete die Speisekammertür.»Also, Kartoffeln sind noch reichlich vorhanden, einige Gläser Gurken, Zwiebeln, Eier ...« Frau Sommer zählte laut.»Kartoffelsalat«, platzte es aus ihr heraus.

»Gute Idee, da helfe ich dir, Frau Sommer. Ich hole schon mal den großen Topf. Dann können wir Pellkartoffeln und in einem weiteren einige Eier kochen.«

»Schön, wie du mitdenkst. So geht uns das ganz leicht von der Hand.«

»Klar, zu zweit sind wir ganz schnell fertig damit, Frau Sommer.«

»Du hast recht, was meinst du, magst du auch noch einen Kuchen backen? Wenn du möchtest, auch gern aus meinem Backbuch mit den geheimen Rezepten. Du weißt ja, wo du es findest«, sagte Frau Sommer mit einem Augenzwinkern. Ich bemerkte, wie mir eine leichte Röte ins Gesicht stieg, als wäre ich bei etwas ertappt worden. Frau Sommer lächelte vor sich hin, als sie dies bemerkte. Ich räusperte mich:»Also ...« Doch weiter kam ich nicht, denn es klopfte.»Nanu, wer kommt uns jetzt noch besuchen?«, fragte ich.

Frau Sommer sagte nur kichernd:»Geh nur, das wird sicher für dich sein, mein Kind.«

»Ja, wenn du meinst, gehe ich mal«, antwortete ich und machte mich auf den Weg, als ein zweites Klopfen zu hören war. Vorsichtig öffnete ich. Ein sehr gut gekleidetes Paar stand vor der Tür. Ehe ich etwas sagen konnte, meinte der Mann freundlich:»Guten Tag, Fräulein.«

»Guten Tag, einen Moment, ich hole eben Frau Sommer.«

»Nein, das ist nicht nötig. Wir kommen zu Ihnen.« Weiter kam der Mann nicht, denn hinter mir stand Frau Sommer, die die beiden mit den Worten:»Ach, ihr beiden, mein Liebes, darf ich dir vorstellen, das sind Frau und Herr Neugier, immer gern zu Gast, wo es etwas Neues gibt«, hereinbat. Frau und Herr Neugier reichten mir einer nach dem anderen die Hand.

»Aber wir wollen gewiss nicht stören, liebe Frau Sommer, wir sind nur gekommen, um ...«

»Glaubt ihr eigentlich selbst, was ihr da von euch gebt? Wie auch immer, tretet ein und lasst uns ein Likörchen zusammen trinken.«

»Ja gern, wenn Sie uns so lieb bitten, sagen wir nicht Nein«, erwiderten die beiden fast im Gleichklang und folgten Frau Sommer in das Wohnstübchen. Ich machte es ihnen gleich. Frau Sommer ging zum Schrank und holte einige Likörgläser sowie eine Flasche ihres wohl selbst gemachten Fruchtlikörs, denn die Flasche trug ein selbstklebendes Etikett, welches mit einer schnörkelhaften Schrift versehen war. Wortlos schenkte sie uns allen ein Gläschen ein.

»Noch mal zu unserem Besuch«, setzte Herr Neugier an, doch Frau Sommer unterbrach ihn erneut.»Lasst uns erst einmal das

Glas erheben auf meinen netten Gast, der plötzlich und uner-wartet bei mir im Garten stand.« Frau Sommer blickte freund-lich und lächelnd in meine Richtung. »Ein lieber Besuch, über den ich mich sehr freue.«

»Frau Sommer, danke.« Ich errötete.

»Es ist gut, mein Kind, lasst uns jetzt die Gläser erheben. Zum Wohle, Prost.«

»Zum Wohlsein«, sagten Herr und Frau Neugier. »Mein Kind, Herr und Frau Neugier sind liebe Menschen. Was soll ich da noch groß zu sagen? Sie haben eine Art an sich, für die sie nichts können. Es ist eine der undankbarsten Aufgaben in unserem Lebensraum, die die beiden übernommen haben.«

Frau Neugier räusperte sich: »Ach, meine Liebe, Sie sind wie-der so nett. Nun aber zum Grund unseres Besuches.«

Frau Sommer stand auf, sah mich an und meinte: »Mein Kind, gehe doch bitte in die Küche und bereite weiter vor. Du weißt, wir haben noch so viel zu erledigen.« Ich sah scheinbar sehr un-sicher aus, denn wieder war es Frau Sommer, die diese Situation überspielte mit den Worten: »Herr und Frau Neugier wollten doch gerade gehen.«

»Frau Sommer, etwas Zeit hatten wir nach Absprache schon eingeplant«, sagte Herr Neugier.

»Sie vielleicht schon, doch wir haben noch so einiges vor«, antwortete Frau Sommer.

Frau Neugier stand resolut auf. Die roten Hutfedern, die wie ein erhobener Zeigefinger abstanden, wackelten bedrohlich. Es würde ein Leichtes sein, sie anhand dieses markanten Pracht-exemplares wiederzuerkennen. »Komm«, sagte sie zu ihrem Mann, »die beiden haben wohl Wichtigeres zu tun.«

Frau Sommer reichte beiden die Hand. »Wir danken für Ihren Besuch.«

Verunsichert und irritiert reichte auch ich den beiden die Hand. Worauf Frau Neugier ihre Handtasche öffnete, um mir eine kleine, runde Schachtel zu reichen.

»Danke, das ist doch nicht …«

»Schon gut, es ist in Ordnung. Das ist für Sie. Wir wünschen Ihnen eine schöne Zeit.«

Ich beobachtete Frau Sommer, die die beiden noch zur Tür geleitete. Irgendwie hatte ich den Verdacht, dass Frau Sommer die beiden schnell loswerden wollte. Es konnte doch nicht sein, dass unsere Vorbereitungen für den Ausflug der Grund dafür waren, dass sie so kurz angebunden war. Schließlich blieb uns noch genügend Zeit. Wie auch immer, sicher würde sie es mir gleich erklären, wenn ich sie darum bitten würde. Ich machte mich auf den Weg in die Küche. Nachdem ich die kleine runde Schachtel auf dem Tisch abgelegt hatte, begann ich damit, den Topf mit den gekochten Kartoffeln vom Ofen zu nehmen, um sie mit kaltem Wasser abzuspülen. Im nächsten Moment holte ich einige Eier aus der Speisekammer, welche ich in den vorbereiteten Topf mit dem dampfenden Wasser gleiten ließ. Noch während ich dabei war, die große Sanduhr an der Wand herumzudrehen, stand Frau Sommer hinter mir und sagte: »So, das wäre geschafft. Oh, toll, du bist ja schon fleißig, mein Kind.«

»Frau Sommer, warum hatte ich den Eindruck, dass dir der Besuch von den Herrschaften Neugier überhaupt nicht recht war?«

»Weißt du, grundsätzlich wird bei mir jeder bewirtet, der Gast in meinem Hause ist. Doch es ändert nichts daran, dass man sich über den einen mehr freut als über den anderen. Manche Besucher sind unumgänglich. Man ist freundlich und gibt sich, wie man ist. Doch ist es wichtig, bei den Leuten Neugier immer auf der Hut zu sein. Sage, was du willst beziehungsweise was andere von dir erfahren sollen, denn du kannst sicher sein, es landet dort, wo es gehört werden soll. Lass dich nicht beirren und gib dich der Situation hin, doch gib niemals denen Rederaum, die es nicht wert sind. Damit meine ich die Art von Menschen, die sich an Dingen festbeißen. Dinge, die eine schmerzliche Erfahrung mit sich brachten oder Narben verursachten. Narben, die aufgrund von Ignoranz heruntergespielt wurden, nur um sie wieder gegen deine Person zu verwenden. Also noch einmal: Sei freundlich, doch bestimme du den Rederaum. Sonst werden sie dich ausfragen, ohne dass du dir dessen bewusst bist. Und wie wir alle wissen, wird dabei immer mehr herauskommen, als du je preisgegeben hast. Empfindest du dich nur einen Moment lang überrollt oder überflutet von Fragen, ersticke den geöffneten Rederaum im Keim des Entstehens. So merken sie nicht, dass du in der Unterhaltung immer der Gestalter bist. Sie empfinden sich als akzeptiert und aufgenommen in deinem Umfeld. Es verschiebt sich die Neugierde auf eure nächste Begegnung. Dann beginnst du von vorn. So bleibst du immer interessant und geheimnisvoll ... Das ist die Würze des Lebens.«

»Frau Sommer, wie machst du das nur?«

»Was meinst du, mein Kind?«

»Diese Menge an Informationen so in Worte zu packen, dass sie sich wie eine Gebrauchsanleitung fürs Leben anhören, zugleich aber interessant wirken. Und dadurch den Reiz auslösen, dass man es bei nächster Gelegenheit ausprobieren möchte.«

»So soll es sein, dann hast du meine Worte gut aufgenommen. Jetzt aber zu deinem Geschenk, bevor wir uns weiter an die Arbeit machen. Was könnte es wohl für ein Anhänger sein? Da fragst du noch, mein Kind?«

Ich öffnete zuerst die kleine Schachtel, dann das kleine Tüchlein. Beide mussten wir kichern. Denn wer hätte das gedacht, ein kleines silberfarbenes Fragezeichen blitzte uns entgegen. Frau Sommer befestigte es sogleich wortlos an meinem Armband.

Rasch begannen wir jetzt mit unserem Vorhaben, einige Speisen für unseren morgigen Ausflug vorzubereiten. »Du, Frau Sommer? Wer ist denn dieser Herr Geselligkeit?«, fragte ich ganz nebenbei, während ich flink und geschickt dabei war, die Pellkartoffeln ihrer Schale zu entledigen.

»Ein sehr netter und aufmerksamer Mann, der stets gute Laune und hervorragende Manieren sein Eigen nennt, Liebes.

Er wird dir sicher gefallen. Wir werden uns köstlich amüsieren, mein Kind. Ich freue mich sehr auf den morgigen Tag.« Schweigend und geschwind arbeiteten wir eine Zeit lang vor uns hin. Wir verstanden uns auch ohne Worte. Das wurde mir klar, als wir öfter als einmal gleichzeitig nach demselben Arbeitsgerät griffen, um den gleichen Arbeitsschritt erledigen zu wollen. Das waren die Momente, in denen wir uns immer mal wieder lächelnd in die Augen sahen. Wir mochten uns, denn die Sympathie lag nicht nur in der Luft, sondern stand auch klopfend vor der Tür. Wir lachten uns zu, bevor ich in den Flur ging, um zu öffnen. Noch ehe der Herr vor der Tür auch nur ein Wort sagen konnte, begrüßte ich ihn mit den Worten:»Guten Tag, Herr Sympathie.«

Der gut gekleidete Mann mit seiner roten Fliege staunte nicht schlecht, als ich ihn mit seinem Namen ansprach, noch bevor er sich vorgestellt hatte.»Guten Tag, mein Fräulein, Sie wissen, wer ich bin?«

»Das war nicht schwer zu erraten. Wissen Sie, wenn man erst einmal den Sinn von lieben, unangekündigten Besuchen verstanden hat, ist das ganz leicht. Darf ich Sie hereinbitten?«

»Das ist sehr nett von Ihnen, eigentlich wollte ich nur kurz ...«

»Aber bitte, Frau Sommer freut sich sicher. Wenn es Ihnen nichts ausmacht, wir sitzen in der Küche über den Vorbereitungen für unseren Ausflug.« Ich machte eine einladende Handbewegung, um ihn erneut hereinzubitten.

»Das kann ich wohl nicht abschlagen, denn in die Küche eingeladen zu werden, bedeutet Freundschaft, Gastlichkeit und Herzlichkeit, mein Fräulein. Vor allem hast du sicher recht, die liebe Frau Sommer habe ich lange nicht mehr gesehen.« Ich ließ dem Herrn den Vortritt, um hinter ihm die Tür zu verschließen.

»Das ist aber lieb, Herr Sympathie, lieber Freund, ich freue mich«, sagte Frau Sommer herzlich, sie stand von ihrem Platz am Küchentisch auf und legte ihr Küchenmesser ab, um den

Herrn kurz, aber freundschaftlich an sich zu drücken. In meine Richtung sagte sie:»Schön, dass du ihn überredet hast. Es würde mich nicht wundern, wenn ...« Frau Sommer hielt mitten im Satz inne, denn wie aufs Stichwort klopfte es erneut. Ich sah die beiden an. Doch diese waren scheinbar so vertraut miteinander, dass sie sich ohne große Worte verständigen konnten. Sie lachten wie aus heiterem Himmel gemeinsam los. Es klopfte erneut.

»Frau Sommer, soll ich?«

»Bitte, mein Kind, ich bereite schon einmal eine Kanne Kaffee zu. Ich bin sicher, mein lieber Freund ist mir behilflich, eine angemessene Kaffeetafel auf der Veranda herzurichten. Scheint, als wenn wir noch mehr Besuch bekommen.«

Ich machte mich auf den Weg zur Haustür, um nachzusehen, wer uns jetzt die Aufwartung machte.»Guten Tag, Sie sind die junge Dame auf Urlaub bei Frau Sommer?«, fragte ein Paar in festlicher Kleidung.

»Ja, ich bin die Unbekannte, die plötzlich und unerwartet im Garten stand. Darf ich Sie hereinbitten? Wir haben bereits einen Gast, Herr Sympathie, der uns ebenfalls besucht. Kommen Sie, Frau Sommer wird sich sicher freuen.«

»Oh, das ist aber nett, wir nehmen gerne Ihre Einladung an und nutzen unseren Besuch, um Frau Sommer kurz zu begrüßen.«

»Wen darf ich anmelden?«

»Ach so was, da haben wir fast vergessen, uns vorzustellen. Gestatten, Herr und Frau Überzeugungskraft.«

»Bitte treten Sie ein. Wir sind auf der Veranda.«

Ich ging vor den beiden her in Richtung des Wohnraumes, um von dort auf die Veranda zu gelangen. Ich überlegte, dass es wohl besser wäre, mit ihnen durch den Wohnraum zur Veranda zu gehen, da sie so festlich gekleidet waren. Wenn ich sie jetzt durch die Küche führen würde, in der unsere Essensvorbereitungsaktion schon einige Spuren hinterlassen hatte, hätte eventuell Schmutz auf ihre Garderobe gelangen können.»Frau

Sommer, sehen Sie mal ...« – weiter kam ich nicht. Sobald die beiden Frauen sich erblickt hatten, brach bereits ein fast schon kindliches Gejubel aus. Herr Überzeugungskraft wirkte etwas verlegen bei dem Anblick der beiden Damen.

»Mensch, Überzeugungskraft, alter Gesell, da muss ich erst unsere Freundin besuchen, um meinen alten Kumpel zu treffen?«, rettete Herr Sympathie in seiner sehr sympathischen Art diese ungewöhnlich wirkende Begrüßungszeremonie und schlug dabei dem Herrn sachte auf die Schulter. Er reichte ihm die Hand und Herr Überzeugungskraft nahm diese gerne entgegen, um sie mit einem kräftigen Händedruck zu schütteln und Herrn Sympathie ebenfalls zu begrüßen: »Dass ich dich hier treffe, mein Lieber, wie lange haben wir uns nicht gesehen?«

»Das kann ich dir nicht sagen, doch wichtig ist, dass wir uns erkannt haben, findest du nicht auch? Aber lass mich zunächst deine liebe Frau begrüßen«, sagte Herr Sympathie und reichte auch Frau Überzeugungskraft die Hand, wobei er ihre Hand geschickt umdrehte und sie mit einem ehrenvollen Handkuss versah. »Meine Gnädigste, schön, Sie hier zu sehen.«

Auch Herr Überzeugungskraft setzte seine Begrüßung fort, indem er Frau Sommer herzlich, aber bedacht auf die Wange küsste. »Lange haben wir uns nicht mehr gesehen.«

»Hallo, mein Lieber, das ist aber schön, dass du deine liebe Frau begleitest. Ich freue mich, dass ihr da seid. Nehmt doch bitte Platz. Ich hole uns rasch Kaffee und etwas Gebäck.«

»Das mache ich schon, Frau Sommer. Setz dich doch bitte zu deinem lieben Besuch.«

»Das ist lieb von dir. Geh doch bitte auch am Wohnzimmer vorbei und hole unseren Gästen noch etwas von dem leckeren Likör. Du weißt schon, den in der hübschen Flasche, der das selbst gestaltete Etikett trägt.«

»Deinen Waldlikör für besondere Ereignisse, liebste Freundin?«, fragte Frau Überzeugungskraft nach. Ihre Augen schimmerten vor Vorfreude auf den scheinbar hervorragenden Tropfen.

»Das mache ich gern, Frau Sommer«, sagte ich und machte mich rasch auf, um den Kaffee aus der Küche zu holen. Beim eifrigen Befüllen der Tassen entging mir nicht, dass mir die lustige Runde dann und wann liebliche Blicke zuwarf. Ich kann nicht genau sagen, warum mich das verlegen machte. Doch eines war sicher, es war lange her, dass mir eine solche Art von aufmerksamer Freundlichkeit entgegengebracht worden war. Das war etwas, das mir immer wieder nachging.

»So einen lieben Besuch hast du, Frau Sommer«, hörte ich Herrn Sympathie sagen, als ich mich wieder abgewandt hatte, um die Likörflasche und einige Gläser zu holen. Voller Ehrfurcht und Achtung stand ich vor der Anrichte im Wohnraum, um dort die schönen Bergkristallgläser zu entnehmen. Vorsichtig stellte ich eines nach dem anderen auf das dafür vorgesehene Tablett und brachte es wohlbehalten hinaus auf die Veranda. Hier war eine muntere Runde dabei, sich in einer amüsanten Unterhaltung gegenseitig zuzuhören und dann und wann einfach mal nur zuzulächeln. Alle genossen die geschenkte Zeit miteinander. Wenn man sehr viel Ruhe hat, verliert die Zeit an Kostbarkeit. Keiner stellte neugierige Fragen oder belästigte sein Gegenüber mit unnützer Untauglichkeit seines Gedankengutes, welches das aufmerksame Zuhören nicht verdient hätte.

»Fräulein, sei so gut und setze dich zu uns«, sagte Herr Sympathie, »wir möchten auch dich gerne genießen.«

»Doch vor allem wollen wir dich gerne kennenlernen«, fügte Frau Überzeugungskraft hinzu.

»Ja, bitte setz dich«, sagten auch die anderen.

»Meine Liebe, unsere Vorbereitungen sind doch fast fertig, das bisschen schaffen wir auch später noch«, meinte Frau Sommer.

»So. Vorbereitungen«, sprach Herr Überzeugungskraft das Wort erneut aus. Da ich mich angesprochen fühlte, erzählte ich unserem netten Besuch von unserem Vorhaben, einen Ausflug mit Herrn Traum zu machen.

»Tolle Idee, meine Lieben. Wie ist das, kann man sich noch einklinken? Oder ist das eine Verabredung zu dritt?«

»Na, wohl eher zu viert«, sagte Frau Sommer und schmunzelnd fuhr sie fort: »Herr Geselligkeit wird ebenfalls dabei sein.«

»Ach, den habe ich lange nicht gesehen. Wo soll es denn hingehen?«

»Also, dazu kann ich nichts Genaues sagen, da wir Damen nur für das leibliche Wohl sorgen sollen und die ursprüngliche Idee für diesen Ausflug von Herrn Traum stammt. Leider hat er uns nur andeutungsweise von einer Fahrt ins Grüne erzählt sowie eine Bootsfahrt erwähnt. Also wissen wir nichts Genaues.«

»So, der Charmeur hat wieder zugeschlagen, was?«, meinte Herr Sympathie. »Herr Traum, der Werte, möchte wohl allein den Damen Gunst erweisen.«

»Ihr schon wieder«, sagte Frau Überzeugungskraft und zu ihrer Freundin mit einem Augenzwinkern gewandt: »Er ist schon ein netter Mann.«

Ich folgte der Unterhaltung ,so gut es ging, doch irgendwie war ich in Gedanken mit der Frage beschäftigt, ob das Essen auch reichen würde. Und ob es Herrn Traum gefallen würde, wenn nicht nur wir, sondern ein paar Leute mehr dabei wären? Frau Sommer schien meine Gedanken zu lesen, denn plötzlich sagte sie: »Liebes, mach dir keinen Kopf, Herr Traum mag Spontanität. Weißt du, so manches Mal hat auch er schon den einen oder anderen von uns überrascht. Am Tag und in der Nacht. Das ist sein Job. Umso schöner, vor allem amüsanter wird es sein, seinen Blick zu sehen, wenn er nur mit uns beiden rechnet, aber dann eine ganze Reisegruppe auf ihn wartet. Das ist doch lustig. Oder würdest du dich unwohl fühlen?«

»Nein, Frau Sommer, ich bin gerne in Gesellschaft von lieben und netten Menschen.«

»Dann lasst uns doch eine Bestandsliste von eurem Proviant

machen«, sagte Frau Überzeugungskraft. Ich hörte, wie Frau Sommer Verschiedenes aufzuzählen begann, während ich den Raum Richtung Küche verließ. Einige Zeit später kam Frau Sommer zu mir in die Küche. »Die lieben Leute sind schon halb im Aufbruch. Es wäre doch schade, wenn sie gingen und du hättest dich nicht verabschiedet. Meinst du nicht auch?«

»Ich komme sofort. Denn es wäre wirklich sehr unhöflich von mir, bei der Großzügigkeit unserer Besucher, Frau Sommer!« Ich machte sie auf die kleinen Schachteln aufmerksam, die sich auf dem Küchentisch angesammelt hatten. Die liebenswürdige Frau schmunzelte, nahm mich um die Hüfte und geleitete mich hinaus.

»Schön, dass du uns noch verabschiedest«, kam es von den Leuten fast wie aus einem Mund. »Ich bedanke mich bei Ihnen allen für Ihre Gaben und freue mich auf morgen.«

»Wir uns auch, geehrtes Fräulein.« Alle standen auf, um Frau Sommer und mir die Hand zu reichen. Welch schönes Ritual, das in meinem alltäglichen Umfeld schon fast aus der Mode gekommen war. Scheinbar haben heutzutage die Menschen Angst davor, zu viel Zeit mit solchen Achtsamkeiten zu verschwenden. Von der Veranda aus winkten wir noch einmal den netten Leuten zu, bevor Frau Sommer und ich uns wieder in die Küche begaben.

»Na, was sagst du? Unser Ausflug wird wohl eine Art Großereignis. Herr Traum wird sich freuen.«

»Du, Frau Sommer, er hatte das wohl eher etwas anders geplant?«

»Und wenn schon, ist doch toll, dass so viele teilnehmen, mein Kind.«

»Sicher hast du recht. Wollen wir jetzt mit der Kompanieverpflegung weitermachen?«

»Nicht erst deine Geschenke auspacken?«

»Die hatte ich schon fast vergessen! Wo ich doch so gespannt bin.« Rasch nahm ich das erste Päckchen vom Tisch, wickelte das kleine Säckchen aus und öffnete es. »Oh, sieh mal. Ein kleines V, wie hübsch.« Vorsichtig legte ich den kleinen Buchstaben auf dem Tisch ab, um nach dem nächsten Päckchen zu greifen. Gespannt und voller Neugier entfernte ich das Seidentuch. »Da, sieh, ein N. Was könnte das bedeuten?«

»Von welchem Gast hast du welches Paket bekommen?«

»Das weiß ich leider nicht mehr. Denn dieses Mal wurden sie mir nicht persönlich überreicht, sondern nur hier abgelegt.« Frau Sommer nahm mir den kleinen Anhänger ab. Rasch nahm ich noch die letzte der Schachteln, die nicht ausgepackt war, entfaltete auch hier das Seidenpapier und legte das kleine Etwas auf meine Hand. »Sieh mal, da ist noch ein Buchstabe. Diesmal ein R. Was meinst du, Frau Sommer, R wie Rätsel vielleicht, oder?«

»Da könntest du recht haben, mein Kind. Dann lass uns mal deine neuen Schmuckstücke anbringen. Reiche mir deinen Arm, mein Kind.« Vorsichtig öffnete Frau Sommer mein Armband und legte es in gerader Linie auf den Tisch. So konnten wir alle bisherigen Anhänger aneinandergereiht sehen. »Also, was haben wir? Ein Armband von Frau Gesundheit. Ein Kleeblatt von Herrn Glück. Ein Baum von Frau Mut. Ein Fragezeichen von Herrn und Frau Neugier. Und von Herrn Sympathie, Herrn und Frau Überzeugungskraft sowie Frau Vergnügen je einen Buchstaben: V, N und R.« Frau Sommer fasste all das, was ich bei mir dachte, zusammen. Sie war immer schneller mit dem Aussprechen als ich. »Wir werden es jetzt nicht lösen, mein Kind. Wir brauchen noch etwas G – E – D – U – L - D.« Frau Sommer buchstabierte und vermied es, das Wort auszusprechen, um somit zu verhindern, dass weiterer Besuch vor der Tür stand. Ohne weitere Worte brachte sie die neuen Anhänger an meinem Armband an, um es mir anschließend wieder anzulegen. »So, das hätten wir. Wir sollten aber jetzt schleunigst mit unseren Vorbereitungen weitermachen, mein Kind.«

Geschwind machten wir uns daran weiterzuarbeiten. Erst als sich der köstliche Duft meines Apfelkuchens in der Küche und im restlichen Haus ausbreitete, schien Frau Sommer ihre Sprache wiedergefunden zu haben:»Herrlich, wie das duftet, mein Liebes. Wo hast du so backen gelernt?«

»Das habe ich schon immer gern gemacht, Frau Sommer. Es entspannt mich total. Allerdings glaube ich, dass ich mit deinen Backkünsten nicht mithalten kann.«

»Ist das wichtig? Nein, das ist es nicht, mein Kind. Wichtig ist immer der Versuch, Freude an einer Sache zu haben. So wird sie auch gelingen, oft besser, als wenn du dir vornimmst, es besonders gut beziehungsweise besser als andere machen zu wollen. Denn dann wären wir beim falschen Ehrgeiz. Das ist wahrlich eine der schlechtesten Eigenschaften, meine Liebe. Vertraue dir und deinen Fähigkeiten selbst in größtem Maße, denn dies kann dir kein anderer so entgegenbringen, wie du es verdienst.« Plötzlich überrieselte uns Sommersonnenregen ...

»Ist das schön, Frau Sommer, sieh mal, die kleinen Sonnensterne!«

Frau Sommer setzte ihr Grinsegesicht auf und schmunzelte in sich hinein.»Da müssen wir wohl gleich noch fegen, mein Kind. Lass uns jetzt schnell noch die Küche aufräumen, etwas essen und dann ab ins Bett. Wir müssen doch ausgeschlafen sein, damit wir den Ausflug morgen mit allen Sinnen genießen können.«

So machten wir es, flink und seltsamerweise so, als würden wir schon immer miteinander arbeiten. Wir waren so eingespielt, dass der eine tat, was der andere dachte. Ein schönes Gefühl des Beisammenseins.

»Das war es jetzt. Wie sieht es aus? Was möchtest du denn noch essen, mein Kind?«

»Also ehrlich gesagt, ich mag nichts mehr, Frau Sommer. Ich bin nur noch müde.«

»Na gut, wenn du meinst, dann verabschieden wir uns. Bis morgen in alter Frische und schlaf gut, Liebes, ich werde dich dann wecken«, lachte die rüstige Dame.»Wir bekommen ja schon früh Besuch. Die Lieben wollen das mit der Überraschung voll durchziehen und kommen schon um 9 Uhr auf einen Kaffee, damit sie die Ankunft von Herrn Traum nicht verpassen.«

»Schlaf du auch gut, Frau Sommer, bis morgen.«

Langsam ging ich die Treppe hinauf und amüsierte mich jetzt schon über das wahrscheinlich erstaunteste Gesicht des morgigen Tages. Ich öffnete meine Zimmertür und schloss sogleich das Fenster. War doch ganz schön frisch geworden, die Abendluft. Nun deckte ich die Bettdecke auf und mit meinem Nachthemd über der Schulter ging ich ins Bad. Ich staunte nicht schlecht, als ich das kleine Päckchen sah, welches auf dem Spiegelbord stand und wohl nur auf mich wartete. Ich sah in den Spiegel, doch nichts zu sehen. Kein Herr Eitelkeit, keine Frau Eitelkeit. Wo waren die beiden? Ich begann, das Päckchen zu öffnen, und ein Zettel sprang mir fast entgegen. Ich entfaltete das Stück Papier und versuchte, die Schrift zu entziffern. »Wir machen Urlaub«, stand darauf. Oh je, hatte ich die beiden jetzt vergrault? Zögernd öffnete ich das Tüchlein aus türkisfarbener Seide. Sorgsam nahm ich den kleinen Anhänger heraus und bei näherem Hinsehen erkannte ich einen kleinen Spiegel. Wie niedlich er aussah. Gleich morgen früh würde ich Frau Sommer bitten, ihn mir an meinem Armband zu befestigen. Ich legte die kleine Schachtel auf den Nachtschrank neben meinem Bett und machte mich dann auf den Weg ins Bad, um mich bettchenfein zu machen.

Nachdenklich sah ich in den Spiegel und ließ den Tag Revue passieren. Wie viele neue Leute ich heute kennengelernt hatte. Ich sollte mir so langsam mal Notizen machen, damit ich die Namen alle behalten konnte. Aber nicht mehr heute, verschieben wir das, dachte ich während ich das Licht im Bad löschte, unter meine Bettdecke hüpfte und gleichzeitig den Knopf der Nachttischlampe betätigte, um das Licht auszuschalten.

4. Kapitel: Der Ausflug

Früh war es, als ich die Augen aufschlug. Auch ohne Zeitangabe kam ich inzwischen gut zurecht. Nur ein Blick aus dem Fenster auf den am Himmel erkennbaren Sonnenstand sagte mir, dass es nach unserer normalen Uhrzeit schätzungsweise 7:30 bis 8.00 Uhr sein müsste. Die passende Zeit, um aufzustehen. Eins, zwei, drei und ich sprang aus dem Bett. Voller Schwung und Tatendrang lief ich die Treppe hinunter. Hier stieg mir ein feiner Geruch von frischem Kaffee entgegen.

»Guten Morgen, Frau Sommer, du machst es einem wirklich nicht leicht, dir eine Freude zu machen. Heute wollte ich dich mit Kaffee überraschen und was passiert? Du stehst schon in voller Kleidung vor mir in der Küche.«

Frau Sommer lachte nur. »Guten Morgen, mein Kind. Ich hoffe, du hast gut geschlafen?«

»Aber ja, sehr gut. Wusstest du eigentlich, dass die Leute Eitelkeit Urlaub machen?«

»Urlaub, die Eitelkeits? Nein, das ist mir neu. Wie kommst du darauf?«

»Gestern Abend fand ich eine Schachtel mit einem Zettel auf meiner Ablage im Badezimmer vor, in der ein kleiner Anhänger in Form eines Spiegels war sowie ein Zettel, auf dem stand: Wir machen Urlaub.«

»Was soll man davon halten? Nun ja, das sollte uns nicht von unserer doch hoffentlich ausgezeichneten Stimmung abhalten, einen schönen Tag zu verleben, meine Liebe? Du solltest dir vielleicht nur angemessene Kleidung anziehen. Oder möchtest du unsere Gäste mit deinem Nachthemd beeindrucken?«, fragte Frau Sommer amüsiert mit einem funkelnden Blick in meine Richtung.

»Ja, sicher, ich hätte nur gern ein Schlückchen deines leckeren Kaffees, Frau Sommer.«

»Oh, das ist ein bescheidener Wunsch, den ich gerne erfülle.«
Frau Sommer reichte mir eine Tasse und goss mir etwas Kaffee
ein. Ich trank diesen am Küchentresen angelehnt in einem Zug
aus. »Danke, der tat gut. Ich bin gleich wieder da. Ich werde
mich mal eben salonfähig machen.« Geschwind machte ich
mich wieder auf den Weg in mein Zimmer, um duschen zu
gehen. Eine Weile stand ich überlegend vor meinem Kleiderschrank. Dann griff ich freudig zu dem hübschen Sommerkleid,
welches Frau Sommer mir bei meiner Ankunft gegeben hatte.
Indem ich es heute anzog, würde ich ihr bestimmt eine Freude
machen. Rasch machte ich noch mein Bett und öffnete das Fenster, damit auch die frische Luft Einzug halten konnte. Alsdann
nahm ich den kleinen Spiegelanhänger und lief beschwingt die
Treppe hinunter. Frau Sommer war damit beschäftigt, einige
Tassen und Teller auf die Terrasse zu bringen.

»Sieh mal, Frau Sommer, ist der nicht niedlich?«

»Ja, der ist wirklich hübsch, aber nicht nur der Anhänger,
mein Kind. Auch du siehst sehr reizend aus, meine Liebe. Das
Kleid steht dir sehr gut. Als hätte es nur auf eine junge Frau wie
dich gewartet. Komm, ich helfe dir mit deinem Armband.« Die
liebe Dame löste den Verschluss und befestigte den neuen Anhänger. Dann legte sie es mir wieder an.

»Kann ich noch etwas helfen?«

»Ja, so wie es aussieht, kommt unser Besuch schon vorgefahren. Sei so lieb und öffne das Gatter hinterm Haus, damit die
Kutsche einfahren kann und sie somit nicht gleich vom Straßenweg aus sichtbar ist, meine Liebe.«

»Bin schon unterwegs, Frau Sommer.« Rasch lief ich zum
großen Gatter, um es zu öffnen. Mit einem freundlichen Hallo
wurde ich gegrüßt. Herr Sympathie lüftete seinen Hut zum Gu-
ten-Morgen-Gruß, Frau Vergnügen winkte mir lieblich zu und
das Paar Überzeugungskraft tat es ihr gleich. Was für ein fröh-
licher Empfang. Sicher würde es ein toller Tag werden. Rasant,
aber sicher lenkte Herr Sympathie das Gefährt hinter das Haus

und es kam direkt neben der Veranda zum Stehen.»Guten Morgen, die Damen, ich hoffe, ihr habt gut geruht?« Herr Sympathie ließ seinen Charme spielen.

Ich reichte jedem Ankömmling die Hand und verband damit gleichzeitig ein herzliches Dankeschön für die Gaben, welche mir gestern entgegengebracht worden waren. Frau Vergnügen kicherte unentwegt.»Aber gern, meine Liebe, aber gern.« Frau und Herr Überzeugungskraft lächelten:»Gern geschehen.« Herr Sympathie sagte:»Schön, dass ich eine Freude machen konnte. Ich hoffe, es gefällt?«

»Danke, mein Armband wird immer interessanter.« Ich wusste nicht recht, wie ich es anders hätte ausdrücken sollen. Geschwind schenkte ich den Gästen Kaffee ein. Frau Sommer kam mit einem Tablett voller frisch belegter Brote zum Tisch. »Damit wir nicht mit leeren Mägen in den Tag starten, meine Lieben.«

»Meine Liebe, so kennen wir Sie. Immer um das Wohlergehen anderer bemüht«, sagte Frau Überzeugungskraft, während sie sich gleichzeitig eine gut belegte Scheibe Brot auf ihren Teller legte. Dann griff sie nach einer Serviette und breitete diese auf ihrem Schoß aus. Auch ihr Mann bediente sich mit einem anerkennenden Blick in Frau Sommers Richtung, während er sagte:»Lecker sieht das aus. Wirklich ansprechend. Wer kann da schon Nein sagen?«

»Das sehe ich auch so«, sagte Herr Sympathie und biss herzhaft in sein belegtes Wurstbrot. Frau Vergnügen konnte sich scheinbar nicht so recht entscheiden, welches der Brote ihr wohl am besten schmecken würde, denn sie zögerte, sich zu bedienen.

»Frau Sommer, du musst auch etwas essen«, sagte ich und nahm mir ein Brot vom Tablett. Da saßen wir und aßen, tranken Kaffee und warteten auf die Ankunft von Herrn Traum und seinem Begleiter. Wie er wohl reagieren würde bei dem Anblick dieser sich selbst vermehrenden Reisegruppe? Schon bald sollten wir es erfahren, denn aus der Ferne konnte man das Herankommen einer rasanten Kutsche hören. Gespannt warteten wir. Die Kutsche hielt. Ein Gespräch von Männerstimmen war zu hören. Es klopfte. Frau Sommer sah mich an. Ich stand auf, um die Tür zu öffnen.

»Herr Traum, ich freue mich. Bitte kommen Sie.«

»Gern, mein Fräulein. Doch zuerst möchte ich dir Herrn Geselligkeit vorstellen.« Herr Traum drehte sich um und wandte sich an seinen Begleiter. »Mein Lieber, das ist der liebe Besuch, der seit einiger Zeit bei Frau Sommer logiert.«

Ich sah in zwei lustig wirkende blaue Augen, die mich anstrahlten, als sähen sie in ein Feuerwerk am Nachthimmel. So leuchtend und klar, so charmant und ausdrucksstark zugleich. Selten empfand ich mich einem Augenpaar so tiefgründig ausgesetzt.

»Guten Morgen, Fräulein. Darf ich mich vorstellen? Mein Name ist Geselligkeit.«

»Guten Morgen, schön, dass Sie uns begleiten. Kommen Sie doch bitte.«

»Wollen wir nicht gleich los? Oder sollen wir noch behilflich sein?«, fragte Herr Traum und ging den Flur entlang zur Küche. Er blickte nur kurz hinein, doch niemand gab Antwort. »Frau Sommer, gute Freundin, bist du abfahrbereit oder soll ich dir noch etwas helfen?« Herr Traum drehte sich mir zu. »Ja, sag mal, hübsches Kind, wo ist denn meine Freundin?«

»Also, eben war sie noch auf der Veranda.« Ein leises Kichern konnte ich mir nicht verkneifen. Herr Traum machte einen Schritt in die Wohnstube, um von dort aus auf die Veranda zu treten.

»Überraschung!!«, ertönte es im Chor von der lustigen Gesellschaft.

»Potzblitz, was ist denn hier los? Zu so früher Stunde?«, fragte Herr Traum.

Frau Sommer stand auf und nahm ihren lieben Freund beim Arm. »Mein Lieber, wir haben gedacht, du freust dich zu hören, dass sich zu unserem Ausflug noch einige liebe Leute eingefunden haben. Dann hat es schon Reisegruppencharakter, meinst du nicht auch?«

»Ich freue mich. Mensch, Sympathie, dich habe ich ja lange nicht mehr gesehen. Auch euch nicht«, sagte er in Richtung der Leute Überzeugungskraft. »Ja, und zu dir, liebe Frau Vergnügen«, Herr Traum ging auf Frau Vergnügen zu, nahm sie bei der Hand, um ihr galant einen Handkuss aufzudrücken, »ich freue mich sehr, meine Lieben, schön, dass ihr da seid, um uns zu begleiten. Wirklich eine tolle Überraschung, auch wenn meine liebe Freundin mich jetzt teilen muss.«

Herr Geselligkeit begrüßte ebenfalls die lustige Gesellschaft mit einem freundlichen Nicken in die Runde.

Frau Sommer ergriff das Wort: »So, nachdem wir uns jetzt etwas gestärkt haben, können wir uns auf den Weg machen?«

»Ja, meine Lieben, lasst uns aufbrechen.« Herr Traum wandte sich an Frau Sommer: »Was gibt es denn noch zu verstauen? Meine Liebe, hast du für gute Verpflegung gesorgt?«

»Aber sicher, komm mal, mein Lieber.« Herr Traum und Frau Sommer gingen gemeinsam in die Küche. »Ich komme mit, damit ich behilflich sein kann«, meinte Herr Geselligkeit. Der Rest der munteren Gesellschaft machte sich auf den Weg, um in die Kutsche zu steigen. Währenddessen begann ich, den Tisch abzuräumen und die restlichen Brote in die dafür vorgesehenen Dosen einzupacken, damit auch diese zum Mittag noch gereicht werden konnten. Wäre doch zu schade, wenn sie verderben würden, wo sich Frau Sommer doch solche Mühe damit gemacht hatte.

»So, Liebes, bist du so weit oder muss ich noch helfen?«, tönte es hinter mir aus der Wohnstube. Frau Sommer stand in voller Ausgehgarderobe, inklusive gepunktetem Sonnenschirm, hinter mir.

»Nein, helfen musst du nicht. Nur noch die Terrassentür von innen verriegeln, dann verlassen wir das Haus durch die Vordertür. Herr Sympathie ist mit seiner Kutsche bereits vorgefahren und bespricht scheinbar mit Herrn Traum die vorgesehene Strecke.«

»Dann kann es ja losgehen! Bist du sicher, dass du warm genug angezogen bist? In den frühen Abendstunden könnte es frisch werden. Ach, warte mal, da hab ich doch ...« Frau Sommer ging in ihren Garderobenraum und kam mit einer weißen, anscheinend handgearbeiteten Stola zurück. »Hier, mein Kind, die solltest du in jedem Fall mitnehmen.«

»Danke, wie hübsch. Hast du die selbst gemacht?«

»Ja, vor sehr langer Zeit schon. Sie passt sehr gut zu deinem Kleid, Liebes.«

»Na, sind die Damen so weit?«, kam es von draußen. Herr Traum stand herausgeputzt vor seiner Kutsche, welche ein Feuerwerk der Farbgestaltung war. Von vier Rössern gezogen, das Zaumzeug aus rotem Samt, mit golden eingefassten Lederriemen und Zügeln, war es wahrlich ein Meisterwerk der Handwerkskunst. Selten hatte ich etwas Schöneres gesehen. Meine beeindruckten Blicke wurden von Frau Sommer und Herrn Traum gleichwohl wahrgenommen, denn sie lächelten vor sich hin. Mein Gesichtsausdruck war in diesem Moment wohl einer der schönsten Augenblicke des Tages für die beiden.

»Darf ich bitten, mein Kind?« Herr Traum reichte mir seine Hand. »Bist du damit einverstanden, dass du dir mit Herrn Geselligkeit den Kutschbock teilst? So habe ich die Gelegenheit, mit meiner Liebsten diese romantische Fahrt in trauter Zweisamkeit zu genießen.«

Frau Sommer kicherte wie ein Teenager. »Charmant, charmant, mein Lieber.«

»Oh ja, gern, Herr Traum. Das wollte ich immer schon machen.«

»Das dachte ich mir. Darf ich bitten?« Lachend ließ ich mir von Herrn Traum beim Aufstieg helfen und machte es mir auf dem Kutschbock neben Herrn Geselligkeit gemütlich. Nachdem auch Frau Sommer und Herr Traum in die Kutsche gestiegen waren, konnten wir starten. Herr Geselligkeit schnalzte kurz mit der Zunge, dann ging es auch schon los. Einige Meter vor uns am Wegesrand sah ich Herrn und Frau Neugier. Sie standen mit einem anderen Paar zusammen und unterhielten sich. Ich und auch die anderen grüßten kurz, als wir die Gruppe passierten.

»Sie kennen die Herrschaften Neugier bereits?« Herr Geselligkeit sah mich kurz von der Seite an.

»Oh ja, sie haben Frau Sommer und mich gestern kurz besucht. Doch die anderen beiden kenne ich noch nicht. Wissen Sie, wer die Leute sind?«

»Ja sicher, wo die Neugier ist, ist der Neid auch nicht weit.« Herr Geselligkeit musste lachen. »Da sind die Richtigen beieinander, mein Fräulein.«

»Wie meinen Sie?«

»Na, die beiden Paare werden wohl dafür sorgen, dass sich unser Erlebnisausflug schnell herumspricht. Denn es ist immer leichter, von anderen Dinge zu erzählen, als sich mit sich selbst zu beschäftigen. Vor allem macht es ihnen einen Heidenspaß, ihre Geschichten so auszuschmücken, dass die reinsten Abenteuer dabei herauskommen.«

»Ist ja fast wie in meinem richtigen Leben.«

»Wie meinst du das ... oh, Verzeihung, ich sage, wie meinen Sie das?«

»Ist schon gut, bleiben wir doch beim Du, Herr Geselligkeit. Ist mir auch lieber, wo wir uns doch jetzt den Kutschbock teilen beziehungsweise auf engem Raum beieinandersitzen.«

»Okay, gerne. Also wie meintest du das gerade, junges Fräulein? Ich meine das mit deinem richtigen Leben? **Das ist doch jetzt dein Leben. Du kannst es doch spüren. Du kannst es fühlen. Du kannst es erleben. Du gestaltest es jetzt gerade, in diesem Augenblick.«**

»Ja, stimmt. Ich erlebe es mit allen Sinnen. Ich wusste bisher

nicht, dass es im Moment, wie sagt Frau Sommer immer, diesen Lebensraum gibt. Ich kenne eben auch anderes.«
»Ich hörte bereits davon, dass du auf mysteriöse und eigenartige Weise hierhergelangt bist. So ist es jetzt nun mal. Also beginne, es zu genießen, Stück für Stück, jeden geschenkten Tag.«
»Ich versuche es jeden Tag aufs Neue. Auch wenn es Leute gibt wie Herrn Faul, Herrn Neid und Frau Neid oder Herrn und Frau Neugier.« Bei dem Gedanken musste ich etwas schmunzeln, was Herr Geselligkeit bemerkte.
»Was ist es, was dich so lächeln lässt?«
»Wie ähnlich die Charaktere sind. Hier wie dort.«
»Du meinst die Neugierde und den Neid, nicht? Oder eben auch Herrn Faul, der seine Berechtigung hat, da zu sein. Es wäre nicht toll, wenn alle gleich wären, hast du dir das schon einmal vorgestellt?«
»Klar denkt man darüber nach, warum manche Menschen sind, wie sie sind. Was sie dazu bewegt, sich über jeden und alles Gedanken zu machen, obwohl es sie nichts angeht. Was ist es, was sie so dermaßen antreibt, dass sie sich deswegen selbst vergessen und somit nicht leben beziehungsweise ihr eigentliches Leben an ihnen vorbeizieht und sie dabei nicht bemerken, dass die eigentliche Zeit ihres Lebens herunterläuft.«
»Wie du das sagst. Machst du gerade in diesem Augenblick etwas anderes? Du machst dir Gedanken um diese Leute und vergisst dabei, diesen Tag zu genießen. Genau in diesem Moment. Sieh dich einmal um, wie reich du beschenkt wirst mit diesem Tag. Die Formen und die Farbvielfältigkeit der Natur. Versteh mich jetzt nicht falsch. Der Tag ist nur einfach zu schön, um ihn ungesehen vorbeiziehen zu lassen. Vor allem gibt es bestimmt noch einige Leute, zu denen es Gesprächsbedarf geben wird. Glaub mir, ich spüre in diesem Augenblick, es wird nicht die letzte Gelegenheit gewesen sein, um uns über dieses und jenes zu unterhalten. Und jetzt beginne, diesen Tag zu ertasten, zu erspüren, einfach in vollem Umfang zu genießen. Jetzt und

jeden weiteren Moment, der uns noch heute geschenkt werden wird, meine Liebe.«

Plötzlich, als wäre es das Stichwort für Herrn Traum, meldete er sich zu Wort:»Wie gefällt es unserem Gast? Ist diese Umgebung nicht absolut sehenswert?«

»Oh ja, ich bin begeistert, Herr Traum. Wie schön die Landschaft ist. Ich bin froh, hier sein zu dürfen.« Herr Geselligkeit warf mir einen Seitenblick zu, der von einem Grinsen und einem Kopfschütteln begleitet war. Er wusste genauso wie ich, dass ich sehr wenig von der Aussicht mitbekommen hatte. Prompt bekam ich die Quittung für meine kleine Flunkerei. Eine aufgeregte Frau stand am Wegesrand.

»Ich glaube, die meint dich«, schmunzelte Herr Geselligkeit.

»Mich? Ich kenne sie doch gar nicht.«

»Vorsicht mit dem, was du sagst, sonst warten gleich zwei neue Bekannte auf dich. Ich werde anhalten.« Herr Geselligkeit brachte unsere Kutsche zum Stehen. Die Frau kam direkt an meine Seite, reichte mir die Hand und meinte:»Guten Tag, darf ich mich vorstellen, mein Name ist Schwindlerin. Ich möchte Sie nicht lange aufhalten, sondern Ihnen nur das hier überreichen.« Sie gab mir ein kleines gestreiftes Kästchen. Ich nahm es entgegen und bedankte mich. Mir wurde warm und ich spürte, wie eine leichte Röte in meinem Gesicht Einzug hielt.»Ich wünsche Ihnen allen einen wunderschönen Tag, auf Wiedersehen.«

»So, dann wollen wir mal wieder«, meinte Herr Geselligkeit und zog leicht an den Zügeln, um die Rösser in Bewegung zu setzen. Ein Gemurmel war von der hinteren Bank sowie der anderen Kutsche zu hören, welches in ein leises Kichern überging. Ich wusste nicht, wo ich hinsehen sollte vor Scham.

»Na, na, nimm es nicht so schwer, es ist doch nicht schlimm. Es sei denn, du legst es darauf an, dass wir noch einmal für Frau Schwindlerin anhalten müssen. Dann geniere dich ruhig weiter.« Herr Geselligkeit lachte aus vollem Herzen, das konnte man richtig wahrnehmen. Vor allem lachte er so sehr, dass es ansteckend war und ich mitlachen musste und kaum aufhören konnte, bis ich Frau Sommer sagen hörte:»Schön, dass ihr euch auf Anhieb gut versteht. Dann steht einem erlebnisreichen Tag ja nichts mehr im Weg.«

Ich begann, den geschenkten Tag zu genießen, indem ich mich nicht nur auf das Gespräch an sich konzentrierte, sondern mich auch endlich auf die Umwelt und ihre Natur einließ. Wie schön es hier doch war. Welche Farbenpracht und fantastischen Lichtspiele das Sonnenlicht produzierte. Das war schon beachtlich. Wie viele Dinge einem doch auffielen, wenn man sie bewusst wahrnahm. Eine ganze Weile betrachtete ich nur die mir gebotenen Geschehnisse: das Wiegen der Zweige im Wind, die weißen Wolkentupfen am Himmel, das Rauschen der Blätterkleider. All das nahm ich auf und mit in diesen Tag. Ich hätte diesem Naturbild wahrscheinlich weiter zugesehen, wenn mir nicht die Schachtel in meinem Schoß wieder eingefallen wäre. Vorsichtig und sachte öffnete ich sie und entfaltete das rote Tüchlein, um ihren Inhalt zu begutachten. Ich nahm das kleine Etwas darin heraus und legte es behutsam auf meine Hand. Ich drehte und wendete es. Ich überlegte, was es darstellen könnte. Dann fiel es mir ein. Es hatte die Form eines Auges. Das Lid etwas geschlossen und die Pupille war deutlich zu erkennen. Na klar, es stellte ein zugekniffenes Auge dar. Was sollte es sonst sein?

»Hast du ein schönes Geschenk bekommen?«, fragte Herr Geselligkeit.

»Wohl eher eine Erinnerung an eine Dummheit«, gab ich zur Antwort.»In jedem Fall ist es ein schöner Anhänger, meinst du nicht auch?« Ich zeigte dem netten Mann an meiner Seite mein neues Schmuckstück, woraufhin er mir zunickte und mich freundlich lächelte. Als Herr Traum hinter uns rief:»Du weißt ja, da vorne müssen wir abbiegen«, steckte ich die neue Kostbarkeit in meine Tasche, während Herr Geselligkeit antwortete:»Ich weiß Bescheid, wir haben ja den Weg besprochen.« Geübt lenkte er das

Gefährt sachte um die Kurve. In der Ferne war ein See erkennbar. Das Glitzern des Wassers ließ unsere kleine Reisegruppe staunen. »Ahh!«, »Ohh!« und »Wie schön!« erklang es chorartig und freudestrahlend. Frau Sommer lobte Herrn Traum noch einmal ausdrücklich für das von ihm ausgewählte Ausflugsziel. »Hallo, noch da?«, fragte mich Herr Geselligkeit. Es dauerte etwas, bis ich mich wieder gefangen hatte. Vor lauter Staunen und Wohlbehagen beim Anblick der Umgebung hatte ich fast vergessen, dass ich nicht alleine war. Doch dann antwortete ich: »Ach, Herr Geselligkeit, ist das schön. Ich bin hin und weg. Wie können so viel Farbenpracht und Vielfalt aufeinandertreffen? Die Natur hat dieses Fleckchen Erde besonders mit Farbe geküsst und somit den Ausflug versüßt.«

»Also ich, ja selbst Herr und Frau Poesie hätten das nicht besser ausdrücken können.« Kaum hatte Herr Geselligkeit das ausgesprochen, kam eine fantasievoll gekleidete Dame auf uns zu. Nachdem sie uns alle freundlich begrüßt hatte, wandte sie sich mir zu: »Guten Tag, mein Fräulein, darf ich mich kurz vorstellen? Mein Name ist Poesie, mein Mann lässt sich für den Moment entschuldigen. Ich möchte Ihnen das hier überreichen.« Sie gab mir eine in den Regenbogenfarben gestaltete kleine Schachtel.

Ich bedankte mich mit den Worten: »Das ist doch nicht nötig, Frau Poesie.«

»Doch, mein Kind, nehmen Sie.« Die Dame wandte sich an Frau Sommer und plauderte mit ihr und den anderen, bevor sie sich mit lieben Worten verabschiedete. Ich wusste nicht so recht, was ich davon halten sollte. Diese Liebenswürdigkeit, die hier untereinander das Menschenbild prägte, war mir fremd. Ein jeder, der vielleicht einmal mein Geschriebenes liest, wird mir zustimmen, wenn ich sage, dass die Freundlichkeit unter den Menschen im heutigen Alltagsleben oft zu wenig Platz geschenkt bekommt. Einige sind bereits missgestimmt, wenn es nicht bei ihrem planmäßigen Tagesablauf bleiben kann und eine Kleinigkeit dazwischengerät, wie zum Beispiel eine Unterhaltung.

In meine Gedanken versunken, hatte ich nicht bemerkt, dass Herr Geselligkeit bereits dabei war, die Pferdezügel an einem Zaun zu befestigen. »Na, wie sieht es aus, möchtest du den Tag auf dem Kutschbock verbringen oder darf ich dir herunterhelfen?« Ich nahm die Hand, die mir von Herrn Geselligkeit entgegengestreckt wurde, gerne an, denn so fiel es mir leichter, von der Kutsche herabzusteigen.

»Kann ich etwas tun?«, fragte ich nach.

»Also, wenn du möchtest, kannst du diesen Eimer dort nehmen und etwas Wasser aus dem See holen. Dann können wir die Pferde tränken. Ich würde damit beginnen, das Gepäck abzuladen.«

»Ja, das mache ich gern. Frau Sommer, es ist so so schön hier. Findest du nicht auch?«

»Aber ja, ich liebe diesen See, obwohl ich schon so lange nicht mehr hier gewesen bin.«

»Würdest du das für mich aufbewahren? Ich muss rasch etwas Wasser holen, damit die Pferde versorgt sind.« Ich reichte ihr die kleine Schachtel, die Frau Poesie mir eben geschenkt hatte.

»Ach, Herr Traum, ich danke dir für deine tolle Idee, einen Ausflug zu machen.«

»So, so, du dankst mir nur für den Ausflug?«, fragte er herausfordernd nach. Doch ich ließ mich auf keine Unterhaltung ein und machte mich stattdessen mit dem Eimer auf den Weg, um Wasser für die Tiere zu holen.

»Nett ist sie, nicht wahr, mein lieber Freund?«, versuchte Herr Traum Herrn Geselligkeit eine Unterhaltung zu entlocken.

»Ja, eine sehr nette Frau ist sie. Manchmal etwas verloren in ihren Gedanken, wenn du mich fragst. Aber das wird schon, wenn sie erst etwas länger hier ist. Ich danke dir zumindest jetzt schon, dass du uns miteinander bekannt gemacht hast, lieber Freund, das war eine liebe Geste.«

»Aber das ist doch klar.«

»Ihr zwei, was tuschelt ihr denn?«, fragte Frau Vergnügen nach. Doch die beiden Herren wollten sich nicht dazu hinreißen lassen, mehr über ihre vertraute Unterhaltung preiszugeben. Herr Überzeugungskraft kam mit seiner Frau dazu. »Kann ich noch etwas helfen? Unsere Sachen habe ich bereits unten am Anleger in einem der Boote verstaut.« »Ne, schon gut. Alles in Ordnung. Unser lieber Sympathie war schon so frei.« Herr Überzeugungskraft sah mich mit einem vollen Eimer Wasser auf die Gruppe zukommen und kam mir ein Stück entgegen. »Aber das musst du doch nicht machen, liebes Fräulein«, sagte er und nahm mir den vollen Eimer ab.

»So, wie es aussieht, können wir los. Die Pferde sind versorgt, der Proviant verstaut und die Boote warten darauf, bewegt zu werden.« Herr Traum reichte Frau Sommer seinen Arm. »Dann komm mal, mein Mädchen.«

»Du wieder.« Frau Sommer hakte sich unter. »Los geht's, meine Lieben.«

In Zweiergrüppchen machten wir uns auf zum Bootsanleger. Wie wunderschön der See gelegen war zwischen den vielen prächtigen Bäumen und den grünen Hügeln. Dazu die hübschen Blumenwiesen. Zudem machte es den Anschein, als sei die Luft hier am Wasser wesentlich reiner als andernorts. Ist ja am Meer nichts Neues, denn dort hat man oft eine Klimaveränderung, doch an einem See?

»Ich dachte mir, wir fahren mit zwei Booten. Wie wäre es mit der gleichen Einteilung wie bei der Kutschfahrt? Sind alle einverstanden?«, fragte Herr Traum. Alle nickten zustimmend. »Prima, dann mal los. Wer als Erster bei der Schmetterlingsinsel angekommen ist, hat gewonnen.«

»Schmetterlingsinsel?«, fragte ich in die Runde.

Herr Sympathie antwortete als Erster: »Ja, meine Gute, das ist ein tolles Ziel und gleichzeitig ein Naturschauspiel.«

»Das ist die schönste Insel, die ich kenne«, meinte Frau Vergnügen.

Frau Überzeugungskraft errötete und meinte zu ihrem Mann: »Weißt du noch?«

»Ja, was höre ich denn da, du Schwerenöter …«, setzte Herr Traum an, doch er wurde von Herrn Sympathie unterbrochen: »Ich glaube, an diese Insel haben so manche von uns die eine oder andere Erinnerung. Geht's euch auch so?«

»Also, meine Erinnerungen müssen wohl erst noch geschaffen werden, was diese Insel angeht. Jedoch gefällt mir jetzt schon, was ich hier sehe.«

»Du wirst begeistert sein, meine Liebe«, sagte Herr Geselligkeit und reichte mir, jetzt schon zum zweiten Mal an diesem Tage, seine Hand. Dieses Mal allerdings, um mir beim Einstieg in das Ruderboot behilflich zu sein. Er war wirklich ein sehr aufmerksamer Mann, der etwas von Manieren verstand beziehungsweise offenbar genau wusste, wie man mit dem weiblichen Geschlecht umging. Auch diese Eigenschaften werden meiner Meinung nach in der unsrigen Welt zu oft verlernt oder vergessen. Was ich sehr schade finde. Denn etwas Freundlichkeit und Aufmerksamkeit kosten nichts. »Danke, das ist lieb von dir.« Frau Sommer reichte er ebenfalls die Hand. Auch diese bedankte sich für seine Geste der Freundlichkeit. »Alle startklar? Auf geht's«, meinte Herr Traum und begann, Herrn Geselligkeit anzufeuern: »Mach schon, guter Freund. Du bist der jüngste von uns Männern. Volle Kraft voraus!« Frau Sommer und ich mussten lachen. Dass die Männer immer gleich so ein Wettbewerbsfieber entwickeln mussten, war schon enorm.

Frau Sommer spannte ihren Sonnenschirm auf, denn hier auf dem Wasser brannte die Sonne doppelt so stark wie an Land. Vorsichtig hielt ich meine Hand in das feuchte Nass. Wie angenehm das war. Ich spürte das Wasser und sogleich empfand ich eine Erfrischung am ganzen Körper.

»Fall uns nicht noch ins Wasser«, rief Herr Sympathie grinsend vom anderen Boot. »Gleich haben wir es geschafft.« Herr Traum ging in seiner Rolle des Reiseführers voll auf. Er strahlte übers ganze Gesicht, denn die Unbeschwertheit der Gruppe machte ihm Freude, aber vor allem sagte sie ihm, dass er alles richtig gemacht hatte mit der Auswahl des Ausflugsziels. »Gewonnen hat der, der als Erstes seine Mannschaft sicher an Land gebracht hat«, meinte Herr Traum überschwänglich wie ein Kind. Herr Geselligkeit sprang aus dem Boot, um es an Land zu ziehen. Herr Sympathie tat es ihm gleich, doch er war nicht so schnell. Somit kam es, dass Herr Geselligkeit als Erster die Arme in die Luft streckte.

»Gewonnen!«, rief er, als ob er seinem Sieg mit dieser Geste Nachdruck verleihen wollte.

»Toll, ich wusste, dass auf dich Verlass ist, Bester.« Herr Traum freute sich und reichte erst seiner lieben Freundin, dann mir die Hand, damit wir mühelos aussteigen konnten, um sicher an Land zu gelangen.

Herr Geselligkeit kümmerte sich unterdessen darum, dass unser Gepäck ebenso sicher befördert wurde. »So, nun lass uns mal überlegen. Wollen wir direkt hier unser Picknick machen? Somit hätten wir auch das Wasser in der Nähe, mit dem wir unsere mitgebrachten Getränke kühlen könnten.«

»Aber ja, lass uns direkt hier bleiben zum Essen«, meinte Frau Überzeugungskraft, »die Aussicht ist doch so reizvoll.«

»Das finde ich auch«, ergänzte Frau Vergnügen lächelnd.

»Selbstverständlich bleiben wir hier. So bleibt es uns erspart, die ganzen Sachen durch die Hitze zu tragen, meine Lieben«, schmunzelte Herr Traum fachmännisch.

»Ja, das wird das Vernünftigste sein«, fügte Herr Überzeugungskraft hinzu.

Frau Sommer schloss ihren Sonnenschirm und begann, eine der mitgebrachten Decken auszubreiten. Ich half, indem ich mir eine davon schnappte und sie ebenfalls auf den Boden legte. Die Männer kümmerten sich darum, die Getränke kalt zu stellen, indem sie eine Mulde in den Sand buddelten, um die Flaschen dort hineinzulegen. Sie beschwerten diese mit herumliegenden Steinen, dadurch wurden sie dann und wann vom Wasser umspült und gekühlt. Als alle Vorbereitungen beendet waren, nahmen wir auf den Decken Platz und öffneten sämtliche Dosen und Schüsseln. Dazu wurden Teller und Tassen sowie Becher und Servietten verteilt. Es herrschte eine beschwingte Stimmung, alle lachten und erzählten, halfen sich gegenseitig und freuten sich über die geschenkte Zeit, die sie miteinander verbrachten. Ich freute mich, eine solche Menge netter und lieber Leute kennengelernt zu haben. Unbeschwert und ausgelassen wie lange nicht konnte ich mich unterhalten.

Plötzlich fiel mir wieder ein, dass ich noch den Anhänger von Frau Schwindlerin sowie den von Frau Poesie an meinem Armband befestigen musste. Letzteren hatte ich noch nicht einmal angesehen. Es wurde Zeit dafür. Vorsichtig holte ich die kleine Schachtel hervor und betrachtete noch einmal den kleinen Anhänger von Frau Schwindlerin. Frau Sommer bemerkte dies und meinte:»Soll ich dir behilflich sein?«

»Ja, bitte, es ist ja schon eine Art Ritual geworden.«

»Na, dann hol ich doch gleich die Schachtel, die du mir zur Aufbewahrung gegeben hast, mein Kind.« Frau Sommer kam ein Stück zu mir rüber und reichte mir die kleine Schachtel. Langsam öffnete ich sie und schaute hinein.»Ist das nicht süß? Sieh mal, eine Feder.«

»Es ist die Feder der Poesie. Schau genau hin, dort unten ist sie wie ein Füllfederhalter gestaltet.«

»Ja, das stimmt. Du hast recht. Würdest du so lieb sein und sie an mein Armband hängen, Frau Sommer?«, fragte ich die lächelnde Frau und streckte ihr meinen Arm entgegen.

Frau Sommer machte sich gleich daran, mir meine Bitte zu erfüllen.»Wo hast du denn das andere Geschenk?«

»Das Armband ist aber hübsch«, bemerkte Frau Vergnügen.

»Ja, ich habe mich sehr über dieses Geschenk von Frau Gesundheit gefreut«, gab ich zur Antwort.

»Es kommt immer darauf an, was man aus diesem Geschenk

macht, meine Liebe. Pass gut darauf auf«, meinte Frau Überzeugungskraft, die unserer Unterhaltung aufmerksam gefolgt war. Weiter meinte sie:»Schmuckstücke können Geschichten erzählen. Man muss nur genau hinsehen.« Ich ließ diese Aussage von Frau Überzeugungskraft auf mich wirken und nahm mir vor, mir diesen Satz zu merken, während ich gedankenverloren in die Landschaft blickte. Dabei entgingen mir die freundlichen Seitenblicke von Herrn Geselligkeit. Doch Herrn Traum fielen sie dafür umso mehr auf.

»Mein lieber Freund, möchtest du unserem Gast nicht mal die Insel zeigen? Es wäre doch zu schade, wenn wir zurückführen und unser Fräulein hätte nicht etwas von der tollen Umgebung gesehen«, wandte er sich an Herrn Geselligkeit.

Erschrocken fuhr Herr Geselligkeit zusammen, als hätte man ihn bei etwas Verbotenem erwischt. Geniert meinte er dann: »Aber ja, mein Bester, du hast recht.« Er drehte sich in meine Richtung und sagte:»Da hörst du es. Du solltest wirklich etwas von der Gegend kennenlernen. Hast du Lust auf einen Spaziergang?«

»Sicher habe ich Lust dazu, gerne.« Ich blickte kurz zu Frau Sommer, dir mir nickend zustimmte und meinte:»Du solltest auf jeden Fall etwas von der wunderschönen Umgebung kennenlernen, wo wir doch schon einmal hier sind.« Lächelnd meinte sie noch:»Wir alle wünschen euch viel Vergnügen.« Alle nickten übereinstimmend und riefen:»Viel Spaß, ihr beiden!!«

»Na dann.« Herr Geselligkeit reichte mir lächelnd seine Hand. Somit fiel mir das Aufstehen etwas leichter. Ich klopfte kurz den Sand von meinem Kleid. »Kann losgehen.« Herr Geselligkeit bot mir mit einer Geste seinen Arm an, den ich gerne nahm. So konnte ich Schritt halten und wir kamen nach kurzer Zeit ein gutes Stück voran und waren bald außer Sichtweite der anderen. Es schien, als hätte mein Begleiter nur darauf gewartet, denn mir war es nicht entgangen, dass er etwas verlegen auf seiner Unterlippe kaute, als ob er nach den richtigen Worten suchte, um eine Unterhaltung zu beginnen. Ich wollte, wie sagt man, ihm eine Brücke bauen, damit es für ihn leichter würde. Komisch, bisher hatte ich nicht das Gefühl gehabt, dass er schüchtern sei. Im Gegenteil, ich hatte eher den Eindruck, dass er sehr forsch im Wortspiel war. Doch jetzt, in diesem Augenblick, lernte ich ihn von einer ganz anderen Seite kennen. Ich versuchte es mit: »Es ist schön hier.«

»Oh ja, das finde ich auch. Ich staune immer wieder darüber, dass es hier eine solche Schönheit der Natur zu bewundern gibt. Vor allem, dass es immer neue Dinge zu sehen gibt. Es ist egal, wie oft man auf die Insel kommt, immer wieder stellt sie sich anders dar. Vielleicht liegt es aber auch daran, dass man sie anders sehen möchte, in einem anderen Licht. Oder je nachdem, in welcher Verfassung man selber ist, mein Fräulein.«

»Ach, weißt du, mit der eigenen Verfassung ist das so eine Sache. Verrate mir doch lieber, warum diese Insel Schmetterlingsinsel heißt. Das würde mich interessieren.«

»In erster Linie wegen ihrer außergewöhnlichen Form. Ja, und eben wegen ihres Freiheitsdranges. Du musst wissen, dass sie nicht immer hier zu finden ist, sondern nur dann, wenn sie selbst es möchte.«

»So? Das hört sich geheimnisvoll an. Erzähle mir mehr davon.«

»Es ist so, sie ist rundum frei schwimmend. Ihren Namen trägt sie, weil sie so frei ist wie ein Schmetterling. Ebenso erinnern ihre Umrisse an diesen.«

»Man könnte diese Insel also auch am Boden des Sees besuchen?«

»Ja, jedenfalls wird immer mal wieder darüber erzählt.«

In Gedanken stellte ich mir vor, wie es wäre, wenn wir jetzt nicht hier so eingehakt vor uns hinspazierten, sondern am Grund des Sees. Eine merkwürdige Vorstellung. Vor allem war es etwas schwer Umsetzbares im Wissen darum, dass man unter normalen Umständen schon nach kurzer Zeit unter Wasser auftauchen müsste, um nach Luft zu schnappen.

Herr Geselligkeit bemerkte meine Abwesenheit und meinte: »Bist du schon eingetaucht?«

»Oh, Verzeihung, meine Unhöflichkeit. Ich war wirklich nachdenklich darüber geworden, dass es so etwas gibt. Denn wir sind schließlich keine U-Boote oder dergleichen.«

»Weißt du, du wärst erstaunt, wenn du sowohl den vollen Lebensraum hier schon erfassen könntest als auch die Möglichkeiten, die sich hier erschließen lassen.«

»Ich bin allem gegenüber aufgeschlossen. Erzähl ruhig weiter.«

»Bitte nicht drängen. Die Leute Neugierde hast du ja bereits kennengelernt. Du weißt doch inzwischen, dass man sie nicht so schnell los wird. Es sei denn, Frau Sommer ist in der Nähe. Sie hat ein einzigartiges Talent, wenn es darum geht, Situationen der unangenehmen Art schnell zu erkennen und zu handeln.«

»Da hast du wohl recht. Ich habe mich auch gewundert, denn bisher hatte ich Frau Sommer noch nicht so erlebt. Ich kannte sie nur als jemanden, die jeden Gast beziehungsweise alle Leute, die an ihre Türe klopfen, herzlich willkommen heißt. Ja, oder die wie ich in ihrem Garten stehen.«

Herr Geselligkeit musste lachen, was auf mich übersprang und eine ganze Weile andauerte. Bis plötzlich Herr Geselligkeit sagte: »Sieh mal, ein Wasserfall, an dem sich gerade die Sonnenstrahlen fangen, toll, nicht wahr?«

»Durch einen solchen bin ich hindurchgeschwommen, als ich hierhergekommen bin.«

Herr Geselligkeit spitzte die Ohren und fragte aufmerksam: »Wie meinst du das? Du bist durch einen Wasserfall geschwommen, bevor du hier angekommen bist?«

»Ja, es ist so, wie ich es sage. Eben das, woran ich mich erinnere. Dass ich einen Spaziergang gemacht habe. Erst freute ich mich über die schöne Landschaft, dann über die Tiere und zum Abschluss folgte dieser wunderschöne See. Genau wie der, den wir gerade sehen und den wir mit dem Boot befahren haben.

In den damaligen See sprang ich hinein und nach einer Weile sah ich auch einen Wasserfall, den ich durchschwamm. Dann kam ich irgendwann in eine Art Vorraum oder eine Höhle, wie immer du es auch nennen magst. So kam ich dann hier an ...«

»Wie kam es, dass du bei Frau Sommer gelandet bist?«

»Ich habe mich an der Jahreszeitengabelung für den Sommer entschieden und so kam ich zu ihrem Haus.«

»Das ist ja spannend. Warum hast du dich dort an der Gabelung für den Sommer entschieden?«

»Ich wurde im Sommer geboren und war außerdem passend für diese Jahreszeit gekleidet. Nicht auszudenken, ich hätte mich für den Winter entschieden. Ich wäre glatt erfroren.«

»Also, ich bin sehr froh, dass du dich für den Sommer entschieden hast, dadurch konnte ich dich wenigstens kennenlernen. Jetzt sollten wir aber zurück zu den anderen. Sie fragen sich sicher schon, wo wir bleiben.«

»So machen wir das. Doch wir sollten uns bald zu einem weiteren Spaziergang verabreden, damit wir unsere Unterhaltung fortsetzen können.«

»Aber gern, ich freue mich schon heute darauf, mein Fräulein.« Herr Geselligkeit lächelte mir zu.

Ich freute mich auch. Ich war mir sicher, das uns noch viele intensive Gespräche bevorstanden. Vor allem fand ich ihn sehr freundlich und interessant. Was ich wohl auch nicht länger verbergen konnte. Denn ein gutaussehender Mann kam uns entgegen. Herr Geselligkeit nickte dem Mann kurz zu und reichte ihm die Hand. Dann sah der Mann mich an und meinte:»Darf ich mich vorstellen, junge Dame, mein Name Anziehungskraft.« Ich reichte ihm meine Hand und begrüßte ihn. Ich sah in zwei aufregende Augen, die über das ganze Gesicht strahlten.

»Schön, Sie kennenzulernen, mein Fräulein. Ich möchte Ihnen alles Gute wünschen.« Der Mann reichte mir bei diesen Worten eine kleine ovale Schachtel.»Danke, aber ...« Weiter kam ich nicht, denn Herr Anziehungskraft unterbrach mich mit den

Worten:»Nehmen Sie, es ist für Sie bestimmt und vorgesehen. Ich wünsche Ihnen beiden noch eine schöne Zeit. Auf ein Wiedersehen.« Und bevor ich noch etwas sagen konnte, lüftete der interessante Herr seinen Hut zum Gruß.

»Das ist doch nett, findest du nicht auch? In der kurzen Zeit, in der du hier bist, hast du schon so manchen Menschen erobert. Das scheint deine Bestimmung zu sein oder deine Aufgabe.«

»Ich kann dir ebenso wenig folgen wie den Worten von Frau Gesundheit. Diese hat mir dieses Armband geschenkt, hielt sich allerdings sehr bedeckt über diese Gabe. Sie sagte mir nur, ich solle sie erneut besuchen, wenn ich es wünsche.«

»Sie wird sich schon etwas dabei gedacht haben, meine Gute. Jetzt sehen wir mal nach, was in der Schachtel ist. Wo hast du sie denn?«

»Hier ist sie.« Ich streckte meine Hand aus und begann, den Deckel der Schachtel abzunehmen. Ein grünes Seidentuch kam zum Vorschein, vorsichtig begann ich, es zu entfalten.»Sieh mal, ein kleines A. Es ist wieder ein kleiner Buchstabe.«

»Hast du denn schon mehrere davon?«

»Ja, schau nur.« Ich streckte Herrn Geselligkeit mein Handgelenk entgegen, so konnte er die einzelnen Anhänger besser erkennen.»Jetzt ist zu den Buchstaben V, R und N auch noch ein A dazugekommen.«

»Wenn du mich fragst, mit einem A fängt alles an:

A wie Anfang

A wie Anmut und

A wie Anziehungskraft.«

Bei der letzten Bemerkung lachte nicht nur der Mund, sondern seine funkelnden Augen lächelten gleichwohl über das ganze Gesicht. Man hatte den Eindruck, als läge etwas von Frau Sommers Sonnensternenregen in der Luft, der immer etwas von Magie und Geheimnis hatte.

Aus der Entfernung konnte man die Stimmen der anderen bereits hören.»Warte mal, ich möchte dir noch den Anhänger anbringen.« Ich streckte meinen Begleiter erneut meinen Arm entgegen.»Aber gern, das ist lieb.« Herr Geselligkeit öffnete mit leicht zittrigen Händen den Verschluss des Armbandes, um dann geschickt den neuen Anhänger einzufädeln. Anschließend verschloss er mein hübsches Armband wieder. Doch in diesem Augenblick hatte ich den Eindruck, er wollte meine Hand nur ungerne loslassen. Plötzlich setzte sich ein heranfliegender Schmetterling für einen Moment auf unsere Hände. Wir sahen uns an. Man konnte in dieser Sekunde spüren, dass Worte überflüssig waren. Es knisterte. Sekundengleich erhob sich der Schmetterling in den Fluss des Windes. Erschrocken löste Herr Geselligkeit seine Hand von der meinen, sah mich an und hauchte:»A ... wie Apartheid ... die Teilung.« Ich wusste mit dieser Äußerung nichts anzufangen. Ich hatte in dieser Sekunde ein anderes Empfinden als er. Es ist nicht für zwei Menschen gleich, wie der Einzelne die Anziehungskraft empfindet. Für mich bedeutete es, etwas zu mögen, oder besser gesagt, etwas beginnt zu wachsen und vielleicht zu lieben. Das Wertvollste, was einem im Leben begegnet, ist die Offenbarung der Anziehungskraft, mit der schließlich die Liebe gefunden werden kann.

Eine kleine Weile gingen wir schweigend nebeneinander her.
»Da seid ihr ja wieder, ihr beiden.« Frau Sommer und Herr Traum kamen eingehakt und wohl bester Stimmung auf uns zu.
»Na, ihr. Wie war euer Spaziergang?«, fragte Herr Traum mit hochgezogener Augenbraue.
»Sollte ich da etwa Neugier vernommen haben, mein lieber Herr Traum?«, fragte Herr Geselligkeit in einer etwas herausfordernden Art.
»Ihr beiden!«, meinte Frau Sommer und in meine Richtung gewandt:»Hat es dir gefallen?«
»Oh ja, es war ein schönes Erlebnis. Ihr wart wohl auch unterwegs?«
»Wir haben uns nach dem schmackhaften Essen etwas die Beine vertreten.«

Herr Traum warf ein:»Übrigens, was ich unbedingt noch loswerden möchte: Dein Apfelkuchen ist wirklich ausgezeichnet. Eine echte Konkurrenz zu dem meiner liebsten Freundin.« Herr Traum sah Frau Sommer liebenswürdig von der Seite an und ergänzte:»Du verstehst das doch, oder?«

»Aber sicher doch. Ich bin selbst begeistert von diesem Backwerk. Vor allem solltest du dir ernsthaft überlegen, ob du nicht andere auch noch in den Genuss dieses Kuchens bringen möchtest, mein Kind.«

»Wie meinst du das, Frau Sommer?«, fragte ich interessiert nach.

»Weißt du, es gibt bei uns immer einen Kuchenwettbewerb im Rahmen unseres Jahreszeitenfestes. Dieses findet bald wieder statt. Mir kam in den Sinn, dass du daran teilnehmen könntest.«

»Jahreszeitenfest?«, fragte ich nach.

»Das hatte ich beinahe schon vergessen«, platzte es aus Herrn Geselligkeit unbedacht heraus.»Stimmt, es müsste bald wieder so weit sein. Wir müssen unbedingt bei Frau Vergnügen nachfragen. Die hat doch einen Sitz im Festausschuss der Veranstaltung. Da kann ich dich heute schon bitten, mich zu begleiten, mein Fräulein«, sagte der etwas nervös wirkende Herr Geselligkeit in meine Richtung blickend und fügte an:»Würdest du mich zu diesem Fest begleiten?« Alle sahen mich an.

»Ja, gern. Wenn ich dann noch hier bin.«

»Wir werden sehen«, meinte Frau Sommer.»Jetzt lasst uns schauen, was die anderen machen. Auf geht's.«

»So langsam sollten wir an die Heimreise denken, meine Lieben«, sagte Herr Traum zu uns.

Schade, dass dieser schöne Tag sich langsam, aber sicher zu verabschieden scheint, dachte ich so bei mir, als ich plötzlich und unvorbereitet einen Arm um meine Schultern spürte. Es war angenehm und prickelnd zugleich. Was für ein wohliges Gefühl sich schon nach so kurzer Zeit bei mir ausbreitete. Konnte ich schon jetzt so angetan von diesem Mann sein? Mir ging es gut in seiner Gesellschaft. Scheinbar war es so und ich sollte ab sofort aufhören, mir eine solche Art von Fragen zu stellen. »Da seid ihr ja wieder«, wurden wir laut auch von Herrn Sympathie begrüßt. Alle saßen beieinander und freuten sich über die geschenkte Zeit.

»Wie gefällt es dir denn hier?«, fragte mich das Paar Überzeugungskraft. Sie wirkten sehr vertraut miteinander und schienen sich noch sehr zu lieben.

»Oh, es ist wirklich toll auf dieser Insel. Ich werde bestimmt noch einmal hierher zurückkommen. Bei nächster Gelegenheit.«

»Wenn ich Sie so direkt ansehe, habe ich das Gefühl, dass sie nicht allzu viel von der Umgebung gesehen haben, meine Liebe«, meinte Frau Vergnügen lächelnd und zwinkerte mir mit einer Kopfbewegung in Richtung Herrn Gesellligkeit zu. Ich spürte, wie eine leichte Röte in meinem Gesicht Einzug hielt.

»Das ist das, was wir an Ihnen schätzen, Frau Vergnügen, immer schön direkt und offen in den Äußerungen. Aber sagen Sie, wissen Sie schon, wann das Jahreszeitenfest ist?«

»Ja, im Gespräch war, dass die Tageszeit noch 14-mal wechselt, Herr Gesellligkeit.«

»Ach so, dann ist das noch nicht ganz sicher?«

»Nein, die Zuständigen kommen noch einmal zusammen, um das zu entscheiden.«

»Lassen Sie uns bitte wissen, wenn der Termin steht?«

»Sicher, das mach ich. Allein wegen der Anmeldungen sowie der Helferlisten. Haben Sie sich schon überlegt, was Sie dieses Jahr zum Fest beitragen möchten, mein Lieber?«

»Noch nicht, aber ich werde dabei sein.«

»Sollen wir uns langsam auf den Rückweg machen, meine Lieben? Die Sonne beginnt zu sinken, das erste Abendrot ist bereits im vollen Anzug.«

»Ich stimme dir zu. Lass uns den Kram zusammenpacken«, meinte Herr Sympathie fröhlich und begann aufzuräumen. Alle anderen erhoben sich und taten es ihm gleich.

»Also, ich schlage vor, wir sollten bei mir noch einen Likör trinken, zur Verabschiedung des schönen Tages«, meinte Frau Sommer mit ihrem strahlenden Gesicht.

»Aber sicher, das machen wir noch!«, sagte Herr Überzeugungskraft.

Ich begann, die einzelnen Decken aufzuheben und zu falten. Herr Geselligkeit kam mir zu Hilfe. »Darf ich?«, fragte er und lächelte mich an. »Aber gerne, das ist sehr aufmerksam von dir. Kommst du noch mit zu Frau Sommer?«, fragte ich ihn sanft. »Klar komme ich mit. Ist doch ein schöner Abschied vom gemeinsamen Tag.«

»Seid ihr so weit? Können wir starten, meine Freunde?«, fragte Herr Traum.

Herr Geselligkeit stand den Damen beim Einstieg in die Boote zur Seite. Ich beobachtete ihn und staunte wieder einmal über seine besonders liebenswürdige Art, mit Menschen umzugehen. *In unserer heutigen Zeit , in der die schnelllebigen Abläufe längst Einzug gehalten haben, kann man so etwas kaum noch erleben. Alles rennt von A nach B, ohne zu bemerken, dass es auch noch anderes gibt. Sie sehen nur sich selbst und haben bereits vor langer Zeit vergessen, ihren Blick für die anderen zu schulen, für die, die vielleicht zwischen den Punkten A und B stehen. Die vor lauter Irritationen die Orientierung verloren haben und somit auf die Hilfe der Streckenposten im Leben angewiesen sind. Die, die bereit sind, Hilfestellung zu geben. Die nicht nur darauf bedacht sind, ihre eigenen Bahnen zu verfolgen, sondern die Knotenpunkte des Nächsten so wahrnehmen, dass eine Lösung aufzuzeigen möglich ist.*

»Hallo, noch da?«, wurde ich von Herrn Traum aus meinen Gedanken gerissen.

»Aber sicher, Herr Traum.«

Herr Geselligkeit schmunzelte und meinte: »Wie gut, dass du Frau Schwindlerin schon kennengelernt hast. Sonst würde die uns jetzt schwimmenderweise den Weg versperren, meine Liebe.«

Ich hatte nicht wahrgenommen, dass wir schon in der Mitte des Sees angelangt waren. Ich wunderte mich über mich selbst, dass ich gelernt hatte, so abzuschalten, dass ich nichts anderes mehr mitbekam.

»Geschafft!« Herr Geselligkeit sprang aus dem Boot auf den Steg und reichte jedem von uns die Hand, um uns den Ausstieg etwas zu erleichtern. Dann schnappte er sich einen großen Teil des Gepäcks. Den Rest teilten wir drei anderen unter uns auf. So brauchten wir nur einmal den Weg zur Kutsche zu laufen. Auch Herr Sympathie brachte seine Besatzung sicher an Land. Frau Vergnügen kicherte unentwegt. Frau und Herr Überzeugung amüsierten sich über die Menge an Gepäck, die sie nur für diese paar Stunden gebraucht hatten, aber auch dieses landete sicher in der Kutsche.

»So, dann wollen wir mal.« Herr Geselligkeit reichte mir seine Hand. »Darf ich bitten, meine Liebe?«

»Gern, mein Herr.« Er freute sich wohl, dass ich auf seine Liebenswürdigkeiten einging.

»Du solltest dir langsam die Stola umlegen, mein Kind«, meinte Frau Sommer in ihrer fürsorglichen Art.

»Ja, das mache ich, Frau Sommer. Es ist schon reichlich frisch geworden.«

»Dagegen kann man etwas tun. Wie wäre es mit warmen Gedanken? Zum Beispiel mit Gedanken in Herzensdingen, meine Liebe.«

»Sie nun wieder. Immer einen Spruch auf den Lippen.«

Die Kutschfahrt in das Abendrot mit den Umrissen der verschiedensten Bäume und Sträucher, welche neue lichtumspielte Reflexe entstehen ließen, war ein spektakuläres Naturschauspiel. Die Abendsonne küsste den Streifen des Horizonts, als wollte sie ihrem Gefährten einen Gutenachtgruß zukommen lassen oder ihm gar eine Gutenachtgeschichte erzählen.

»Du genießt die Natur, nicht?«, fragte mich Herr Geselligkeit.

»Es ist wunderschön, das hier zu erleben.«

»Schön, dass du endlich angekommen bist, meine Liebe.«
Herr Sympathie meldete sich von der anderen Kutsche mit
den Worten:»Also, wir vier haben gerade beschlossen, dass wir
auf dem direkten Weg heimfahren wollen. Die Damen meinen,
dass sie doch zu erschöpft sind, um noch ein Likörglas heben zu
können. Nehmt es uns nicht übel.«

Frau Sommer musste lachen und sagte schmunzelnd:»Das ist
schon in Ordnung, meine Lieben.«

»Wir sehen uns«, meinte nun auch Herr Traum, der die Unterhaltung amüsiert verfolgt hatte. Mit einem winkenden Gruß
verabschiedeten sich die vier aus der Nachbarkutsche, bevor
Herr Sympathie sein Gefährt sicher an der nächsten Kreuzung
in eine andere Richtung lenkte.

»Da waren es noch vier«, bemerkte Herr Traum treffend und
sah Frau Sommer mit seinen verträumten Augen an. Von Weitem konnte ich schon Frau Sommers Haus erkennen. Wie schön
es im Abendlicht aussieht, dachte ich noch, als wir bereits in
die Einfahrt einbogen. Herr Geselligkeit brachte den Vierspän-
ner zum Stehen.»So, meine Damen, mein Herr. Wir sind da«,
meinte er fröhlich und reichte mir seine Hand, damit ich unversehrt den Kutschbock verlassen konnte.

»Lasst uns den Korb mit dem Essen zuerst ausladen. Dann
können wir noch einen Teil davon zum Abendbrot herrichten«,
meinte Frau Sommer in ihrer mütterlichen Art.

»Das ist eine gute Idee, mein Hunger meldet sich bereits,
meine Liebe«, sagte Herr Traum und nahm den Korb aus der
Kutsche, um diesen auf die Veranda zu tragen. Frau Sommer
ging inzwischen zur Vordertür, öffnete von innen die Terrassentür, um Herrn Traum den Eintritt zu ermöglichen.

»Wir versorgen die Tiere, dann kommen wir zu euch. Hilfst
du mir?«, fragte Herr Geselligkeit mich.

»Ja, sicher. Das mache ich gern«, sagte ich und nahm einen
Eimer Wasser aus der Regentonne mit, um die Pferde zu tränken. Herr Geselligkeit holte vier Futterbeutel zum Umbinden

hervor, befüllte diese und machte sich daran, jedem Pferd einen ans Halfter zu binden.»So, das hätten wir. Komm, wir sehen mal, ob es bereits etwas zu essen gibt.« Er nahm mich bei der Hand. So gingen wir nun Hand in Hand zur Veranda und wurden freudestrahlend von Herrn Traum begrüßt:»Hallo ihr, wir haben alles vorbereitet. Ihr braucht nur noch Platz zu nehmen, meine Lieben.«

Nun erschien auch Frau Sommer mit einem Tablett, auf dem einige Essenssachen standen. Sogleich stand ich von meinem Platz auf, um es ihr abzunehmen.»Danke, mein Kind, wie aufmerksam von dir.«

»Fehlt noch etwas, Frau Sommer?«, fragte ich nach.

»Nein, ich denke, wir haben alles beieinander, Liebes. Setz dich doch.«

»Also, ich hätte gerne etwas von dem leckeren Kartoffelsalat«, meinte Herr Traum, um die kurze Stille zu überbrücken. Alle nahmen wir uns von dem reichlich gedeckten Tisch. Was für eine harmonische Atmosphäre sich breitmachte. Es war so angenehm, Menschen um sich zu haben, die einen mochten. Vor allem konnte man es spüren, ohne dass es immer wieder beteuert werden musste. Es war anders als in meinem normalen Lebensumfeld, welches in der letzten Zeit meist von negativen Charakteren wie Habsucht, Neid und Missgunst geprägt war. Nein, hier war es anders. Man wurde gemocht um seiner selbst willen. Nicht weil man sich einen Vorteil erhoffte oder sich dadurch profilieren wollte, sondern man fühlte eher eine vertraute Harmonie. Trotz der Kürze der Zeit, die wir uns kannten, nahmen sie einen besonderen Platz in meinem Herzen ein.

»Du bist wohl wieder weit fort vom Hier und Jetzt?«, fragte Herr Traum nach.

»Oh, entschuldigt bitte. Es war nur ...«

»Ist schon gut. Ich kann verstehen, dass du lieber genießt und schweigst, mein Fräulein«, meinte Herr Traum lächelnd.

Frau Sommer lachte und warf ein:»Ich freue mich, dass wir

hier gemeinsam zusammensitzen und etwas zu essen aufgedeckt ist, meine Lieben.«

»Es ist schön, dass wir zusammen sind«, entgegnete Herr Geselligkeit. »Ich möchte mich ausdrücklich für die Einladung zum Ausflug bei dir, Herr Traum, und bei dir, Frau Sommer, und für dieses hervorragende Abendessen bedanken. Ja, und somit möchte ich noch dir danken.« Jetzt sah er mich an. »Schön, dass ich gemeinsam mit dir diesen Tag verbringen durfte, um dich kennenzulernen.« Bei der letzten Bemerkung nahm Herr Geselligkeit meine Hand und versah sie mit einem Handkuss.

»Das nenne ich mal gute Gedanken in Worte fassen«, äußerte Herr Traum.

»Ich möchte auch Danke sagen«, meldete ich mich nun zu Wort. »Danke möchte ich sagen für all die Herzlichkeit, die mir hier immer wieder entgegenschlägt ...« Ich hatte kaum den Satz beendet, als ich bemerkte, dass meine Stimme zu zittern begann. Im selben Moment füllten sich meine Augen mit Tränen.

»Na, wer wird denn«, sagte Herr Traum.

»Oh, mein Kind, du musst doch nicht.« Frau Sommer stand auf und berührte meine Schulter. Es klopfte. »Ich gehe die Tür öffnen. Gut, dass wir noch etwas Essen haben, so wird unser Überraschungsbesuch auch noch satt werden.« Irritiert sah ich um mich. Frau Sommer ging zur Tür und öffnete. Eine ältere Dame stand auf dem Treppenabsatz. »Hallo, Frau Sommer. Es tut mir leid, dass ich stören muss zu dieser fortgeschrittenen Stunde. Doch du weißt ja, wir haben rundum zu tun. Egal ob Abend, Tag oder gar Nacht, das Gefühl fragt nicht nach Zeit oder Augenblick. Kurz gesagt, ich habe deinem Besuch etwas mitgebracht.«

»Guten Abend, Frau Gefühl. Tritt doch ein. Gern darfst du mit uns essen, wenn du magst. Fühle dich eingeladen. Komm doch.«

»Danke gern, ich freue mich, euer Gast zu sein.« Frau Sommer ließ Frau Gefühl den Vortritt und rief: »Mein Kind, du hast Besuch bekommen.« Ich stand auf, um die ältere Dame willkommen zu heißen. Mit meinem tränenverschmierten Gesicht reichte ich ihr die Hand.

»Guten Abend, alle zusammen. Doch dir, meine Liebe, ein besonderer Gruß. Ich möchte mich dir gerne vorstellen. Gefühl ist mein Name.«

»Guten Abend, Frau Gefühl. Darf ich Sie an unseren Tisch bitten?«

»Gern, mein Fräulein. Ich möchte dir zuerst das hier überreichen.« Die Dame übergab mir eine kleine Schachtel. Ich bedankte mich und stellte sie neben meinen Teller auf den Tisch.

»Frau Gefühl, schön, dich hier wieder einmal begrüßen zu dürfen«, freute sich Herr Traum.

»Ja, das finde ich auch«, warf Herr Geselligkeit ein. »Darf ich Ihnen etwas von dem Salat anreichen?«

»Ja, gern. Ich hatte heute so viel zu tun, dass ich das Essen glatt vergessen habe. Wer würde außerdem eine so nette Einladung ausschlagen?«, entgegnete die Dame lächelnd in meine Richtung. »Wie lange sind Sie denn schon Gast in unserer Welt, beziehungsweise wie lange sind Sie bei Frau Sommer?«, fragte sie mich.

Statt dass ich ihr antworten konnte, warf Frau Sommer ein: »Ach, eines Tages stand sie in meinem Garten. Es ist doch nicht wichtig, jetzt ist sie da. Zeit ist eine unbedeutende Sache, wenn es um Wichtiges geht. Meinst du nicht auch, meine Liebe?« Es war immer wieder schön, wenn sie Dinge für mich beantwortete, von denen ich nicht wusste, wie ich sie beantworten sollte. Da ich es aber sehr unhöflich fand, Fragen grundsätzlich zu ignorieren, die an mich oder meine Person gerichtet waren, bemühte ich mich nun, den Faden der Unterhaltung aufzunehmen.

»Wissen Sie, Frau Gefühl, ich freue mich sehr, so lieb hier aufgenommen worden zu sein in dieser für mich bisher unbekannten Welt. Eine solche Anteilnahme ist mir selten begegnet.«

Frau Gefühl sah mich einen Augenblick nachdenklich an und

äußerte:»Wir freuen uns, dass du unseren Lebensraum ausgewählt hast, um ihn zu besuchen und uns dabei kennenzulernen.«

Ich bemerkte sehr wohl die Seitenblicke von Herrn Traum, als wartete er brennend darauf, sich in das Gespräch einbringen zu können.»Also, ich freue mich besonders, dass wir so lieben Besuch bekommen haben. So ist doch endlich wieder einmal etwas los. Mal wieder eine tolle Gelegenheit, uns zu präsentieren.«

»Stimmt, du lässt keine Möglichkeit aus, um uns mit deiner Gesellschaft zu erfreuen«, meinte Frau Sommer lachend.»Du hast recht, wir alle haben etwas von der schönen Abwechslung des Besuches. Sei es nur, dass wir liebe Nachbarn und Leute einmal wiedersehen, die wir lange nicht mehr um uns hatten.«

Gedankenverloren saß ich in der munteren Runde und fühlte mich durchaus sehr wohl in meiner Haut.

»Wie sieht es aus, schaffst du noch einen kleinen Abendspaziergang?«, richtete Herr Geselligkeit eine Frage an mich.

»Ja, gern. Nach dem Essen kann ich etwas Bewegung vertragen.«

Herr Geselligkeit stand auf und reichte mir seinen Arm.»Darf ich bitten, meine Liebe?«, scherzte er. Ich nahm belustigt seinen Arm zu Hilfe.»Möchte noch jemand mit?«, fragte ich in die Runde.»Aber nein, geht ihr nur. Wir genießen den schönen lauen Sommerabend lieber im Sitzen«, schmunzelte Herr Traum,»so habe ich gleich zwei Damen für mich.« Frau Sommer gab mir noch auf den Weg:»Sollte es etwas später werden, mein Kind, unter dem rechten Blumentopf neben der Eingangstür liegt der Hausschlüssel. Ich wünsche euch viel Vergnügen.« Als wir einige Schritte gegangen waren, hörte ich Frau Gefühl noch sagen:»Was für ein reizendes Pärchen.«

»Hast du das gehört? Wir werden schon als Paar gehandelt.«

Herr Geselligkeit warf mir einen vielsagenden Blick zu, der scheinbar auf eine Reaktion wartete.

»Oh, sieh mal, die vielen Sterne dort oben. Meinst du, man kann auch die einzelnen Sternenbilder erkennen?«

»Mann, hast du ein Talent, erfolgreich vom Thema abzulenken, meine Liebe. Aber genau das ist es, was mich nach so kurzer Zeit an dir fasziniert. Nur wenige Sätze haben wir uns unterhalten ...« Weiter sprach der junge Mann nicht. Eine ganze Weile gingen wir schweigend nebeneinander her und genossen die Abendluft, die Atmosphäre des Sternenlichtes und unsere Zweisamkeit. Eine gewisse Vertrautheit lag zwischen uns. Nur ein Katzensprung entfernt lag eine Art der Anziehungskraft, eine aufregende Zuneigung, die einem ein Wohlgefühl schenkte, als säße man an einem knisternden Feuer.

»Warum so schweigsam?«

»Nicht schweigsam, es ist eher die Stille des Wohlbehagens«, gab ich zur Antwort.

»Okay, trotz deiner hübschen Umschreibung der momentanen Situation frage ich dich noch einmal: Was ist es, was dich so schweigen lässt?«

»Also, bevor ich wieder zu neugierig erscheine, halte ich mich lieber zurück. Auch wenn es so manche Dinge gibt, die ich gern bereit wäre, mit dir zu besprechen, oder gar über einige Situationen mehr zu wissen, die es mich leichter verstehen ließen, in diesem Lebensraum bestimmte Vorgänge nachzuvollziehen.«

»Ich staune darüber, wie du manches ausdrückst. Du hättest doch einfach nur neugierig sein müssen. Ich mein, leg einfach los mit deinen Fragen. Ich gebe dir gerne Hilfestellung, soweit ich kann, wenn es nötig ist.«

»Vielleicht wollte ich dich nicht mit Frau Neugierde teilen, die sich bestimmt zu uns gesellen würde, wenn ich zu neugierig wäre?«

Beide mussten wir lachen bei der Vorstellung, dass sie jeden Moment aus dem Gebüsch springen könnte. »Nein, jetzt im Ernst. Du würdest mir wirklich helfen, einiges besser zu verstehen?«

»Sicher, wenn ich kann, mache ich das. Was möchtest du denn wissen?«

»Ach, eigentlich alles. Doch beginnen wir mit der Zeit.«

»Wie meinst du das?«

»Na, das mit der Zeit. Bei euch gibt es keine Uhr wie in meinem anderen Leben.«

»Wie du das immer sagst, in deinem anderen Leben. Weißt du, bei uns gab es das schon. Doch das brachte vieles durcheinander. Jeder richtete sich nur noch nach diesem Zeitmesser, keiner hatte mehr für den anderen Zeit. Alle hasteten durch die Gegend und keiner hatte mehr den Blick für die vielen anderen Dinge, die passieren. Für die spontane Begegnung war keine Zeit mehr da. Teilweise hatten Herr und Frau Egoist so viel zu tun, dass sie keine Zeit für ihr eigenes Leben hatten. Das war eine sehr verrückte Begebenheit.«

»In meinem Lebensraum wird der Tag von der Zeit bestimmt. Das heißt, zu einer gewissen Zeit steht man auf, zu einer anderen geht man zur Arbeit und macht seinen Job. Wieder zu einer anderen kümmert man sich um den Rest, geht seinen anderen Aufgaben nach oder verbringt Zeit damit, sich um seine Freundschaften zu kümmern. Doch ständig und immer wird der Tagesablauf durch die Uhrzeit bestimmt.«

»Ja, die Uhrzeit, das ist so eine Sache. Wie schon gesagt, den großen Durchbruch hatte dieser Zeitmesser nicht. Bei uns ist die Zeit nach wie vor sehr geheimnisvoll. Sicher hast du schon bemerkt, dass wir eine andere Möglichkeit gefunden haben, mit den Lebensstunden des Tages umzugehen. Wir richten uns nach dem Sonnenstand, wie es auch viele andere lange vor uns getan haben.«

»Was macht ihr, wenn es regnet?«, platzte es aus mir heraus.

Herr Geselligkeit musste lachen. »Es gibt doch das Tageslicht, woran wir unseren Rhythmus anlehnen können. Morgenlicht, Mittagslicht, Abendlicht und natürlich auch das Nachtlicht. Wobei Letzteres ziemlich dunkel ist in unserem Sommerland.«

»Ja, und wie kam es dann, dass es diesen anderen Zeitmesser nicht mehr gibt?«

»Es passierten zu viele Unfälle, weißt du? Plötzlich rannten sich immer wieder Leute um oder fielen über ihre eigenen Füße. Doch vor allem ließ die Hilfsbereitschaft nach. Jeder dachte nur an sich selbst. Dann kamen eben die Leute Egoist zum Einsatz. Sie machten ihre Besuche, um die Leute zu ermahnen. Von frühmorgens bis abends waren sie im Einsatz. Dann erkrankten sie. Frau Gesundheit setzte sich beim großen Rat ein. Die Sache landete bei Herrn Gerechtigkeit. Dieser war der Meinung, eine Abstimmung müsse her. Somit wurde entschieden: Die Zeit wird eingesammelt.«

»Die Zeit wurde eingesammelt?«, fragte ich nach. Das konnte ich nicht recht verstehen. »Wie kann man die Zeit einsammeln?«

Herr Geselligkeit musste lachen, was sehr ansteckend war. Nachdem wir uns wieder beruhigt hatten, meinte er sehr ernst und bestimmt: »Alles, was auch nur annähernd an eine Uhr erinnerte, wurde eingesammelt und eigenhändig in den Raum der Zeit gebracht. Dieser war nur zugänlich durch das viertürige schwebende Zeitfenster auf der großen Wiese hinter der Vierjahreszeitenkreuzung. Ab sofort war nur noch die innere Uhr, das innere Zeitgefühl eines jeden Einzelnen die bestimmende Zeitangabe für einen selbst, sodass jeder von sich aus wissen musste, wann er wo sein wollte, um seine Aufgaben zu erledigen oder jemanden zu besuchen.«

»So ist das. Hier lässt sich niemand mehr bestimmen, sondern bestimmt sich in erster Linie selbst.«

»Genau, du hast es verstanden«, freute sich Herr Geselligkeit. Ich beobachtete ihn. Er war schon ein sehr schmucker Kerl. Mit einem reizvollen Charme, mit dem er mein Herz höherschlagen ließ. Als hätte er meine Gedanken bemerkt, blieb er plötzlich stehen.

»Was denkst du? Könntest du dich hier wohlfühlen?«

»Im Augenblick ist die Situation so, wie sie ist. Ehe ich mit mir selbst hadere oder mir Gedanken mache, warum oder weshalb dieses oder jenes so ist, habe ich für mich beschlossen, dass ich diese Situation so annehme. Eben als Urlaub vom Ich.«

Herr Geselligkeit sah mich an und strich mir mit den Worten: »Ich bin jedenfalls sehr froh, dich hier kennengelernt zu haben«, über die Wange. Eine leichte Röte stand mir wohl im Gesicht, denn meine Wangen begannen sich zu erhitzen. Mir war es unangenehm, dass ich diese Gefühlsregung nicht in den Griff bekam. »Genau das ist es, was ich an dir schon jetzt sehr mag. Du bist so erfrischend echt. Du machst einem nichts vor. Du kannst dich noch genieren, auch wenn du gar keinen Grund dazu hast. Ich glaub, ich hab mich in dich ...«

»Dort, sieh mal ...« Ich zeigte in den dunklen Abendhimmel, der inzwischen von einzelnen Sternen geschmückt war.

»Du bist mir eine«, lachte Herr Geselligkeit nur. »Wir sollten uns auf den Rückweg machen. Man wird uns schon vermissen.«

»Ja, du hast recht. Doch denke nicht, dass ich mit der Erklärung der Zeit schon zufrieden bin. Ich habe noch so viele Fragen.«

»Ich auch«, lachte Herr Geselligkeit.

Langsam schlenderten wir zurück in Richtung Frau Sommers Haus. Kurz bevor wir am Gartentor ankamen, hielt Herr Geselligkeit mich zurück. »Einen Moment, ich möchte dir etwas geben.« Er reichte mir eine kleine rote Schachtel mit den Worten: »Das hier ist für dich.«

»Aber das ist doch nicht ...«

Diesmal legte Herr Geselligkeit mir den Zeigefinger auf die Lippen. »Nimm. Ich vertraue es dir an.«

»Danke. Wann werden wir uns wiedersehen? Ich habe noch so viele Fragen.«

»Na klar. Morgen können wir uns sehen.«

Ich freute mich und lächelte meinem neuen Freund zu. Herr Geselligkeit machte mir das Gartentor auf und ließ mir den Vortritt.

»Da seid ihr ja«, rief Herr Traum uns entgegen. Frau Sommer winkte uns zu und meinte: »Hallo, ihr beiden, hattet ihr einen schönen Spaziergang?«

Ich setzte mich an den Tisch und stellte das kleine rote Kästchen auf der Tischplatte ab. Auf dem stand auch noch das kleine Päckchen von Frau Gefühl und wartete darauf, ausgepackt zu werden.

»Oh, du hast ja noch eins.« Herr Traum lachte und sah dabei Herrn Geselligkeit vertrauensvoll und aufmunternd an. Er schien zu ahnen, was gerade in seinem jüngeren Kumpel vor sich ging.

»Möchtet ihr noch etwas essen?«, fragte Frau Sommer in die Runde.

»Also, ich für meinen Teil kann nicht mehr«, sagte Herr Geselligkeit. Herr Traum und ich schlossen uns mit einem Nicken den Worten an.

»Nun, wenn das so ist, werde ich mal den Tisch abräumen.« Mit diesen Worten stand Frau Sommer auf.

»Nein, nein, bleib sitzen. Das mache ich schon. Herr Geselligkeit ist mir bestimmt behilflich.«

»Aber ja, gerne.« Rasch sprang er auf und begann, Teller und Tassen zusammenzustellen.

»So viel Einsatz lob ich mir«, meinte Herr Traum. »Ach, jetzt hätte ich fast vergessen, Frau Gefühl lässt euch schön grüßen und lädt euch für morgen Nachmittag zum Kaffee ein.«

»Das ist aber lieb. Wo wohnt sie denn?«, fragte ich interessiert nach.

Frau Sommer sah mich an und meinte: »Du kannst es wohl nicht erwarten, mehr von der Umgebung kennenzulernen.«

»Nicht nur das«, meinte Herr Geselligkeit mit einem Augenzwinkern in meine Richtung. Er grinste über das ganze Gesicht und schien sich über die an uns beide gerichtete Einladung von Frau Gefühl sehr zu freuen.

»Werdet ihr beide uns begleiten?«, fragte ich Frau Sommer.

»Nein, wir haben bereits etwas anderes vor«, entgegnete Herr Traum sehr geheimnisvoll. Und Frau Sommer setzte nach: »Aber euch beiden wünschen wir morgen einen schönen Nachmittag. Vielleicht habt ihr ja Lust, euch morgen erneut zu einem gemeinsamen Abendessen hier einzufinden. Herr Traum und ich hatten in Erwägung gezogen zu grillen.«

»Hatten wir das?« Irritiert schaute Herr Traum Frau Sommer an.

Jetzt machte ich mich mit meinem Tablett auf den Weg in die Küche und Herr Geselligkeit folgte mir mit einigen Utensilien, die er bereits vom Tisch abgeräumt hatte. »Das ist lieb von Frau Gefühl, dass sie uns eingeladen hat. Findest du nicht auch?«

»Ja, wir sollten auf jeden Fall einen Blumenstrauß mitnehmen. Was meinst du?«

»Ja, das sollten wir machen. Eine schöne Idee, die du da hast, meine Liebe.«

»Danke, und auch danke für deine Abräumhilfe. Was meinst du, wann du mich morgen abholst?«

»Wenn wir zur Kaffeezeit dort sein wollen, würde ich sagen, wenn die Sonne kurz über der Höhe steht.«

»Okay, dann werde ich fertig sein. Doch halt, wie weiß ich, wann die Sonne dort steht? Ohne ...«

Herr Geselligkeit unterbrach mich: »Sieh in den Himmel. Du kannst es fühlen. Ich freue mich schon.«

»Ich freue mich auch schon auf unseren zweiten gemeinsamen Nachmittag.« Bei der letzten Bemerkung von Herrn Geselligkeit spürte ich zeitgleich ein Kribbeln in meiner Herzensgegend. Konnte es wirklich sein, dass ein Mensch einem in einer so kurzen Zeit schon ein solches Gefühl der Verbundenheit geben kann, als wäre man mit einem gereiften Teil seiner Selbst besser verbunden?

»Welches Art Gedankenspiel auch immer es ist, das du zu lösen versuchst, du wirst es heute nicht mehr schaffen, meine Liebe.«

»Wie kommst du denn darauf, dass ...« Ein Klopfen unterbrach mich.

»Oder doch?«, fragte Herr Geselligkeit munter, während ich

mich auf den Weg machte, um nachzusehen, wer uns am Abend noch besuchte. Vorsichtig öffnete ich die Tür. Ein Herr mit langem Mantel stand vor mir und meinte:»Guten Abend, ich würde mich Ihnen gern vorstellen, junge Frau. Ist es gestattet? Mein Name ist Verbundenheit.«

»Oh, guten Abend. Kommen Sie doch auf einen Sprung herein.« Einladend bot ich ihm meine Hand zum Gruß.

»Das ist sehr nett, doch ich wollte ihnen das hier nur geschwind vorbeibringen, mein Fräulein. Bitte richten Sie Frau Sommer meine herzlichsten Grüße aus.« Der Mann reichte mir ein geschnürtes Päckchen.

»Ich danke Ihnen sehr, mein Herr. Ich werde Frau Sommer die Grüße ausrichten, mein lieber Herr Verbundenheit. Möchten Sie nicht doch ...«

»Nein, nein, mein Kind. Es ist schon eine vorangeschrittene Stunde der Abendzeit. Meine Frau wartet mit dem Essen. Doch vielleicht sehen wir uns zu einer anderen Zeit.«

»Dann wünsche ich Ihnen einen schönen Abend und grüßen Sie Ihre Frau unbekannterweise von mir, mein Herr.«

»Das werde ich gerne tun, mein Fräulein. Bis demnächst und auf Wiedersehen.«

Ich sah dem Mann, der etwas kränklich wirkte, noch eine Weile hinterher. Er schien es bemerkt zu haben, denn am Gartentor drehte er sich noch einmal um, um mir zuzuwinken. Ich erwiderte seinen Gruß, bevor ich die Tür wieder schloss.

»Wer war es denn?«, hörte ich die Stimme von Frau Sommer. Als ich die Veranda betrat, antwortete ich:»Das war Herr Verbundenheit. Er machte mir seine Aufwartung. Doch als ich ihn hereinbat, sagte er, dass seine Frau schon mit dem Essen auf ihn warte. Doch er lässt sie ganz lieb grüßen.«

»Schade, dass er keine Zeit hatte. Den hab ich schon ewig nicht gesehen«, meinte Herr Traum und Frau Sommer sagte:»Ja, weißt du denn nicht, dass das Paar Verbundenheit schon lange mit seiner angeschlagenen Gesundheit zu tun hat? Ich werde wohl bald einen Krankenbesuch machen. Ich werde einige Heilkräuter mitnehmen, damit sie schneller zu Kräften kommen. Das wird sie vielleicht freuen. Wenn du magst, werter Freund Traum, kannst du mich gern begleiten.«

»Ach so, die beiden sind etwas angeschlagen, gern werde ich dich begleiten.«

Ich stellte das Päckchen von Herrn Verbundenheit zu den anderen Präsenten und setzte mich an den Tisch.

»So, was meinst du, Geselligkeit, sollen wir uns auf den Heimweg machen, damit unser Fräulein Zeit und Muße hat, ihre Geschenke auszupacken?«

»Du hast recht. Es ist spät geworden, wir sollten uns verabschieden. Außerdem sehen wir uns alle morgen wieder. Ich werde dann mal die Kutsche startklar machen.«

»Möchtest du mir helfen?«, wandte er sich fast liebevoll mir zu.

»Ja, sicher, gern.« Ich folgte dem lieb gewonnenen Freund hinunter in den Garten.

»Ich finde ja, dass der Tag viel zu schnell vorübergegangen ist, findest du nicht auch?«

Ich überlegte einen Moment, bevor ich seine Frage beantwortete, denn insgeheim machte es mich tatsächlich etwas traurig, dass die beiden Herren bereits jetzt ihren Heimweg antreten wollten.

»Du hast recht. Die Zeit ist wie im Flug vergangen. Schade eigentlich.«

»Na, wer wird denn da ....« Herr Geselligkeit nahm meine Hand. »Wir sehen uns morgen schon wieder, meine Liebe. Ich freue mich.«

Ehe ich mich versah, nahm mich der schmucke Herr in den Arm. Ich muss sagen, dass ich mich sehr wohlfühlte in dieser Umarmung, der Zweisamkeit verbunden. Eine Weile standen wir da, als hätte man uns aneinandergebunden. Da war es wieder, dieses Herzstolpern, dieser pulsierende Herzschlag, dieses Glücksgefühl der Vertrautheit. »Ich ...« Doch weiter sagte er nichts. Stattdessen kosteten wir noch für einen Moment die wohlriechende Körpernähe des anderen, bevor wir vorsichtig unsere Umarmung lösten. »Wir sehen uns morgen«, sagte er noch zu mir und wandte sich dann Herrn Traum zu: »Also, wir können dann jetzt los, mein Freund.«

Herr Traum und Frau Sommer kamen eingehakt die Stufen der Verandatreppe herunter. Sie wirkten sehr vertraut miteinander und glucksten manchmal wie die Kinder. Es sah so aus, als hätten sie einen Teil ihres inneren Kindes nie hergegeben, das ließ sie auch in ihrem wohl sichtbar fortgeschrittenem Alter noch äußerst jugendlich wirken.

»So, die Damen, dann werden sich die Herren mit herzlichem Dank für den wunderschönen Tag verabschieden. Gern werden wir morgen wiederkommen. Schlaft gut und träumt noch schöner. Genug Gestaltungsraum haben wir euch dafür ja gegeben. Alles andere ist dann freischaffende Vorstellungskraft.«

Frau Sommer schüttelte den Kopf, wobei ihre hübsche Hochsteckfrisur ins Wanken geriet. »Du nun wieder, mein Lieber, schlaft auch gut. Bis morgen.«

»Das sind schon zwei Gesellen«, schmunzelte ich.

Langsam machten wir uns auf den Weg durch den Garten zurück auf die Veranda.

»Wie hat dir denn der heutige Tag gefallen, mein Kind?«

»Ich fand ihn wunderbar, Frau Sommer.«

»Nur den Tag?«, fragte mich die rüstige Dame lachend.

»Ich weiß schon, was du meinst. Er ist wirklich ein sehr netter, freundlicher und liebenswürdiger Mann, Frau Sommer.«

»Das hört sich ja so an, als hätte unser lieber Geselligkeit ein neues Mitglied in seinem Fanklub bekommen.«

Da ich nicht wusste, was ich dazu noch sagen konnte, lachte ich nur und hakte mich bei Frau Sommer unter mit den Worten: »Das habt ihr ja fein hinbekommen.«

»Wie meinst du das, Liebes? Wir haben nichts dazugetan«, meinte die Dame mit einem derart aufgesetzten Unschuldsge-

sicht, als wenn sie kein Wässerchen trüben könnte. Doch das strahlende Gesicht sprach Bände und mit einem gekonnt wirkenden Ablenkungsmanöver brachte sie die Sprache auf die kleinen Päckchen, die immer noch den Verandatisch zierten.
»Sieh mal, deine Geschenkpäckchen. Die solltest du aber noch aufmachen, bevor wir uns zur Ruhe legen.«
»Ja, du hast recht. Das sollte ich.« Rasch nahm ich eins der Päckchen vom Tisch, entfernte den Umschlag und öffnete die Schachtel. Zum Vorschein kam ein E. Im nächsten Päckchen fand ich ein U. Nun kam das rote Päckchen von Herrn Geselligkeit dran. Ich hatte es mit Absicht bis zum Schluss aufgehoben. Vorsichtig öffnete ich die kleine Schachtel. Es kam ein dunkelblaues Seidentuch zum Vorschein. Sachte und bedacht entfaltete ich auch dieses. Darin lag ein kleines Herz.
»Das ist aber ein schönes Geschenk. Ist es von Herrn Geselligkeit?«
»Ja, das ist es.« Vor lauter Rührung stockte mir der Atem. Ich konnte nicht die passenden Worte finden, mit denen ich meine Freude über diesen Anhänger hätte kundtun können, so sehr rührte es mich an, dass der auf seine Art geheimnisvoll wirkende Mann mich so lieb bedacht hatte. Und das, obwohl er zu dem Zeitpunkt der Geschenkübergabe noch nichts von dem Besuch des Herrn Verbundenheit hatte wissen können. Oder vielleicht doch?
»Ich sehe schon, du bist überwältigt von diesem netten Mann. Ich würde sagen, wir begeben uns jetzt zur Ruh. Du könntest dich an das von Herrn Traum Geratene heranwagen und dich der freischaffenden Vorstellungskraft widmen, während du sachte hinfortschlummerst, meine Liebe.«
»Oh ja, du hast recht. Wir sollten schlafen gehen, nachdem du deines Amtes gewaltet hast.« Ich streckte Frau Sommer meinen Arm entgegen, damit sie mein Armband lösen und die neuen Anhänger anbringen konnte. Wie achtsam und sorgfältig sie dabei vorging, war schon bemerkenswert.

117

»Das hätten wir. Jetzt aber: Schlaf gut.«

»Du auch, Frau Sommer, bis morgen.« Langsam ging ich die Stufen hinauf, drehte mich noch einmal um und lief sie wieder hinunter. Ich drückte Frau Sommer kurz an mich. »Gute Nacht.« »Jetzt aber«, sagte Frau Sommer. Rasch sprang ich die Stufen wieder hinauf, öffnete meine Zimmertür und ging hinein. Ich stellte fest, dass es mir zu kühl war. Während ich das Fenster schloss, nahm ich in der Ferne einen Feuerfunken am Nachthimmel wahr. Bei genauerem Hinsehen sah ich einen Stern, der einen Schweif hinter sich herzog. Nein, Moment mal, da fiel etwas zu Boden. War es vielleicht eine Sternschnuppe? Es waren nur Sekunden, in denen ich das Glück hatte, es wahrzunehmen. Doch ich hatte es erleben dürfen. Welch schöner Gedanke. Die Natur hatte mich mit diesem wunderbaren Augenblick beschenkt. Mit einem herzlichen inneren Lächeln ging ich ins Bad, um mich bettfertig zu machen. Dann nichts wie unter die wärmende Decke. Ich löschte das Licht und tastete im Dunkeln noch einmal nach dem herzförmigen Anhänger des Herrn Geselligkeit. Ich denke, ich bin an diesem Abend mit dem breitesten Lächeln aller Zeiten eingeschlafen.

5. Kapitel: Schöne
und weniger schöne Begegnungen

Früh am Morgen, als ich sachte meine Augen aufschlug, verspürte ich einen leichten Muskelkrampf in meinen Mundwinkeln. Mit etwas Gymnastik der Ober- und Unterlippe bekam ich das aber gut in den Griff. Frohen Mutes sprang ich unter die Dusche. Schnell hatte ich das morgendliche Ritual erledigt, da hörte ich ein leises Klopfen an meiner Zimmertür.

»Komm doch herein.«

»Du bist schon auf?«, fragte Frau Sommer beim Betreten meines Zimmers.

»Gerade eben. Ich habe hervorragend geschlafen. Du auch?«

»Sagen wir mal so: Ich habe während dem, was von der Nacht noch übrig blieb, ausgezeichnet geschlafen, mein liebes Kind.«

»Entschuldigung, aber was ...« Viel weiter kam ich nicht, denn plötzlich hielt Frau Sommer mir einen Kleiderbügel mit einem luftigen Etuikleid aus blau kariertem Stoff entgegen. »Das, mein Kind, ist für dich. Ich dachte, du kannst nicht immer in ein- und demselben Kleid herumlaufen. Gefällt es dir?«

»Ich weiß gar nicht was ich sagen soll, Frau Sommer.«

»Gefällt es dir denn?«

»Aber ja, ja, Frau Sommer, es ist wunderschön. Das hast du heute Nacht genäht?«

»Ja, das habe ich. Ich bin selbst ganz stolz darauf, dass es mir so gut gelungen ist. Bitteschön, zieh es doch gleich einmal an. Dann können wir sehen, ob ich noch etwas ändern muss.« Frau Sommer reichte mir das Kleid. Ich nahm es dankend entgegen und strich sanft darüber. Dann strich ich ebenso sanft über Frau Sommers Wange. »Danke schön, liebe Frau Sommer.«

»Genug Dank, mein Kind. Das habe ich doch gern für dich gemacht.«

Ein verschmitztes Lächeln huschte über Frau Sommers strahlendes Gesicht. Sie war wohl über meine Freude so gerührt, dass ich glaubte, eine Träne in ihren Augen blitzen zu sehen. Fest drückte ich sie noch einmal an mich, bevor ich rasch im Bad verschwand, um mir das Kleid überzustreifen. »Sieh mal, Frau Sommer. Es passt genau. Gut hast du das gemacht.« Ich umarmte sie noch einmal und drückte ihr einen Kuss auf die Wange.

»Ich werde vor Rührung noch rot, mein Kind.«

»Aber das ist doch sonst mein Part, Frau Sommer«, grinste ich.

»Wir sollten jetzt etwas frühstücken, mein Kind. Ich habe auf der Veranda eingedeckt. Es ist so schön draußen.«

»Ja, dann mal los.«

Wie selbstverständlich hakte ich mich bei der rüstigen Dame ein und wir schlenderten gemeinsam die Treppe hinunter. Es duftete schon herrlich nach Kaffee und frisch Gebackenem. Gemeinsam brachten wir die restlichen Frühstücksutensilien hinaus auf die Veranda, dann goss ich uns von dem duftenden Kaffee ein und wir setzten uns an den reich gedeckten Tisch.

»Ich bin sehr froh, dass ich hier sein darf.«

»... und ich bin froh, dass du mich ausgesucht hast für deinen Besuch, mein Kind«, lächelte Frau Sommer. Eine Weile saßen wir dort, frühstückten und erfreuten uns unseres Beisammenseins.

Plötzlich sagte Frau Sommer: »Wie ist das nun? Gefällt dir Herr Geselligkeit?«

»Das nenne ich mal frei heraus, Frau Sommer. Aber das ist es ja, was ich an dir besonders mag. Ja, ich finde ihn sehr nett und interessant. Er kann wunderbar erzählen. Er ist in keinem Fall langweilig. Ich bin gerne mit ihm zusammen. Doch ich kenne ihn erst so kurze Zeit, Frau Sommer.«

»Da hast du wohl recht. Aber ich glaube, dass es immer mal wieder vorkommt, dass man einen Menschen nicht lange kennen muss, um sagen zu können, dass man sich vorstellen kann, gerade mit dieser Person den Rest seines Lebens verbringen zu wollen. Da ist die Sache mit dem Gefühl füreinander. Zwei Menschen, die bereit sind, einen Teil von sich aufzugeben. Nein, Moment, besser gesagt, den Teil freizugeben, der eigentlich für eine Beziehung vorgegeben ist. Eine reale Chance, die Schwierigkeiten im Leben gemeinsam zu bewältigen, besteht, wenn die Partner Raum schaffen für den Teil des Partners. Es gelingt ihnen deshalb, weil sie die Schwierigkeiten nicht als solche ansehen, sondern als Herausforderungen oder eben als Lebensaufgaben. Es ist ein verzweifelter Irrglaube, dass man eine lange Zeit des Kennenlernens benötigt, um Entscheidungen über den restlichen Lebensverlauf zu treffen, mein Kind.«

»Hat Frau Gefühl uns deswegen eingeladen, Frau Sommer?«

Frau Sommer überlegte einen Moment, dann sagte sie:»Sie möchte insbesondere dich näher kennenlernen. Denn Herrn Geselligkeit kennt sie schon etwas länger. Sie hat wohl bemerkt, dass etwas zwischen euch ist ...« Frau Sommer hielt mitten im Satz inne. Dann meinte sie:»Ich möchte nicht den Job von Frau Gefühl erledigen. Das wäre nicht richtig. Besucht sie und genießt die Zeit.«

»Das werde ich. Ich wollte dich noch um etwas bitten, Frau Sommer. Meinst du, ich könnte ein paar Rosen und andere Blümchen aus deinem Garten ...« Weiter kam ich nicht, denn es rief eine fröhlich klingende Stimme vom Gartenzaun her:»Hallo, guten Morgen. Da komm ich ja gerade zur rechten Zeit mit meiner Marmelade.« Frau Sommer stand auf und ging auf die Dame zu. Ich erkannte sie nicht gleich. Aber als sie etwas näherkam, fiel es mir ein. Es war Frau Zuversicht, die bei Frau Gesundheit arbeitete. Dann rief auch ich:»Guten Morgen, Frau Zuversicht.«

»Du hast dir meinen Namen gemerkt, mein Fräulein?«

»Das ist aber lieb von dir, dass du uns besuchen kommst. Komm doch bitte, trink einen Kaffee mit uns«, sagte Frau Sommer zu der Dame und machte das Gartentor ganz weit auf.

»Ich habe doch gesagt, dass ich vorbeikomme, um dir etwas

von der Selbstgemachten zu bringen«, sagte sie und deutete dabei vielsagend auf eines der hübsch etikettierten Gläser im Korb.

Frau Sommer kam mit Frau Zuversicht die Verandastufen herauf und Frau Zuversicht stellte einige Gläser Marmelade auf unseren Frühstückstisch. Sie strahlte Freude aus, weil sie uns eine Freude mit der Marmelade machen durfte. Rasch sprang ich auf, um ein frisches Gedeck für Frau Zuversicht zu holen und ihr anschließend einen Kaffee einzuschenken.

»Oh, das ist aber lieb. Ich freue mich über eine so liebe und spontane Einladung, obwohl ich meinen Besuch kurzhalten muss, da ich ja gleich zur Arbeit gehe.«

»Schön, dass du da bist, meine liebe Freundin«, sagte Frau Sommer.

»Sag, wie geht es dir?«, richtete sich Frau Zuversicht an mich.

»Ganz gut, danke. Ich habe mich gut eingelebt hier.«

»Das ist schön zu hören. Dann werde ich das Frau Gesundheit ausrichten, denn sie hat sich nach dir erkundigt. Sie würde sich freuen, wenn du ihr erneut einen Besuch abstatten würdest.«

»So? Dann werde ich mal in den nächsten Tagen vorbeisehen. Richten Sie ihr einen lieben Gruß von mir aus.«

Frau Sommer sah mich an und meinte: »Sag mal, du wolltest mich doch etwas fragen ...«

»Ach ja, ich wollte wissen, ob ich einige Blumen für heute Nachmittag schneiden kann. Ich würde Frau Gefühl damit erfreuen, als Dank für die Einladung.«

»Klar kannst du das machen. Eine schöne Idee, die du da hast.«

»Ich würde das jetzt mal eben machen, damit ich sie auch etwas binden kann. Finde ich alles, was ich benötige, im Gartenhäuschen?«

»Aber ja, einen Korb, eine Gartenschere und etwas Bindedraht müsste auch noch am Haken hängen. Möchtest du nicht noch etwas essen, mein Kind?«

»Nein, ich bin nicht hungrig, Frau Sommer. Ich lasse dir gern noch ein wenig Zeit für deine Freundin.«

Nun stand ich auf und machte mich auf den Weg zum Gartenhäuschen. Dieses blieb wohl nicht unbeobachtet, denn aus dem Gebüsch entnahm ich ein Glucksen und Kichern, welches ich schon einmal gehört hatte. »Ich kann Sie hören, Herr Faul, Sie können mich ruhig mit Ihrer Erscheinung erfreuen. Trauen Sie sich. Oder haben Sie die Befürchtung, dass Sie mir dann zur Hand gehen müssen?«, forderte ich ihn heraus. Weiter sagte ich nichts, sondern öffnete die Tür des Gartenhauses. Dort orientierte ich mich kurz und suchte dann einige Dinge zusammen, die ich für mein Vorhaben benötigte. Ich verließ das Häuschen wieder, um mich im Garten nach einigen Blumen umzusehen, die ich für geeignet hielt. Dann plötzlich hörte ich: »Sieh mal, die da vorn sind doch schön.« Herr Faul kam aus dem Gebüsch hervor. So konnte ich ihn einmal in seiner vollen Pracht bewundern. Er war ein Mann von geringer Körpergröße in einer bunten Flickenhose und einem groß karierten Hemd mit aufgenähten Taschen. Aus der einen hing der Zipfel eines gepunkteten Taschentuches. »Oh, möchten Sie mich jetzt doch mit Ihrer Gesellschaft erfreuen?«

»Ja, ich dachte, da du mich so herausgefordert hast.« Herr Faul kam auf mich zu und reichte mir die Hand. »Darf ich mich jetzt mal offiziell vorstellen? Faul ist mein Name, auch wenn du den mittlerweile schon herausgefunden hast, denke ich.«

Mit einem Lachen im Gesicht reichte ich ihm die Hand. »Freut mich, Sie nun ganz offiziell kennenzulernen, Herr Faul.« Ich wollte ihm den Korb mit den Gartenutensilien reichen, doch er machte einen Schritt zurück und meinte: »Nicht dass wir uns jetzt falsch verstehen. Ich möchte nur mit meiner geistigen Gesellschaft Hilfestellung geben. Alles andere erschöpft mich zu sehr.« Ein Schmunzeln konnte ich mir nicht verkneifen. Dieser Mann verstand es hervorragend, jeder Situation, die auch nur annähernd nach Arbeit aussah oder etwas mehr forderte, als geistigen Blödsinn daherzureden, aus dem Wege zu gehen. Dieses Vermeiden von Arbeitssituationen schien er aus dem

Stegreif zu beherrschen. Er vergaß sogar seine noch unentdeckten Manieren, denn diese waren ihm bisher wohl unbekannte Eigenschaften. »Wenn das so ist, genieße ich eben Ihre Gesellschaft.« Herr Faul folgte mir, wohl erfrischend irritiert, zum nahe liegenden Blumenbeet. Nicht anders war es zu erklären, denn mit meiner Reaktion auf seine Art, jegliche körperliche Arbeit, und sei es auch nur das Tragen eines Korbes, von sich zu weisen, schien er nicht gerechnet zu haben. So wusste er damit nicht anders umzugehen, als mich vor sich her pfeifend zum nahe liegenden Blumenbeet zu begleiten. Ich stellte den Korb in das noch morgenfeuchte Gras und machte mich daran, einige Blumen vorsichtig und behutsam von den Sommerstauden zu schneiden, ohne benachbarte Blumen dabei zu beschädigen.

»Es sieht so aus, als wenn du das nicht das erste Mal machst«, begann Herr Faul das Gespräch.

»Keine Ahnung. Für mich ist es selbstverständlich, so vorzugehen, Herr Faul.« Ich beließ es bei dieser knappen Antwort, um Herrn Faul mit meiner Reaktion weiter zu irritieren. Irgendwie hatte ich es im Gespür, dass er dann etwas weniger Unnützes von sich geben würde.

»Du bist aber nicht gerade gesprächig. Da verliert man ja die Lust am Faulsein«, sagte er und nahm mir wortlos die Blumen, die ich bereits abgeschnitten hatte, aus der Hand. Er legte sie fürsorglich und schweigsam in den Korb. Ich grinste vor mich hin. So hatte ich es doch erreicht, Herrn Faul zum Fleiß zu bewegen. Das glaubte ich zumindest, bis ich seine Stimme vernahm: »Dass du mir aber nicht herumerzählst, dass ich dir geholfen habe, sonst bin ich demnächst nicht mehr meines Namens wert.«

»Wie meinst du das denn? Es ist doch nicht der Wert des Namens, der von Bedeutung ist. Du bist doch eine Persönlichkeit an sich. Deine Eigenschaften und dein Charakter sollten sich nicht an deinem Namen messen lassen, Herr Faul.«

»Ach, siehe da, du hast deine Sprache wiedergefunden. Du schaffst es, mehrere Sätze zusammenhängend auszusprechen,

aber du schaffst es nicht, dich über meine Aussage von vorhin zu ärgern, als ich dir den Korb nicht abgenommen habe.«
»So ist das. Du hast darauf gewartet, dass ich mich über dich ärgere. Nun bist du enttäuscht, weil du mich durch dein Verhalten nicht dazu gebracht hast, mich zu ärgern. Na, so was.« Plötzlich musste ich laut loslachen. Der kleine Mann sah mich daraufhin an. Die unsichtbaren Fragezeichen standen ihm förmlich ins Gesicht geschrieben. Er wusste wohl nicht mehr weiter. Er legte behutsam die Blume, die ich ihm angereicht hatte, in den Korb und ging davon. Während ich noch einige Blumen abschnitt, musste ich immer wieder grinsen. Denn ich freute mich insgeheim darüber, dass ich nun eine Methode gefunden hatte, mit den Eigenschaften von Herrn Faul umgehen zu können.

Nachdem ich ausreichend Blumen geschnitten hatte, machte ich mich daran, einige Gräser und Farnblätter abzuschneiden, bevor ich mich mit meinem gut gefüllten Korb auf den Weg ins Gartenhaus machte. Jetzt begann ich damit, die Blumen vor mir auf dem Tisch auszubreiten. Achtsam und vorsichtig nahm ich jede einzelne der gut duftenden Blumen in die Hand sowie zwischendurch ein paar von den sattgrünen Gräsern. Dann wieder ein paar Blumen. So entstand nach und nach ein herrlich duftender sommerlicher Blumenstrauß, den ich nur noch mit den Farnblättern ummanteln musste, damit er einen schönen, natürlichen Abschluss bekam. Als ich gerade das letzte Farnblatt aus dem Korb nahm, wurde ein kleines Päckchen sichtbar, welches Herr Faul wohl unbemerkt in den Korb geschmuggelt hatte. So was, da machte mir der kleine Herr auch noch Geschenke, und das, obwohl ich ihn etwas gekränkt hatte. Wie war es anders zu erklären, dass er gegangen war, ohne sich zu verabschieden? Mit einem schlechten Gewissen nahm ich das rot-weiß gepunktete Schächtelchen aus dem Korb und stellte es vor mir auf den Arbeitstisch, um es genauer zu beäugen, als plötzlich hinter mir eine mir sehr bekannte Stimme sagte:»Es ist für dich, du kannst es ruhig öffnen. Ich dachte, so hast du wenigstens ein kleines Andenken an unsere gemeinsame Arbeit.«

»Du bist wieder da?«, fragte ich freundlich Herrn Faul, der grinsend am Türrahmen lehnte und sich sichtbar freute, dass er mich mit seiner Anwesenheit und seiner Gabe überraschen konnte.

»Wo ich schon mitgearbeitet habe. Da wollte ich mir wenigstens das Resultat ansehen«, sagte Herr Faul mit einem eher überheblichen Tonfall. Ich sah ihn herausfordernd an und zeigte ihm den hübschen Sommerstrauß. »Ist doch gut gelungen, nicht? Unser Gemeinschaftsprojekt.« Beide lachten wir. Dann öffnete ich das kleine Päckchen und zum Vorschein kam ein kleiner, bunter Anhänger in Form eines Blumenstraußes. Ich bedankte mich und bat Herrn Faul, ihn gleich an meinem Armband zu befestigen. »Danke, der ist wirklich wunderschön. Doch vor allem etwas ganz Besonderes ...«

»Warum?«

»Sieh doch mal genau hin. Dein Anhänger ist der erste an meinem Armband, der bunt ist. Er wird mich immer an unsere Gemeinschaftsarbeit erinnern.« Herr Faul sah, wie ich fand, sehr gerührt aus. Doch sagen wollte ich ihm das in diesem Moment nicht, denn ich wollte ihn nicht noch einmal in Verlegenheit bringen oder gar kränken. »Sieht schön aus, dein Armband, dann wirst du uns ja bald ...« Herr Faul sprach nicht weiter, sondern setzte erneut an. »Der hübscheste Anhänger ist der bunte, er gefällt mir persönlich am besten.«

»Ja, er ist einzigartig. Magst du noch auf einen Kaffee mitkommen?«, fragte ich den kleinen Mann, der mich daraufhin ansah, als hätte ich nicht in seiner Sprache gesprochen oder als hätte er sich verhört, denn er fragte: »Was meintest du gerade? Hast du mich eingeladen?«

»Ja, das habe ich. Wie ist es? Lust auf einen Kaffee?«

»Ich weiß nicht recht, ich habe lange nicht mehr auf einer anderen als meiner eigenen Terrasse gesessen. Bist du dir sicher?«

»Klar, warum denn nicht? Frau Sommer wird sich sicher freuen über noch mehr Besuch.«

»Noch mehr Besuch? Wer ist denn schon da?«

»Frau Zuversicht, falls sie noch nicht gegangen ist. Sie muss ja heute noch zur Arbeit. Eigentlich wollte sie uns nur etwas von ihrer Marmelade vorbeibringen. Dann hat Frau Sommer sie zum Kaffee eingeladen.«

»Ich weiß nicht ...«

»Ach, Quatsch, komm doch mit. Oder hast du noch etwas zu arbeiten?«, fragte ich ihn herausfordernd.

»Du machst dich wohl lustig über mich.« Doch so ernst schien Herr Faul seine Frage selbst nicht zu nehmen, denn kaum hatte er diese ausgesprochen, fing er an zu lachen. Dann sagte er: »Gern komme ich auf einen Kaffee mit dir. Ich muss doch Frau Sommer sagen, wie reizend ich ihren auswärtigen Besuch finde.«

Nun machten wir uns gemeinsam auf den Weg in Richtung Veranda. Als ich Frau Sommer auf der Veranda nicht antraf, nahmen wir den direkten Weg in die Küche. Sie staunte nicht schlecht, als ich mit Herrn Faul im Schlepptau in ihrer Küche stand. »Das ist ja mal eine Überraschung der ganz besonderen Art.«

»Guten Morgen, Frau Sommer. Ist es gestattet? Ihr reizender Besuch hat mich auf einen Kaffee bei Ihnen eingeladen. Darf ich?«

»Aber ich freue mich.« Frau Sommer reichte Herrn Faul die Hand und bot ihm zugleich einen Platz an. »Ich gehe davon aus, dass ihr inzwischen Frieden geschlossen habt, meine Lieben.« Frau Sommer schmunzelte über ihr sonnenebenes Gesicht und zugleich flatterte der Sommersonnenregen.

»Ich gehe mal und bringe den Strauß eben in einem Eimer Wasser unter. Frau Sommer, sieh mal.« Ich hielt ihr den Strauß entgegen.

»Der ist aber wunderschön, mein Kind. Frau Gefühl wird sich sicher darüber freuen.«

Geschwind lief ich hinaus auf die Veranda und schnappte mir aus dem Gartenschrank einen kleinen Eimer. Nachdem ich diesen mit Wasser befüllt hatte, stellte ich den Blumenstrauß hinein und suchte für den Sommerstrauß ein schattiges Plätzchen. Dann ging ich zurück in die Küche. Frau Sommer und Herr Faul hatten es sich mit einer Tasse Kaffee und etwas Gebäck am Küchentisch gemütlich gemacht. »Da bist du ja wieder, mein Kind. Sieh mal, Frau Zuversicht hat dir ein Päckchen dagelassen.«

»Oh, das ist heute bereits das zweite. Hat dir mein neuer Bekannter schon von unserer Zusammenkunft erzählt?«

»Ein paar Auszüge eurer Unterhaltung hat er schon zum Besten gegeben. Doch vor allem geriet er förmlich ins Schwärmen, wenn ich auch nur deine Person erwähnte. Was hast du nur mit unserem Herrn Faul gemacht?«

»Ich? Nichts, oder sagen wir, fast nichts. Er hat mir geholfen, aber vor allem hat er mir das hier geschenkt.« Ich streckte Frau Sommer meinen Arm entgegen, damit sie meinen neuen Anhänger bewundern konnte.

»Toll sieht der aus«, meinte Frau Sommer, beeindruckt von dem bunten, funkelnden Anhänger.

»Ich habe mir wirklich viel Mühe mit dem Aussuchen gemacht«, meinte Herr Faul mit einem spitzbübischen Lächeln. Er wirkte sehr fröhlich und ausgelassen hier in der Küche bei Frau Sommer. Er kam nicht mehr so altklug und frech rüber wie bei unserer ersten Begegnung.

»Ich freue mich sehr, dass du wieder einmal zu mir gefunden hast, lieber Herr Faul. Weißt du, einige Mitbürger hatten sich so ihre Gedanken gemacht. Wie geht es dir denn?«, fragte Frau Sommer ihren Gast.

Dieser sah sie an und druckste etwas herum: »Ach, es ist so, seit ich alleinstehend bin. Ich mag nicht mehr so gerne vor die Türe gehen. Ich komme allein nicht gut zurecht. Manches geht mir nicht mehr so leicht wie sonst von der Hand, werte Frau Sommer.«

»Aber warum ziehst du dich denn auch zurück? Ein Schne-ckenhaus war noch nie ein sicheres Heim. Du kannst doch um Hilfe bitten.«

»Ich weiß nicht.«

Da ich bemerkte, dass Frau Sommer wohl einen wunden Punkt angesprochen hatte, versuchte ich, meinem neuen Be-kannten ein wenig Schutz zu geben, und so lenkte ich geschickt die Unterhaltung auf ein anderes Thema. »Das rosa Päckchen ist von Frau Zuversicht?«

»Ja, das hat sie für dich mitgebracht, Liebes. Sie sagte noch, dass sie in den nächsten Tagen vorbeikommen wird, um dich besser kennenzulernen.«

»Oh, das freut mich, sie ist sehr nett.« Ich öffnete das rosa-farbene Päckchen und zum Vorschein kam ein H. »Schaut nur, noch ein ein Buchstabe. Wenn ich nur wüsste, was das zu be-deuten hat.«

»Wenn du es herausbekommen möchtest, wirst du es auch schaffen«, meinte Herr Faul in seiner spitzen Art. Frau Sommer sah mich an und meinte dann: »Soll ich dir behilflich sein, mein Kind?«

»Gern.« Ich streckte der lieben Frau meinen Arm entgegen, damit sie das Armband öffnen konnte, um den Anhänger zu befestigen. Sogleich verschloss sie das Schmuckstück wieder an meinem Handgelenk. »Hat sich ganz schön was angesammelt, findet ihr nicht auch?«

»Ja, da hast du recht, mein Kind. Vielleicht solltest du mal über einen baldigen Besuch bei Frau Gesundheit nachdenken?«

»Mal sehen, in den nächsten Tagen eventuell.«

»So, meine Damen, ich werde mich jetzt mal verabschieden und wünsche euch einen schönen Resttag.«

»Nicht vielleicht doch noch eine Tasse Kaffee?«, fragte Frau Sommer unseren Gast, der uns beide freundlich ansah. Jedoch lehnte er kopfschüttelnd ab und meinte: »Nein, das ist lieb ge-meint. Nur sollte ich meinen ersten Besuch nicht so unverfroren ausdehnen. So habe ich die Hoffnung auf eine erneute Einladung irgendwann.«

»Aber gern, wir freuen uns immer, wenn wir Besuch bekommen. Nicht wahr, meine Liebe, wir freuen uns doch.«

»Oh ja, du musst in den nächsten Tagen wieder vorbeisehen, lieber Herr Faul.«

»Wenn das so ist, dass die Damen nicht auf mich verzichten möchten, werde ich gerne wiederkommen.« Unglaublich, die Art, die dieser kleine Mann draufhatte. Trotz seiner geringen Körpergröße hatte er eine Größe in anderer Hinsicht. Er war wortgewandt und freundlich zugleich. Das musste ich ohne Zweifel zugeben. Ich musste meine erste Meinung über ihn revidieren. Herr Faul erhob sich, kam erst zu mir und gab mir die Hand zum Abschied mit den Worten: »Also gut, auf ein Wiedersehen, mein Fräulein.« Dann ging er zu Frau Sommer, nahm ihre Hand und verabschiedete sich mit einem gehauchten Handkuss. Er ging durch die Terrassentür hinaus auf die Veranda und verließ diese über die Treppe, die in den Garten führte.

Als er außer Hörweite war, erzählte ich Frau Sommer von der Begebenheit, die ich mit Herrn Faul erlebt hatte. »Stell dir vor, er leistete mir erst Gesellschaft in der Art, dass er mir kluge Tipps gab. Doch mit anfassen wollte er nicht. Ich wollte ihm den Korb reichen, um ihm das Gefühl zu geben, dass er mir gegenüber als Gentleman fungieren könne. Doch was soll ich sagen: Er lehnte dies ab mit den Worten: Arbeiten wolle er nicht. Ich ließ mich in meinem Vorhaben, mich nicht über seine kleinen Frechheiten aufzuregen, jedoch nicht beirren, denn ich wusste, er wollte mich nur aus der Reserve locken.« Frau Sommer sah mich an und lachte und lachte. Lachte sie mich jetzt aus? »Frau Sommer, was soll ich denn davon halten?«, fragte ich irritiert die lieb anzusehende Frau, die immer noch lachte. »Frau Sommer ...«

»Nimm mein Lachen nicht so persönlich, mein Kind, eher als Anerkennung, wie du es geschafft hast, Herrn Faul doch noch ans Arbeiten zu bekommen. Mit deiner eigenen Art. Sozusagen hast du ihn beim Schopf gepackt, indem du dich nicht ärgertest über sein Verhalten. Wobei das allein wohl seine Absicht war. Sondern du ignoriertest seine Faulheit und warst eben alleine fleißig. Wobei das die besten Voraussetzungen sind, jemanden, der nicht so gern arbeitet, an die Arbeit zu bekommen, mein Kind. Du hast genau das Richtige gemacht, denn das wirft jetzt ein anderes Licht auf eure Begegnung. Nicht er hat sein Ziel durchgesetzt, sondern du deines. Das verschafft dir seinen Respekt. Glaub mir, meine Liebe. Er hat sich letztendlich zu einem Besuch bei mir überzeugen lassen und das ist für ihn ein erster Schritt in die richtige Richtung.«

»Wie meinst du das?«

»Er grenzt sich nicht mehr ab, er verschanzt sich nicht mehr hinter seinen schlechten Eigenschaften, sondern steht einmal mehr zu sich selbst. Und das ist auf jeden Fall der richtige Weg für ihn.«

Nun musste auch ich lachen. Schön, dass es mir gelungen war, bei Herrn Faul Respekt zu erlangen. Vor allem hatte ich nicht mehr das Gefühl, dass er sich mir gegenüber so verhalten hatte, weil er mich gern ärgerte, sondern in erster Linie, weil es scheinbar seine Aufgabe war, ein Verhalten an den Tag zu legen, durch das einem bewusst wurde, dass manche Dinge einen zu geringen Wert haben, als sich länger damit auseinanderzusetzen als unbedingt nötig. So hatten wir beide etwas dazugelernt im Bereich des menschlichen Miteinanders.

»So, mein Kind, wollen wir mal langsam ans Mittagessen denken?«

»Eigentlich habe ich noch gar keinen Hunger. Außerdem wollten wir doch zum Abendbrot grillen, ich denke, da ist ein Mittagessen heute nicht nötig. Es sei denn, du hast Hunger.«

»Das Grillen hatte ich schon fast vergessen. Also, in diesem Fall sollten wir uns das Mittagessen wirklich sparen. Wir sollten vielmehr darüber nachdenken, was wir an Leckereien vorbereiten können. Ich schlage einen frischen Salat und etwas gebackenes Brot vor. Eventuell etwas Kräuterbutter sowie diverse Soßen. Was meinst du dazu?«

»Hört sich gut an. Was ist mit dem Grillgut, Frau Sommer?«

»Das bringt Herr Traum mit. Er wollte mich später abholen.«

»Was habt ihr beide denn vor?«, fragte ich interessiert nach. Doch Frau Sommer hüllte sich in Schweigen. Ich versuchte es noch einmal mit den Worten:»Was sind denn eure Pläne für heute Nachmittag?«

»Du willst es aber wissen.«

Mit einem Seitenblick zum Gartenzaun sagte ich:»Ja, genau wie die beiden Damen dort vorn.« Sogleich zeigte ich ungeniert mit meinem Finger auf Frau Neugier und Frau Neid, die sich mit langen Hälsen fast den Kopf verdrehten, um einen Blick durch die offene Terrassentür in die Küche werfen zu können. Unglaublich, diese beiden. Frau Sommer verschloss kopfschüttelnd die Terrassentür.»Ich werde schon einmal frischen Kaffee aufsetzen.« Kaum hatte Frau Sommer das ausgesprochen, klopfte es an der Tür. Ich sah Frau Sommer fragend an. Sie nickte nur und meinte:»Sei so gut und öffne bitte die Tür, mein Kind.«

»Guten Tag, meine Liebe.« Frau Neugier reichte mir die Hand. »Wir kennen uns ja bereits. Ich bin nur vorbeigekommen, um Ihnen einen schönen Tag zu wünschen und auch meine Freundin vorzustellen. Ist es gestattet? Sie wollte Sie auch gerne kennenlernen, wo Sie doch ein Besuch von auswärts sind, meine Liebe. Ist Frau Sommer auch da?« Frau Neugier versuchte, an mir vorbei in den Flur zu sehen.

»Meine Liebe«, ertönte es hinter mir. Frau Sommer stand mit rollenden Augen plötzlich hinter mir, um mir zur Hilfe zu eilen.»Meine Damen, kommt doch herein, ich habe gerade frischen Kaffee gemacht. Darf ich euch ein Tässchen anbieten?« Ich machte die Tür weiter auf, um den Damen den Eintritt zu erleichtern. Im Vorbeigehen reichte mir die andere Dame die Hand:»Guten Tag, darf ich mich vorstellen? Neid ist mein

Name.« Ich reichte ihr die Hand. Beide Frauen rauschten an mir vorbei und folgten Frau Sommer durch den Flur und dann durch die Küche, um sogleich auf die Veranda zu gelangen. Dabei entgingen mir die Seitenblicke von Frau Neid nicht. Sie versuchte, so viele Eindrücke aus den Wohnräumen mitzunehmen, wie sie nur konnte. Von Neid oder auch Neugier geplagt zu sein, musste eine anstrengende Sache sein, dachte ich so bei mir, als ich die beiden Damen mit verrenkten Hälsen durch die Räumlichkeiten marschieren sah.

»Nehmt doch bitte Platz, meine Damen.«

»Darf ich den Damen Kaffee einschenken?«, fragte ich nach. Noch ehe ich eine Antwort bekam, machte ich mich daran, drei Tassen mit Kaffee zu befüllen.

»Nur drei? Möchtest du denn nicht?«, fragte Frau Sommer nach.

»Oh, nein, bitte, ich möchte mich entschuldigen. Ich habe doch noch etwas vor.«

»So?«, fragte Frau Sommer mich mit einem freundlichen Lächeln. Dann meinte sie weiter: »Ach ja, stimmt.« Dabei beließ sie es und wünschte mir viel Spaß. Mit einem dankbaren Blick in Frau Sommers Richtung verließ ich die muntere Damenrunde.

Ich lief durch den Garten und über die Auffahrt, um mich auf den Weg zur linken Straßenseite zu begeben. Hier lief ich, ohne ein bestimmtes Ziel zu haben, eine Weile vor mich hin. Von Weitem kam mir eine Frau entgegen. Als sie nur noch einige Meter von mir entfernt war, sprach sie mich an, und da erkannte ich sie erst.

»Guten Tag, mein Fräulein.«

»Oh, guten Tag, Frau Schwindlerin.« Die Röte stand mir ins Gesicht geschrieben. Sie sah mich an und meinte: »Wer wird denn gleich? Du brauchst dich doch nicht zu genieren.«

»Ach wissen Sie, es ist mir etwas peinlich.«

»Was denn, mein liebes Fräulein? Dass wir uns hier treffen?«

»Nein, nein, das nicht. Im Gegenteil, ich freue mich, Sie hier zu treffen, Frau Schwindlerin. Ich habe Frau Sommer gerade allein gelassen, mit zwei ziemlich anstrengenden Damen. Das tut mir jetzt für Frau Sommer sehr leid.«

»Das muss es nicht, mein Fräulein. Wer waren denn die beiden?«

»Frau Neugier und Frau Neid.«

»Wissen Sie, die sind mir persönlich auch viel zu anstrengend, wollen immer gleich alles wissen. Die ersticken noch einmal an ihrer Wissbegierde. Schrecklich, die Damen.« Vermutlich durch unsere gleiche Einschätzung der Damen wechselte Frau Schwindlerin ins vertrautere Du. »Und wenn es dich beruhigt, da wäre ich auch abgehauen. Aber sei dir gewiss, ich bin davon überzeugt, dass Frau Sommer mit den Damen sehr gut zurechtkommt. Die wird noch mit ganz anderen Dingen fertig, glaub mir, mein Fräulein. Ganz sicher versteht sie dich. Du kannst ja nicht immer nur bei ihr rumsitzen und einfach die Zeit herunterrieseln lassen, wo es noch so viele Dinge gibt, die entdeckt werden wollen.«

»Wenn Sie es sagen, ich freue mich, dass wir uns getroffen haben, Frau Schwindlerin. Es ist ein schöner Tag heute.«

»Ja, das finde ich auch. Lass uns doch ein Stückchen zusammen gehen. Erzähle mir etwas von dir, mein Fräulein. Wo kommst du denn her?«

»Das ist eine Frage, auf die ich selber keine Antwort weiß. Auf einmal war ich hier in Ihrem schönen Sommerland.«

»Sommerland?«, fragte Frau Schwindlerin interessiert nach.

»Herr Geselligkeit nannte diese Umgebung so. Ich finde es auch schöner, als zu sagen, im Sommerlebensraum. Sommerland klingt doch schöner, oder?«

»Sicher, Herr Geselligkeit hat immer für schöne Dinge besondere Umschreibungen. Als ich ihn heute Morgen traf, war er so aus dem Häuschen, als er mir erzählte, dass er heute mit einer der tollsten Frauen überhaupt verabredet sei. Ist schon ein schmucker Herr, findest du nicht auch? Ihr beide auf dem

Kutschbock gestern, das war wirklich eines der liebreizendsten Pärchen, welche ich in der letzten Zeit gesehen habe. Außer natürlich unsere Frau Sommer und Herrn Traum. Die beiden haben es echt drauf. Und das, obwohl beide schon das reifere Alter haben. Huch, ich plaudere schon wieder zu viel.«

»Sind Frau Sommer und Herr Traum ein Paar?«

»Nein, nein, so habe ich das nicht gemeint. Nicht, dass das jetzt wieder als Gerede ausgelegt wird, mein Fräulein. Frau Sommer und Herr Traum sind eher das Vorzeigepaar der Freundschaft. Denn anders war es bisher wohl nicht bestimmt. Ja, so ist das mit den beiden, und dabei sollten wir es auch erst mal belassen. Bist du sehr dem Glauben zugetan, mein Fräulein?«

»Was ist das denn jetzt für ein thematischer Sprung? Aber um Ihre Frage zu beantworten, ja, ich bin ein gläubiger Mensch. Der allerdings auf jeder grünen Wiese glauben kann sowie seinen Glauben auch jederzeit innerlich praktiziert. Und zwar für mich allein.«

»Hervorragend. Dann komme mal mit, junge Dame. Ich stelle dir jemanden vor«, sagte Frau Schwindlerin und hakte sich bei mir unter. »Sieh mal, da vorn.« Frau Schwindlerin zeigte auf einen Herrn, der etwas entfernt auf einer Bank saß und in einem Buch las. Wir gingen auf ihn zu und Frau Schwindlerin sprach den Herrn an. »Guten Tag, Herr Glaube. Haben Sie schon von dem Besuch von Frau Sommer gehört?«

»Guten Tag, Frau Schwindlerin. Ja, gehört schon vieles, doch kennengelernt bisher noch nicht. Leider, aber Sie wissen ja ...« *(Wir wissen alle: Der Glaube findet uns nicht, sondern wir müssen den Glauben finden.)*

»Dann machen wir das doch mal. Das hier ist die junge Dame.«

»Guten Tag, ich bin die junge Frau. Es freut mich, Sie kennenzulernen.«

»Guten Tag, mein Kind. Mein Name ist Glaube. Geht es Ihnen gut, mein Kind? Sind Sie gut untergebracht?«

»Oh ja, ich fühle mich sehr gut aufgenommen.«

»Das freut mich. Schön, dass Sie sich entschlossen haben, mich auch kennenzulernen. Möchten Sie sich einen Moment zu mir setzen?«

»Gern, es ist heute so schön in der Sonne.«

Eine Weile saßen wir beisammen und unterhielten uns über viele Dinge, dann verabschiedete sich Herr Glaube freundlich mit einem leichten Händedruck, indem er uns uns einen gesegneten Tag wünschte. Erst als der Herr gegangen war, bemerkte ich, dass er eine kleine, runde Schachtel zurückgelassen hatte. Diese war offenbar für mich bestimmt, denn in einer schnörkeligen Schrift stand auf dem Kärtchen: »*Danke für Ihren Glauben.*«

»Siehst du, ein sehr netter Mensch, der Glaube.«

»Der Glaube ist ein Mensch?«

»Ja, du hast ihn doch gerade kennengelernt.«

»Aber bisher war der Glaube doch immer in mir selbst und saß nicht neben mir auf einer Bank«, sagte ich ungläubig. »Vor allem wundert es mich, dass Sie, Frau Schwindlerin, mir den Glauben erklären.«

»Wie meinst du das denn, mein Fräulein?«

»Wenn ich da an die Worte von Herrn Faul denke, der meinte, er sei seines Namens nicht mehr wert, sobald er etwas arbeiten beziehungsweise mir zur Hand gehen würde.«

»Es ist, wie es ist. Manche Dinge sind kaum vorstellbar. Doch wer sonst könnte dir den Glauben näherbringen als ich? Sich vom Inneren loszulösen ist das, was passieren muss, um etwas Neues zuzulassen, so eben auch den Glauben. Denn dann kannst du diesen neu entdecken, mein Fräulein, oder, wie eben geschehen, neu kennenlernen.«

»Verrückt.« Das war alles, was mir in diesem Moment dazu einfiel. Ich war wohl zu irritiert, um weiter darüber nachzudenken.

»Lass uns mal nachsehen, was du Schönes bekommen hast.« Frau Schwindlerin reichte mir das kleine Päckchen. Vorsichtig öffnete ich das eingewickelte Präsent, indem ich den runden De-

ckel von der Schachtel abhob. Ein kleines silberfarbenes Kreuz kam zum Vorschein.»Sehen Sie nur, ist das nicht hübsch?«
»Oh ja, das sieht reizend aus. Es wird sich gut einfügen an deinem Armband. Darf ich dir behilflich sein?«
»Gern, Frau Schwindlerin, das ist lieb.« Ich streckte der Dame mein Handgelenk entgegen, sodass sie das Armband problemlos abnehmen und den neuen Anhänger befestigen konnte.
»Jetzt möchte ich mich von dir verabschieden, meine Liebe. Es war schön, mit dir zu plaudern.«
»Ja, das finde ich auch. Schön, dass wir uns getroffen haben.«
»Ich möchte dir noch einen schönen Tag mit Herrn Geselligkeit wünschen. Bis auf ein anderes Mal. Ach, und noch etwas: *Verhalte dich so, wie es dir dein Herz sagt, denn dieses hat selten unrecht.*«
»Wie meinen Sie das?« Doch diese Frage blieb unbeantwortet, denn Frau Schwindlerin stand schweigsam auf, reichte mir zum Abschied die Hand und sagte:»Ein anderes Mal, auf Wiedersehen.« Irritiert blieb ich zurück und dachte noch einmal über das Erlebte nach. Nach kurzer Zeit beschloss ich, mich an das zu halten, was ich mir selbst ins Herz geschrieben hatte: manche Dinge anzunehmen, wie sie sind, und nicht jedem Ereignis, welches sonderbar erschien, zu viel Raum in meinen Gedanken zu schenken. Kopfschüttelnd stand ich auf und beschloss, mich auf den Rückweg zu machen. Ich hatte Frau Sommer ohnehin viel zu lange allein gelassen.

Langsam ging ich auf ihr Grundstück zu und öffnete sachte das Gartentor. Zielstrebig ging ich den Gartenweg entlang in Richtung Veranda, doch niemand war zu sehen. Also versuchte ich es mit Rufen:»Hallo, ich bin wieder da.« Doch keine Antwort kam. Ich betrat die Küche. Auch hier war von Frau Sommer nichts zu sehen. Im Flur versuchte ich es noch einmal:»Hallo, Frau Sommer!!« Auch dieser Ruf blieb unbeantwortet. Ich beschloss, mich in meinem Zimmer frisch zu machen. Gleich stieg ich die Treppe hinauf, öffnete die Türe und sah einen großen

Zettel auf dem Bett, auf dem Frau Sommer eine Nachricht für mich hinterlassen hatte.

»Hallo, meine Liebe. Ich bin bereits mit Herrn Traum unterwegs. Habe jedoch einen kleinen Imbiss für dich vorbereitet, den du im Kühlschrank finden kannst. Ich denke, wir werden in den frühen Abendstunden zurück sein. Bitte denke daran, dass wir nachher grillen wollen. Es wäre schön, wenn du etwas von dem Gemüse für einen frischen Salat vorbereiten könntest. Das habe ich leider nicht mehr geschafft. Du findest es in dem Korb auf der Veranda. Alles andere ist fertig. Ich wünsche dir einen schönen Tag und bis bald. Frau Sommer.«

Wie lieb von ihr, da werde ich mich gleich mal daran machen, das Gemüse zu putzen, dachte ich und lief die Treppe wieder hinunter in die Küche, holte mir den Korb mit dem Gartengemüse und machte mich an die Aufgabe, die Frau Sommer mir aufgetragen hatte. Als ich damit fertig war, öffnete ich den Kühlschrank und entnahm diesem den für mich vorgesehenen Teller mit den belegten Broten. Wie lieb von Frau Sommer, dass sie an mich gedacht hatte. Doch schon plagte mich mein schlechtes Gewissen, dass ich sie mit der Arbeit allein gelassen hatte. Wie dumm von mir, vor Frau Neid und Frau Neugier davonzulaufen. Von der anderen Seite betrachtet, hatte ich so Frau Schwindlerin getroffen und Herrn Glauben kennengelernt, der wirklich sehr nett und freundlich zu mir gewesen ist. Ich sah auf den liebevoll gestalteten Teller mit den Broten. Bei dem Gedanken, dass Frau Sommer sie extra für mich hergerichtet hatte, huschte ein Lächeln über mein Gesicht. Nun machte ich mich auf den Weg Richtung Veranda, um es mir mit meinem Essen dort gemütlich zu machen. Herzhaft biss ich in das erste Brot.

Himmlisch schmeckte es, als ich gleichzeitig eine zierliche Gestalt am Gartentor wahrnahm. Komisch, diese Person hatte ich hier noch nie gesehen. Die junge Frau sah blass und kränklich aus. Auch ihre Kleidung war schäbig und verschmutzt. Ohne lange nachzudenken, legte ich mein angebissenes Brot zurück, stand auf und ging zum Tor. Je näher ich der Frau kam, umso mehr hatte ich den Eindruck, dass sie meine Hilfe brauchte. »Guten Tag, kann ich Ihnen helfen?« Die Frau sah mich an und sah mich doch nicht an, irgendwie sah sie durch mich hindurch. Also versuchte ich es noch einmal und fragte:»Kann ich etwas für Sie tun?«

»Ach bitte, könnte ich ein Glas Wasser bekommen?«

»Aber sicher, kommen Sie.« Ohne zu zögern, öffnete ich das Gartentor und ließ die Frau eintreten. Sie folgte mir durch den Garten. Auf der Terrasse angekommen, bot ich ihr einen Platz an:»Bitte setzen Sie sich einen Augenblick, ich hole Ihnen ein Glas mit Wasser.« Rasch lief ich in die Küche und nahm ein Glas aus dem Schrank, befüllte es mit Wasser und kurzerhand griff ich mir noch einen Teller vom Küchenbord.»So, da bin ich wieder. Hier ist Ihr Wasser.« Ich reichte der Frau das Glas, welches sie mit dankbarem Blick entgegennahm. Im selben Moment nahm ich eines von meinen Broten und legte es auf den für sie vorgesehenen Teller, um ihr diesen zu reichen.

Mit glänzenden Augen sah die Frau mich an und meinte: »Aber das kann ich doch nicht ...«

»Doch, doch, Sie können, bitte machen Sie mir die Freude und leisten Sie mir Gesellschaft. Guten Appetit.«

Die Frau sah mich kurz an und biss lustvoll in das gut belegte Brot. Ich beobachtete sie einen Augenblick, doch da mir das zu unhöflich erschien, tat ich es ihr gleich. Ich nahm mein Stück Brot und nahm einen großen Bissen davon. So saßen wir einige Zeit kauend beieinander. Die Frau stellte den Teller auf den Tisch, nahm die Serviette und tupfte sich die Lippen ab. Dann nahm sie einen Schluck aus dem Wasserglas. Sie räusperte sich und begann zu sprechen:»Junges Fräulein, ich möchte Ihnen danken für Ihre Hilfsbereitschaft und Ihre Freundlichkeit.«

»Das ist gern geschehen. Darf ich Sie nach Ihrem Namen fragen?«

»Verzeihung, ich bin es nicht mehr gewohnt, mein Name ist

Einsamkeit.« Kaum hatte sie das ausgesprochen, stand sie auf, reichte mir ihre Hand, wobei sich ihr Kleiderärmel so hochschob, dass ein Armband sichtbar wurde. Es war ein ähnliches, wie ich es auch trug, doch an ihrem waren längst nicht so viele Anhänger wie an meinem befestigt. Langsam schob sie den Stuhl zurecht und ich hatte den Eindruck, sie wollte mir noch etwas erzählen. Doch sie biss sich auf die Unterlippe und sagte nur knapp: »Ich wünsche Ihnen alles Gute, vielleicht sehen wir uns mal wieder.« Sie drehte sich um und ging Richtung Gartentor davon. »Warten Sie«, rief ich noch, doch sie ging weiter, ohne sich umzudrehen. Irritiert blieb ich zurück. Doch da meine Verabredung mit Herrn Geselligkeit bevorstand, hatte ich keine Zeit mehr, mir über diese Begebenheit Gedanken zu machen. Rasch begann ich, das schmutzige Geschirr zusammenzustellen und in die Küche zu bringen. Im Anschluss ging ich noch einmal hinauf auf mein Zimmer. Im Bad richtete ich mir das Haar, wusch mir die Hände und zum Schluss beschenkte ich mich selbst mit einem Lächeln im Spiegelbild.

So, jetzt aber die Treppe wieder hinunter. Zügig schnappte ich mir den vorbereiteten Blumenstrauß und verschloss die Verandatür sowie die Fenster. So konnte ich das Haus gerade im rechten Moment durch die Vordertür verlassen, um Herrn Geselligkeit winkend zu begrüßen. Dieser kam soeben mit seinem Zweispänner vorgefahren. Mit einem charmanten Lächeln entstieg er der Kutsche, kam auf mich zu und umarmte mich zur Begrüßung.

»Na, freust du dich, mich zu sehen? Wie anders ist es zu erklären, dass du schon auf dem Treppenabsatz auf mich wartest?« Sein Lächeln ging in ein breites Grinsen über. Mir schoss eher die Röte ins Gesicht. Galant reichte Herr Geselligkeit mir seine Hand, um mir den Aufstieg auf den Kutschbock zu erleichtern. Geschickt ging er um die Kutsche herum und nahm neben mir auf der roten Sitzbank Platz. »Können wir?«, wandte er sich mir zu.

»Ja, es kann losgehen. Ich bin so weit. Wie weit müssen wir denn fahren?«

»Nicht so weit. Frau Gefühl wohnt ganz in der Nähe. Übrigens ein hübscher Blumenstrauß, den du da zusammengestellt hast.«

»Das war nicht so schwierig, bei der tollen Auswahl, die Frau Sommer in ihrem Garten hat.«

»Da, sieh mal.« Herr Geselligkeit unterbrach mich und zeigte auf die linke Seite des Weges. »Nicht schon wieder die beiden. Ich staune immer, dass die Damen noch aufrecht gehen können und eine gerade Haltung haben bei dem Halsgedrehe, das sie an den Tag legen. Vorsicht, meine Liebe, sonst lernst du gleich noch eine andere nette Dame kennen ...« Kaum hatte mein Begleiter das ausgesprochen, winkte uns ein Paar von der rechten Wegesseite aus zu. »Oh, du hast ja Glück. Nicht nur Frau Lästerei, sondern auch Herr Lästerei möchte dir die Aufwartung machen. Da muss ich mal kurz anhalten.«

»Ich weiß ja nicht, was das mit Glück zu tun hat, wenn man sich unangenehmen Situationen stellen muss. Also bitte, kannst du nicht einfach weiterfahren und wir tun so, als ob wir die Herrschaften nicht gesehen hätten?«

»Das wäre eine Dummheit, glaub mir.« Herr Geselligkeit schien sich sehr zu amüsieren, lachend meinte er: »Vertrau mir, es ist besser, wenn wir kurz halten, in jeder Beziehung. Stell dir vor, die Herrschaften Lästerei bringen es fertig und rennen uns hinterher. Vor allem nicht nur die beiden, es würden sich noch einige andere anschließen. Zu guter Letzt gerieten wir in Erklärungsnot gegenüber Frau Gefühl. Dass sie auf so viel Besuch eingestellt ist, wage ich zu bezweifeln.«

»Also gut, ich gebe mich geschlagen. Halte die Kutsche an.«

»Das ist eine weise Entscheidung. Du wirst sehen.«

Kaum hatte Herr Geselligkeit den Zweispänner zum Stehen gebracht, bildete sich eine kleine Versammlung um uns herum. Zunächst einmal traten die Herrschaften Lästerei an meine Seite. Diesen Namen hatte mir mein Begleiter bereits verraten, doch wer waren die anderen? Ich bemühte mich um ein freundliches Lächeln, welches meine Schamesröte hoffentlich etwas überspielte.

»Guten Tag, mein Fräulein, wir sind Herr und Frau Lästerei und würden Ihnen das hier gerne übergeben.« Herr Lästerei reichte mir ein kleines Jutesäckchen, während Frau Lästerei mich keines Blickes würdigte. Ich bedankte mich und war sehr froh, dass wir von einem anderen Herrn unterbrochen wurden. »Guten Tag, dürfen wir uns vorstellen, Herr und Frau Dummheit. Es ist nett, dass wir Sie auch kennenlernen dürfen. Hier eine Kleinigkeit für Sie. Wir würden uns freuen, mit Ihnen bald eine Plauderstunde halten zu dürfen.« Ich bedankte mich, nahm die kleine Papiertüte entgegen und legte sie zu dem Jutesäckchen auf meinen Schoß. Ich glaube, ich wäre in diesem Augenblick am liebsten im Erdboden versunken, hätte ich die Gelegenheit dazu gehabt. Doch ich gab diesem Gedanken nicht zu viel Raum. Der gut gekleidete Herr, der jetzt an meine Seite trat, unterstützte mich dabei, ohne das er es wusste. Freundlich wandte ich mich ihm zu: »Guten Tag, der Herr. Schön, Sie kennenzulernen. Ihr werter Name ist?«

»Schön, Sie zu sehen, mein Name ist Entscheidung. Gern möchte ich Ihnen das hier geben.« Er reichte mir eine kleine runde Schachtel.

»Danke schön für die Gabe, mein Herr. Ich wünsche Ihnen einen schönen Tag.«

»Das ist aber freundlich. Gerne würde ich Sie einmal zu einer Tasse Tee zu mir einladen. Vielleicht Sie beide dann?« Bei dieser Bemerkung nickte er Herrn Geselligkeit aufmunternd zu. In meine Richtung sagte er: »Einen schönen Tag noch Ihnen beiden und liebe Grüße auch an Frau Sommer und Herrn Traum und selbstverständlich an Frau Gefühl.«

Nun trat die letzte Dame an die Kutsche. »Guten Tag, auch ich möchte Sie gerne begrüßen. Mein Name ist Frau Weise. Es ist schön, Sie hier zu begrüßen. Das ist für Sie.« Die grauhaarige Dame, die Frau Sommer wirklich sehr ähnelte, überreichte mir eine kleine glitzernde sternförmige Schachtel. Mit Bedacht legte ich sie zu den anderen. Ich reichte der freundlichen Dame die Hand, um mich zu bedanken. »Würden Sie bitte Frau Sommer ausrichten, dass ich sie in den nächsten Tagen besuchen komme? Ich benötige wieder ein paar Heil- und Küchenkräuter.«

»Das mache ich gern. Ich wünsche Ihnen einen schönen Tag. Hoffentlich bis ganz bald.«

»So, geschafft«, sagte Herr Geselligkeit mit einem breiten Grinsen und meinte weiter: »Wenn ich gewusst hätte, dass wir zwischendurch noch eine Versammlung verursachen, hätte ich dich früher abgeholt. Ich hoffe, dass wir Frau Gefühl nicht zu lange haben warten lassen.«

»Es tut mir leid, das ist wohl …« Herr Geselligkeit unterbrach mich nicht ohne Grund, dachte ich bei mir, als er, während ich meine kleinen Präsente neben mir auf der Sitzbank verstaute, sagte: »Sieh, da ist es schon.« Er zeigte auf ein kleines hellblaues Haus, das wunderbar gelegen war in einem Farbenbett von Blüten und Ranken, welche an den Hauswänden entlangwuchsen. Ein kleiner Bachlauf mit einer weißen Brücke krönte das eindrucksvolle Gebäude. Je näher wir dem Gefühls-Wohnsitz kamen, desto mehr breitete sich eine spürbar angenehme Atmosphäre aus. Langsam kam die Kutsche zum Stehen.

Herr Geselligkeit sprang temperamentvoll vom Kutschbock und machte sich daran, die Pferde zu versorgen. Im Anschluss reichte er mir seine Hand. Ich kletterte hinunter und strich mein Kleid glatt. »Danke schön«, sagte ich.

»Gern geschehen, meine Liebe, und mach dir keine Gedanken, alles ist in Ordnung.« Weiter kam er nicht, denn es öffnete sich die Haustür. Ein netter, freundlich blickender Herr kam uns mit ausgestreckter Hand entgegen. »Ja, hallo. Ich habe mich sehr gefreut, als Frau Gefühl mir mitgeteilt hat, dass Sie heute unsere Gäste sein würden.«

Herr Geselligkeit ging auf den Herrn zu und grüßte ihn mit den Worten:»Mensch, Gefühl, dich habe ich lange nicht gesehen. Darf ich dir meine bezaubernde Begleitung vorstellen?«»Aber gern, ich habe schon so viel von Ihnen gehört.« Mit diesen Worten wandte sich Herr Gefühl mir zu. Der sehr große Mann, der mit seiner braunen Hornbrille vor mir stand, wirkte sehr klug und gebildet.»Guten Tag, Herr Gefühl. Ich freue mich sehr, Ihre Bekanntschaft zu machen. Ihre Frau durfte ich bereits kennenlernen.« Kaum hatte ich das ausgesprochen, erschien die Dame auch schon und sagte:»Oh, ich freue mich so sehr, dass Sie unserer Einladung gefolgt sind. Kommen Sie bitte, kommen Sie.«

Nun zog ich mein Mitbringsel hinter dem Rücken hervor und überreichte es mit den Worten:»Wir haben uns erlaubt, Ihnen einen Gartengruß mitzubringen.«

»Wie ist das reizend, mein Fräulein, und so geschmackvoll zusammengestellt. Ich bin begeistert, ihr Lieben. Nun kommt doch herein. Der Kaffee wartet schon.«

Wir folgten Frau und Herrn Gefühl ins Haus, das nicht nur vom äußeren Erscheinungsbild her ein Hingucker war. Nein, auch der Einrichtungsstil hätte mit jeder romantischen Wohnillustrierten mithalten können. Wir gingen einen langen Flur entlang, an dessen Wänden unzählige Bilder mit Paaren ihren Platz gefunden hatten. Fast sah es aus, als ginge man in die Büroräume eines Partnerschaftsvermittlungsinstituts. Bei dieser Vorstellung huschte mir ein Lächeln übers Gesicht. Dies blieb Herrn Geselligkeit nicht verborgen und somit wohl auch nicht meine Gedanken, denn er lächelte einfach mit. Am Ende des Flurs angekommen, gelangten wir in den farbenfrohesten Raum, den ich jemals gesehen hatte. Gigantischer Blickfang war eine imposante Sofalandschaft. In der Farbgestaltung war er in einem ebenso hübschen hellblauen und strahlendem Ton gehalten, wie er mir bereits an den Außenmauern aufgefallen war. Zusätzlich verschönten hier, im Gegensatz zu den Mauern, zahlreiche rosa Herzen die Polsterecke, auf der als zusätzliches Highlight noch weiße Herzkissen dekoriert waren.

Meine Beobachtungen wurden durch Frau Gefühl unterbrochen:»So, liebe Gäste, ich dachte mir, wir setzen uns bei diesem schönen Wetter lieber auf die Sonnenterrasse im Garten.« Herr Gefühl ging an seiner Frau vorbei, um die großen weißen Flügeltüren zu öffnen und somit einen Blick in den parkähnlichen Garten freizugeben. Zielstrebig gingen wir auf den Tisch zu und galant rückte er erst seiner Frau und dann mir einen Stuhl zurecht.»Bitte, Fräulein, setzen Sie sich doch. Wir freuen uns so sehr, dass Sie da sind und uns Herrn Geselligkeit mitgebracht haben. Lange ist es her, dass er uns besucht hat«, fügte er mit einem Augenzwinkern in dessen Richtung an.

»Lieber Schatz, wärst du so nett?« Mit diesen Worten zeigte Frau Gefühl auf den Blumenstrauß.

»Aber sicher mache ich das.« Zügig ging er davon und kam mit einer wasserbefüllten Herzblumenvase zurück. Er nahm seiner Frau den Strauß ab und stellte ihn in die Vase. Anschließend platzierte er ihn dekorativ auf der Kaffeetafel.»Danke, mein Liebling«, sagte Frau Gefühl mit einem liebevollen Blick. Noch bevor Herr Gefühl sich zu uns setzte, schenkte er allen Kaffee ein. Frau Gefühl bewirtete uns mit selbst gebackenem Rhabarberkuchen und frisch geschlagener Sahne.

»Oh, der Kuchen ist aber köstlich«, lobte mein Begleiter die Backkünste der Gastgeberin, die sich sehr über das Lob zu freuen schien.

»Es macht mir sehr viel Freude, meine Liebsten und meine Gäste mit süßen Leckereien zu verwöhnen. Doch ich hörte schon, dass Sie die Backkunst auch sehr gut beherrschen, mein Fräulein.«

»Beherrschen ist wohl etwas übertrieben.«

»Hallo, hallo!«, tönte es vom Ende des Gartens. Ich sah den Gartenweg entlang und erblickte eine Dame in einem schlichten dunkelblauen Kleid. Sie begann zu winken und rief noch einmal:»Hallo!« Herr Gefühl stand auf und sagte:»Tritt näher, Frau Bescheidenheit. Ich begrüße dich.«

Frau Gefühl stand jetzt ebenfalls auf, um den lieben Gast mit einer Umarmung willkommen zu heißen.»Darf ich dich an unsere Kaffeetafel einladen? Sieh, das ist die nette Frau, von der wohl mittlerweile unsere ganze Nachbarschaft spricht und es niemand abwarten kann, sie kennenzulernen.«

»Wie lieb von dir. Gerne nehme ich die spontane Einladung an. Ich möchte aber nicht lange stören, liebe Freunde.«

»Darf ich mich kurz verabschieden?« Mit diesen Worten eilte der Hausherr davon, um anschließend mit einem zusätzlichen Kaffeegedeck zurückzukehren.»Bitte, liebe Freundin, nimm doch Platz«, sagte er, stellte das Geschirr auf den Tisch und rückte einen Stuhl für Frau Bescheidenheit zurecht.

»Oh, einen Augenblick, ich möchte doch erst ...«, sagte die freundliche Frau kurz. Dabei kam sie auf mich zu und gab mir die Hand. Ich stand auf und lächelte sie an. Weiter meinte sie an mich gewandt:»Darf ich mich vorstellen, mein Name ist Bescheidenheit. Ich freue mich sehr, Sie kennenlernen zu dürfen, junge Dame. Ich habe Ihnen eine Kleinigkeit mitgebracht.«

»Auch ich freue mich, Sie kennenzulernen, Frau Bescheidenheit. Ich bedanke mich herzlich und freue mich über Ihre Gabe. Danke schön.«

»So, jetzt aber, meine Damen«, sagte Herr Gefühl bestimmend, »der Kaffee wird noch ganz kalt.« Nachdem Frau Bescheidenheit auch Herrn Geselligkeit herzlich begrüßt hatte, setzten wir uns und begannen, den Nachmittag bei herrlichstem Sonnenwetter zu genießen. Bei dieser unbeschwerten Plauderei und vielem Gelächter bemerkten wir nicht, wie schnell die Zeit verging. Schließlich war es Herr Geselligkeit, der mir lächelnd zunickte und meinte: »Wir sollten langsam aufbrechen. Frau Sommer und Herr Traum machen sich sicher schon Gedanken, wo wir bleiben.«

»Ja du hast wohl recht. Ich wollte Frau Sommer bei den Abendessensvorbereitungen helfen.«

»Da wird Frau Sommer voller Freude sein, dass sie so einen reizenden Gast bekommen hat, der sie gern unterstützt und ihr zur Hand geht«, bemerkte Frau Gefühl und fügte hinzu:»Also gut, ich sehe ein, dass ihr zwei so langsam losmüsst. Doch gerne nehme ich euch das Versprechen ab, dass ihr uns noch einmal besuchen kommt. Gern könnt ihr auch Frau Sommer und Herrn Traum mitbringen.«

Herr Gefühl stimmte seiner Frau zu und meinte noch:»Oh Mann, wie lange habe ich den Traum nicht gesehen.«

»Ich werde es ausrichten, sicher können wir da eine Lösung finden. Vielleicht möchten Sie uns ja auch besuchen?«

»Also, ich würde sagen, wir sehen uns spätestens alle beim Jahreszeitenfest, oder?«, fragte Frau Bescheidenheit fröhlich.

»Weißt du denn, wann das stattfindet?«, fragte Herr Geselligkeit interessiert nach.

»Aber sicher, ich traf heute in der frühen Stunde Herrn Zeit, der war unterwegs gen Frau Gesundheit. Seiner Frau geht es wohl nicht so gut. Sie ist sehr angeschlagen«, erzählte Frau Bescheidenheit etwas nachdenklich.»Siebenmal wechselt das Licht. Dann ist es so weit.«

»Doch schon so bald?«

»Ja, es ist wohl vorverlegt worden.«

»Ach«, sagte Herr Geselligkeit und dann in meine Richtung:»So, jetzt sollten wir aber.« Er reichte mir seine Hand, um mir das Aufstehen zu erleichtern. Ich ergriff sie gern. Mit der anderen nahm ich schnell das kleine Päckchen vom Tisch, welches mir Frau Bescheidenheit gegeben hatte.

Frau und Herr Gefühl sowie Frau Bescheidenheit erhoben sich ebenfalls, um uns zu verabschieden. Langsam gingen wir zur Kutsche. Noch einmal nahm uns Frau Gefühl das Versprechen ab, dass wir einen so schönen Nachmittag so bald als möglich wiederholen würden. Wir bedankten uns erneut für die liebe Einladung. Herr Geselligkeit war mir beim Aufstieg auf den Kutschbock behilflich, ehe er es sich mit einem gekonnten sportlichen Sprung selbst auf diesem gemütlich machte. Eifrig winkte ich den dreien zu.

»Sind wirklich nette Leute«, sagte ich zu meinem Begleiter. »Sieh mal, mit dem Geschenk von Frau Bescheidenheit habe ich heute schon fünf weitere Gaben bekommen.«

»Wie viele hast du denn inzwischen?«

»Ganz ehrlich? Ich habe langsam den Überblick verloren.«

»Kein Wunder«, musste Herr Geselligkeit laut lachen. »Wenn du Lust hast, werde ich dir helfen, etwas Ordnung in dein Geschenkedurcheinander zu bringen. Vielleicht in den nächsten Tagen?« Erst jetzt bemerkte ich, dass wir schon fast unser Ziel erreicht hatten. Ungern wollte ich Herrn Geselligkeits Frage unbeantwortet lassen. So lächelte ich ihn an: »Deine Hilfe nehme ich gerne an. Ich freue mich, mit dir das Rätsel zu lösen.«

»Schau mal, im Garten von Frau Sommer steigt schon Rauch auf. Herr Traum hat den Grill angemacht.« Von Weitem konnte man den dunklen Rauch erkennen. Ich freute mich darauf, mit den dreien, die mir schon sehr ans Herz gewachsen waren, einen weiteren Abend zu verbringen. Mit gekonntem Schwung lenkte Herr Geselligkeit die Kutsche in die Einfahrt des Grundstücks. Rasch sprang er dann vom Kutschbock, um mir erneut behilflich zu sein, diesmal beim Abstieg vom Gefährt. Geschwind nahm ich meine fünf kleinen Geschenke von der Sitzbank und steckte sie in die Tasche meines Kleides. Dann ergriff ich die Hand von Herrn Geselligkeit, der mir aus der Kutsche half.

»Geh bitte vor, meine Liebe. Ich werde die beiden Pferde versorgen, ehe ich dir folge.«

»Ja, okay, bis gleich«, antwortete ich und machte mich auf den Weg zur Veranda. Hier wurde ich laut und freundlich von dem sichtlich schwitzenden Herrn Traum, der mit winkenden Händen dabei war, die Grillkohle zum Glimmen zu bringen, begrüßt. Verzweifelt meinte er: »Oh, endlich kommt junge Verstärkung. Lang ist es her, dass ich einen solchen Grill entzündet habe.«

Die Hoffnungslosigkeit stand ihm deutlich in Form von unzähligen Schweißperlen ins Gesicht geschrieben. Zu diesem Zeitpunkt tat mir Herr Traum schon sehr leid und mein Mitgefühl für meinen lieb gewonnenen Freund war wirklich grenzenlos. In diesem Augenblick trat Frau Sommer lachend und kopfschüttelnd hinaus auf die Veranda. Sie umarmte mich herzlich:»Schön, dass ihr wieder da seid. Ich hoffe, ihr hattet einen angenehmen Nachmittag bei den Leuten Gefühl. Wie ihr unschwer erkennen könnt, werdet ihr dringend gebraucht. Unser werter Herr Traum hat es leider bisher nur geschafft, sämtliche Papierschnipsel zu verbrennen, ohne dass die Kohle auch nur einen Funken an Feuer gefangen hat. Ist eben nicht mehr so einfach im Alter, da muss man schon suchen, bevor man etwas Glut unter der Asche findet«, kicherte Frau Sommer belustigt. Sie hatte sichtbaren Spaß daran, den ohnehin schon geplagten Herrn Traum etwas zu necken. Nun konnte ich nicht anders, als in den Spaß mit einzusteigen, und sagte:»Aber Herr Traum, vom Weitem konnten wir schon sichtbaren Rauch erkennen und dachten, Sie hätten die ersten Würstchen schon fertig. Ich bin sicher, Herr Geselligkeit wird Ihnen zur Hand gehen, damit wir heute noch etwas auf die Teller bekommen.«

Dieser erschien wie aufs Stichwort.»Aber lieber Freund Traum, lass mich das doch machen.« Rasch übernahm Herr Geselligkeit beherzt die Führung im Vorhaben, den Grill anzuheizen. Geschickt und gekonnt schaffte er dies mit wenigen Handgriffen. Es dauerte nicht lange und wir konnten die ersten Würstchen, Gemüsespieße sowie einige Steaks auflegen. Der herrliche Duft des Grillguts lockte nicht nur den hungernden Magen, sondern auch einige Zaungäste an. Aus der Ferne konnte ich Frau Neugier, Frau Neid und eine weitere Frau, deren Namen ich noch nicht kannte, erkennen.

»Ach, Kind, störe dich nicht daran«, meinte Frau Sommer mit einer abwinkenden Handbewegung.»Hilf mir lieber, den Tisch zu decken.«

»Ja, gern, ich muss nur die Flut an Geschenken irgendwo ablegen.« Geschwind lief ich in den Flur, um meine kleinen Gaben aus meiner Tasche zu holen und sie auf die Kommode zu legen. Dann folgte ich Frau Sommer in die Küche. »Du, Frau Sommer, bitte verrate mir, wer die andere Frau ist, die bei den beiden steht.«

»Glaub mir, das ist Frau Eifersucht, so ist der Name dieser Person. Sie ist eine Dame, mit der man nicht so gern zu tun hat. Sie ist einfach nur missgestimmt und unzufrieden mit sich selbst sowie allen anderen, denen sie begegnet.«

Nachdenklich ergriff ich das Tablett, nahm das bereitgestellte Porzellan und das Besteck und platzierte alles so gekonnt, dass auch die hübschen Saftgläser noch Platz fanden. Ich brachte alles hinaus, um den Tisch zu decken. Doch da war doch noch was! Klar, ich hatte die weißen Stoffservietten vergessen. Wie konnte ich nur? Zügig lief ich zurück in die Küche und schnappte nach den Servietten sowie den bereitgelegten Serviettenringen. Beim Verlassen der Küche stieß ich fast mit Frau Sommer zusammen, die mir gefolgt war, um die selbst gemachten Dips und verschiedenste Grillsoßen aus dem Kühlschrank zu holen.

»Mach langsam, Liebes, du musst nicht immer so hetzen. Doch vor allem, was macht dich so nachdenklich? Ich sehe, dass dich etwas beschäftigt.«

»Frau Eifersucht, was ist das für eine Zeitgenossin?«

»Oft ist sie leider unbegründet zur falschen Zeit am falschen Ort, die Arme ... Sei du dir sicher, die Impulse, die es braucht, um Eifersucht zu empfinden, liegen immer in einem selbst. Es sind der Selbstzweifel, das Selbstvertrauen ebenso wie das Selbstwertgefühl, die nicht in Ordnung sind. Da müssen wir uns fragen, was ist aus dem Takt geraten? Sei mir nicht böse, ich würde nun gerne das Thema fürs Erste beenden. Der Abend ist viel zu schön, als dass wir uns mit derartig deprimierenden Worten die Stimmung verderben.«

»Du hast wohl recht wie so oft, Frau Sommer. Mir fällt ein,

dass ich dich etwas fragen wollte eine andere Frau betreffend, die ich heute Mittag kennenlernte.«

»So?« Frau Sommer sah mich an, während sie dabei war, die Salatschüsseln zurechtzuschieben, um genug Platz für den Brotkorb und die befüllte Fleischplatte zu schaffen, die Herr Geselligkeit bereits geschickt mit einer Hand an den Tisch jonglierte. Herr Traum folgte ihm mit einem breiten Grinsen:»Seht mal, was wir da für die Damen gezaubert haben. Wäre doch gelacht, wenn wir euch nicht satt bekommen würden.«

»Setzen wir uns doch, meine Lieben«, sagte Frau Sommer und ließ sich von Herrn Traum den Stuhl zurechtrücken. Herr Geselligkeit machte es Herrn Traum gleich. Er kam zu mir und rückte meinen Stuhl zurecht. Ich setzte mich und ergriff die Fleischplatte, um sie Frau Sommer anzureichen.»Du zuerst«, lächelte ich ihr aufmunternd zu.»Du hattest die meiste Arbeit mit den Vorbereitungen.«

»Wir sollten uns doch nicht gegenseitig die Arbeit vorrechnen«, lächelte sie fröhlich zurück. Während alle dabei waren, sich gegenseitig beim Befüllen der Teller behilflich zu sein, fragte mich Frau Sommer:»Du wolltest mir von einer Frau erzählen, die du heute Mittag kennengelernt hast, mein Kind?«

»Es war heute Mittag, als ich es mir mit meinem Brot, welches du mir, liebe Frau Sommer, liebenswürdigerweise vorbereitet hattest, auf der Veranda gemütlich gemacht hatte. Da sah ich eine Frau am Rand des Gartens. Diese nahm ich als blass und kränklich wahr. Das Kleid, das sie trug, war schmutzig und wirkte abgetragen. Ich ging zu ihr, um sie zu fragen, ob ich ihr helfen könne. Sie bat mich um einen Schluck Wasser. Daraufhin lud ich sie zu mir auf die Terrasse ein. Die Frau nahm meine Einladung gerne an. Ich reichte ihr ein Glas Wasser und gab ihr auch eines von meinen gut belegten Broten. Sie aß dieses mit gutem Appetit und schenkte mir einen sehr dankbaren Blick, worauf ich sie nach ihrem Namen fragte. Sie stellte sich mir als

Frau Einsamkeit vor. Doch plötzlich hatte ich das Gefühl, dass sie nur noch weg wollte.«

Es folgte ein betretenes Schweigen am Tisch. Eine gefühlte Ewigkeit dauerte es, bis Frau Sommer das Wort ergriff: »Weißt du, mit Frau Einsamkeit ist das nicht so leicht. Es ist nur der einsam, der einsam sein will, mein Kind ...«

»Aber Frau Sommer«, unterbrach ich die liebenswürdige Frau, was sonst nicht meine Art war. »Diese Dame trug ein ähnliches Armband, wie ich eines bekommen habe.« Um meinen Worten Nachdruck zu verleihen, hob ich mein Handgelenk an, an dem mein inzwischen prachtvoller gewordenes Armband prangte. »Allerdings waren an dem von Frau Einsamkeit längst nicht so viele Anhänger.«

Frau Sommer sah Herrn Traum an. Herr Traum sah Herrn Geselligkeit an. Dieser sah wiederum Frau Sommer an. Es dauerte einige Zeit, bis Frau Sommer zu sprechen begann: »Bitte, mein liebes Kind. Manchmal ist es besser, wenn man nicht alles so genau weiß. Es ist wirklich besser, nicht zu wissbegierig zu sein. Glaub mir.«

Aus den Augenwinkeln nahm ich jetzt noch eine vierte Frau am Straßenweg wahr, die sehr zum Erstaunen von Frau Neugier, Frau Neid und Frau Eifersucht schnurstracks an ihnen vorbeiging. Besagtes Trio verrenkte sich immer noch die Hälse, um auch jedes Detail von den Geschehnissen auf der Veranda mitzubekommen. Diese vierte Dame ging entlang des Gartenweges und kam auf die Veranda zu. Ich erkannte sie bei genauem Hinsehen. Es war Frau Schwindlerin. Sie winkte Frau Sommer zu. Meine mütterliche Freundin hatte die bunt gekleidete Frau längst erkannt. Doch entgegen ihrer sonst so freundlichen Art nahm ich einen gewissen Unterton in ihrer Stimme wahr, als sie Frau Schwindlerin mit den folgenden Worten begrüßte: »Hallo. Ich grüße dich. Hast du schon zu Abend gegessen? Darf ich dich zu uns bitten?«

»Aber gern nehme ich diese Einladung an. Wenn die anderen

Herrschaften auch damit einverstanden sind?« Da Herr Traum sowie Herr Geselligkeit sich in nichts als Schweigen hüllten, machte ich den Anfang. »Also, ich habe nichts dagegen. Im Gegenteil, ich freue mich, Frau Schwindlerin. Setzen Sie sich doch, bitte. Ich hole Ihnen rasch ein Gedeck aus der Küche.« Herr Geselligkeit stand auf und rückte Frau Schwindlerin widerwillig einen Stuhl zurecht. Als ich aus der Küche zurückkam, konnte ich gerade noch hören, dass Frau Sommer sagte: »Musste das jetzt sein?« Als ich wieder zu den vieren an den Tisch kam, herrschte eine fast eisige Stille. Auch eine Antwort blieb Frau Schwindlerin schuldig. Stattdessen fragte Herr Traum: »Wie geht es dir? Ich habe dich lange nicht gesehen.«

»Ach, ich kann nicht klagen. Wenn man bedenkt, dass die Leute es immer noch wagen, nicht die Wahrheit zu sagen.« Bei dieser Bemerkung warf Frau Schwindlerin Frau Sommer einen vielsagenden Blick zu, der Frau Sommer wohl nicht entging, denn diese erwiderte: »Ich weiß, du bist die Person in Pflichterfüllung, meine Liebe.«

Herr Geselligkeit wollte wohl die angespannte Atmosphäre etwas entladen, als er jetzt das Wort an Frau Schwindlerin richtete. »Darf ich Ihnen behilflich sein? Welches Grillgut hätten Sie denn gern?« Frau Schwindlerin legte den Kopf erst nach rechts, dann nach links und sagte mit einer zuckersüßen Stimme: »Ich glaub, ich nehme einen von den entzückend gestalteten Gemüsespießen. Hast du die selbst gemacht, liebe Frau Sommer?«

»Aber selbstverständlich, meine werte Frau Schwindlerin. Sei schön vorsichtig, du könntest dich noch verletzen. Das wollen wir doch nicht, oder? Sie sind sehr spitz.«

Wenn ich es nicht besser wüsste, würde ich sagen, dass Frau Sommer etwas Spitzfindiges in ihrer Stimme hatte. So kannte ich sie gar nicht. Ich hatte bisher geglaubt, sie zeigte das nur bei Frau Neugier. Da hatte ich mich scheinbar getäuscht.

»Wenn ich dir nun auch etwas von dem Salat geben darf?«, warf Herr Traum in seiner galanten Art ein.

»Gern«, lächelte Frau Schwindlerin. »Was macht denn die Traumwelt?«

»Ach, du weißt doch, ich spreche nicht gern über die Arbeit. In meiner Freizeit habe ich frei, liebe Frau Schwindlerin.«

»So, so«, machte Frau Schwindlerin nur und widmete sich ihren Essen. So verging die gemeinsame Zeit wie im Flug. Wir unterhielten uns und lachten. Scherzten über Herrn Traum, der sich nicht zu schade war, den einen oder anderen Witz über sich selbst zu machen. Herr Geselligkeit wollte wohl Worten Raum geben, die für meine Ohren nicht bestimmt waren, denn er fragte mich: »Bist du gestärkt? Ich würde dich gern zu einem Abendspaziergang einladen, meine Liebe. Es ist so schön heute und es wäre zu schade, wenn wir den Abend einfach nur so ausklingen ließen.«

»Ich weiß nicht recht, ich wollte Frau Sommer doch gern den Abwasch abnehmen und es ist ja auch noch einiges aufzuräumen.«

»Aber nein.« Frau Schwindlerin ergriff das Wort. »Herr Traum und ich erklären uns bereit, uns höchstpersönlich um das schmutzige Geschirr und die Aufräumarbeiten zu kümmern. Das ist wohl das Mindeste, das wir tun können, um Frau Sommer mit dem schmutzigen Gewäsch nicht alleine zu lassen.«

Frau Sommer sah von einem zum anderen und sagte: »Dann braucht ihr mich nicht? Na, wenn das so ist, werde ich hier sitzen bleiben und das Mondlicht genießen und dazu ein Weinchen trinken. Dabei werde ich den Sternenhimmel beobachten. Heute werden die meisten Sternschnuppen erwartet.«

Herr Traum nickte Herrn Geselligkeit aufmunternd zu und meinte: »Ja, das macht ihr beiden mal. Genießt die schöne Abendluft und erst den Sonnenuntergang, den solltet ihr euch nicht entgehen lassen. Also, wenn ich noch ein paar Jährchen jünger wäre, ich wüsste, wo ich hingehen würde mit einer so reizenden Dame.«

Herr Traum lächelte in sich hinein. Nun lächelte auch Frau

Sommer und sagte: »Das solltest du nicht abschlagen, mein Kind. Es ist so reizend heute und erst die angenehme Luft wird dir guttun.«

Auch Frau Schwindlerin sah mich an und sagte: »Es ist doch schon alles abgemacht. Wir lassen Frau Sommer nicht allein mit dem Geschirr. Macht euch noch einen schönen Abend.«

»Bei so viel Zuspruch kann ich wohl nicht anders. Dann los. Herr Geselligkeit, zeige mir etwas von deiner Gegend. Lass uns eine Runde drehen, werter Freund.«

»Aber gern, meine Liebe«, erwiderte er, kam um den Tisch herum und streckte mir seine Hand entgegen, die ich gerne annahm. Wir winkten noch fröhlich in die Runde und wünschten einen schönen Restabend.

Nun widmete ich mich meinem Begleiter. Dies entging den Zaungästen nicht. Beim Passieren dieser konnte ich die stechenden Blicke der drei förmlich brennend in meinem Rücken spüren. Besonders Frau Eifersucht schien ihre Nase zu rümpfen. Unglaublich, sie kennt mich nicht einmal, dachte ich fassungslos. Als könnte mein Weggefährte meine Gedanken erraten, sagte er plötzlich: »Mach dir nichts draus, die können es nicht besser. Das ist ihr Job.« Mit diesen Worten nahm er meine Hand, um sie bei sich einzuhaken. So gingen wir eine Weile schweigend nebeneinander her, bis ich einwarf: »Darf ich dich etwas fragen?«

»Aber sicher. Du kannst mich alles fragen. Das müsstest du doch wissen. Was bedrückt dich?«

»Ob es mich bedrückt, weiß ich noch nicht. Wissen würde ich gern, was es war, auf das sowohl Frau Sommer und Herr Traum als auch du so merkwürdig reagiert habt, als ich von dem Besuch von Frau Einsamkeit erzählt habe.« Als Herr Geselligkeit nicht gleich antwortete, beschloss ich fortzufahren: »Frau Einsamkeit sah anders aus als alle Personen, die ich hier bereits kennengelernt habe. Gern würde ich wissen, warum das so ist. Und auch, warum ihr drei auf Frau Schwindlerin so reagiert habt.«

Als ich bemerkte, dass Herr Geselligkeit die Worte nicht recht über die Lippen bekam, versuchte ich es erneut:»Da ist doch etwas, das ihr mir nicht sagen wollt, ich kann's förmlich spüren ...« Schweigen. Wenn ich es nicht besser wüsste, hätte ich gesagt, mein Weggefährte habe seine Sprache verloren. Das Singen des Abendvogels war aus der Ferne lieblich zu hören, als sänge dieser nur für uns seine wunderbare, prachtvolle Abendmelodie.

Dazu funkelten die Sterne, als seien es feine Bergkristalle, die tausendfach geschliffen worden waren, um einen einzigartigen Glanz in die mir aufgebotene Welt zu tragen. Wie wunderschön das alles war. Es war kaum zu erfassen, dass es ein solch einzigartiges Naturschauspiel gab ...

»Lass es uns dort auf der Bank gemütlich machen, meine Liebe«, sagte mein Begleiter nur knapp. Herr Geselligkeit zeigte auf eine silberfarbene Sitzbank, die am Rande eines Teiches stand, der über und über mit Seerosen und zierenden Gräsern geschmückt war. Das Mondlicht spiegelte sich im seichten Wasser des Teiches ...

»Findest du in dieser wundervollen Umgebung deine Sprache wieder?«, neckte ich Herrn Geselligkeit. Doch dieser konterte zugleich mit den Worten:»Oh, dein Begleiter hat seine Sprache gar nicht verloren. Er genießt nur die Zweisamkeit mit seiner Lieblingsbegleiterin.«

Beide mussten wir lachen. Bei der Bank angekommen, zückte mein lieb gewordener Freund sein Taschentuch, um für uns ganz in Gentlemanmanier die Bank von Laub und Blütenresten zu befreien.»So, darf ich bitten, meine Liebe ...« Herr Geselligkeit reichte mir eine Hand, während er mit der anderen eine einladende Handbewegung in Richtung der nun sauberen Sitzfläche machte.»Danke schön, der Herr.«

»Gern, mein Fräulein.«

Eine Weile saßen wir dort. Wir spürten uns mit der Natur eins werden. Wir beobachteten das Leben im Mondschein. Welch ein schönes Bild entstand, indem die kleinen Insekten die wiegenden Gräser im Wind umtanzten, als hätten sie eigens für uns eine Choreografie einstudiert. Dann plötzlich banden sie uns in ihr Gemälde ein, als wollten sie sich ihren verdienten Applaus abholen. Die kleinen Frösche fühlten sich animiert, auch Teil des Tanzes zu sein, indem sie von Blatt zu Blatt sprangen und dabei immer ein leises »Quak, quak« von sich gaben. Mit im Reigen war auch das lustige Zirpen der Grillen. Doch all die schöne Natur sowie das freie Leben der Tiere konnte und sollte mich nicht von meinem Vorhaben abbringen, mehr über Frau Einsamkeit in Erfahrung zu bringen. So setzte ich erneut an: »Schön ist es, das alles hier mit dir zu erleben, mein lieber Freund. Doch meine ich es nur oder weichst du mir aus? Das heißt, nicht nur du, mein Empfinden sagt mir, dass Frau Sommer und Herr Traum ...«

Herr Geselligkeit räusperte sich und wirkte sichtlich angespannt. Ich hing förmlich an den Lippen meines Begleiters in der Hoffnung, dass er sich endlich etwas über Frau Einsamkeit entlocken ließ. Gerade als ich Herrn Geselligkeit noch einmal ansprechen wollte, nahm ich aus dem Augenwinkeln eine blasse Gestalt wahr, die noch so weit entfernt war, dass ich sie nicht erkennen konnte. Die Person kam langsam auf uns zu. Meinen Augen bot sich ein hochgewachsener Mann, gekleidet in einen tristen grauen Anzug. Er wirkte sehr blass und hatte traurige Augen. Seine Mundwinkel zeigten nach unten. Die Lippen waren sehr schmal und zusammengepresst. Herr Geselligkeit grüßte den Mann freundlich und sagte: »Guten Abend, darf ich Ihnen ...« Doch weiter kam er nicht, denn der Mann nickte nur, zog sein Taschentuch aus der Hosentasche, tupfte sich die Nase sowie die Augen und ging flotten Schrittes davon. Ich wusste nicht, wie ich auf das eben Erlebte reagieren sollte. Mein Weggefährte schien das zu spüren, denn er legte seinen Arm um meine Schultern und beruhigte mich: »Mach dir nichts draus, er meint es nicht so. Er weiß es einfach nicht besser. Glaub mir, es hat nichts mit dir zu tun.«

»Ist schon in Ordnung. Ich empfinde eher Mitgefühl, als dass ich von einem Menschen, den ich nicht kenne, enttäuscht sein könnte, nur weil der mich nicht kennenlernen wollte.«

»Herr Traurigkeit, so ist sein Name. Er ist lieber für sich allein. Nur selten sieht man ihn bei Tageslicht. Da würde er wohl zu oft auf seine Mitmenschen treffen. Doch denen möchte er es nicht zumuten, seine traurige Stimmung zu erleben.«

»Also geht es Herrn Traurigkeit ähnlich wie Frau Einsamkeit?«

»Ja, so könnte man sagen. Irgendwie haben sie es bisher nicht geschafft, zueinander zu finden. Sie wissen nicht, dass sie miteinander einen Schlüssel teilen müssen, damit sie beide etwas Neues entdecken und erfahren können.«

»Du sprichst in einem Rätsel, mein Lieber ...«

»Na, denk doch einmal darüber nach. Was könnte Frau Einsamkeit und Herrn Traurigkeit etwas glücklicher machen?«

»Ah, ich verstehe. Dieser Schlüssel heißt wohl ...« Doch weiter kam ich nicht, denn Herr Geselligkeit legte einen Finger auf meine Lippen: »Pst, pst.« Ich verstand, ich sollte still sein. Mein Freund zeigte in Richtung eines hochgewachsenen alten Baumes. Obwohl es schon sehr dunkel geworden war, konnte man dort Umrisse von Personen erkennen. Personen, die mir äußerst bekannt vorkamen. Herr Geselligkeit sah mich an und ich sah ihn an. Mein Freund versuchte, mich zu beruhigen. Er hielt mich am Arm. Doch was genug ist, ist genug. Mit einem Satz sprang ich von der Bank auf und lief geradewegs auf den alten Baum zu und begann zu schimpfen: »Jetzt habe ich aber genug. Dem muss jetzt mal ein Ende gesetzt werden. So geht das nicht. Fühlen Sie sich eigentlich gut damit, mich beziehungsweise uns zu verfolgen?«

»Wie meinen Sie ...?« Frau Neugier meldete sich als Erste zu Wort. »Ich verstehe gar nicht, was Sie meinen ...«

»Ach, Sie verstehen nicht, was ich meine? Ich kann ja gar keinen Schritt mehr ohne Sie und Ihren Fanklub machen. Ständig und immer sind Sie da. Ich finde es unerhört! Schämen Sie sich gar nicht? Haben Sie gar keine Angst? Es gibt das Sprichwort: Der Lauscher an der Wand hört sein eigene Schand, Frau Neugier ...«

Nun mischte sich auch Frau Neid ein:»Entschuldigen Sie. Wir sind hier genau wie Sie nur spazieren gegangen, mein Fräulein ...«

»Ich glaube nicht, dass ausgerechnet Sie das Recht haben, so mit mir zu sprechen, Frau Neid. Sie wissen doch, was Neid macht? Na ja, und bei Ihnen, Frau Eifersucht, wollen wir doch erst gar nicht anfangen. Können Sie überhaupt noch Ihr eigenes Leben leben vor lauter Leben der anderen? Hören Sie! Es ist sonst nicht meine Art der Konfliktbewältigung, doch das musste ich mal loswerden. Ich wünsche Ihnen noch einen schönen Abend, meine Damen!« Wütend drehte ich mich um und lief direkt in die Arme von Herrn Geselligkeit. Ich hatte gar nicht bemerkt, dass er mir gefolgt war. Schützend legte er beide Arme fest um mich, als wolle er mich beruhigen. Er flüsterte mir sanft ins Ohr:»Es ist alles gut, ich bin ja bei dir ...« Als er spürte, dass ich wieder etwas ruhiger wurde, löste er langsam die feste Umarmung und änderte sie in ein zärtliches Umschlingen. So standen wir einen Augenblick da, bis ich bemerkte, dass mein Weggefährte zu grinsen begann. Aus dem Grinsen wurde ein Lächeln und aus dem sanften Lächeln ein herzhaftes Lachen, welches sehr ansteckend war.

»Du lachst mich aber jetzt nicht aus?«

»Aber nein, warum sollte ich denn? Ich hatte einen Mordsspaß, meine Liebe. Ich wusste gar nicht, was für ein Temperament in dir steckt.« Kaum hatte er das ausgesprochen, lachte er schon wieder los.»Es war so witzig, wie die dich angesehen haben. Glaub mir, die werden viel Gesprächsstoff für die nächste Zeit haben.«

»Meinst du, sie sind jetzt beleidigt?«

»Ach, und selbst wenn. Sie sind viel zu neugierig darauf, was als Nächstes passiert. Wer würde denn ständig Gewäsch von gestern aufwärmen und sich immer nur mit einer Schlagzeile brüsten? Das wäre doch sehr dumm. Heute zählt doch nur, up to date zu sein.«Nachdem Herr Geselligkeit sich einen weiteren Lachanfall gegönnt hatte, sagte er:»Langsam sollten wir zurück zum Haus gehen.« Er umarmte meine Taille und führte mich eng an sich gedrückt durch die dunkle Nacht. Kurz bevor wir Frau Sommers Haus erreicht hatten, nahmen wir einen hellen Schein über uns war.»Oh, sieh mal. Wir haben Glück. Eine Sternschnuppe. Wünsch dir schnell was, meine Liebste.«

»Guten Abend, liebe Freunde, ich grüße euch. Vertraut, vertraut. Liebe wird auf Glück gebaut. Alles ist erlaubt, wenn man nur vertraut und nicht nur das andere Herz beraubt. Glaubt und vertraut dem Schatz und schenkt ihm einen Schmatz.« So schnell Herr Glück aus dem Nichts gekommen war, so schnell war er auch schon wieder gelüfteten Hutes davongeeilt. Kurz blickten wir uns an. Dann flüsterte ich:»Hattest du Herrn Glück vorher schon wahrgenommen? Ich habe gar nicht sehen können, aus welcher Richtung er kam.«

»Es ist doch nicht wichtig, aus welcher Richtung das Glück kommt. Die Hauptsache ist, dass das Glück da ist, wo man es braucht, meine Liebste ...«

Im Nu standen wir vor Frau Sommers Haus. Herr Geselligkeit sprach das aus, was ich dachte:»Schade, die Zeit mit dir ist wieder einmal viel zu schnell vorbeigegangen. Hier trennen sich unsere Wege.«

»Aber nur für heute, ich danke dir für den schönen Abend und danke, dass du mich zurückgebracht hast.« Herr Geselligkeit umarmte mich noch einmal zum Abschied und wünschte mir eine gute Nacht. Rasch lief ich die Stufen hinauf zur Veranda. Ich blickte noch einmal Richtung Gartentor und suchte den Blick von Herrn Geselligkeit. Doch er war schon einige Schritte gegangen. Aber plötzlich hatte mein lieb gewonnener Freund wohl einen ähnlichen Gedanken, denn er drehte sich noch einmal um und winkte mir zu ...

»Da bist du ja, mein liebes Kind. Hattest du einen schönen Spaziergang?«

»Oh, ja, es war wunderbar. Der Mondschein, die schöne Natur, Herr Traurigkeit, mein Fanklub, die Sternschnuppe, das Glück. Das war die Kurzform!«

»Na, ich glaube, für einen ausführlichen Kinofilm ist es schon zu spät, mein Kind«, lachte Frau Sommer. »Es ist wirklich Zeit, ins Bett zu gehen.«

»Oh ja. Ich bin so müde. Ich schlafe gleich im Stehen ein. Sag mir kurz, Frau Sommer, hattet ihr auch noch einen schönen Abend mit Frau Schwindlerin und hat sie ihr Versprechen eingelöst und dir geholfen mit dem Geschirr und dem Aufräumen?«

Frau Sommer lachte und sagte: »Aber ja, mein Kind, du kannst ganz beruhigt schlafen gehen und wenn du magst, nimm dir das hier noch mit.« Frau Sommer reichte mir eine Tasse mit heißer Honigmilch. Dankend nahm ich sie entgegen und freute mich darüber, dass Frau Sommer an mich gedacht hatte. Ich wünschte gute Nacht und stieg langsam die Treppenstufen hinauf. Als ich oben angekommen war, öffnete ich die Zimmertür und im selben Augenblick fiel mir ein, dass ich meine fünf kleinen Geschenke auf dem Flurschrank zurückgelassen hatte. Ich überlegte kurz, ob ich neugierig genug wäre, noch einmal hinunterzulaufen. Ich entschied mich klar dagegen. Ich war viel zu müde. Die fünf kleinen Geschenke würden sicher auch morgen noch auf mich warten.

Rasch ging ich ins Bad und machte mich bettfertig. Ich lief zum Fenster, um kurz noch etwas frische Abendluft, nein, ich korrigiere mich, etwas frische Nachtluft hineinzulassen, bevor ich das Fenster fest verschloss. Unten am Straßenweg schien alles ruhig zu sein. Doch Moment, nahm ich dort im Schatten der Laterne nicht die Silhouette von unserem Herrn Traum wahr? Na ja, es gibt Leute, die bekommen einfach kein Ende.

Meines war für diesen Tag absolut erreicht und mit reichlich Traummaterial im Gepäck nahm ich noch einen Schluck von meiner mitgebrachten Honigmilch. Ich löschte das Nachtlicht und kuschelte mich in meine Bettdecke.

6. Kapitel: Ein Beet mit Unkraut, eines mit blauen Steinen und das geheimnisvolle Buch

Am nächsten Morgen reckte und streckte ich mich unter meiner Decke, ehe ich sie mit Schwung zur Seite schubste, um geschwind aus dem Bett zu hüpfen. Entschlossen, den Tag zu genießen, öffnete ich das Fenster, um frische Luft und vor allem den herrlichen Sonnenschein hereinzulassen. Dort stand ich nun, nahm zwei tiefe Atemzüge der klaren Morgenluft und freute mich, hier zu sein. Rasch nahm ich eine wohltuende Dusche und streifte mir die Shorts und ein T-Shirt über. Ich lief die große Holztreppe hinunter und rief:»Guten Morgen, Frau Sommer!«

»Oh, wer ist denn so flott unterwegs heute Morgen?« Frau Sommer kam mit einer Kanne frischem Kaffee aus der Küche. »Guten Morgen, mein Kind, sei so lieb und nimm bitte das Tablett aus der Küche mit auf die Veranda. Es ist so schön draußen.«

»Ja, gern.« Flink schnappte ich mir das Tablett mit den Frühstücksutensilien und folgte Frau Sommer hinaus auf die Terrasse. Gemeinsam deckten wir den Tisch und anschließend genossen wir den Morgen und das Frühstück.

»Geht es dir gut, mein Kind?«

»Gut ist gar kein Ausdruck, Frau Sommer. Ich strotze vor Tatendrang«

»So?« Fragend sah Frau Sommer mich an.

»Ja, es geht mir blendend und ich habe himmlisch geschlafen. So himmlisch, dass ich mit Energie vollgetankt bin. Ich würde mich gern etwas nützlich machen, Frau Sommer. Ich dachte dabei an das Unkraut im Gemüsebeet.«

»Das ist aber lieb. Ich bin einfach bisher noch nicht dazu gekommen. Du würdest mir eine große Freude damit bereiten, Liebes«, lächelte Frau Sommer.»Wer viel vorhat, sollte auch ordentlich essen, mein Kind.« Mit diesen Worten legte mir die liebe Dame ein zweites Brötchen auf meinen Teller.

»Oh, ich weiß nicht, ob ich das noch schaffe. Sonst kann ich mich gar nicht mehr bewegen.«

»Ach, papperlapapp, mein Kind, lass es dir schmecken.« Ihrer festen Stimme entnahm ich, dass Widerstand zwecklos gewesen wäre. »Ich bin nachher unterwegs, aber gegen Mittag bin ich wieder zurück, mein Kind. Ich treffe mich noch mit dem Festkomitee, um verschiedene Dinge abzuklären.«

»Ja, ist okay, ich komme schon klar. Mittlerweile kenne ich mich hier so gut aus, als wäre es mein Zuhause.« Frau Sommer lächelte und nickte mir zustimmend zu mit den Worten: »Du schaffst das.« Mit einem zufriedenen Gesicht stand sie auf und begann, das Geschirr zusammenzustellen. Ich beugte mich vor, schob meinen Stuhl zurück, stellte die anderen Sachen auf das Tablett und brachte dieses in die Küche.

»So, dann wünsche ich dir einen schönen Tag, mein Kind. Wir sehen uns heute Mittag.« Frau Sommer kam auf mich zu und sagte: »Ach, ich wollte dich noch etwas fragen. Die kleinen Päckchen auf dem Flurschrank, sind das deine Mitbringsel von gestern? Muss ja ordentlich was los gewesen sein auf dem Weg zu den Gefühls.«

»Ja, so ist es. Kannst du mir später helfen? Ich steig da gar nicht mehr durch.«

»Aber sicher, Liebes.« Frau Sommer lachte und umarmte mich, ehe sie das Haus verließ.

Fest entschlossen, mein Vorhaben in die Tat umzusetzen, machte ich mich daran, alle Frühstücksutensilien wieder an ihren gewohnten Platz zu stellen und im Anschluss das Geschirr zu spülen. Als ich damit fertig war, ging ich in den Garten und sah mir das Gemüse- und Blumenbeet an, um abzuwägen, mit welchem Beet ich anfangen wollte. Kurzerhand ging ich ins Gartenhaus. Hier machte ich mich daran, alle Gartengeräte und einen Eimer bereitzustellen. Dann schnappte ich mir noch den großen Strohhut vom Haken. Rasch verstaute ich alle Arbeitsgeräte in einer Schubkarre. Währenddessen hatte ich beschlossen, mit dem Gemüsebeet zu beginnen, welches es meiner Meinung nach nötiger hatte. Eine Weile arbeitete ich vor mich hin. Mir machte es Spaß, die Erde mit meinen Händen zu berühren und Frau Sommer damit eine Freude zu bereiten. Das war ein schöner Dank dafür, dass sie so viel für mich tat.

Schnell kam ich voran. Doch plötzlich wurde meine Arbeit von einem auf mich zukommenden Schatten unterbrochen. Ich drehte mich um und – wie hätte es anders sein können? Ich erkannte und begrüßte meinen Besuch: »Herr Faul, ich grüße dich, wie geht es dir?«

»Danke der Nachfrage, ich kann nicht klagen bei diesem schönen Sonnenschein«, erwiderte der kleine Mann und grinste vor sich hin. Seine Haare schimmerten fast golden im reflektierenden Sonnenlicht. Es war, als würden seine lustigen Sommersprossen um seine Nase tanzen.

»Möchtest du mir nicht helfen?«, fragte ich ihn.

»Helfen?« Dieses Wort kam ziemlich gelangweilt von seinen Lippen. »Weißt du, jeder hat so seine Aufgaben. Zu meinen gehört es, mir die Sonne auf den Bauch scheinen zu lassen, damit die Hände in meinem Schoß ausruhen können«, grinste er mich an. Ich musste lachen. Seit ich ihn kannte, machte er fast nichts anderes außer ... doch als hätte er meine Gedanken gelesen, meinte er: »Ich hab doch letztens erst geholfen, bei dem hübschen Blumenstrauß für Frau Gefühl. Wie war denn der Besuch dort? Sind nett, die beiden, oder?«

»Ja, sehr nett und gastfreundlich. Alles in allem war es ein herrlicher Tag. Besonders gefallen hat mir das Haus der beiden. Es ist sehr hübsch und wunderschön eingerichtet.«

»Ja, das ist wohl wahr. Eine echte Wohlfühloase. Alles ist von einer Zartheit des Gefühls umgeben. Wenn man dort geladen wird, ist die Liebe nicht mehr weit, meine Liebe.« Bei den letzten Worten grinste Herr Faul spitzbübisch, wobei seine Augen mitlachten. Dann fragte er: »Warst du nicht mit Herrn Geselligkeit dort?«

»Ja, genau. Er hat mich begleitet.« Mit einem verlegenen Nicken pflichtete ich ihm bei und blickte rasch zur Seite.

»Und?«, fragte Herr Faul herausfordernd.

»Und?«, machte ich es ihm nach und neckte ihn: »Möchtest du mir nicht doch helfen, das Unkraut zu entfernen?«

»Och, das Unkraut. Weißt du, ich bekomme dann doch schmutzige Hände und der Rücken schmerzt so schnell.«

»Na, gegen den Schmutz gibt es Wasser. Ferner bin ich überzeugt, dass Frau Gesundheit eine hervorragende Gesundheitssalbe für den geplagten Rücken haben wird, mein werter Herr Faul.« Süffisant lächelnd und zugegebenermaßen ein wenig spitz wartete ich auf seine weiteren Ausreden. Zu meinem Erstaunen erwiderte er: »Aber wer wird denn gleich so ungemütlich werden? Möchtest du dich nicht lieber eine Weile neben mich setzen?« Aufmunternd klopfte er neben sich aufs Gras. »Komm, sei doch keine Spielverderberin. Weißt du, du kannst noch so fleißig sein, noch so engagiert, was hast du davon, außer dass die Lebenszeit heruntergelaufen ist und du älter geworden bist?«

Er verstand es brillant, Menschen zum Faulsein zu bewegen. Ich kam ins Zweifeln, denn ich wusste, dass er in allem, was er sagte, recht hatte. Ich ertappte mich dabei, dass ich meine Gartenwerkzeuge aus der Hand legte und nicht mehr in gebeugter Haltung meine Arbeit fortsetzte. Nein, ich hatte mich nun hingekniet, befand mich fast schon in Sitzposition und hörte ihm zu, wie er seine Lebensweisheiten vom Stapel ließ. So etwas wie: Den Dank bekommen die anderen, der Dank läuft dir noch hinterher und so weiter. Doch am besten war wohl der Satz: »All die anderen ruhen sich auf deinen Knochen aus und bleiben gesund!« Mich brachte das zum Nachdenken. Warum war das so? Es gab immer wieder Menschen, die einen ausnutzten. Auch die Tatsache, dass manche in einem Anflug von Wahnsinn vieles erledigten, dann aber sich verhielten, als hätten sie vierundzwanzig Stunden durchgearbeitet, womit sie ihren Mitmenschen das Gefühl gaben, dass sie faul seien, obwohl diese eher einen kontinuierlichen Fleiß an den Tag legten, während andere auch in dieser Situation nur sich selbst sahen.

»Meine Liebe, ich sehe, du denkst, du sprichst aber nicht mit mir«, lachte Herr Faul.

»Oh je, du hast mich erwischt. Mal wieder hab ich mit mir selbst gesprochen.«

»Hast du Antworten bekommen?« Wir mussten beide lachen. Nun ließ ich mich doch dazu hinreißen, mich neben Herrn Faul ins Gras fallen zu lassen, um ihm zuzuhören.

»Leider neigst du wohl dazu, gelebt zu werden und nicht selbst zu leben, meine Liebe.«

»Wie meinst du das?«

»Ganz einfach, du machst und machst ... doch macht es dir auch Spaß?«

»Du meinst, ich werde gelebt? So, als hätte ich keinen Einfluss auf mein Leben?«

»Ja, kennst du diese Dinger, die an Fäden hängen? Gesteuert von anderen Menschen?«

»Du meinst Marionetten?«

»Ja, wird das Holz bewegt, hebt sich der Arm oder ein Bein. Du wirst gesteuert. Du wackelst mit dem Kopf, doch das Ja oder Nein haben andere in der Hand. Auch deine Stimmung ist beeinflussbar. Hörst du etwas Trauriges, bist du traurig. Hörst du etwas Lustiges, lachst du, auch wenn dir zum Weinen zumute ist. Immer hat ein anderer in der Hand, wie du empfindest. Mach dich frei davon und du bist am Leben. Eigenständig und kraftvoll. Du wirst neue Dinge entdecken und erkennen, vieles aus einem anderen Blickwinkel neu sehen.«

»Irgendwie habe ich derart Unterhaltungen des Öfteren. Auch die Erzählung mit den Marionetten habe ich schon oft gehört.«

»Wenn es so ist, warum hast du dann noch nichts gelernt? Oder wolltest du nichts dazulernen? Das Leben heißt Veränderung und nicht Stillstand, meine Liebe. Vor allem denke an dich, nicht an die anderen, zumindest nicht die ganze Zeit. Natürlich ist es schön, sich um andere zu kümmern. Es gibt einem so viel. Jedoch darfst du dabei deine eigenen Bedürfnisse nicht verkümmern lassen.« Da saß ich nun und musste mir den Umgang mit meinem Leben von einem Herrn Faul erklären lassen. Wenn ich genau darüber nachdachte, musste ich ihm recht geben. Gleich schossen mir die Erinnerungen durch den Kopf. Wie oft ich an meine Grenzen gestoßen bin, nur damit es allen gut ging. Immer und immer wieder kamen diese Gedanken hoch und ließen sich nicht abschalten. Geriet man in eine Situation, in der man sich Luft an passender Stelle machen wollte, meldete sich die Angst, es könnte jemandem schaden und man bekäme ein schlechtes Gewissen.

»Du siehst gerade sehr angestrengt aus, meine Liebe. Möchtest du nicht darüber sprechen? Vielleicht kann ich dir behilflich sein?« Als Herr Faul merkte, dass ich nicht darauf antwortete, meinte er noch:»Sprechen verbindet und kann helfen.«

»Ach, ich weiß nicht. Doch weißt du, was du geschafft hast? Du hast mich von meinem Vorhaben, das Gemüse- und Blumenbeet auf Hochglanz zu bringen und von Unkraut zu befreien, abgebracht.«

»Ich finde es wichtiger, das Unkraut aus deinem Kopf zu entfernen, meine Liebe.« Beide lachten wir.

»Dann mal los.« Herr Faul nahm eines der Gartenwerkzeuge und begann, die Erde aufzulockern, damit es für mich ein Leichtes war, das ungeliebte Unkraut einzusammeln.

»Na, ihr beiden«, erschreckte uns Frau Sommer. Wir hatten nicht bemerkt, dass sie sich von hinten genähert hatte.

»Oh, Frau Sommer, hab dich gar nicht kommen sehen.«

»Wie auch, mein Kind? Du warst so beschäftigt und ihr seid so fleißig, ihr beide«, betonte die liebenswürdige Dame.»Das sieht aber wirklich sehr schön aus. Wer so tüchtig ist, bekommt auch ein leckeres Mittagessen, meine Lieben.«

»Ihr?« Herr Faul grinste. »Soll das heißen, ich bin eingeladen?«
»Aber sicher, werter Faul, wo du unseren Gast so tatkräftig unterstützt hast, sollst du wohl auch noch satt werden. Kommt mal mit, ihr beiden.«
Das ließ Herr Faul sich nicht zweimal sagen. Schnurstracks ließ er alles fallen. Er nahm Frau Sommer beim Arm und marschierte in Richtung Veranda. Als ich ihnen lachend hinterhersah, dachte ich, dass Herr Faul auf seine Art unverbesserlich sei. Ich dagegen brachte erst mal die Gartenwerkzeuge und den Korb mit dem Unkraut zum Gartenhaus, ehe ich den beiden folgte und zu meinem Erstaunen feststellte, dass Frau Sommer bereits für drei Personen eingedeckt hatte. Wie war es nur immer möglich, dass sie so viel wusste, obwohl sie nicht anwesend gewesen war? Das würde wohl eines der Rätsel bleiben, die sich nicht aufklären ließen.

Nun trat Frau Sommer mit einer weißen Suppenterrine in den Händen auf die Terrasse. Deren Inhalt duftete verheißungsvoll.
»Hm, das riecht aber vortrefflich, sehr geehrte Frau Sommer. Sicher hast du dich wieder selbst übertroffen«, bemerkte Herr Faul.
»Das ist nur eine Gemüsesuppe.« Frau Sommer lächelte und wandte sich mir zu. »Ach, bitte, Liebes, gehe noch einmal in die Küche und hole das Brot aus dem Ofen. Es müsste fertig sein.«
»Gern, Frau Sommer.« Ich machte mich auf den Weg in die Küche. Geschwind nahm ich das Brot aus dem Ofen, legte es in den bereitgestellten Korb und brachte es zum Tisch.
»So, dann kann es ja losgehen. Reicht mir doch bitte eure Teller.«
Herr Faul kam der Bitte am schnellsten nach. Nur durch den Anblick der duftenden Suppe lief ihm schon sichtbar das Wasser im Mund zusammen. Nun war ich an der Reihe. Zum Schluss befüllte Frau Sommer ihren eigenen Teller. Wir reichten uns gegenseitig den Brotkorb und wünschten uns einen guten Appetit. So saßen wir dort und aßen gemeinsam. Mit viel Spaß

erzählten und lachten wir, bis Frau Sommer sich langsam erhob und sagte:»Meine Lieben, so leid es mir auch tut, ich muss unsere muntere Runde aufheben. Ich habe noch einen Termin. Seid so lieb und räumt das Geschirr in die Küche. Um den Abwasch kümmere ich mich später.«

»Ja sicher, das machen wir gern, nicht wahr, Herr Faul, so ist es doch?«

Frau Sommer winkte uns zu, dann ging sie durch den Garten Richtung Straße davon.

»Weißt du, mir fällt gerade ein, dass ich auch noch etwas Wichtiges zu erledigen habe«, grinste Herr Faul mich an und machte zugleich Anstalten aufzustehen.

»Nix da, hiergeblieben, Herr Faul. Nichts ist so wichtig, als dass man nicht durch eine Geste seinen Dank ausspricht.«

»Was meinst du damit?«

»Ich denke, du weißt ganz genau, was ich meine. Wir räumen jetzt gemeinsam den Tisch ab und spülen das Geschirr. Das ist das Mindeste, was wir machen können als Dankeschön für Frau Sommer, weil sie uns so lieb bekocht und bewirtet hat.«

»Das Geschirr abwaschen? Aber sie sagte doch, dass sie das später macht.«

»Manchmal sagt man Dinge, doch freut man sich, wenn der andere allein darauf kommt, dass man Hilfe gern hat.«

Herr Faul lächelte und meinte:»Also gut, dann lass uns das machen. Aber meine Hände werden nicht ins Spülwasser getaucht. Ich kann ja abtrocknen, das ist nicht so nass.«

Rasch räumten wir nun den Tisch ab, gingen in die Küche und kümmerten uns gemeinsam um den Abwasch. Im Anschluss verabschiedete sich Herr Faul mit den Worten:»Ich habe heute viel gelernt und freue mich, dich wiederzusehen.«

»Oh, ich habe ebenfalls einiges gelernt, werter Herr Faul, und freue mich auf unser nächstes Zusammentreffen.«

»Na, ich weiß nicht, sicher ist es wieder mit Arbeit verbunden.«

Er lachte und fügte hinzu:»Nichts für ungut, meine Liebe, aber das konnte ich jetzt nicht für mich behalten. Ich wünsche dir noch einen schönen Tag. Bis bald.«

Ich winkte unserem Gast zum Abschied noch kurz zu, bevor ich mich auf den Weg in mein Zimmer machte. Dort angekommen, ging ich ins Bad und machte mich etwas frisch. Während ich dabei war, mir meine Hände zu waschen, wackelte mein inzwischen gut bestücktes Armband hin und her. Es ist Zeit, das Rätsel zu lösen, dachte ich. Doch wo sollte ich anfangen? Da ich es nicht recht wusste, beschloss ich, auf jeden Fall Herrn Geselligkeit noch einmal zu Rate zu ziehen oder vielleicht Frau Sommer und Herrn Traum um Hilfe zu bitten. Ich dachte, das sei die beste Lösung. Kurz ging ich in mich und überlegte, was ich mit diesem schönen Tag noch anfangen wollte. Frau Sommer hatte mir geraten, dass ich Frau Gesundheit noch einmal einen Besuch abstatten sollte. Vielleicht war heute der Tag gekommen. Also verschloss ich das Haus, um mich auf den Weg zum Gesundheitshaus zu machen. Jetzt, da ich ein Ziel hatte, spürte ich eine Art innerer Zufriedenheit. Geschwind lief ich drauflos. Doch würde ich es auch wiederfinden? So ganz allein?

Was war es für ein Glück, dass ich selbigen traf. Freundlich grüßte ich ihn:»Guten Tag, Herr Glück, ist es nicht ein herrlicher Tag heute?«

»Oh ja, was für ein Sonnenstrahlentag. Eben dachte, wem ich wohl heute begegnen mag? Und welche Freude, da treff ich dich. Du schönes Kind, lauf geschwind, lauf geschwind. Blick nicht zurück, dann findest du dein Glück.«

»Bitte, Herr Glück, können Sie mir behilflich sein?«

»Aber gern, aber gern will ich dein Retter sein. Ist die Not auch noch so groß, Herr Glück ist dein großes Los, sag du mir nun, was kann ich tun?«

»Wissen Sie, ich wollte Frau Gesundheit einen Besuch abstatten und weiß nun nicht mehr so genau, wo sich das Haus der Gesundheit befindet beziehungsweise wie ich dort hinkomme.«

»Aber sicher, aber sicher, mein Kind, lauf geschwind, lauf geschwind. Siehst du dort, wo die Bäume sind? Erst rechts vorbei, dann links vorbei, beides ist einerlei. Du wirst es sehen. Dort wird das Haus der Gesundheit stehen. Lauf geschwind, lauf geschwind dorthin, wo die vielen Leute sind. Ich wünsche dir noch einen schönen Tag, dass er dir noch vieles bringen mag. Auf ein baldiges Wiedersehen. Ich muss jetzt gehen.«

So schnell er da war, so schnell er gesprochen hatte, so schnell war er auch wieder fort. Ich schüttelte meinen Kopf und lachte. Also, was hatte er gesagt? Dort, wo die großen Bäume stehen? Ob rechts oder links vorbei, sei einerlei? Da konnte ja wohl nicht so viel falsch laufen. Ich ging direkt auf die Bäume zu. In der Tat, blickte ich rechts oder links an den Bäumen vorbei, war erst nur ein rotes Dach zu erkennen. Je näher ich allerdings kam, wurde für mich immer mehr ein ganz prachtvolles Gebäude sichtbar. Gleichzeitig wurde es immer belebter. Viele der Leute, die dort bereits standen, hatte ich schon einmal getroffen oder die eine oder andere Begebenheit mit ihnen erleben dürfen. Jetzt, aus dieser geringen Entfernung betrachtet, waren es viele bunte Leute, die alle auf ihre Art besonders waren. Freundlich grüßte ich, als ich auf dem Vorplatz des Gesundheitshauses ankam. Der eine oder andere nickte mir freundlich zurück. Die Herren lüfteten teilweise ihre Kopfbedeckung. Mir zu Ehren. Das machte mich sehr glücklich. Dadurch gewann ich den Eindruck, dass man mich schätzte und mochte. Ich stieg die große Eingangstreppe hinauf und es öffnete sich die riesige Glastür. Als ich auf den Empfangstresen zuging, grüßte mich Frau Zuversicht mit den Worten: »Das ist aber eine schöne Überraschung. Frau Gesundheit hat letztens nach einer Besprechung gesagt, dass sie uns bald wieder besuchen kommen würden. Wie geht es Ihnen?«

»Danke, sehr gut. Ich wollte fragen, ob Frau Gesundheit etwas Zeit für mich hat.«

»Einen Moment. Ich sehe mal nach.« Rasch nahm sie den großen Kalender zur Hand. Sie zählte und tippte mit dem Finger auf ihre Einträge und sagte dann:»Wenn Sie möchten, können Sie gerne Platz nehmen. Leider haben wir heute mit etwas Wartezeit zu rechnen, mein Fräulein. Doch ich würde Ihnen dazu raten. Frau Gesundheit wird sich sicher gern die Zeit für Sie nehmen, sobald sie sie hat.«

»Wissen Sie, Frau Zuversicht, ich habe nichts anderes vor und warte gern.«

»Das ist schön. Endlich jemand, der Zeit mitgebracht hat. Mein Fräulein, gern möchte ich Ihnen unseren grünen Ruheraum empfehlen, da wir nicht wissen, wie lange es dauern wird.«

»Entschuldigen Sie, den grünen Ruheraum? Wo finde ich ihn?« Ich schaute Frau Zuversicht wohl sehr unsicher an, denn sie lächelte und erklärte:»Na, der Gesundheitsgarten. Sie finden ihn, wenn Sie dort den langen Flur bis zum Ende gehen und dann links einbiegen. Dort sehen Sie eine große weiße Tür. Vorher kommen Sie noch an einem kleinen Tresen vorbei. Hier stehen einige Erfrischungen sowie Kaffee und Tee zur Selbstbedienung bereit. Ich werde Ihnen Bescheid geben, sowie Sie an der Reihe sind.«

»Ich danke Ihnen für Ihre Hilfe, Frau Zuversicht.«

Ich machte mich auf den Weg. Wie hatte die nette Dame noch gesagt: zum Gesundheitsgarten den Flur entlang bis zum Ende und dann links. Ah ja, da war schon der Selbstbedienungstresen. Ich staunte noch immer, wie sehr die Leute hier an das Wohlergehen der anderen dachten. In meinem bisherigen Leben hatte ich es immer mehr mit dem Ellbogen des anderen zu tun gehabt. Seine eigenen Bedürfnisse zu untermauern, wurde einem schwer gemacht. Umso mehr lächelte ich in mich hinein, als ich diesen liebevoll gestalteten Selbstbedienungstresen betrachtete. Ich nahm mir ein Glas, zapfte frisches Wasser aus dem Behälter und ging auf die von Frau Zuversicht beschriebene große weiße Tür zu. Sie stand weit offen und lud dazu ein, in dem grünen Gesundheitsgarten zu verweilen.

Ich blickte mich um und entschied mich, es mir auf der hübschen weißen Gartenbank gemütlich zu machen. Mein Blick fiel auf ein rot-weißes Rosenbeet, welches blaue Kieselsteine zierten. Wer kommt auf eine solche Idee, fragte ich mich, blaue Steine in einem rot-weißen Beet zu arrangieren? Meine Frage sollte nicht lange unbeantwortet bleiben, denn ich beobachtete, dass immer wieder Leute kamen, kurz vor dem besagten Beet stehen blieben und dann einen blauen Stein aus der Tasche nahmen und ihn anmutig niederlegten. Eine ganze Weile sah ich dem Tun der Leute zu. Plötzlich wurde ich angesprochen:»Hallo, mein Fräulein, ist es gestattet? Darf ich mich eine Weile zu Ihnen setzen?«

Kurz überlegte ich, doch die kleine Waage, die der Mann in der Hand hielt, erleichterte es mir, den Mann mit seinem Namen anzusprechen:»Guten Tag, Herr Gerechtigkeit, gern dürfen Sie sich zu mir setzen. Ich freue mich, Sie hier zu treffen.«

»Das Vergnügen ist ganz auf meiner Seite, mein Fräulein. Wie geht es Ihnen? Ich hoffe, es ist alles in Ordnung und Sie erfreuen sich bester Gesundheit, trotz Ihres Besuches hier im Gesundheitshaus, meine Liebe.«

»Mir geht es ganz gut. Ich dachte, dass es mal wieder Zeit sei, Frau Gesundheit zu besuchen. Ich war lange nicht hier. Ich hoffe, Ihnen geht es gut, Herr Gerechtigkeit.«

»Sicher, sicher geht es gut. Nur das lästige Ziehen im Rücken. Aber ich danke der Nachfrage, meine Liebe.«

»Gern, Herr Gerechtigkeit. Vielleicht können Sie mir eine Frage beantworten.«

»Sicher, wenn ich kann. Um welche Frage geht es, mein Fräulein?«

»Verraten Sie mir doch bitte, warum die vielen Leute, die ich schon eine ganze Weile beobachte, die kleinen blauen Steine dort im Rosenbeet ablegen.«

»Sie meinen dort, im Rosenbeet?« Er wies witzigerweise mit der Waage in die Richtung.

»Ja, warum machen sie das und warum sind die Steine blau?«

»Hm, wie kann ich das erklären?«, überlegte der grauhaarige

Mann einen Augenblick laut. Dann erklärte er:»Es ist so. Die Leute tragen ihre Sorgen und ihren Kummer hierher in den Gesundheitsgarten. Sie hoffen, dass ihnen die Last und die Sorgen genommen werden.«

»Aha, und warum sind die Steine blau?«

»Diese Steine, meine Liebe, findet man nur im See des Vergessens. Er wird auch See der Traurigkeit genannt. Es heißt, dass sich der See gebildet hat, weil sich dort die Tränen sammelten, die nie geweint wurden. Auf dem Grund dieses Sees findet man diese blauen Steine. Eine Laune der Natur sozusagen. Man sagt außerdem, dass sich die Steine durch das Tränenwasser blau gefärbt haben. Dadurch sind sie etwas ganz Besonderes.«

»So?«, bemerkte ich.

»Ja, man glaubt, dass man sein Leid, seinen Kummer und seine Sorgen loslassen muss, damit man sich von der Last befreien kann. Es gibt kein schlimmeres Gepäck als schlechte Gedanken und Gefühle an böse Erinnerungen oder Erfahrungen. Ebenso ist es mit Erinnerungen an das Erleiden einer Krankheit, bei der einem schon fast das Lebensende prophezeit worden ist. Da gilt es, die Seele zu reinigen, eben in dem See der Traurigkeit zu schwimmen, um hinabzutauchen auf den Grund der Erinnerung, um den verborgenen Teil davon an die Oberfläche zu holen und diese dann loszulassen. Und das in Form eines blauen Steins. Wenn man ihn im Rosenbeet ablegt, gilt sie als verarbeitet.«

»Kaum vorstellbar, dass diese Art von Ablage funktionieren kann. Ich wäre froh, wenn ich mich nicht mehr mit meinen schlimmen Erinnerungen beschäftigen müsste. Vielleicht sollte ich das auch mal ausprobieren, Herr Gerechtigkeit.«

»Alle Art von Grausamkeiten, Gewalt und Beleidigungen hinter sich lassen, schädliche Erinnerungen und Narben auf der Seele, äußerlich und auch innerlich – ratsam ist es, sich irgendwann davon zu befreien. Man gewinnt eine neue Freiheit. Das Leben beginnt, sich neu zu finden, meine Liebe. Glaub mir, es ist nie zu spät, diesen Weg der Befreiung einzuschlagen.« In meinen Gedanken ließ ich den letzten Satz noch nachhallen: Es ist nie zu spät, diesen Weg der Befreiung einzuschlagen. – »Da fällt mir ein, mein wertes Fräulein, jetzt hätte ich da auch noch eine Frage. Es geht um die Begegnung gestern zu abendlicher Stunde ...« Herr Gerechtigkeit machte eine kurze Pause, dann sprach er weiter: »Ich traf heute Morgen Frau Neugier, Frau Eifersucht und Frau Neid. Sie erzählten mir, dass es gestern Abend zu einem unangenehmen Vorfall gekommen sei. Ich würde gerne Ihre Version kennenlernen, liebes Fräulein. Möchten Sie sich mit mir darüber unterhalten?«

»Wie fange ich am besten an? Wissen Sie, Frau Neugier, Frau Neid sowie Frau Eifersucht neigen dazu, mich zu verfolgen. Überall, wo ich bin, sind sie nicht weit. Ich möchte es eine Art von Sensationslust nennen, wenn sie auch nur einen Blick erhaschen können, während ich mit meinem lieb gewonnenen Freund Herrn Geselligkeit unterwegs bin. Aber nicht nur dann, sondern auch, wenn ich mit Frau Sommer auf der Veranda sitze. Oft haben wir abends Gäste zum Abendessen. Dann dauert es nicht lange, dass genannte Damen sich nahezu häuslich einrichten an Frau Sommers Gartenzaun. Ich fühle mich verfolgt und in meiner Persönlichkeit eingeschränkt. Gestern Abend sind mir einfach die Nerven durchgegangen. Ich hatte das Bedürfnis, dem Unfug ein Ende zu setzen. Ich sehe aber ein, dass ich mich vielleicht im Ton vergriffen habe. Doch ich wusste mir nicht anders zu helfen, als meinem erhitzten Gemüt Luft zu verschaffen ...«

Gespannt wartete ich auf die Reaktion von Herrn Gerechtigkeit. Dieser lächelte mich nur an und sagte: »Ich bedanke mich bei Ihnen, dass Sie mir Ihre Geschichte erzählt haben. Wenn Sie mögen, können wir uns in den nächsten Tagen noch einmal unterhalten. Vielleicht beim Jahreszeitenfest, bei einem schönen Glas Wein? Dort setzen wir uns noch einmal zusammen, wenn das für Sie in Ordnung ist? Ich wünsche Ihnen noch einen schönen Tag. Bitte richten Sie Frau Sommer meine herzlichsten

Grüße aus. So, nun muss ich los. Es hat mich sehr gefreut, Sie hier zu treffen.«

»Ja, auch ich würde mich sehr freuen. Es ist ja schon bald Jahreszeitenfest, Herr Gerechtigkeit. Wir werden sicher ein bisschen Zeit finden, um noch einmal zu plaudern, und gern bei einem Glas Wein.«

»Da können Sie sich sicher sein, ich werde zur richtigen Zeit am richtigen Ort sein, mein Fräulein. Passen Sie auf sich auf.«

Ich antwortete: »Für Sie auch alles Gute, vor allem gute Besserung für Ihren Rücken!«

»Danke sehr. Ach ja, liebe Grüße an Herrn Geselligkeit.« Herr Gerechtigkeit stand auf, gab mir noch kurz die Hand und sagte: »Da hätte ich doch nun fast das Wichtigste vergessen.« Herr Gerechtigkeit griff in seine Tasche und zum Vorschein kam ein niedliches Tütchen in Regenbogenfarben, welches er mir reichte. »Das ist für Sie, mein Fräulein.«

»Danke schön, Herr Gerechtigkeit, das ist sehr aufmerksam.«

»Sie haben es sich verdient, bis bald, mein Fräulein.«

Ich sah ihm für einen Moment nach und verstaute das kleine Tütchen in meiner Tasche. Dann fiel mein Blick wieder auf das Rosenbeet. Wie viele Steine dort einen Platz gefunden hatten. Erstaunlich, wie viele Leute kurz innehielten und ihren Kummer hierherbrachten und ihn ablegten ... Überhaupt, wie schön es hier war. Mit allen Sinnen nahm ich die Umgebung in mich auf. Viele Pflanzen zierten diesen Garten der Ruhe. Ein kleiner Bachlauf war zu sehen. Er lud dazu ein, sich die Handgelenke zu erfrischen. Ich stand auf und ging auf das klare Wasser zu. Um die dortigen hübschen Bachblüten tanzten glitzernde Insekten. Alles wurde vom Sonnenlicht umspielt. Es waren immer wieder die schönsten Lichtreflexionen zu bewundern. Zugegebenermaßen verleitete mich die Wasseroberfläche dazu, mein Spiegelbild zu betrachten. Wie sehr hatte ich mich verändert! Erstaunlich, wie gut mir die Zeit hier getan hatte. Im wahrsten Sinne des Wortes war ich aufgeblüht ...

»Gefällt dir, was du siehst, mein Fräulein?«
Ich schreckte auf, als neben meinem Spiegelbild ein anderes sichtbar wurde. Ich drehte mich zur Seite, um mir die Person näher anzusehen. Vor mir stand eine sehr gut gekleidete Frau mit perfekt gestyltem Haar und einem ebenso perfekten Make-up.
»Kennen wir uns?«, fragte ich.
Die Frau stutzte, dann antwortete sie:»Oh, ja, wir hatten schon unsere Begegnung.«
Ich überlegte kurz, dann fiel es mir ein:»Stimmt, von Ihnen ist das Päckchen mit dem kleinen Spiegel.«
»Ja, so ist es. Sie sind es, die uns ein paar Tage Urlaub verschafft hat. Dafür möchte ich mich bei Ihnen bedanken.«
»Das ist gern geschehen, Frau Eitelkeit. Wie geht es Ihnen und Ihrem Mann?«, fragte ich höflich.
»Danke der Nachfrage. Uns geht es gut. Doch wie ist es mit Ihnen? Wie ich sehe, haben Sie allen Grund zur Selbstbewunderung, meine Liebe. Die viele frische Luft scheint Ihnen zu bekommen. Wie man hört, haben Sie auch allen Grund zu strahlen.«
»Wie man hört?«, fragte ich.
»Ja, man hört so das eine oder andere ...« Sie hüllte sich in Schweigen.
»Was meinen Sie, Frau Eitelkeit?«
»Nichts, nichts, mein Fräulein. Genießen Sie weiterhin Ihren Aufenthalt bei uns.«
Frau Eitelkeit machte Anstalten zu gehen. Doch so wollte ich das nicht stehen lassen.»Ach bitte, Frau Eitelkeit. Was hört man denn so?«
»Das ist doch nur Gerede. Ich traf Frau Neid und Frau Neugier.«
»Na, da haben Sie auf jeden Fall recht. Es ist nur Gerede und Gequatsche. Ich wünsche Ihnen einen schönen Tag.«
Jetzt sah Frau Eitelkeit mich ungläubig an. Sie war wohl darüber irritiert, dass es mich nicht interessierte, was man sich über mich erzählte. Also startete sie noch einen Versuch und säuselte:»Bitte bestellen Sie Herrn Geselligkeit einen schönen Gruß.«

»Danke, das werde ich machen.«

Wieder zog Frau Eitelkeit ihre Augenbrauen hoch und sah mich erwartungsvoll an, als ob sie auf einen Ausbruch meinerseits wartete. Doch diesen Gefallen wollte ich ihr nicht tun. Meine Haltung, fremd und geheim zu bleiben, zahlte sich besser aus. In diesem Augenblick kam eine warmherzig aussehende Frau auf uns zu. Ich erkannte sie gleich, denn ich war schon bei ihr und ihrem Mann zum Kaffee geladen gewesen. »Hallo, Frau Gefühl, das ist aber schön, Sie hier zu sehen.« Frau Gefühl warf Frau Eitelkeit nur ein kurzes Kopfnicken zu und wandte sich dann mir zu: »Ach, mein liebes Fräulein, wie geht es Ihnen? Haben Sie den Nachmittag bei uns genossen?« Frau Eitelkeit bekam gerade Ohren wie Rhabarberblätter. Sie hoffte wohl auf Neuigkeiten. Doch den Gefallen wollte ich ihr ebenfalls nicht tun. So sagte ich nur: »Meine liebe Frau Gefühl. Ich sage nur, Ihr Rhabarberkuchen, einfach ein Gedicht. Sie sollten sich unbedingt beim Kuchenwettbewerb einschreiben. Der ist so einzigartig ...« Frau Gefühl lachte: »Danke schön, meine Liebe. Das ist aber lieb, dass Sie mir ein solches Lob aussprechen.«

Ohne es zu wissen, kam Frau Zuversicht uns zu Hilfe, indem sie mich aufrief. »Meine Damen ich verabschiede mich und wünsche noch allgemein einen schönen Tag.« Kichernd ging ich davon und folgte Frau Zuversicht in den Behandlungsraum.

»Sie sind ja so fröhlich, meine Liebe«, lächelte Frau Zuversicht, öffnete die Tür und meinte scharfsinnig: »Gerettet?«

»Gerettet, Frau Zuversicht!« Ich grinste und nahm auf dem Stuhl vor dem großen Schreibtisch Platz.

»Einen Moment noch. Frau Gesundheit wird gleich da sein.« Unterdessen legte Frau Zuversicht das große in Leder gebundene Buch mit der Aufschrift »23071969« auf den Tisch und verließ den Raum. Da war es wieder, das Buch, das meine Neugierde immer wieder weckte. Der Gegenstand meiner Begierde. Und da saß ich nun. Meine Neugier war kaum zu bändigen. Sollte ich? Sollte ich nicht? Ich stand auf und ging auf das große

Fenster zu. Ging wieder zum Stuhl und setzte mich. Sah zur Zimmertür. Mein Blick fiel wieder auf das große Buch. Wieder stand ich auf, ging zum Fenster und sah hinaus. Ich erblickte ein großes Magnolienbäumchen mit lila Blüten. Doch Moment, hatte es etwa auch rote Federn? Ich setzte mich wieder, stand wieder auf und machte einen großen Schritt zum Fenster. Ich musste innerlich lachen, denn wieder erblickte ich Frau Neugier, die wild diskutierend mit einer anderen Frau hinter dem Magnolienbaum hervorkam, wobei ihre roten Federn wie gewohnt hin- und herschwangen. Doch ich staunte über mich selbst und meine Haltung der Situation gegenüber. Frau Neugier tat das, was sie immer glaubte, tun zu müssen. Sie lebte ihre Neugier aus wie aus dem Lehrbuch. Doch was sollte ich sagen, nach dem Gespräch mit Herrn Gerechtigkeit über besagte Person war ich zunehmend ruhiger geworden.

Ich hatte ich mir vorgenommen, dass mir so etwas wie gestern Abend so schnell nicht noch einmal passieren sollte. Bliebe abzuwarten, wie lange ich den Vorsatz würde halten können. Also setzte ich mich wieder auf meinen Platz und kicherte vor mich hin. Vielleicht war das eine Möglichkeit: nicht ärgern, sondern lachen.

Doch ruhelos, wie ich war, stand ich wieder auf und ging um den Schreibtisch herum. Ich berührte mit den Fingerspitzen die Ecken des Buches und las noch einmal: »23071969«. Zitternd vor Aufregung berührte ich die in Gold geschriebenen Zahlen. Mir wurde so warm, als würde ich Fieber bekommen. Mein Herz klopfte und mein Puls raste. Mein Blut brodelte geradezu. Sollte ich reinschauen oder nicht? Nein, ich ging zurück ans Fenster und sah den beiden Frauen bei ihrer gestikreichen Unterhaltung zu, wobei Frau Neugier wohl ganz klar die Oberhand hatte. Vor lauter Bewegungseifer wackelten sogar die roten Federn ihres Hutes wieder mit. Die andere Dame kannte ich nicht, ihre Bekanntschaft hatte ich noch nicht gemacht ...

Plötzlich spürte ich eine Hand auf meiner Schulter. Ich zuckte zusammen. »Guten Tag, meine Liebe. Ich freue mich über deinen Besuch.«

»Guten Tag, Frau Gesundheit. Ich …« Doch die liebevolle Frau unterbrach mich.

»Ich sehe schon, du hattest genug Unterhaltungsprogramm, um dir die Wartezeit zu verkürzen«, grinste sie und deutete in Richtung der beiden Frauen.

Ich lachte und sagte: »Ja, sehr unterhaltsam, die beiden. Die eine Dame kenne ich, das ist Frau Neugier. Doch die andere Dame mit dem violetten Hut und dem schwarzen Mantel kenne ich nicht. Wissen Sie, wer das ist?«

»Ach, Sie meinen Frau Versuchung?« Ein kleines Kichern konnte Frau Gesundheit sich nicht verkneifen.

Mir war diese Situation eher etwas unangenehm. Ich spürte eine gewisse Wärme, die sich in meinem Körper breitmachte und sich dann als verlegene Röte in meinem Gesicht platzierte.

»Alles gut, meine Liebe, setzen wir uns doch.« Frau Gesundheit machte eine einladende Handbewegung in Richtung des Besucherstuhls vor ihrem Schreibtisch. »Ah, da ist es ja.« Frau Gesundheit schlug das große Buch auf und blätterte darin. Sie tippte immer mal wieder die Reihen an, dann sagte sie: »Das sieht ja alles sehr gut aus, meine Liebe.« Frau Gesundheit schaute mich kurz an, bevor sie sich wieder dem großen Buch zuwandte. Nun ging sie mit dem Finger einige Reihen durch, nickte dann und wann, schüttelte einmal kurz den Kopf und sah mich dann fragend an. Sie zeigte auf mein Handgelenk und meinte: »Wie ich sehen kann, haben Sie schon einige Bekanntschaften machen können.«

Ich nickte. »Ja, den einen oder anderen habe ich hier schon kennengelernt.«

»Was kann ich denn für Sie tun, meine Liebe, wo drückt der Schuh? Wie ich erkennen kann, strahlen Sie deutlich mehr als bei unserem letzten Zusammentreffen. Sie sind im wahrsten Sinne des Wortes aufgeblüht. Die frische Luft scheint Ihnen gutzutun. Vor allem denke ich, Frau Sommers gute Küche und ihre liebevolle Fürsorge leisten ein Übriges. Das fördert doch sicher Ihr Wohlergehen. Ist es so?«

»Danke, ja es geht mir gut, Frau Gesundheit. Es ist nur ...«

»Sie haben wieder einmal zu viel im Kopf? Dreht sich alles oder hängen Sie Gedanken nach, die es nicht wert sind, gedacht zu werden?«

»Also, ich schaffe es mittlerweile ganz gut, auch mal nicht zu denken und mich auf Situationen einzulassen, die für mich neu sind. Bis auf gestern Abend, da sind mir etwas die Nerven etwas durchgegangen ...«

Frau Gesundheit unterbrach mich und begann zu lächeln. Dann sagte sie:»Sicher meinen Sie die Begebenheit mit dem Dreiergespann.«

Erstaunt sah ich die kluge Frau an und fragte interessiert:»Sie wissen bereits davon?«

Frau Gesundheit nickte kurz, dann sagte sie:»Sagen wir mal, das hat sich so ergeben, ich wurde zufällig Zeuge eines Gesprächs zwischen Frau Neugier und Herrn Gerechtigkeit.«

Ich überlegte, dann sagte ich:»Mit Herrn Gerechtigkeit hatte ich auch ein sehr nettes Gespräch, gerade eben traf ich ihn im Gesundheitsgarten. Mir hat die Unterhaltung sehr gutgetan. Vor allem bin ich dadurch etwas ruhiger geworden.«

»Das hört sich doch gut an, mein Fräulein. Sie haben Bekanntschaften geschlossen und Freunde gefunden. Wie man hört, ist man immer voll des Lobes, wenn es um Ihre Person geht. Bis auf eben die kleine Begebenheit gestern. Ganz unter uns, mich amüsierte es sogar. Es freut mich, dass sich endlich mal jemand erhoben hat gegen Frau Neugier. Selbst Ihre Augen glänzen wieder, das ist ein sicheres Zeichen dafür, dass Ihr Gleichgewicht wiederhergestellt ist.«

»Gleichgewicht?« Ich sah Frau Gesundheit fragend an.

»Mein Fräulein, ich kann nur sagen: Sie machen auf mich einen völlig gesundeten Eindruck. Sie sind nicht mehr blass, wirken völlig klar. Sie strahlen übers ganze Gesicht und Sie scheinen gelernt zu haben, jede Sekunde des Glücks genießen zu können. Sie wirken einzigartig. Das war das Ziel. Sie sind angekommen in Ihrem eigenen Ich. Sie müssen nur noch einen Weg finden, mit dem eigenen Ich umzugehen.«

»Umgang mit dem eigenen Ich? Hört sich an, als bräuchte ich da noch einen Beipackzettel oder eine Art Gebrauchsanweisung.«

»So ist es. Sie müssen sich nicht immer fragen, ob Sie alles richtig machen, sondern hinter Ihren Entscheidungen stehen, meine Liebe. Dann werden Ihnen solche Personen wie Herr Zweifel oder Herr und Frau Angst nicht mehr begegnen. Höchstens wenn diese etwas lernen möchten. Glauben Sie an sich und vor allem machen Sie das in jeder Sekunde Ihres Daseins. Dies ist ein Geschenk. Glauben Sie mir, das ist Ihr Weg.«

»Mein Weg führte mich hierher.«

»Auch ein Fluchtweg ist ein Weg, mein Fräulein. Manchmal nicht der einfachste, aber es ist ein Weg. Wege sind zu beschreiten, wenn sie daliegen, dann wollen sie auch entdeckt werden. Seien Sie gespannt, welche Möglichkeiten Ihnen geboten werden. Bleiben Sie interessiert. Vor allem, sehen Sie nach vorn, nicht zurück. Bleiben Sie im Hier und Jetzt. Alle Trümmer, die den Weg versperren wollen, können nun beiseitegeschoben werden. Wenn das gelungen ist, gibt es kein Halten mehr. Wie ist es denn mit dem Schlaf? Schlafen Sie durch oder haben Sie noch Probleme mit Schlaflosigkeit, mein Fräulein?«

»Schlafen kann ich mittlerweile ganz gut, Frau Gesundheit. Ich muss sagen, dass ich mich hier inzwischen sehr zu Hause fühle. Auch wenn ...«

Frau Gesundheit unterbrach mich:»Sagen Sie, haben Sie unseren Gesundheitsgarten gesehen? Ach, entschuldigen Sie, wie unachtsam, Sie hatten ja erwähnt, dass Sie dort Herrn Gerechtigkeit getroffen haben.«

»Oh ja, der Garten ist wirklich wunderschön. Ein Ort der Ruhe und des Wohlbehagens.«

Frau Gesundheit fragte:»Haben Sie dort unser schönes Rosenbeet gesehen?«

»Das habe ich und die vielen blauen Steine ...«

»Ich spüre schon, Sie sind eventuell einem Lösungsweg auf die Spur gekommen beziehungsweise Sie ziehen diesen in Betracht.«

»Meinen Sie, es wäre eine gute Idee, sich seines Ballasts zu entledigen in Form eines blauen Steines aus dem See der Traurigkeit?«

»Sehen Sie, Sie haben gut zugehört. Man muss Chancen erkennen und auch mal einen Lösungsweg gehen, auch wenn er schon gegangen wurde, meine Liebe.«

Frau Gesundheit lächelte, stand auf und ging zum Regal, in dem viele verschiedene Kräuter aufbewahrt waren. Sie griff sich eine Papiertüte und füllte sie mit je einer weißen und schwarzen Prise zweier Kräuter, die bereits zu Pulver gemahlen waren. Sie reichte sie mir mit den Worten:»Das ist meine Verordnung für Sie. Jeden Abend hiervon eine Tasse Tee und viel frische Luft bei einem Spaziergang am See der Traurigkeit. Ob Sie dann wirklich einen Sprung hinein wagen, überlasse ich Ihnen allein, mein Fräulein. Ich wünsche Ihnen alles Gute und würde mich freuen, wenn Sie mich wieder einmal besuchten.«

»Aber ich wollte doch noch fragen ...«

»Beim nächsten Mal, glauben Sie mir. Sie machen das alles hervorragend. Auch ohne die Klärung aller Fragen.« Sie reichte mir die kleine weiße Tüte. Freundlich, aber bestimmt brachte mich Frau Gesundheit zur Tür und rief:»Frau Zuversicht, würden Sie bitte den Nächsten rufen? Auf Wiedersehen, mein Fräulein.« Dann drehte sich Frau Gesundheit um und weg war sie. Warum hatte ich das Gefühl, dass sie mich gerade loswerden wollte?

Frau Zuversicht kam auf mich zu und sagte:»So, meine Liebe,

kommen Sie. Wir sehen mal nach, wann der beste Zeitpunkt ist, um wieder einen Besuch für Sie einzuplanen, beziehungsweise wann Sie wiederkommen können.« Frau Zuversicht geleitete mich zum Anmeldungstresen.»Ach, wissen Sie, Frau Zuversicht, ich werde wiederkommen, wenn ich glaube, dass es nötig ist.«

»Okay, doch bedenken Sie, wieder mit Wartezeit rechnen zu müssen, mein Fräulein. Und bitte richten Sie Frau Sommer meine herzlichen Grüße aus. Ich komme sie demnächst wieder besuchen. Vielleicht sehen wir uns dann ja auch noch einmal, mein Fräulein. Alles Gute bis dahin, eine schöne Zeit für Sie.«

»Danke, das wünsche ich Ihnen auch, Frau Zuversicht.«

Langsam ging ich in Richtung Ausgang. Ich stieg die Treppenstufen hinunter, machte auf der letzten Stufe kurz halt, drehte mich noch einmal um und winkte Frau Zuversicht zu.»Bis bald.« Ich schaute auf das kleine weiße Tütchen, welches Frau Gesundheit mir gegeben hatte, und steckte auch dieses kleine Präsent in meine Tasche.

Von meinen Gedanken getragen, ging ich in den Tag. Gedanken, die wie immer Fragen aufwarfen. Ich folgte der Straße bis zur Kreuzung und grinste in mich hinein. Denn es war zur Gewohnheit geworden, dass ich mich entscheiden musste: Wo gehe ich hin? Doch wie war das noch: Man soll hinter seinen Entscheidungen stehen. Vor allem sollte man, wenn man sich entschieden hat, dabei bleiben. Denn irgendjemand hat einem den richtigen Weg gezeigt, und sei es das eigene Bauchgefühl, weswegen man nach rechts gegangen ist und nicht nach links. In diesem Moment hatte ich, wie ich fand, eine glänzende Idee. Warum denn geradeaus, nach rechts oder links gehen? Mal schauen, was auf mich wartete, wenn ich diagonal ginge. Erst jetzt bemerkte ich, dass sich viele Personen auf dem Weg in alle Richtungen befanden. Rechts stand ein Mann in einem grau melierten Anzug, links eine ältere Dame in einem lilafarbenen Kleid. Geradeaus ein junges Paar in fröhlich bunter

Kleidung. Blickte ich zurück, sah ich Frau Neugier. Ich hatte die Wahl.

Ich lachte und schlug die Diagonale ein. Als ich mich noch einmal umsah, konnte ich sehen, wie die Leute sich in der Kreuzungsmitte trafen und ungläubig den Kopf schüttelten. Doch ich freute mich, ein bisschen Verwirrung gestiftet zu haben, und lachte die Sonne an. Nicht zu meinem Erstaunen lachte diese zurück und beschenkte mich mit ihrem schönsten Strahlen. Munter und gestärkt lief ich über die wunderschön und farbenreich anzuschauende, herrlich duftende Wiese. Nicht die beste Parfümerie wäre da mitgekommen. Ich beobachtete das emsige Treiben der Schmetterlinge und Bienen, wie sie fleißig von Blüte zu Blüte flogen. Ohne ein direktes Ziel zu haben, streifte ich durch das Gras. Langsam kam ich dem Ufer des sonnenreflektierenden Sees näher. Bei genauem Hinsehen konnte ich eine Frau erkennen. Sie saß mit dem Gesicht zur Sonne gewandt einfach nur da und pfiff vor sich hin. Als ich nur noch wenige Schritte von ihr entfernt war, sprach sie mich ganz unverblümt und ohne mich anzuschauen freundlich an:»Hallo, Fräulein, schön, Sie kennenzulernen.«

Ich schluckte:»Ich grüße Sie auch. Verraten Sie mir Ihren Namen?«

Jetzt schob sie ihre große Sonnenbrille auf den Kopf und reichte mir ihre Hand. Sie sah mich mit freundlichen Augen an und sagte:»Gelassenheit ist mein Name.«

»Bei der Ruhe und der Ausgeglichenheit, die Sie ausstrahlen, hätte ich auch selbst darauf kommen können«, antwortete ich höflich, um die Unterhaltung in Gang zu halten.

Die Frau lächelte mich an und fragte:»Genießen Sie auch den herrlichen Tag?«

»Ja, ich versuche es, bei einem Spaziergang wollte ich gerne den Kopf frei bekommen.«

»Das soll Ihnen dabei helfen?« Frau Gelassenheit deutete auf einen Zipfel der Papiertüte, welcher aus meiner Hosentasche lugte, und sprach weiter:»Glauben Sie mir, viele Menschen beschäftigen sich zu oft und grundsätzlich zu viel mit ihrer Vergangenheit. So haben sie für das tatsächliche Geschehen der Dinge in diesem Moment, das Hier und Jetzt, keinen Augenaufschlag mehr Zeit. Das ist schade.« Sie sah mich fragend an und meinte weiter:»Darf ich fragen, was Sie beschäftigt, oder ist Ihnen das zu persönlich?« Ich schaute Frau Gelassenheit wohl zu fragend an, denn plötzlich meinte sie:»Denkst du noch oder lebst du gerade?« Ich ließ den Satz auf mich wirken. Wohl wieder eine Sekunde zu lange, denn es folgte schon der nächste Satz der Dame:»Nehmen Sie es mir nicht übel, es ist doch so, es schlägt ein Herz. Es gehen zwei Beine. Die Nase riecht, die Ohren hören, die Hände tasten und trotzdem denken Sie in diesem Moment zu viel. Seien Sie ehrlich, Sie machen gerade eine Runde im Gedankenkarussell und denken und denken und denken. Anstatt dass Sie jetzt leben und erzählen. Auch die sinnlosesten Worte ergeben einen Sinn, wenn man jemanden zum Unterhalten hat. Viele Personen meinen immer, sie seien sich selbst der beste Gesprächspartner und der allerbeste Zuhörer. Doch die Wirklichkeit sieht leider etwas anders aus, mein Fräulein. Verkopft nennen wir das. Wenn Sie nur mit sich selbst reden, ist das noch nicht so schlimm. Doch wenn die Antworten vor einem stehen, bekommen nur die wenigsten die Worte oder eine Unterhaltung heraus«, lachte Frau Gelassenheit.

Ich räusperte mich:»Frau Gelassenheit, etwas Ähnliches hörte ich bereits mehrfach. Vielleicht nicht mit den Worten, die Sie benutzen, doch der Sinn ist der Gleiche.«

»Kommen Sie, setzen Sie sich zu mir.« Mit einer einladenden Handbewegung klopfte Frau Gelassenheit auf den Platz neben sich.

Ich überlegte kurz, ehe ich mich neben sie ins Gras setzte. Mein Blick schweifte in die Ferne, hinüber zum anderen Ufer des Sees. Ich fragte mich, wie manche Menschen es schafften, den Kopf auszuschalten und bei sich zu bleiben. In meiner jetzigen

Lage gelang mir das nur selten. Ich begann die Unterhaltung mit den Worten:»Glauben Sie mir, Frau Gelassenheit, ich rufe mich oft selbst zurück und werde zum Beobachter meiner selbst. Doch die Situation ist zu kurz, um sie fest im Griff zu behalten.«
»Entschuldigen Sie, mein Fräulein, müssen Sie das denn?«
»Wie meinen?«
»Die Situation im Griff behalten, ich meine, damit lassen Sie sich nicht tragen von dem Tag. Den wundersamen Momenten. Glauben Sie mir, nicht ein Tag geht vorbei, ohne dass man ein Geschenk erhält.«
»Ein Geschenk?«, fragte ich nach. Frau Gelassenheit lächelte, ehe sie antwortete:»Den Augenblick.« Eine so knappe Antwort und doch so aussagekräftig.
»Glauben Sie mir, Frau Gelassenheit, ich sehe die Natur, die Menschen, das Leben. Alles, was um mich herum passiert. Ja, sogar jeden Windhauch nehme ich wahr.«
Frau Gelassenheit unterbrach mich und zeigte auf einen Baum, der etwa drei Meter entfernt war und wunderschöne weiße Blüten trug. Herrlich anzusehen stand er dort, wohl schon einige Jahre lang. Er hatte einen ausgeprägten Stamm mit langen Wurzelarmen. Doch was war das? Eine Feder lugte hinter dem Stamm hervor, und zwar eine, die mir heute schon einmal aufgefallen war. Während ich dies beobachtete, wurde ein Stück Rot sichtbar, und als es näher kam, erkannte ich darin einen roten Hut. Frau Gelassenheit sah mich an und legte den Finger auf ihre Lippen.»Pst, pst«, machte sie. Gleichzeitig rief sie laut:»Frau Neugier, kommen Sie doch. Gern unterhalten wir uns auch mit Ihnen.« Ich lachte laut. Frau Neugier kam langsam aus ihrem Versteck. Ich meinte, eine leichte Schamesröte in ihrem Gesicht zu entdecken. Doch jetzt kam sie ganz selbstverständlich auf uns zu und begrüßte uns:»Frau Gelassenheit, junges Fräulein, schön, Sie hier zu treffen.«
»Zu treffen ist wohl etwas dahergeholt, finden Sie nicht auch?«,

grinste Frau Gelassenheit in meine Richtung. Auch ich musste mich zusammenreißen, um nicht laut loszulachen.

»Ist das nicht ein schöner Tag?«, versuchte Frau Neugier, die eher unangenehme Situation zu überspielen. Freundlich nickte ich ihr zu. Jetzt tat sie mir schon etwas leid. Auf der anderen Seite musste es sehr anstrengend sein, immer alles wissen zu müssen, hinter allen Informationen herzujagen und alles einzukreisen wie ein Wolf seine Beute. Jäh wurde ich aus meinen Gedanken gerissen, als eine sehr vertraute Stimme in mein Ohr drang.

»Hallo, meine Liebe, da bist du ja. Ich habe dich gesucht.« Herr Geselligkeit kam winkend auf mich zu. Ich freute mich, meinen vertrauten Freund zu sehen. Rasch sprang ich auf und klopfte mir die Wiese von meinem Kleid, um meinen Gefährten freudestrahlend zu begrüßen.

»Hallo, ja, sag mal, hatten wir eine Verabredung, die ich vielleicht vergessen habe?«

»Nein, nein, eigentlich nicht. Ich dachte, du könntest mich vermissen, meine Liebe.«

»Wenn da mal nicht die Schmetterlinge fliegen«, lächelte Frau Gelassenheit. Frau Neugier horchte auf ...

Herr Geselligkeit begrüßte die beiden Damen freundlich. Dann wandte er sich mir zu: »Meine Liebe, dich möchte ich gern entführen.«

»Entführen? Das klingt spannend.«

»Gern würde ich einen Ausflug mit dir machen.«

»Einen Ausflug?«, fragte Frau Neugier interessiert nach. Frau Gelassenheit rettete die Situation, indem sie Frau Neugier in ein Gespräch verwickelte. Währenddessen gab sie uns einen Wink und so hatten wir Zeit, unbemerkt zu verschwinden. Dankend warf Herr Geselligkeit ihr einen Handkuss zu und ich einen dankbaren Blick.

7. Kapitel: Der See des Vergessens

Herr Geselligkeit nahm meine Hand und wir liefen los. Wir rannten und rannten und lachten und lachten, bis wir vor lauter Lachen stehen bleiben mussten. Herr Geselligkeit fing sich als Erster wieder und sagte:»Also, ich glaub, jetzt sind wir weit genug entfernt, um von Frau Neugier nicht mehr belagert zu werden, meine Liebe.« Er ließ sich unvermittelt ins Gras fallen und zog mich gleichzeitig neben sich.

»Schön, dass du mich gefunden hast und mich somit aus den Fängen von Frau Neugier befreit hast, mein Lieber.«

»Ja, das finde ich auch. Doch was machen wir jetzt mit dem geschenkten Tag?«

»Der geschenkte Tag. Das hört sich schon sehr poetisch an.«

»Vorsicht, meine Liebe«, sagte Herr Geselligkeit nur knapp und legte mir einen Finger auf die Lippen.

Ich lächelte ihm zu:»Also, ich hätte da schon so eine Idee.«

»So? Dann mal raus damit. Ich nehme jeden Vorschlag dankend an«, sagte Herr Geselligkeit freundlich.

»Ich hörte heute etwas von blauen Steinen in einem See. Diese Steine und deren Bewandtnis haben mich sehr angesprochen.«

Herr Geselligkeit überlegte kurz und dann meinte er:»Du meinst den See des Vergessens, den See der vergessenen Tränen? Er ist ein schönes Ziel für einen Ausflug, meine Liebe. Möchtest du nur schauen oder auch die blauen Steine suchen? Bist du dir sicher?«

»Was meinst du?«

»Wenn wir dort hingehen, solltest du dir sicher sein. Es könnten Dinge an die Oberfläche kommen, die du eigentlich vergessen möchtest, und ob das immer so schöne oder lustige Dinge sind? Ich weiß nicht. Ich möchte dich glücklich sehen und nicht traurig, meine Liebe. Verzeih, ich habe da meine Zweifel, ob es wirklich ratsam in deiner momentanen Verfassung ist.«

»Was heißt in meiner jetzigen Verfassung? Mir geht es so gut wie schon lange nicht und ehrlich gesagt ist ein netter Herr, mein Lieber, nicht ganz unschuldig daran.«

»Hm, vielleicht sollten wir erst mit Frau Sommer darüber sprechen?«

»Wieso Frau Sommer? Ich möchte daraus keinen Gruppenausflug machen, nicht wieder mit einer kleinen Reisegruppe losziehen wie damals.«

»Warum nicht? Es war doch lustig«, meinte Herr Geselligkeit lächelnd.

»Weißt du, Frau Gesundheit hielt das auch für einen guten Gedanken, als ich mit ihr darüber sprach.«

»Wenn es so ist. Aber wir sollten einen derartigen Ausflug besser vorbereiten.«

»Wie meinst du das?«

»Ausflug an einen See? Da denke ich zuerst an Badesachen. Du weißt schon, Badehose und Badeanzug«, sagte Herr Geselligkeit mit einem Hauch von Ironie. Ich überlegte und wusste, dass er eigentlich recht hatte, doch ich antwortete: »Quatsch, meine Unterwäsche kann jedem modischen Badeanzug die Stirn bieten.«

»So?« Jetzt lachte er und verflogen war die Sorge aus seinem Gesicht. Oder war da jetzt doch die Neugier, die in ihm Einzug hielt und sich zeigte? An mich gewandt sagte er: »Also, im Hinblick auf deine Bademode kann ich wohl nicht anders, als dem Ausflug zuzustimmen, meine kleine süße Raubkatze.«

»Wieso Raubkatze?«, schaute ich ihn herausfordernd an.

»Na, so wie du mich gerade angefunkelt hast mit deinen reizenden Äuglein, meine Liebe«, Herr Geselligkeit lachte, »dir kann ich nichts abschlagen. Doch wir sollten eben bei mir vorbei und die Kutsche holen. Der Weg zum See ist etwas weiter. Bei der Gelegenheit nehmen wir noch Handtücher mit und ich meine Badehose, damit ich bei deinem modischen Outfit mithalten kann«, grinste mein lieb gewordener Freund.

»Dann mal los.« Ich sprang auf und reichte meinem Gefährten die Hand. »Darf ich dir auf die Sprünge helfen?« Dankend nahm Herr Gesellligkeit meine Hand, stand auf und sagte: »Was ich einmal hab, das habe ich.« Er lachte und ließ meine Hand nicht mehr los. So gingen wir Hand in Hand durch den schönen Tag, bis wir an einem kleinen Haus haltmachten. »Das ist ein besonderer Augenblick, meine Liebe. Gehe ich recht in der Annahme, dass du mich das erste Mal in meinem bescheidenen Heim besuchst?« »Nun, besuchen kann man das wohl kaum nennen. Eher zufällig stehen wir vor deinem Heim, mein Lieber. Wir wollen dem nicht zu viel Bedeutung beimessen«, zog ich Herrn Gesellligkeit auf. Schlagartig veränderten sich seine Mundwinkel in Richtung Schmollmund. »Schade«, sagte er nur kurz und dann: »Möchtest du hier warten oder darf ich dich kurz hereinbitten?« Mit einer Handbewegung deutete er auf die Haustür aus rotem Holz, die sehr einladend aussah. »Ach, Moment, darf ich dich überhaupt reinbitten? Habe ich auch aufgeräumt, um Damenbesuch zu empfangen?«, scherzte er und sah mich lächelnd und fragend zugleich an. Ich überlegte kurz, dann hörte ich mich sagen: »Aber gern würde ich kurz eintreten, mein Herr.« Ich konnte meine Neugier kaum zurückhalten. Wie gespannt ich war zu sehen, wie wohl ein so netter und gut aussehender Mann lebte.

»Dann treten Sie ein, meine Dame, kommen Sie, staunen Sie. Das ist mein Reich, mein Schloss, mein Heim, hier will ich König sein für dich allein.«

»Immer einen Scherz auf den Lippen, nicht?«

Herr Gesellligkeit entriegelte die große Eingangstür und ließ mir den Vortritt. Auch das war etwas, das ich sehr an ihm schätzte, seine glänzenden Manieren.

»Danke sehr, mein Herr.« Ich trat in den hellen Flur mit einem Mosaikboden, der in blauen Farbtönen gehalten war.

»Darf ich?« Herr Gesellligkeit ging an mir vorbei, öffnete eine

Glastür und erläuterte mir:»Ich möchte dich bitten, im Wohnraum einen Moment Platz zu nehmen. Ich beeile mich und bin gleich zurück.«

Ich betrat den großzügigen Raum. Ein Duft des Wohlbehagens umgab mich gleich. Ich sah den weißen Kamin, in dem ein kleiner Holzhaufen lag. Wie schön musste es sein, hier einen gemütlichen Abend bei einem wärmenden Feuer zu verbringen. Herr Geselligkeit schien meine Gedanken lesen zu können, denn er rief:»Gern lade ich dich einmal auf eine Tasse Tee zum Kaminabend ein.«

Ich lächelte und setzte mich auf das cremefarbene Sofa, welches mit seinen unzähligen bordeauxfarbenen Kissen dazu einlud. Ich blickte mich um und entdeckte zwei silberfarbene Bilderrahmen auf dem Kaminsims. In dem einen war ein Bild von Herrn Geselligkeit. Er sah richtig schnieke aus in seinem dunkelblauen Anzug und dem weißen Hemd mit Stehkragen. Ich lächelte in mich hinein. Der andere Bilderrahmen war leer, hier war nur elfenbeinfarbenes Seidenpapier erkennbar. Auf dem kleinen Glasbeistelltisch standen frische Blumen. Wie schön Herr Geselligkeit alles arrangiert hatte. Schon beachtlich dafür, dass er ein Mann ist, dachte ich. Kaum hatte ich an ihn gedacht, stand er in der Tür.

»Wie sieht es aus? Können wir los? Bist du bereit für das große Abenteuer?«

»Ich bin so weit.« Rasch sprang ich auf und nahm einen letzten Eindruck von dem behaglichen Wohnraum mit. Erst beim Verlassen des Hauses bemerkte ich den vielversprechenden Rucksack, den Herr Geselligkeit mit sich trug.»Bleiben wir länger weg?«, scherzte ich lachend.

»Man kann ja nie wissen«, konterte mein Gefährte.»Komm, ich habe die Kutsche startklar gemacht.« Mit einem Schwung hievte er seinen Rucksack in die Kutsche. Er wandte sich mir zu:»So, jetzt kommt das hübscheste Reiseutensil.« Er umschlang meine Taille und setzte mich erst auf dem Kutschbock wieder ab.

»Charmant, charmant, mein Lieber.«
»Dann mal los.«
»Ist es sehr weit?«
»Nein, ich würde sagen, ein längerer Spaziergang.«
»Weißt du mehr über den See des Vergessens?«
»Was heißt mehr? Eben das, was die Leute sich so erzählen.«
»Du machst es spannend. Was erzählen sie denn?«
»Das, was du von Frau Gesundheit beziehungsweise Herrn Gerechtigkeit gehört hast. Im See des Vergessens oder eben dem See der Tränen liegen diese blauen Steine, die ans Tageslicht geholt werden wollen, um Verborgenes freilassen zu können, es loszulassen, um, wie es heißt, sich von alten Lasten damit befreien zu können. Diese könnten einen dann nicht mehr erdrücken und seien keine Belastung mehr.«
»Aber ist das denn wirklich schon bewiesen? Ich meine nachweislich?«
»Man muss nicht immer alles beweisen. Der Glaube ist das Maß aller Dinge. Was wäre man ohne ihn?«
»Aber in der heutigen Zeit haben viele Leute den Glauben bereits verloren. Das hat er mir selbst erzählt, mein Lieber.«
»Letztendlich glaubt man immer und sei es nur an sich selbst. Wie weit einen das bringt, ist abzuwarten. Habe ich keinen Glauben mehr, bin ich verloren.« Den letzten Satz sagte Herr Geselligkeit mit einer solchen Nachdenklichkeit, dass die innere Melancholie zu hören war. Ich wollte nicht, dass unsere heitere Stimmung dahinging, und lenkte ihn ab mit den Worten: »Ich freue mich, dass du mich heute gefunden hast.« Um meine Aussage zu bekräftigen, knuffte ich ihn in die Seite. Da kam wieder sein Grinsen zum Vorschein.
»Ich werde dich immer finden.«
»Immer?«
»Ja, immer. Ich hab es in meinem Herzen gelesen.«
»In deinem Herzen gelesen?«, fragte ich ungläubig nach. »Wie kann man in seinem Herzen lesen?«

»Lerne, auf den Takt zu hören, und er wird dir den Weg vorgeben. Die Herzensbahnen sind vergleichbar mit einem Alphabet. Du kannst sie aneinanderreihen wie einen Satz aus Worten oder eine endlose Schnur. Wenn diese einmal reißt, ist sie nicht mehr stabil. Manchmal irreparabel. Das führt dazu, dass Menschen sich trennen und nie wieder zueinanderfinden.«

Eine Weile saßen wir schweigend nebeneinander auf dem Kutschbock und genossen uns. Es kribbelte in der Magengegend. Ich wollte gerade etwas sagen, als Herr Geselligkeit mir zuvorkam:»Stopp, bevor du jetzt etwas sagst, höre mir zu. Man muss nicht immer jeden Moment zerreden. Fühlen reicht.« Nachdem er diese Worte gesprochen hatte, nahm er eine Hand vom Zügel und legte sie sachte auf meine Hand. Ich spürte, wie sehr mein Inneres bei dieser Berührung bebte und mein Blut pulsierte. Mein Herz pochte, als würde es aus meiner Brust springen wollen, um frei zu sein. Etwas Vergleichbares hatte ich bis zu diesem Augenblick noch nicht erlebt. Kaum war es in Worte zu fassen und unsagbar schön.

»Wir sind fast da, meine Liebe.« Mit diesen Worten riss Herr Geselligkeit mich aus meiner Träumerei. Wie wunderschön und bezaubernd das Gewässer dort lag. Es sah aus, als hätte man es in die Landschaft gemalt und hier und dort einige der schönsten Sträucher und der blühendsten Bäume drum herumgestellt. Ich war beeindruckt und entzückt. In Sekundenaugenblicken hatte ich das Empfinden, ich sei schon einmal hier gewesen. Doch das konnte nicht sein, oder? Als erahnte er, welche Gefühle mich ein wenig später überkommen würden, sagte Herr Geselligkeit:»Wir alle waren doch schon einmal im Tal der Tränen ... da vorn ist ein schöner Platz, findest du nicht auch?« Irritiert gab ich zur Antwort:»Ja, sicher, dort vorn ist es sehr schön.«

Herr Geselligkeit hielt die Kutsche an und band den Pferden Haferbeutel um. Er trat an meine Seite, um mir beim Abstieg behilflich zu sein. »Wollen wir nach dort drüben?« Herr Geselligkeit zeigte in Richtung eines alten Baumes, der unzähligen weißen Blüten ein Zuhause schenkte.»Dort haben wir auch etwas Schatten.«

»Ja, da hast du recht, mein Lieber. Dieser Platz ist wie für uns gemacht.«

Herr Geselligkeit nahm mich bei der Hand, schnappte den Rucksack und warf ihn sich gekonnt über die Schulter.»Das ist ein toller Tag. In Begleitung des Sonnenscheins, mit seinem Mädchen an der Hand«, lächelte er und drehte kurz unsere ineinandergeschlungenen Hände um, um gekonnt einen Kuss auf meinem Handrücken zu platzieren.

»Oh ja, das Wetter ist wundervoll und lädt geradezu ein, einen Ausflug mit lieben Freunden zu machen, wie gern würde ich manche Dinge in einem Foto festhalten, um eine bleibende Erinnerung zu haben.«

»Aber das kannst du doch, meine Liebste. Mit deinem fotografischen Gedächtnis. Dieses speicherst du dann in deiner Herzdatei, so hast du immer Zugriff auf all die Dinge, die dir am nächsten stehen, mein Schatz. Ich will mich nicht überschätzen, doch ich liege sicher ganz weit vorn?«

Bei dem Gedanken, dass ich seine Liebste sei, lächelte ich in mich hinein. Ich mochte diese Art von Menschen. Menschen, die immer eine Prise Humor mit einer passenden Portion Liebenswürdigkeit in sich trugen, um die Zeit mit ihnen genießen zu können. Kein Gespräch war zu anstrengend, es gab keine Angst vor einem falsch gewählten Wort oder einer Äußerung, die einem hinterher leidtäte.

»So, hier, würde ich sagen.« Herr Geselligkeit löste unsere verschlungenen Hände, nahm den Rucksack ab und schnallte die daran befestigte Decke auf, um sie vor uns auszubreiten. Er reichte mir seine Hand erneut und meinte:»Darf ich bitten, mein verträumtes Fräulein?« Dazu machte er eine einladende Handbewegung. Ich folgte seiner Einladung und kniete mich vor seinen Füßen auf unsere Picknickdecke.

»Es ist so schön hier«, beteuerte ich noch einmal. Währenddessen begann ich, meine Schuhe aufzuschnüren. »Wollen wir uns gleich ins kühle Nass stürzen?«

»Eine Erfrischung wird uns sicher guttun, damit wir einen klaren Kopf behalten bei den schönen Dingen, die uns umgeben«, schmunzelte mein Gefährte. »Wer als Erster im Wasser ist ...«

Das ließ ich mir nicht zweimal sagen und sprintete los. Auch mein lieb gewonnener Freund ließ sich nicht lange bitten. So landeten wir beide im Wasser und quietschten vor Vergnügen. Wie zwei Kinder bespritzten wir uns gegenseitig und genossen unsere Ausgelassenheit in vollen Zügen. Wir strahlten mit der Sonne um die Wette. Es störte mich nicht, als ich die beiden mir sehr bekannten Damen am Ufer stehen sah. Im Gegenteil. Laut sagte ich zu Herrn Geselligkeit: »Sieh mal, wir sind schon wieder Gesprächsthema.«

»Seit Wochen auf Platz eins«, scherzte Herr Geselligkeit ausgelassen und nickte in Richtung von Frau Neugier und Frau Neid.

»Ach, lassen wir uns von denen doch nicht den Tag verderben. Verrate mir lieber, was dort für eine Insel ist. Wollen wir rüberschwimmen?«

»Genau. Dort müssen wir hin, wenn wir die blauen Steine bergen wollen, meine Liebe. Nur dort finden wir den Einstieg zur Lagunengrotte, meinst du, dass du das schaffst von hier aus?«

»Klar schaffe ich das. Dann mal los.«

So machten wir uns auf den Weg und schon nach einigen Schwimmzügen hatten wir die kleine Insel erreicht. Wenn ich mir ein Paradies bildlich hätte vorstellen sollen, wäre diese Umgebung dem schon sehr nahegekommen. Eine Explosion an Farbenpracht und Exotik schlug uns entgegen. Die verschiedensten Pflanzen und Schmetterlinge warteten darauf, von uns entdeckt zu werden. Als ich mich nach diesem zauberhaften Anblick wieder gefangen hatte, versuchte ich, Worte zu finden, die dem Anspruch gerecht würden, diese Schönheit der Natur entsprechend zu würdigen. »Ich kann gar nicht glauben, wie wunderschön die Natur hier in eurem Lebensraum ist. Immer wieder entdecke ich neue Orte der Schönheit. Kaum vorstellbar, dass es so etwas gibt.«

»Da hast du wohl recht, meine Liebe. Doch jetzt lass uns die Schatzsuche beginnen.«

Herr Geselligkeit nahm meine Hand und führte mich durch das Blätterwerk der verschiedensten Sträucher, bis wir zu einer Art Felswand kamen, die uns den Weg beschwerlicher machte. Aber nicht nur der Weg, auch das Wohlbefinden wurde mit jedem Vorankommen getrübt. Das Wohlbehagen, welches mich anfangs getragen hatte, war nun völlig verflogen. Im jetzigen Augenblick war ich den Tränen nahe. Ich hatte große Mühe, diese zurückzuhalten. Hätte man mich gefragt, warum ich weinte, hätte ich keinen klaren Grund für mein Empfinden oder meine Traurigkeit nennen können. Nur bei dem Gedanken daran brachen wie aus dem Nichts alle Dämme. Mir rannen urplötzlich heiße Tränen über die Wangen, die sich nicht abstellen ließen. Es hatte keinen Sinn mehr, diese zu bekämpfen. Ich wollte etwas sagen, doch meine nicht ausgesprochenen Worte zitterten. Sie wurden im Keim erstickt. Ich empfand die Situation so, als würden unsichtbare Hände meine Kehle umschlingen, um mich jedes Atemzuges des Lebens berauben zu wollen.

Herr Geselligkeit schien meine schlechte Verfassung zu spüren, denn er drehte sich mir zu. So konnte ich sehen, dass auch seine Augen gerötet und mit Tränen gefüllt waren. Sein Gesicht schien glühend heiß zu sein. Es dauerte nicht einmal einen Wimpernschlag und es liefen ihm unzählige Tränen übers Gesicht. Auch er hatte in diesem Augenblick den Kampf um sein Wohlergehen verloren. Er schluckte und schluchzte, kaum verständlich hörte ich ihn sagen:»Hier müssen wir durch.« Er zeigte auf eine kleine Öffnung, eine Art doppelte Felsplatte, deren Teile ineinandergehoben waren. Für einen Moment war mir so, als wenn ich schon einmal hier gewesen wäre. Ja, eine ähnliche Situation war es doch, die mich hierhergebracht hatte, oder konnte ich mich so täuschen? Hatte ich das alles nicht schon einmal gesehen? Spielte jetzt mein Verstand mit mir? Alles Fragen, die sich im jetzigen Augenblick, in dieser Situation nicht beantworten ließen.

Wir beschritten die schmale Öffnung der Felswand, dann tat sich vor uns ein azurblauer See auf, welcher seine ganze Pracht vor uns entfaltete. Reflexe auf der Wasseroberfläche zauberten unzählige Lichtkegel an das Gestein. Allerdings waren hier im Gegensatz zum restlichen Lebensraum keine Pflanzen und Sträucher zu erkennen, auch keine Schmetterlinge oder anderen Insekten. Nur das nackte Wasser lag vor uns.

Ich versuchte gar nicht erst, die zahllosen Tränen aufzuhalten, die einen regelrechten Bachlauf in meinem Gesicht gebildet hatten. Alle Begleiterscheinungen des Erlebens wie die Traurigkeit, die Enttäuschungen und vor allem die erlebte Wut ergossen sich in diesem Augenblick über mich. Mein bisher gelebtes Leben, eine Kurzgeschichte der Sparte Drama. Im Breitbildformat für mich sichtbar, als säße ich mit Popcorn und einer gekühlten Cola in einem gut gepolsterten Kinosessel. Wie durch einen Schleier konnte ich es sehen, als hätte jemand die Nebelmaschine mit Trockeneis gefüllt, um eine besondere Atmosphäre für diese Situation zu schaffen.

Jetzt erst nahm ich Herrn Geselligkeit wahr, der mir seine Hand reichte, um mich an das Ufer des Sees zu führen. Er nickte mir noch einmal zu, bevor er meine Hand aus seiner löste, um sich langsam in das Wasser gleiten zu lassen. Erst mit seinem Körper, dann mit seinem Kopf. Mit gewaltigen Schwimmzügen tauchte er unter der Wasseroberfläche davon. Ich blickte mich noch einmal um, überlegte kurz und tat es ihm gleich. Mein Körper begann innerlich zu beben. Ein Kribbeln durchzog mich. Ich wollte mich meinem Empfinden nicht widersetzen, betankte mich in dieser Sekunde mit einem frischen Atemzug und tauchte ein in die mir bisher unbekannte Unterwasserwelt. Anders als am Ufer gab es hier unzählige Wasserpflanzen mit wahnsinnig schönen, kräftigen Blüten in den schillernsten Farben, auch ausdrucksstarke Schlingpflanzen waren zu bestaunen. Herr Geselligkeit hatte auf mich gewartet, denn eh ich mich versah, schwamm er neben mir und streckte seinen Arm aus. Seine suchende Hand umschloss schließlich die meine. Wir blickten uns einen Augenblick lang tief in die Augen, dann schwammen wir gemeinsam dem Seeboden entgegen. Je tiefer wir kamen, desto kräftiger schien das Blau des Wassers zu werden. Es war das reinste Farbenspiel, das uns hier geboten wurde. Herr Geselligkeit zeigte nach unten. Ich sah hinunter und konnte Umrisse von Kieselsteinen erkennen. Mein Gefährte griff in die Tiefe, um sich eines der blauen Wunder zu angeln. Es dauerte nicht lange und er konnte einen blauen Kieselstein sein Eigen nennen. Ich machte es ihm gleich, doch hatte ich weniger Erfolg. Immer wieder glitten mir die kleinen Steine aus den Fingern. Es brauchte schon einige Versuche mehr. Doch ich wollte nicht aufgeben. Immer und immer wieder versuchte ich erneut mein Glück. Zu allem Überfluss schwanden meine Kräfte. Ich versuchte, dies zu ignorieren. Einmal noch mobilisierte ich mit eisernem Willen all meine Kraft. Nur schwer ließ sich das kleine Wunder festhalten. Doch ich umklammerte meinen kleinen Schatz und wollte ihn sicher an die Wasseroberfläche bringen. Ich nickte meinem Freund Herrn Geselligkeit glücklich zu und wir schwammen nach oben.

Mit schnellen Schwimmzügen glitt ich nun das letzte Stück hinauf. Erstaunt bemerkte ich, dass der Weg zurück noch beschwerlicher war. Doch dann, nach einem letzten Kraftschub, durchdrang erst mein Arm und dann mein ganzer Körper die Oberfläche des Wassers. Während ich dabei war, nach Luft zu schnappen und nach Atem zu ringen, stellte ich erschöpft und gleichzeitig erleichtert fest, dass mein lieb gewonnener Freund mir unversehrt gefolgt war. Einige Schwimmzüge brauchte es noch, bis wir das rettende Ufer erreicht hatten. Das Wasser wurde seichter und meine Füße ertasteten kiesähnlichen Untergrund. Ich erhob mich mit allerletzter Kraft. Nun stand ich da und versuchte langsam, einen Schritt vor den anderen zu setzen, um mich dann erschöpft auf die Knie fallen zu lassen, immer noch die Hand zu einer Faust geballt aus Angst, dass mein geborgener Schatz sonst vom Wasser zurückerobert würde.

Ich blickte mich um und sah, dass auch von meinem Begleiter in diesem Moment eine schwere Last abzufallen schien. Herr Geselligkeit hatte ebenfalls mit diesem kräftezehrenden Ausflug zu kämpfen gehabt, deutlich war ihm die Anstrengung anzusehen. Er fand als Erster die Worte wieder und sagte:»Alles okay mit dir?« Ich nickte nur, denn mehr Worten konnte ich keinen Raum geben in diesem wahrlich einzigartigen Augenblick, in der mir zum Lachen und zum Weinen zumute war. Eine Explosion der Gefühlswelt lag in mir und ich wartete förmlich auf ihren Ausbruch.

Mein Freund sah mich an, nickte mir zu und glitt mit seiner Hand meinen Arm hinunter, um dann seine Hand fest an meine zu drücken. Er reichte mir auch noch die andere Hand. Er sagte nichts, sah mich nur mit seinen verweinten Augen an. Dann zog er mich an sich und umschlang mich mit festem Griff. Mein Herz pochte und klopfte.

So standen wir eine Weile da. Wir vergaßen Raum und Zeit, genossen nur die Körpernähe des anderen. Gleichzeitig wussten wir, dass wir eine neue Ebene der Freundschaft erreicht hatten. Mit zitternder Stimme hauchte Herr Geselligkeit mir ins Ohr: »Langsam sollten wir uns auf den Rückweg machen, Liebste.« Er löste nur ungern unsere liebevolle Umarmung. Als wolle er das zauberhafte Band, welches uns umfing, nicht lösen, suchte er wieder meine Hände. Leise räusperte er sich und sagte:»Wollen wir?«

Langsam gingen wir den Weg zurück. Durch die Felsspalte, das Zweigeäst, bis wir wieder am Kieselstrand der Insel standen, vor uns das funkelnde Wasser, welches nur darauf zu warten schien, von uns durchschwommen zu werden. Kurz blickte ich auf meine immer noch zur Faust geballte Hand, die den kleinen blauen Kieselstein so fest umschlossen hielt, dass meine Fingerknöchel sich weiß färbten. So angespannt war ich während meines bisherigen Aufenthalts hier nie gewesen.

Herr Geselligkeit blickte mich zärtlich an und sagte:»Hast du noch Kraft genug, um zurückzuschwimmen?«

»Ja, ich denke, das schaffen wir.«

Wie erfrischend jetzt das Wasser war. Ich spürte das kühle Nass, das mir und vor allem meinem verweinten Gesicht guttat. Zunehmend verflog meine Traurigkeit. Meine Ängste schwammen dahin und meine innere Wut verflog so rasant, wie sie gekommen war. Fast zeitgleich kamen wir am rettenden Ufer an. Auch Herr Geselligkeit hatte seine Fröhlichkeit wiedergefunden, denn er hatte ein breites Grinsen aufgesetzt und scherzte: »Na, ich glaub, ich war dir eine Armlänge voraus.«

»Das glaubst auch nur du.« Ich rannte los und ließ mich auf unsere mitgebrachte Picknickdecke fallen ...

»Erster!«, platzte es aus mir heraus. Wir lachten beide um die Wette. Herr Geselligkeit ließ sich neben mir auf die Decke fallen, was er mit einem lauten »Ah!« bekräftigte. So lagen wir eine ganze Weile und genossen den Sonnenschein, die Natur und vor allem die Ruhe.

Nur langsam öffnete ich nun meine geballte Faust und betrachtete meinen kleinen blauen Schatz in Form eines Kieselsteins. Er war so blau. Ja, ich hätte fast sagen können, er war kobaltblau. Bei genauem Hinsehen konnte man kleine kreisrunde Sprenkel erkennen, die silbern glitzerten, als würden die Sonnenstrahlen mit ihnen spielen. Herr Geselligkeit nahm ebenfalls seinen Stein und hielt ihn weit vor sich hin, als würde er mein Mitbringsel dem seinen zum Spielgefährten geben wollen. Tatsächlich schienen sie sich zu mögen, denn sie reflektierten sich nicht nur, sondern man hatte das Gefühl, als würde der eine dem anderen seine beste Seite entlocken wollen. Ja, es lag ein regelrechtes Funkeln in der Luft.

»Das ist wirklich hübsch, findest du nicht auch?«, fragte mein Gefährte mich.

»Wunderschön. Mehr gibt es wohl nicht zu sagen.«

»Da seid ihr ja.« Wie aus dem Nichts kommend, wurden wir von einer uns sehr bekannten Stimme hochgeschreckt.

»Herr Traum«, kam es fast gleichzeitig aus unseren Mündern.

»Na, euch scheint es ja bestens zu gehen. Frau Sommer und ich hatten uns wohl völlig grundlos Gedanken gemacht, meine Lieben.«

Herr Geselligkeit fing sich als Erster und meinte:»Aber ihr wisst doch, in meiner Gesellschaft, was soll da schon passieren?«

»Oh, Frau Sommer hat sich Sorgen um mich gemacht. Das wollte ich natürlich nicht. Ich hab ...«

Herr Traum unterbrach mich.»Alles gut. Eigentlich wollte ich euch gern zu mir einladen. Jetzt waren wir schon so oft zum Essen bei Frau Sommer, da dachte ich mir, jetzt bin ich auch mal dran. Ich würde gern beweisen, dass ich was Ordentliches auf die Teller zaubern kann«, lachte Herr Traum schelmisch.»Aber nicht, dass ihr beiden eure Zaungäste mitbringt.« Mit einer Kopfbewegung deutete er in Richtung der Buschrosenhecke. Dort hatte sich das unliebsame Trio versammelt, allen voran Frau Neugier. Wild gestikulierend schien sie eine Rede vor Frau Neid und Frau Eifersucht zu halten. Wir mussten lachen.

»Also ihr beiden, abgemacht? Ihr kommt nachher zum Abendessen. Frau Sommer weiß schon Bescheid. Sie kommt auch. Jetzt muss ich aber los, genießt noch den Rest des schönen Nachmittags. Ich freue mich, bis später, ihr zwei.«

Noch ehe wir antworten konnten, machte Herr Traum sich auf, winkte noch kurz und ging davon. Ich versuchte es trotzdem.»Danke für die Einladung!«, rief ich noch hinterher, doch Herr Traum war schon außer Hörweite, denn er drehte sich nicht um, sondern pfiff sich fröhlich ein Lied. Ich glaubte die Melodie zu kennen, es hörte sich an wie das Volkslied»Guten Abend, Gute Nacht«.

»Das ist doch lieb von Herrn Traum, uns einzuladen, findest du nicht auch?«

»Auf jeden Fall, ich habe ihn sowieso sehr in mein Herz geschlossen.«

»So? Ist da noch mehr Platz drin, meine Liebe?«

»Mehr Platz?« Ich lächelte und blieb die Antwort schuldig. Stattdessen lenkte ich ab: »Wann sollen wir denn unsere Schätze in das hübsche Rosenbeet des Gesundheitsgartens bringen?«

»Wenn du möchtest, sofort. Das müssten wir noch schaffen, ehe wir zu Herrn Traum fahren. Möchtest du noch bei Frau Sommer vorbei, damit du dich etwas frisch machen kannst?«

»Das wäre toll. Nach unserem Unterwasserabenteuer fühle ich mich etwas angeschlagen. Ich glaube, eine Dusche könnte nicht schaden. Lass uns schnell die Sachen zusammenpacken, damit es losgehen kann, mein Lieber.«

»Ich mag Frauen, die zur Entschlossenheit neigen«, lachte Herr Geselligkeit.

Bevor ich, um meine Kleidung anzuziehen, meinen kleinen Schatz in Form des blauen Kieselsteins aus der Hand legte, denn diese hielt das kleine Wunderwerk der Natur immer noch fest umschlossen, sah ich mir den kleinen Stein noch einmal genauer an.

»Du solltest deinen Blick nun aber losreißen ...«, schmunzelte Herr Geselligkeit. Rasch ließ ich den kleinen blauen Schatz in meiner Hosentasche verschwinden, ehe ich mir den Rest meiner Kleidung überstreifte. Herr Geselligkeit blickte belustigt auf meine nun prall gefüllten Hosentaschen, was er zugleich kommentierte: »Du hast aber gut gefüllte Hosentaschen, du erinnerst mich an einen kleinen Hamster. Gibt es da etwas, das ich wissen müsste, meine Liebe?«

Ich sah ihn an und antwortete: »Was denkst du denn von mir? Das sind Präsente, die ich heute im Laufe des Tages bekommen habe.«

»So, so«, machte mein Gefährte nur, griff sich die Picknickdecke und faltete sie zusammen. Auch alle anderen Sachen waren geschwind gepackt. Dann kam er auf mich zu. »Jetzt das wichtigste Gepäckstück ...«, schmunzelte Herr Geselligkeit. Im Nu umfasste er meine Taille, um mich auf den Kutschbock zu setzen. Ich wollte protestieren, von wegen Gepäckstück. Doch seine mir dargebotene sportliche Einlage, mit der er ebenfalls Platz nahm, entschädigte mich. Mir waren seine muskullösen Oberarme bisher gar nicht so aufgefallen. Nun schnalzte er kurz mit der Zunge, um die Pferde zum Laufen zu animieren.

Immer wieder bemerkte ich liebevolle Seitenblicke von meinem Gefährten und fragte mich das eine oder andere Mal, was wohl gerade in ihm vorging. Er wirkte so klug, so überaus wissend und gleichzeitig unsicher. Genau das war es wohl, was mich so anzog bei diesem Mann.

»Du träumst wohl schon wieder?«, stellte er fest. »Erwache und sieh mal. Da vorn ist schon das Gesundheitshaus.« Einige Meter vor uns lag das imposante Gebäude, welches mit seinen vielen bunten facettenreichen Blumenbeeten wunderbar anzusehen war. Herr Geselligkeit hielt die Kutsche an und band die Rösser an das dafür vorgesehene Geländer. Vor diesem stand auch ein Wassertrog für die Pferde.

»Hier wird immer an alles gedacht«, sagte ich laut.

»Wie meinst du?«, fragte Herr Geselligkeit. »Darf ich dir helfen?« Mein Gefährte reichte mir seine Hand. Gern nahm ich diese an und sprang voller Energie vom Kutschbock. Dann reichte er mir seinen Arm. »Darf ich bitten, mein Fräulein?«

»Aber gern, mein Herr«, lachte ich. So marschierten wir in Richtung Eingang. Doch die imposante Glastür war verschlossen.

»Ach herrje, es ist ja Mittagspause«, sagte Herr Geselligkeit. »Macht aber nichts, ich weiß, komm mit mir ...« Mein Gefährte nahm mich bei der Hand und ging voran. Erst um das Gebäude herum, dann zeigte er auf eine grüne Hecke, die auffällig viele weiße Blüten hatte. »Folge mir ...« Wir gingen entlang der Hecke, bis wir zu einem kaum sichtbaren Durchgang kamen, an dem es keine weißen Blüten mehr gab, sondern rote. Diese wiesen uns die Richtung. Wir durchstreiften den dicht bewachsenen Weg und gelangten so in den prachtvollen Gesundheitsgarten. Wie wunderschön und ruhig er im Mittagslicht dalag. Rasch huschten wir hinein. Umherblickend zeigte Herr Geselligkeit auf das hübsche Beet mit den hier abgelegten großen und kleinen blau gefärbten Kieselsteinen.

»Hier scheint sich aber jemand auszukennen.«

Erschrocken sahen wir erst jetzt eine Dame mit einem großen Sonnenhut, unter dem nur eine dunkle Sonnenbrille und eine etwas zu rot gewordene Nase sichtbar waren. Diese hatte sie wohl zuvor in das große dicke Buch gesteckt, welches jetzt lässig auf ihren Knien ruhte. Die Dame hatte es sich auf einer Sonnenliege gemütlich gemacht. »Dass ihr mich in der Mittagspause besuchen kommt, finde ich aber nett von euch ...«

Herr Geselligkeit fand seine Sprache schneller wieder: »Oh, Frau Gesundheit. Guten Tag, wir wollten nur ...«

»Ich habe Sie kaum erkannt«, sagte nun auch ich etwas verwundert.

»Das glaube ich gerne.« Nun nahm Frau Gesundheit ihre dunkle Brille ab und legte das Buch zur Seite. »Kommt doch näher, ihr beiden. Was verschafft mir die Ehre zu fortgeschrittener Mittagstunde?«

»Verzeihung. Wir wollten nicht stören. Doch wir sind gekommen, um unsere Steine zu bringen.«

»Das ist der Grund! Ich wusste gar nicht, dass der Hintereingang zum Gesundheitsgarten so bekannt ist, meine Lieben. Aber bitte, lasst euch von eurem Vorhaben nicht abbringen. Für mich ist es eh Zeit. Die ersten Leute werden schon wieder im Wartebereich sitzen.« Frau Gesundheit stand auf, nahm ihr Buch und die Sonnenbrille und winkte uns noch einmal mit den Worten zu: »Bitte, sagen Sie doch Frau Sommer einen lieben Gruß. Ich werde in den nächsten Tagen bei ihr vorbeischauen. Ihnen beiden wünsche ich noch einen schönen Tag.«

»Auch wir wünschen Ihnen noch einen schönen Tag, Frau Gesundheit, und lieben Dank für Ihr Verständnis, dass wir hier so außerhalb der Öffnungszeiten eingedrungen sind.«

Auch Herr Geselligkeit wünschte noch eine schöne Zeit bis zum nächsten Wiedersehen. Dann wandte er sich mir wieder zu. »So, nun lass uns aber.« Zügig gingen wir zum Blumenbeet. Herr Geselligkeit sah mich an und sagte: »Du zuerst, meine Liebe.« Er machte mir etwas Platz, sodass ich freie Sicht auf die vielen blauen Steine hatte. Rasch holte ich meinen Schatz hervor. Ich blickte mich um und fand einen hübschen Platz, direkt neben einer aufblühenden roten Rose.

»Hier liegt er besonders schön, findest du nicht auch?«

»Ja, das ist genau der richtige Ort, denn er reicht auch für zwei Kieselsteine ...«

Herr Geselligkeit nahm seinen Schatz ebenfalls aus der Tasche und legte ihn dicht an meinen. Die beiden berührten sich fast. Zeitgleich berührte er meinen Rücken. Ich empfand diese Geste als sehr angenehm und durchaus anziehend. Ich sah meinem Gefährten tief in die Augen. Für einen Moment konnte ich ein funkelndes, aufflammendes Feuer darin erkennen. Sein Gesicht näherte sich. Seine Lippen begannen ein wenig zu zittern. Er atmete etwas flacher. Vorsichtig wich er etwas zurück. Etwas irritiert schaute er an mir vorbei. Er nickte, als ob er jemanden grüßen würde. Ich blickte mich um und konnte eine rot gekleidete Frau wahrnehmen. Sie lächelte mir zu und nickte ebenfalls. In diesem Augenblick spürte ich seine Hand erneut. Diese war inzwischen vom Rücken auf meine Wange gewandert. Fast zaghaft spürte ich seine Fingerspitzen zeitlupenartig bis zu meinem Hals gleiten. Im nächsten Moment wich er wieder etwas zurück, schluckte und hauchte mehr, als dass er sprach: »Wir müssen wohl los, meine Liebe.« Ich räusperte mich, doch ich brauchte noch einen Moment, ehe ich antwortete: »Du hast sicher recht, es ist Zeit.«

Ich hakte mich bei meinem Freund ein und wir gingen langsam zur Kutsche. Herr Geselligkeit nahm meine Hand, um mir beim Aufsteigen behilflich zu sein. Nun band er die Pferde los, stieg ebenfalls hinauf und nahm neben mir auf der Sitzbank Platz. Er schnalzte mit der Zunge und lenkte das Gefährt auf den Straßenweg. Doch die Stimmung zwischen uns war eher verhalten und still geworden. Erst vor Frau Sommers Haus fand Herr Geselligkeit seine Sprache wieder. »Ich setze dich eben hier ab, wenn das okay ist. Ich würde mich auch gern etwas salonfähig machen.«

»Das ist doch kein Problem. Ich kann dich gut verstehen. Frau Sommer wird selbst fahren und mich bestimmt gern mitnehmen. Wir sehen uns bei Herrn Traum.«

Herr Geselligkeit sprang vom Kutschbock, half mir hinunter und drückte mich kurz zum Abschied. Ich wollte mich gerade abwenden, da sagte er: »Warte.« Plötzlich umschlang er mich mit beiden Armen. Ganz fest drückte er mich an sich und hauchte zärtlich: »Ich danke dir für den wunderschönen Ausflug, mein Mädchen.«

»Wir können das sicher noch steigern, meinst du nicht auch?« Herausfordernd sah ich meinem Freund in die Augen. Er grinste nur, dann küsste er mich auf die Wange. Lächelnd sagte er: »Wir sehen uns später. Ich freue mich auf einen weiteren Abend mit dir.« Nur langsam löste er unsere innige Umarmung auf. Seine rechte Hand glitt meinen Arm entlang, drückte kurz meine Hand und anschließend stieg er auf den Kutschbock. Laut rief er noch einmal: »Ade!« Ich lief zum Gartentor, entriegelte dieses und drehte mich noch einmal um. Ich winkte meinem Freund zu. Ich hüpfte mehr, als ich lief, den Gartenweg entlang zum Haus.

Frau Sommer begrüßte mich fröhlich: »Hallo, mein Kind. Da bist du ja. Ich hoffe, du hattest einen schönen Nachmittag?« Sie zögerte kurz, dann sagte sie lächelnd: »Nette Gesellschaft hattest du ja in den letzten Stunden.«

»Oh ja, es war herrlich. Wir haben einen Ausflug gemacht.

Ach ja, ich soll dich von Frau Gesundheit grüßen. Sie kommt in den nächsten Tagen vorbei – und ach, es war einfach wunderbar.«

»Stopp! Hol erst mal Luft«, lachte die rüstige Dame aus vollem Herzen. Ich tänzelte lachend über die Veranda in die Küche hinein wie ein Kind.»Du sprühst ja voller Energie, mein Kind.« Frau Sommer lächelte übers ganze Gesicht. Jetzt nahm ich den Duft vom frisch Gebackenem war.»Das duftet, Frau Sommer. Das riecht so köstlich, so überaus wunderbar. Was hast du gebacken?«

»Das sind nur ein paar Brotkringel. Herr Traum bat mich darum. Es ist wohl nicht so weit her mit seinen Backkünsten.« Beide mussten wir schmunzeln und fragten uns in diesem Moment, was für eine Art Essen uns erwartete heute Abend.»Ich denke, wir sollten uns jetzt etwas frisch machen, mein Kind. Ich habe dir noch eine Kleinigkeit vorbereitet. Es hängt am Schrank in deinem Zimmer.«

»Aber Frau Sommer«, sagte ich nur und lief in den Flur. Hier leerte ich meine Taschen aus und legte das Päckchen von Herrn Gerechtigkeit zu den anderen fünf Geschenken, die immer noch darauf warteten, ausgepackt zu werden. Hinter mir bemerkte ich nun auch Frau Sommer, die schmunzelnd sagte:»Da hast du ja ein ganzes Sammelsurium, mein Kind.«

»Ja, und eine Kräutertüte von Frau Gesundheit. Eine Tasse Tee vor dem Schlafengehen hat sie unter anderem verordnet.«

»Unter anderem?«, fragte Frau Sommer erstaunt.

Ich sah die liebevolle Dame an und sagte:»Na ja, der andere Tipp war ein Spaziergang zum See der Traurigkeit. Ich bin dort gewesen und es war ein tiefgehendes Erlebnis. Vielleicht erzähl ich dir später mehr. Jetzt muss ich aber ...«

Frau Sommer stand einen Augenblick mit einem erstaunten Gesicht und offenem Mund da und wollte noch etwas sagen. Als könnte ich ihre Gedanken lesen, entgegnete ich kurz:»Ich war nicht allein. Herr Geselligkeit hat mich begleitet.« Nun lief ich geschwind die Treppe hinauf. Ich öffnete die Zimmertür und traute meinen Augen kaum. »Frau Sommer!«, jubelte ich und gleichzeitig beschämte es mich. An meinem Kleiderschrank hing ein zitronenfarbenes Cocktailkleid.

Frau Sommer, die mir gefolgt war, lehnte am Türrahmen und fragte: »Gefällt es dir?«

»Das fragst du noch? Es ist wunderschön. Du hast dich selbst übertroffen mit dieser grandiosen Kreation. Vor allem hast du dir schon wieder so viel Arbeit für mich gemacht.« Rasch lief ich zu ihr und drückte sie an mein Herz. »Danke, danke, vielen lieben Dank. Ich weiß gar nicht, was ich sagen soll.«

»Lass mal, es ist schon gut. Es war gar nicht so viel Arbeit, ich habe hier und da etwas geändert und etwas ersetzt. Liebes, deine Freude ist Lohn genug für mich. So hat sich das Vergnügen doch für uns beide gelohnt, mein Kind. Ich dachte, zu einem besonderen Abend gehört ein besonderes Kleid«, lachte sie. Ich drückte sie noch einmal. Dann sagte sie: »So, jetzt aber schnell ins Bad. Ich muss mich auch eben etwas richten. Wir treffen uns dann unten, meine Liebe, bis gleich.« Die Dame fasste sich verlegen in ihre hübsche Hochsteckfrisur, die über den Tag schon etwas gelitten hatte, und ging davon.

Geschwind schnappte ich mir einige Utensilien und verschwand im Bad. Ich genoss eine erfrischende Dusche und wusch meine Haare. Flink trocknete ich mich ab und föhnte meine Haare, bevor ich sie zu einer Frisur zusammensteckte. Nun schlüpfte ich in das hübsche Kleid. Es saß perfekt. Es betonte die Stellen, die betonenswert waren, und kaschierte die, welche kaschiert werden wollten. Frau Sommer bewies immer wieder ihren ausgesprochen guten Geschmack und Stil.

Plötzlich hörte ich sie rufen: »Bist du so weit, mein Kind? Weißt du, ich will nicht drängen, doch es wird wirklich Zeit.«

»Ich komme, Frau Sommer!«, rief ich zurück. Beim Verlassen des Bades schenkte ich meinem Spiegelbild noch einmal ein Lächeln. Dann rannte ich die Treppe hinunter, nahm mir noch die weiße Stola vom Haken und verließ das Haus durch die Vordertür. Beim Herabsteigen der wenigen Stufen verlieh ich dem Kleid einen eleganten Schwung. Zum Schluss drehte ich mich einmal um meine eigene Achse. »Sieh mal!«, rief ich Frau Sommer übermütig zu.

»Reizend, mein Kind. Einfach hübsch und dazu dein eleganter Gang.« Sie lachte und fügte an: »Um mit Frau Eitelkeits Worten zu sprechen: etwas selbstverliebt. So, nun komm aber, die Herren werden schon warten.«

Schnell kletterte ich die Kutsche hinauf und machte es mir auf der Sitzbank gemütlich. »Du, Frau Sommer, hättest du etwas dagegen, wenn ich für morgen Nachmittag Herrn Geselligkeit zum Tee einladen würde? Ich möchte doch nun endlich dem rätselhaften Armband auf die Schliche kommen.«

»Natürlich kannst du Herrn Geselligkeit einladen. Wann immer du möchtest, meine Liebe. Doch was meintest du gerade mit dem Armband auf die Schliche kommen?«

»Mir gehen die vielen Buchstaben nicht aus dem Kopf. Diese müssen doch eine Bedeutung haben. Meinst du nicht auch?«

»Hm«, machte Frau Sommer nur. Dann sagte sie: »Dann wünsche ich dir viel Spaß dabei, mit Herrn Geselligkeit einen schönen, spannenden Nachmittag zu verbringen. Vielleicht ist das Lesezimmer der passende Ort, um Geheimnissen auf die Spur zu kommen. Bücher sind doch immer geheimnisvoll und spannend, findest du nicht? Vor allem ist es dort etwas ruhiger. Ich habe morgen Nachmittag einige Freundinnen zu Gast. Wir wollen an den Dekorationsmaterialien für unser großes Fest arbeiten. Da könnte es sonst zu unruhig für eure Überlegungen werden.«

»Oh, da müsste ich dir sicher helfen. Vielleicht sollte ich Herrn Geselligkeit ein anderes Mal einladen?«

»Nein, nein. Wir sind ein eingespieltes Team. Wir machen das schon so viele Jahre. Jedoch könntest du in den nächsten Tagen beim Dekorieren des Marktplatzes helfen. Es ist ja bald so weit.«

»Das mache ich ganz bestimmt, liebe Frau Sommer.« Ich legte meine Hand kurz auf ihre Hand und sagte:»Ich danke dir.«

»Wofür, mein Kind?«

»Für das schöne Kleid, für dein Verständnis und vor allem für die wunderbare Zeit bei dir.«

Frau Sommer wurde verlegen. Sie zwinkerte etwas mit den Augen, was ein sicheres Zeichen dafür war, dass sie gerührt war. Sie lächelte übers ganze Gesicht und wir wurden nicht nur mit wunderbarem Sonnenlicht beschenkt, sondern auch mit viel Sonnenglitterregen.»Wenn das kein gutes Zeichen ist.« Frau Sommer strahlte noch mehr. Weiter sagte sie:»Sieh mal, da vorn ist es schon.« Ich blickte in die Richtung, in die Frau Sommer zeigte, und konnte ein nachtblaues Haus erkennen, welches hübsche sternengelbe Fensterläden hatte.

»Oh, ist das süß«, entfloh es mir in einem Ausbruch der Freude. Bei näherem Hinsehen konnte ich eine sternenförmige Haustür erkennen. Auch Blumenbeete, die in verschiedenen Sternengrößen angelegt waren. Jedes der Beete war mit einem bunten Windrad geschmückt. Ich war vom ersten Augenblick fasziniert von diesem Wohnsitz.»Toll sieht das aus. Ich muss schon sagen, eine grandiose Fantasie erfüllt dieses Haus.«

»Stimmt, und immer wieder ist es etwas ganz Besonderes, Herrn Traum hier zu besuchen, mein Kind.«

Geschickt lenkte Frau Sommer die Kutsche auf das Grundstück ihres wohl engsten Freundes. Winkend kam uns dieser entgegen.»Wie schön, dass ihr da seid. Wartet einen Moment, ich öffne nur das Tor.« Zügig entriegelte er das ebenfalls sternenförmige Gatter.

»Hallo, da sind ja die Damen.« Herr Geselligkeit eilte ebenfalls zur Unterstützung herbei.

Frau Sommer passierte das Tor gekonnt und brachte das Gefährt zum Stehen.»Darf ich bitten, meine liebe Frau Sommer?« Herr Traum reichte meiner lieb gewonnenen Freundin aufmerksam die Hand. Bevor sie diese annahm, griff sie noch nach dem

Korb mit den mitgebrachten Brotkringeln. Dann lachte Frau Sommer etwas kindlich und sagte zu Herrn Geselligkeit:»Wie es aussieht, kann ich Ihnen ja die Zügel getrost überlassen, mein Lieber.« Frau Sommer überreichte Herrn Geselligkeit die Zügel des Pferdegeschirrs, dann sah sie mich an und meinte:»Bei dem Herrn bist du in den besten Händen, mein Liebes.« Herr Traum kicherte:»Wollen wir?« Frau Sommer hakte sich unter und die beiden gingen durch den Garten davon. Herr Traum rief noch Herrn Geselligkeit zu:»Du weißt ja, wohin ...« Herr Geselligkeit schaute mich an. Dann sagte er:»So, nun zu dir, bezaubernde Schönheit.« Galant reichte er mir beide Hände. Doch er nahm meine nicht, sondern zog es vor, meine Hüften zu umfassen, um mich mit einem Schwung vom Kutschbock zu heben.

Ich lächelte.»Ich wollte dich fragen, ob du Lust hast, morgen Nachmittag auf einen Tee vorbeizukommen. Du wolltest mir doch helfen, das Rätsel um mein Armband zu lösen.« Etwas irritiert sah mich mein Weggefährte an.»Du weißt schon, die Buchstaben an meinem Armband, mein Lieber.«

»Ach, das meinst du, ja, stimmt. Ich wollte dich dabei unterstützen, die Lösung zu finden. Morgen Nachmittag, sagst du?«

»Ja, morgen. Wenn du Zeit hast, würde ich es mir mit dir im Lesezimmer bei Frau Sommer mit einem Tässchen Tee gemütlich machen.«

»Nur einen Tee?« Herr Geselligkeit grinste und meinte weiter:»Ich komme gern vorbei. Sieh mal.« Herr Geselligkeit zeigte den Gartenweg entlang.

»Ist das toll. Ein Lagerfeuer, wie romantisch«, platzte es aus mir heraus.

»Da seid ihr ja, kommt doch näher«, rief Herr Traum uns entgegen.

»Ist das nicht eine tolle Idee von Herrn Traum?«, fragte Frau Sommer.

»Ich dachte mir, ich überrasche euch mit einem Süppchen und

Stockbrot am offenen Feuer«, sagte Herr Traum aufgeregt und freute sich wie ein Kind, dass ihm dies auch gelungen war. Es duftete himmlisch nach allerhand Gewürzen und frisch geröstetem Brot.

»Das sieht ja köstlich aus und wie das duftet, mein lieber Traum. Du hast dich selbst übertroffen«, bemerkte Herr Geselligkeit.

Wie wunderschön die Stimmung im Garten war. Alles war in Sternenlicht getaucht und auch das Feuer warf ein besonders warmes Licht. Fantasievoll hatte unser Gastgeber eine zauberhafte Atmosphäre geschaffen. Man konnte sich nur wohlfühlen in einer solchen Umgebung. Den großen Tisch hatte Herr Traum mitten auf der Wiese platziert. Dieser war reich dekoriert und mit Kerzen geschmückt. Beim Lagerfeuer hatte er große Decken und Kissen bereitgelegt. Ringsherum in den verschiedenen Blumenbeeten hatte er Fackeln gesteckt, die eine mystische Atmosphäre schufen.

Herr Traum ergriff das Wort: »So, meine lieben Freunde, genug des Lobes. Lasst uns speisen, ich bitte zu Tisch.« Herr Traum geleitete Frau Sommer am Arm und flüsterte ihr zu: »Sag einmal, das Kleid unserer lieben Freundin kommt mir sehr bekannt vor.«

»Das weißt du noch?«, kicherte Frau Sommer.

»Wie könnte ich das vergessen, meine Liebe? Wir waren so jung. Es war in einer lauen Sommernacht und du lagst am See in meinen Armen.« Bei der letzten Bemerkung schlang Traum Frau Sommer den Arm um die Taille und lächelte wie ein Schuljunge ...

»Worüber die beiden wohl gerade reden?«, fragte ich Herrn Geselligkeit.

Dieser antwortete: »Sicher schwelgen sie in Erinnerungen, meine Liebe. Das werden wir doch bestimmt auch irgendwann einmal oder meinst du nicht?«

Doch diese Antwort musste ich meinem lieb gewonnenen

Freund dank Herrn Traum unbeantwortet lassen, denn dieser bat uns erneut an den reich gedeckten Tisch mit den Worten: »Bitte, nehmt Platz zum Dinner im Mondschein. Ich hoffe, ihr trinkt und esst reichlich. Nicht dass ich einige Sonnenwechsel damit zu tun habe, mein Essen selbst zu speisen.« Er lachte und rückte erst Frau Sommer und dann auch mir den Stuhl zurecht. »Du siehst heute übrigens ganz bezaubernd aus, meine Liebe, dieses Kleid ist sehr hübsch.«

»Danke schön, das ist ein Geschenk von Frau Sommer, sie hat es für mich geändert.« Liebevoll sah ich die ältere Dame an und sagte: »Du hast mir damit eine große Freude gemacht.«

»Das habe ich gern gemacht. Jetzt aber Schluss mit meinen Taten. Sehen wir doch mal, ob Herr Traum sich selbst übertroffen hat mit dem Zubereiten der Speisen.«

»Ja bitte, ich werde euch gleich die Suppe auftragen.«

»Lass mich das doch machen, lieber Freund. Du hast doch schon genug getan«, sagte Herr Geselligkeit. Geschwind schnappte er sich Frau Sommers Teller und lief zum Lagerfeuer, um mit der dafür vorgesehenen Kelle die köstliche Suppe einzufüllen. Dann holte er sich meinen Teller und dann den von Herrn Traum. Zum Schluss befüllte er seinen eigenen Porzellanteller mit einer Portion der Köstlichkeit.

Erst als er sich wieder hingesetzt hatte, erhob Herr Traum sein Glas und sagte: »Lasst uns anstoßen. Auf einen schönen Abend mit Freunden. Guten Appetit. Lasst es euch schmecken.«

Frau Sommer reichte mir den Brotkorb. Dankend nahm ich diesen entgegen, nahm mir ein Stück und reichte ihn an Herrn Geselligkeit weiter. Er lächelte und sagte: »Köstlich, mein lieber Freund, was du da gezaubert hast, das schmeckt hervorragend.«

»Oh ja«, sagte nun auch Frau Sommer. »Du bist wahrlich meisterlich.«

»Mir schmeckt es auch hervorragend«, beteiligte ich mich an der Unterhaltung.

So saßen wir dort, aßen, tranken und unterhielten uns über

dieses und jenes. Irgendwann stand Herr Geselligkeit auf, sah mich an und sagte:»Ich glaube, jetzt ist die jüngere Generation gefragt. Wollen wir Herrn Traum den Abwasch abnehmen?« Ich nickte zustimmend und begann, das Geschirr zusammenzustellen. Den Protest von Herrn Traum überhörten wir gekonnt und machten uns mit dem Porzellan auf in die Küche. Herr Geselligkeit schien schon öfter hier zu Gast gewesen zu sein, denn er sagte nur:»Immer mir nach, sonst verläufst du dich noch.« Ich konterte:»Oh, mein Orientierungssinn funktioniert einwandfrei, mein Lieber.« Beide mussten wir lachen. Ich folgte ihm bis zur Terrassentür, dann hinein in die großzügige Wohnküche. Hier gab es allerhand zu bestaunen, allem voran einen riesigen Wandteppich, der über einer Sitzbank an der Wand befestigt war. Je genauer ich mir das bunte, sehr dekorative Motiv ansah, umso sicherer war ich mir: Na klar, das waren doch Tierkreiszeichen, die ich im Mondlicht sah. Wie toll und edel der aussah. Ein richtiges Schmuckstück. Etwas so Schönes hatte ich selten gesehen. Auch das Interieur war außergewöhnlich. Hier gab es nicht die typisch einheitlichen Küchenmöbel, alle Farben waren vertreten. Es gab blaue, rote, gelbe und grüne Schränke sowie ein violettfarbenes Regal an der Wand.

»Genau wie du habe ich auch geguckt. Unser Freund mag es eben bunt oder sollte ich besser sagen farbenreich?«

Ein Grinsen konnte ich mir nicht verkneifen und antwortete:»Er ist schon etwas Besonderes, unser Herr Traum. Ich kenne keinen zweiten Mann, dem so bunte Anzüge stehen würden.«

»Du wirst doch nicht lästern? Du weißt ja, hier ist man nie unbeobachtet. Eben konnte ich am Gartenzaun einige Gäste wahrnehmen.«

»Tatsächlich? Ich habe nix gesehen«, kicherte ich und meinte weiter:»Frau Neid, Frau Neugier und auch Frau Eifersucht müssen doch schon Blasen an den Füßen haben, wo sie uns bereits den ganzen Tag verfolgen. Auf die Dauer wäre mir dieser Job zu anstrengend.« Beide mussten wir lachen. Geschwind erledigten wir den Abwasch und stellten alles wieder an seinen Platz. Herr Geselligkeit wusste auffallend gut Bescheid, wo welches Stück hinkam. »Bist du schon lange mit Herrn Traum befreundet? Ich frage nur, weil du dich so gut auskennst ...«

»Wie war das eben mit Frau Neugier?« Mein Gefährte lachte und lachte. Dann sagte er: »Ich möchte deine Frage nicht unbeantwortet lassen. Herr Traum und ich kennen uns schon sehr lange. Er ist immer ein guter Freund und Zuhörer gewesen. Wir unterstützen uns gegenseitig in allen Lebenslagen. Jeder braucht doch einen Traum in seinem Leben, findest du nicht auch?«

»Ja, wenn ich so richtig drüber nachdenke, hast du vollkommen recht. Jeder braucht einen Traum an seiner Seite. Was hätte man sonst für Ziele?«

Herr Geselligkeit wurde schweigsam. Er sah mich nur an und sagte nichts. Er machte einen Schritt auf mich zu und lächelte mich an, nahm meine Hände und begann zu sprechen: »Weißt du, mein Ziel wäre es, eine Partnerin zu finden. Das sage ich, da ich jetzt eine gefunden habe. Bereits beim ersten Mal, als ich dich sah, hatte ich da so ein Kribbeln ...«

Mir wurde warm und kalt zugleich. Geschah das alles wirklich? Das eine oder andere Mal hatte ich mich das schon gefragt. Doch immer, wenn ich mich mit Frau Sommer darüber unterhalten hatte oder darüber, wer und wo ich sei, war sie mir ausgewichen. Auch Frau Gesundheit. Wirklich klare Antworten bekam ich von den beiden nicht, wie und warum ich in diese Situation geraten war. Natürlich spürte ich, dass Herr Geselligkeit ein ganz besonderer Mensch für mich war. Ein Freund, ein Gefährte, ein Vertrauter in unbekannter Umgebung. Gelegentlich überlegte ich: Fehlte mir mein altes Leben noch?

»Du träumst ja schon wieder ...« Aus weiter Ferne glaubte ich jemanden sprechen zu hören. Da war es wieder: »Du träumst schon wieder. Herr Geselligkeit an das hübsche Mädchen.«

»Entschuldige bitte.« Ich überlegte kurz. »Ich weiß gar nicht, wo wir stehen geblieben sind. Es tut mir leid. Ach, bitte, was sagtest du noch mal?«

»Wann meinst du, davor oder danach?« Er zögerte kurz, dann sprach er weiter:»Ich bemerkte gerade, dass du schon wieder geträumt hast.« Herr Geselligkeit lächelte.»Vielleicht sollten wir unsere Unterhaltung ein andermal fortsetzen.« Einen Augenblick standen wir nun schweigend da. Ganz ehrlich, ich war richtig dankbar, als vom Türrahmen her Herrn Traums Stimme zu hören war:»Da seid ihr beiden ja. Ich will gar nicht stören, ich möchte nur schnell zwei Suppenterrinen holen, wir haben doch noch zwei Gäste bekommen, Frau Liebe und Herr Angst sind es, die zufällig vorbeigekommen sind. Ich habe sie spontan eingeladen. Ich hoffe, ihr habt nichts dagegen, dass wir unsere abendliche Runde erweitert haben.«

Ohne auf eine Antwort zu warten, verließ Herr Traum die Wohnküche so schnell, wie er gekommen war. Herr Geselligkeit räusperte sich, dann sagte er:»Ich denke, wir sollten die beiden auch begrüßen. Sie sind wirklich sehr nett. Die Liebe hat uns ja schon gegrüßt.« Herr Geselligkeit lächelte und auch ich konnte mir ein Lachen nicht verkneifen, welches durch ein kleines Hicksen begleitet wurde. Dann sinnierte ich:»Ist das so? Die Liebe hat uns schon gegrüßt?« Dann erinnerte ich mich an die Dame, die uns im Gesundheitsgarten begegnet war, ganz geheimnisvoll in Rot gekleidet, doch es war auch ein Moment, in dem Herr Geselligkeit von jetzt auf gleich sehr schweigsam und in sich gekehrt gewirkt hatte, ganz anders als in diesem Augenblick, da er aufgekratzt und freudig über den spontanen Besuch der abendlichen Gäste sagte:»Dann lass uns doch mal die Überraschungsgäste begrüßen, Frau Liebe ist eine sehr interessante und gebildete Frau. Glaub mir, es macht Spaß, ihr zuzuhören. Doch auch Herr Angst ist trotz seiner zurückhaltenden Art ein interessanter Mann, er wirkte, immer allwissend, vielleicht ist das aber auch seine Art, mit seinem Dasein besser umzugehen, um von seinen eigenen Ängsten nicht überrollt zu werden.«

Aufmerksam hörte ich meinem Freund zu, nickte dann und wann und sagte:»Gern bin ich bereit, die beiden kennenzulernen.« Ich hakte mich bei Herrn Geselligkeit unter und wir gingen hinaus. Hier wurden wir bereits von Herrn Traum erwartet, er kam uns schon entgegengelaufen und sagte:»Da seid ihr ja, ich dachte, ihr wolltet den übrigen Abend in Zweisamkeit verbringen.« Frau Sommer lächelte mich an und meinte:»Darf ich dir meine Freundin vorstellen? Das ist Frau Liebe, sie ist eine meiner längsten und besten Freundinnen. Wir haben schon viel gemeinsam erlebt.«

Etwas schüchtern ging ich auf die erhabene Dame zu. Ihre Ausstrahlung war bemerkenswert. Ich war beeindruckt von ihrem Kleid, welches ganz in Rot gehalten und über und über mit kleinen Glitzerherzen bestickt war. Auf dem Kopf trug sie einen kleinen roten Hut, an den eine Hutnadel in Form eines doppelten Herzens gesteckt war. Ich sammelte mich und sagte: »Guten Abend, Frau Liebe.«

Frau Liebe reichte mir ihre Hand. Im Augenblick der Berührung erfasste mich eine wohlige Wärme, die langsam, aber fortschreitend in meine Blutbahn zu steigen schien, bis sie in meinem Herzen angekommen war. Dort löste sie explosionsartig ein prickelndes Kribbeln aus, oder war es doch eher eine kurze Hitze? Diese Empfindung lässt sich kaum in Worten wiedergeben, doch ich spürte, dass dies eine besondere und einzigartige Begegnung war.

Nun sah mich diese außergewöhnliche Frau sekundenlang an. Dann hauchte sie mehr, als dass sie sprach:»Guten Abend, mein Kind, wir haben uns heute Nachmittag schon kurz gesehen. Es ist schön, deine Bekanntschaft zu machen. Ich habe schon so einiges über dich gehört, Kindchen.«

»So, ich hoffe doch, nur Gutes?«

Nun kam der ganz in Grau gekleidete Mann auf mich zu und sagte:»Auch ich freue mich, Sie zu begrüßen, mein Name ist Angst.«

Ich antwortete:»Guten Abend, Herr Angst, ich freue mich auch, Sie kennenzulernen.« Der Herr sah mich kurz an. »Gewöhnlich freuen sich die Leute nie, wenn sie auf unseren Herrn Angst treffen«, scherzte mein lieb gewonnener Freund Geselligkeit.

Freundlich sagte Herr Angst:»Dabei kann ich das gar nicht verstehen, mich kennenzulernen bedeutet nicht, dass man vor mir weglaufen sollte, denn was man durchlebt, kann auch Stärke bedeuten. Es freut mich also, Ihre Bekanntschaft zu machen, mein überaus charmantes Fräulein.«

Ich bekräftigte noch einmal:»Ich freue mich ebenfalls, Ihre Bekanntschaft zu machen, Herr Angst. Längst habe ich mir angewöhnt, auf alles Neue offen zuzugehen. Um es mit anderen Worten zu sagen, ich fürchte mich nicht.«

»Das sind gute Voraussetzungen. Wir sollten wissen, dass alles, vor dem wir weglaufen, erneut auf uns zurückkommen wird. Vielleicht in einer anderen Situation oder in einem anderen Rahmen, jedoch es kommt zurück wie ein Bumerang. Also, was spricht dagegen, bei der ersten Begegnung einfach die Zähne zusammenbeißen und dann durch? Danach wird man merken, dass es gar nicht so schlimm war. Wir können mehr ertragen, als wir denken. Gern wiederhole ich mich, ich freue mich, dass Sie bereit sind, mir eine Chance zu geben.«

Herr Traum meldete sich zu Wort:»So, jetzt aber genug, liebe Freunde. Lasst uns fröhlich sein und noch ein oder zwei oder gar drei Gläschen von diesem vorzüglichen Wein zu uns nehmen. Meine Lieben, Prost.«

Frau Sommer lächelte»Also, ein Glas trink ich noch, aber dann sollten wir an den Heimweg denken. Ich habe morgen noch einiges zu tun.« Freundlich sagte sie noch zu ihrer Freundin:»Ich würde dich morgen auch gern bei mir als Gast begrüßen. Ein bisschen Verstärkung können wir gebrauchen.«

Frau Liebe horchte auf und fragte:»Verstärkung? Wobei, liebe Freundin?«

Frau Sommer lachte und meinte:»Ein Wort genügt: Dekoration.«

»Ach, du meinst die Deko für das Jahreszeitenfest? Da bin ich gerne dabei.«Frau Liebe lachte schallend.»Du weißt doch, Herzen für die Tanzfläche sind meine Spezialität. Den Weg könnten wir mit Herzgirlanden und Lampions ausschmücken sowie Herzspiralen um die Brüstung des Tanzbodens und ich sage nur: Lichter, Lichter, Lichter, ja, ein ganzes Lichtermeer an Kerzen muss her. Du weißt doch, die Liebe lebt und steht mit der Atmosphäre ...«

Herr Traum meldete sich laut lachend zu Wort:»Unsere Damen sind wohl in ihrem Element.« Ich hörte zu und gleichzeitig hörte ich nichts. Die Worte von Frau Liebe gingen mir nicht mehr aus dem Kopf.

»Ich habe schon so einiges von dir gehört«, sinnierte ich. Sollte ich noch einmal nachfragen? Wenn ich an die Zaungäste dachte, ärgerte es mich schon, dass ich scheinbar für Gerede sorgte. Ich war mir aber keiner Schuld bewusst. Sicher hatte ich mich das eine oder andere Mal mit Herrn Geselligkeit getroffen, doch was bitte schön war daran so verwerflich? Ganz ehrlich, was da war und was auch nicht, ging doch niemanden etwas an und vor allem, wer waren die drei denn schon? Da hatten wir allen voran Frau Neugier, Frau Neid und Frau Eifersucht. Ich fragte mich noch einmal, wer überhaupt waren die drei, dass sie sich so etwas herausnehmen konnten? Sie kannten mich kaum ...

Als könnte Frau Sommer wie so oft in letzter Zeit auch dieses Mal meine Gedanken lesen, sagte sie:»Unsere netten Zaungäste da drüben scheinen auch auf eine Einladung zu hoffen.«

Herr Traum grinste:»Man sollte nicht auf Dinge hoffen, die man nicht erlangen kann. Viel schöner sind die Dinge, die man überraschend geschenkt bekommt, genau dann, wenn man nicht darauf aus ist. Findet ihr nicht auch?«

Herr Geselligkeit meinte:»Wie recht du hast, lieber Freund.«

Er grinste dabei übers ganze Gesicht und in meine Richtung gewandt sagte er:»Mit dir habe ich auch nicht gerechnet.« Nun mischte sich auch Frau Liebe ein:»Genau deshalb liebe ich meine Aufgabe. Die Liebe wartet und lässt sich nicht einladen. Sie kommt und geht, wann sie will. Ich bin das Geschenk an sich.« Die erhabene Dame lächelte. Bei genauem Hinsehen entdeckte ich ihre hübschen Grübchen, die sie im Ausdruck ihrer Erscheinung noch stärker machten. Ich lauschte weiter ihren Worten:»Liebe ist auch ein Zustand, für den wir bereit sein müssen. Wenn du nicht imstande bist zu lieben, wird der Zweifel deine Liebe beherrschen. Auch fragen wir uns, bin ich es oder ist es derjenige, der bereit ist, geliebt zu werden?« Nun wandte sie sich direkt mir zu:»Sei doch nicht so angespannt, Kindchen. Die Liebe ist das Normalste auf der Welt. Es gibt viele Arten der Liebe. Diese zu erfahren oder ihr zu begegnen oder eben auch mehr oder weniger geschickt an ihr vorbeizulaufen, ohne ihr auch nur einen Hauch einer Chance gegeben zu haben, ist sehr oft der Fall.« Aufmunternd lächelte sie mich an und sagte:»Du solltest mich unbedingt besuchen kommen in den nächsten Tagen. Vielleicht auf ein Tässchen Tee?«

Ich bedankte mich für die freundliche Einladung und fügte an:»Gern komme ich bei Ihnen vorbei, Frau Liebe«, und führte weiter in Frau Sommers Richtung aus:»Was meinst du, wollen wir nicht langsam aufbrechen?«

Frau Sommer spürte wohl, dass ich die Abendgesellschaft verlassen wollte. Sie sah mich liebevoll an und sagte:»Ja, mein Kind, du hast recht. Morgen haben wir noch einiges zu tun.«

Herr Traum sah uns an und sagte:»Wollt ihr denn wirklich schon los? Es ist doch jetzt gerade so gemütlich.«

Herr Geselligkeit meldete sich zu Wort und sagte zu mir:»Wie gern hätte ich mit dir noch einen Abendspaziergang gemacht, meine Liebe. Es ist doch schon zu einer Art Ritual geworden, findest du nicht?«

Ich antwortete:»Nicht böse sein, aufgeschoben ist ja nicht aufgehoben, mein Lieber. Ein anderes Mal gern. Wir sehen uns ja morgen Nachmittag.« Ich lächelte ihn an und erhob mich von meinem Gartenstuhl. Frau Sommer sah mich kurz an. Mittlerweile verstanden wir uns auch ohne große Worte. Jetzt, als Frau Sommer sich erhob, taten es ihr alle anderen gleich, um uns freundlich zu verabschieden, jedoch nicht, ohne das Versprechen zu entlocken, dass wir uns bald in dieser Runde wiedersehen würden. Herr Geselligkeit, der vollendete Gentleman, ließ es sich nicht nehmen, uns persönlich zur Kutsche zu geleiten, um uns beim Aufstieg sowie dem Öffnen des Hoftores behilflich zu sein. Erst als wir bereits auf den Steinweg eingebogen waren, winkte er uns zu und rief:»Ich freue mich auf morgen. Schlaf gut und träum süß, meine Liebe.«

Als wir außer Hörweite waren, sagte meine mütterliche Freundin Frau Sommer:»Er gefällt dir schon sehr, unser smarter Herr Geselligkeit, oder?«

Ich überlegte kurz. Dann sah ich Frau Sommer von der Seite an. Ich traute mich und fragte:»Was ist der Unterschied zwischen Freundschaft und Liebe beziehungsweise wann weiß ich, dass es Liebe ist?«

Frau Sommer ließ sich einen Augenblick Zeit und antwortete:»Wenn du auf deine Herzenssprache hörst, weißt du, wo der Weg beginnt oder wo er weitergeht, mein Kind. Das mächtigste Organ des Menschenkindes ist das Herz. Es ist der Motor des Lebens sozusagen. Der Herzschlag ist die Sprache. Lerne, sie zu spüren. Achte auf den Rhythmus. Schlägt es schnell oder ruhig? Pulsiert es gleichmäßig in bestimmten Situationen? Versuche, die Gedanken mit dem Herz zu verbinden. Denke an deinen Herzensmenschen. Versuche, dich in ihn hineinzuversetzen. Sollte es Liebe sein, wird dein Herz dir antworten. Je näher wir dem Liebsten stehen, umso mehr schlägt es aus, hinein in die Gedankenwelt. Dein Herzensmensch wird deine Nähe spüren und ist er noch so weit von dir entfernt. Liebe kennt weder Raum noch Zeit.«

Ich sah Frau Sommer wieder von der Seite an. Ich war vom ersten Augenblick unserer Begegnung an von ihr fasziniert gewesen. Von dieser beeindruckenden Frau und ihrer Fähigkeit, manche Dinge in einer klaren Sprache zu erklären, dass jeder eine Auffassungsgabe dafür entwickeln konnte. Selten zuvor hatte ein Mensch mich so in den Bann ziehen können wie meine lieb gewonnene Freundin Frau Sommer.

»Da sind wir«, sagte Frau Sommer und riss mich aus meinen Gedanken. Sie hielt unser Gefährt an und ich sprang hinunter, um das Gartentor zu öffnen. Frau Sommer lenkte die Kutsche in die Einfahrt. Ich verschloss das Tor und wie selbstverständlich versorgten wir die Tiere. Dies alles geschah lautlos bis zu dem Moment, als Frau Sommer sagte: »Warum bist du denn so nachdenklich, mein Kind? Geht es dir nicht so gut heute Abend? Na, komm ...« Frau Sommer nahm mich in den Arm und wir gingen eng umschlungen ins Haus, bis sie fragte: »Wollen wir noch eine warme Milch mit Honig zusammen trinken? Oder möchtest du lieber ein Tässchen Tee von der von Frau Gesundheit verordneten Kräutermischung? Dann können wir bestimmt viel besser einschlafen, meinst du nicht auch?«

»Oh ja, ich nehme die Milch mit deinem leckeren Honig. Das ist eine gute Idee von dir, Frau Sommer. Das wird mir bestimmt etwas helfen, heute in den Schlaf zu kommen«, antwortete ich meiner so lieb gewordenen mütterlichen Freundin.

Gemeinsam gingen wir in die gemütliche Küche. Frau Sommer setzte den kupferfarbenen Milchtopf auf den Herd, den sie zuvor mit etwas« Milch befüllt hatte. Nun holte sie zwei Tassen und den Honigtopf aus dem Schrank. Rasch legte sie noch ein paar Kekse auf einen Teller und stellte diesen auf den geräumigen Küchentisch. »Setz dich doch schon mal, mein Liebes. Die Milch ist gleich fertig.« Nun rührte sie weiterhin die Milch um. Dann nahm sie einen Esslöffel und entnahm etwas von dem leckeren Honig, den sie anschließend sachte in die Milch gleiten ließ. »So, mein Kind.« Mit einem freundlichen Lächeln stellte sie mir eine Tasse mit dampfender Honigmilch auf den Tisch. Mit beiden Händen umfasste ich die rot gepunktete Tasse. »Jetzt in den Abendstunden ist es sehr frisch geworden«, begann ich das Gespräch mit Frau Sommer.

»Da hast du recht, mein Kind. Doch es war nett bei Herrn Traum, findest du nicht auch? Er hat sich so viel Mühe mit dem Essen gegeben und wie schön er alles vorbereitet hat. Fast wie früher.« Frau Sommer biss sich auf die Unterlippe. Ich hatte das Gefühl, dass ihr die letzten Worte ungewollt herausgerutscht waren. Also fragte ich interessiert nach: »Fast wie früher?«

Frau Sommer sah mich mit großen Augen an: »Sagte ich das? Da musst du dich verhört haben.«

»Frau Sommer, möchtest du nicht vorsichtshalber schon eine dritte Tasse auf dem Tisch stellen?«

»Eine dritte Tasse, für wen soll die sein?«

»Ich denke, du weißt ganz bestimmt, für wen die sein soll. Es könnte sein, dass Frau Schwindlerin dir noch einen Besuch abstattet«, grinste ich liebevoll.

Frau Sommer lächelte mit und sagte: »Ich glaube nicht, dass sie zu so später Stunde noch vorbeikommen wird. Warum sollte sie auch?« Die Wangen der grauhaarigen Dame schimmerten leicht rötlich, als wären sie erhitzt. Frau Sommer sah mich an und meinte: »Möchtest du dir nicht einen Augenblick Zeit nehmen, um dich deinen kleinen Präsenten zu widmen? Die haben wahrlich einen sehr dekorativen Platz auf dem Garderobenschrank gefunden, mein Kind.«

»Das hätte ich fast schon wieder vergessen. Frau Sommer, danke, dass du mich daran erinnerst.« Rasch sprang ich auf, ging zum Flurschrank und schnappte mir mit beiden Händen die sechs verschieden eingepackten Päckchen, um sie anschließend sachte auf dem Küchentisch zu platzieren. Eine weitere Nacht unbeachtet auf dem Garderobenschrank zu verbringen, das hatten die mir angedachten Geschenke nun wahrlich nicht verdient.

»Da ist ja ganz schön was zusammengekommen«, meinte Frau Sommer. »Weißt du denn noch, von wem du die Päckchen bekommen hast, mein Kind?«

Ich überlegte kurz, bevor ich antwortete: »Also, ganz ehrlich, irgendwie habe ich den Überblick verloren. Ich weiß nur, dass ich das regenbogenfarbene Tütchen von Herrn Gerechtigkeit bekommen hab. Das war heute Morgen. Ich traf ihn im Gesundheitsgarten am Haus der Gesundheit. Wir haben uns dort eine Weile unterhalten. Ich soll dir auch liebe Grüße von ihm ausrichten.«

»Das ist aber lieb, danke schön. Nun aber zu denen da.« Frau Sommer zeigte auf die kleinen Tütchen und Päckchen. Ich packte eines nach dem anderen aus. Dann legte ich die kleinen, silberfarbenen Anhänger gut sichtbar vor uns hin. Zu guter Letzt öffnete ich das kleine bunte Tütchen von Herrn Gerechtigkeit. Auch hier fand ich einen Buchstaben, den ich neben die anderen legte.

Dann las ich laut vor: »*B D E I N T*. Geheimnisvoll ... Kannst du mir helfen, Frau Sommer?«

Frau Sommer sah mich an und sagte: »Hast du dich denn jetzt mit Herrn Geselligkeit für morgen verabredet?«

»Ja, das habe ich. Er kommt am Nachmittag zum Tee. Ich freue mich, ihn morgen erneut zu treffen.«

Frau Sommer sah mich mit einem nachdenklichen Gesicht an. Dann sagte sie: »Komm, ich helfe dir, lass mich meines Amtes walten.«

Ich verstand und streckte ihr meinen Arm entgegen. Meine mütterliche Freundin öffnete den silbernen Verschluss des Armbandes und legte es ausgebreitet vor uns auf den Tisch. Sie schaute sich das silberne Kettchen etwas genauer an, blickte mir dann tief in die Augen und wirkte etwas traurig.

»Was ist denn? Was siehst du?« Doch die liebreizende Dame mit den warmen Augen, die eine derart liebevolle Art hatte, blieb schweigsam. Sie griff ihre Tasse und trank einen großen

Schluck der warmen Honigmilch. Ich tat es ihr gleich und stellte meine inzwischen fast leere Tasse wieder auf den Tisch.

Wenn ich zum jetzigen Moment über diesen Hauch einer Sekunde zurückblickend nachdenke, kann ich mir vorstellen, was sie damals schon ahnte: Mein Urlaub vom Ich, wie wir beide meinen überraschenden Besuch zu Beginn meines Aufenthaltes liebevoll betitelt hatten, würde wohl bald ein jähes Ende finden. Frau Sommer streichelte zärtlich den Handrücken meiner rechten Hand, die auf der Tischplatte ruhte. Dann sagte sie leise:»Mädchen, es ist spät geworden. Es ist an der Zeit, dass wir uns etwas ausruhen. Vielleicht ist es besser, wir belassen es für heute dabei. Ich denke, du wirst morgen Nachmittag viel Spaß mit Herrn Geselligkeit haben, wenn ihr euch dem Rätsel der Buchstaben widmet.« Sie lächelte müde, doch das Sonnenscheinstrahlen, welches sonst in ihrem ausdrucksvollen Gesicht immer zu lesen war, blieb aus.

Ich antwortete:»Ich muss dir wohl recht geben, es ist wirklich Schlafenszeit, Frau Sommer.« Langsam nahm ich das regenbogenfarbene Tütchen des Herrn Gerechtigkeit vom Tisch. Ich ließ erst das Armband hineingleiten, dann nahm ich vorsichtig einen Anhänger nach dem anderen und verstaute sie ebenfalls. Frau Sommer sah mich erstaunt an. Mir war ihr aufmerksamer Seitenblick nicht entgangen. Ich sah sie ebenfalls an und sagte:»Weißt du, morgen müsste ich sowieso noch einmal die einzelnen Anhänger vom Armband lösen, damit wir die Möglichkeit haben, verschiedene Positionen, insbesondere die Reihenfolge der unterschiedlichen Buchstaben auszuprobieren.«

Schmunzelnd sah mich Frau Sommer an. Sie nahm die beiden Milchtassen vom Tisch und brachte sie in die Spüle. Dann kam sie auf mich zu und drückte mich mit den Worten:»Schlaf gut, mein Kind.« Langsam ging sie in den Flur. Ich hörte, dass sie die Tür zum Lesezimmer öffnete. Dann war es ruhig. Zügig spülte ich noch die beiden Milchtassen aus Steingut ab und stellte sie zum Trocknen verkehrt herum auf das Ablaufgitter. Ich blickte mich noch einmal in der großzügigen Küche um, nahm das kleine Papiertütchen mit den Schmuckstücken vom Tisch und löschte das Licht, bevor ich in den dunklen Flur ging. Als ich mich auf den Weg zur Treppe machte, nahm ich einen leichten Lichtkegel wahr. Ich fragte mich, ob Frau Sommer es sich wohl doch noch einmal anders überlegt hatte, noch nicht schlafen wollte und sich stattdessen noch zum Lesen zurückgezogen hatte. Merkwürdig, dabei schien sie eben noch vor Müdigkeit fast umzufallen. Sie war manchmal schon sehr wunderlich in ihrem Wirken und oft auch etwas zu geheimnisvoll ... Vorsichtig ging ich auf die angelehnte Tür zu und lugte durch den Spalt. Was ich dort zu sehen bekam, bestätigte meine Meinung, dass sie nicht nur müde geschienen hatte, sondern sie war es wirklich. Sie schlummerte tief und fest, allerdings nicht in ihrem Bett, sondern in ihrem überdimensionalen Ledersessel. Ich fragte mich, ob ich die ältere Dame wecken sollte, entschied mich dann aber dagegen. Ich beschloss allerdings, die Petroleumlampe auszudrehen, um Schlimmeres zu verhindern. Also drückte ich die angelehnte Tür weiter auf und schlich mich in den Raum. Ich ging einige Meter auf die ruhig schlafende Frau zu, um erst die heruntergefallene Decke aufzuheben und diese dann sachte um Frau Sommer zu legen. Während ich die Lampe löschte, fiel mein Blick auf das ebenfalls heruntergesunkene Buch. Ich las leise den Titel:

»Wunschdenken und Realität leicht gemacht«.

Vorsichtig ging ich zurück zur Zimmertür und lehnte diese wieder so weit an, dass ein schmaler Spalt offen blieb. Leise ging ich die Treppe hinauf, öffnete sachte meine Zimmertür, schlich mich hinein und verschloss die schwere Eichentür möglichst geräuschlos.

Ich ging zuerst hinüber zum Sekretär und legte das mitgebrachte Papiertütchen auf die Ablage. Im Augenwinkel sah ich im Schein der Straßenweglaterne einen Schatten. Vorsichtig schob ich die Übergardine zur Seite, sah hinaus und erblickte Herrn Traum, der lustig pfeifend von einem Bein auf das andere sprang. Ich fragte mich schon die ganze Zeit, was eigentlich seine Aufgabe hier im Sommerland war. Doch bisher hatte ich noch nicht gewagt zu fragen, was er den ganzen Tag oder spätabends beziehungsweise in der Nacht machte. Nur schwer konnte ich meinen Blick von den Geschehnissen auf dem Straßenweg losreißen, doch es wurde eindeutig Zeit, sich fürs Bett zurechtzumachen und schlafen zu gehen. Auf keinen Fall wollte ich meinen Gefährten am kommenden Nachmittag mit dunklen Augenringen empfangen. Gedacht, getan. Rasch ging ich ins Bad, erledigte meine Abendtoilette und schlüpfte in Nullkommanix unter meine Bettdecke.

8. Kapitel: Zwei Rätsel und ein Abschied

Geweckt wurde ich am frühen Morgen durch das Gezwitscher eines Vogelpaares, welches sich, lieblich anzusehen, auf einem Flügel meiner Fensterläden niedergelassen hatte. Einige gefühlte Minuten lauschte ich ihrem zarten Duett, doch dann veränderten sich die Vogelstimmen. Es hörte sich jetzt eher an, als würden sich die beiden ernsthaft unterhalten. Dann wurde es ganz still.

Schwungvoll entledigte ich mich meiner Bettdecke. Mit einem Satz sprang ich aus meinem Bett und wollte gerade ins Bad, als ich erneut ein Geräusch an meinem Fenster wahrnahm. Ich ging auf das Fenster zu. Ruhe. Man hörte nichts. Ich drehte mich um und wollte Richtung Bad, da hörte ich es wieder: »Poing, poing.« Ja, Mensch, was war das für ein Geräusch? Interessiert wandte ich mich noch einmal um und ging zum Fenster. Ich hätte es erahnen können. Beim Hinaussehen konnte ich meinen fast ständigen Wegbegleiter erkennen, wie er eifrig damit beschäftigt war, kleine Steinchen zu sammeln. Ich lachte in mich hinein und schmiedete einen Plan. Na ja, vielleicht nicht ganz fair, dachte ich noch. Doch diesen zweifelnden Gedanken verwarf ich ganz schnell. Ich schnappte mir eins meiner Sommerkleider sowie etwas frische Wäsche und verschwand im Bad. Schneller als sonst wusch ich mich und band meine Haare zu einem Zopf. Dann lief ich rasant die Treppe hinunter. Frau Sommer, die in diesem Augenblick aus der Küchentür in den Flur kam, wollte mich gerade mit einem Gutenmorgengruß beschenken, als ich sie mit großen Augen ansah und den Finger auf meine Lippen legte.»Pst, pst«, machte ich nur. Die scharfsinnige Frau verstand sofort. Sie lachte vor sich hin und ging zurück in die Küche.

Ich dagegen schlich mich durch die Vordertür heraus, ging um das Haus herum und versteckte mich hinter die Brombeerhecke. Zwei, drei, kleine Schritte noch und schon stand ich unbemerkt direkt hinter dem Rücken von Herrn Geselligkeit. Dann verschloss ich mit beiden Händen seine Augen. Leise flüsterte ich meinem schmucken Freund ins Ohr:»Piep, piep, wer bin ich?«

Herr Geselligkeit machte den Spaß mit und sagte:»Ich tippe mal auf das hübsche Mädchen, welches mir in letzter Zeit immer mehr den Schlaf raubt.« Mein Gefährte umfasste meine Hände, drehte sich schwungvoll um die eigene Achse und ergriff meine Taille.»Da kann ich ja noch so viele Steinchen gegen dein Fenster werfen. Ich konnte ja nicht wissen, dass du zu so früher Stunde schon auf bist, meine Liebe.«

Ich lachte und fragte mehr als ich antwortete:»Ja, sag mal, waren wir nicht erst für heute Nachmittag verabredet?«

Herr Geselligkeit ließ mich langsam los und sagte:»Eigentlich schon, doch ich dachte mir, du würdest mich sicher gern bei einer anderen Mission, die ich kurzfristig übernommen habe, begleiten, meine Liebe.« Herr Geselligkeit sah mich kurz an. »Weißt du, ich traf heute Morgen Herrn Zeit, der leider immer noch etwas kränkelt. Er bat mich darum, mal nach dem großen Zeitfenster zu sehen. Er ist der Meinung, dass die großen Fensterflügel neuerdings etwas quietschen, beziehungsweise es sollen die Scharniere auch etwas angegriffen sein.«

Ich sah Herrn Geselligkeit etwas stutzig an und sagte:»Der Zahn der Zeit nagt wohl am großen Zeitfenster.« Ich kicherte ...

»Hm, da magst du wohl gar nicht so unrecht haben, meine Liebe.« Mein Freund sah mich meiner Meinung nach etwas traurig und gedankenverloren an.

»Na, schau nicht so, mein Retter. Gern will ich dich begleiten. Ich müsste nur noch schnell ins Haus. Komm doch mit hinein. Frau Sommer freut sich bestimmt, wenn du ihr Guten Morgen sagst. Vielleicht gibt es auch schon einen frischen Kaffee.«

»Da kann ich wohl nicht anders.« Kaum hatte er das ausgesprochen, packte er mich bei der Hand und wir liefen los. Auf der Veranda begrüßte uns Frau Sommer mit einem strahlenden Lächeln, welches dem schönsten Sommertag Konkurrenz hätte machen können.»Hallo, ihr zwei. Was habt ihr denn vor zu so früher Stunde?«

»Bei dem Anblick hier sollten wir wohl eher fragen, was du heute vorhast. Eröffnest du ein Dekorationsgeschäft, Frau Sommer?« Frau Sommer saß inmitten von buntem Bastelpapier und Luftschlangen. Den Kopf mit Silbergirlanden umrahmt, kniete sie vor einem überdimensionalen Pappkarton und vergrub ihre Hände in Hunderten von Seidenblumen. Herr Geselligkeit lachte:»Guten Morgen, Frau Sommer, du bist wohl schon in vollen Zügen bei den Vorbereitungen? Ich bin für morgen mit Herrn Traum und Herrn Sympathie verabredet. Wir wollen damit beginnen, die verschiedenen Stände und den Tanzboden auf dem Marktplatz zu montieren.«

Frau Sommer sah kurz auf und sagte:»Schön, dass alles so gut klappt und alle so fleißig mithelfen. Die Einteilung des Festausschusses scheint doch die richtige Wahl gewesen zu sein. Nachher kommen die Damen und wir kümmern uns dann um die passende Dekoration. Da fällt mir noch ein, sag mal, Liebes, möchtest du jetzt auch am Kuchenwettbewerb teilnehmen?«

»Das ist lieb, dass du fragst, Frau Sommer. Doch ich fürchte, dass meine Backkünste mit den euren hier im Sommerland nicht mithalten können. Jedoch würde ich mich gern anders nützlich machen wollen«, lachte ich.

»Da finden wir noch etwas anderes«, lachte jetzt auch Herr Geselligkeit.

Frau Sommer lachte mit und sagte:»Wie wäre es, wenn du morgen beim Dekorieren der vorgefertigten Sachen helfen würdest? Vorausgesetzt, die Männer beenden morgen ihr Tagewerk? Heute habt ihr ja schon was anderes vor, wenn ich das richtig in Erinnerung habe. Aber bitte seid vernünftig, nehmt euch einen Kaffee und ein kleines Frühstück, ich würde euch sonst ungern gehen lassen, meine Lieben.«

»Können wir noch irgendwie helfen, Frau Sommer?«, fragte Herr Geselligkeit höflich.

Frau Sommer schüttelte den Kopf:»Nein, nein, Kinder, ich will euch nicht aufhalten. Frischer Kaffee und ein kleines Frühstück stehen auf dem Küchenbüfett. Bedient euch doch bitte selbst, ihr beiden.« Sie lächelte uns an und fragte noch freundlich:»Wo geht es denn hin zu so früher Stunde? Wenn ich recht in der Annahme bin, seid ihr doch erst für heute Nachmittag verabredet.« Herr Geselligkeit antwortete:»Ach, ich traf heute Morgen Herrn Zeit. Er beklagte sich über das große Zeitfenster auf der grünen Wiese. Neuerdings würden die großen Fensterflügel quietschen und die Scharniere sind scheinbar auch nicht mehr ganz in Ordnung. Ich hatte den Eindruck, dass er in letzter Zeit etwas überfordert ist. Er bat mich um Hilfe. Ich habe ihm spontan meine Hilfe zugesagt. Da fiel mir ein, dass unser lieber Besuch hier Frau und Herrn Zeit noch gar nicht kennengelernt hat.«

»So, so«, machte Frau Sommer nur und widmete sich dann wieder dem großen Karton mit den Seidenblumen, indem sie die farbenprächtigen Blüten auf ihren korrekten Zustand zu prüfen begann.

Warum nur hatte ich, besonders in den letzten Tagen, immer mal wieder den Eindruck, dass irgendetwas mit Frau Sommer nicht stimmte? Oft wirkte sie nachdenklich und in sich gekehrt. Als sich Herr Geselligkeit jedoch bei mir unterhakte und sagte:»Wie sieht es aus? Bekomme ich jetzt einen Kaffee, meine holde Schönheit?«, verwarf ich meine Gedanken an Frau Sommer und antwortete:»Aber sicher, der Herr. Folgen Sie mir unauffällig in die Küche.«

Bevor ich die Verandatür öffnete, schaute ich noch einmal über meine Schulter zurück auf Frau Sommer. Doch sie schien in ihrem Vorhaben, die Seidenblumen zu sortieren, völlig aufzugehen, denn sie lächelte in sich hinein. Herr Geselligkeit ließ mir den Vortritt und wir gingen gemeinsam in die Küche und genossen unser kleines Frühstück plaudernd und scherzend im Stehen. Anschließend winkten wir Frau Sommer noch einmal zu und wünschten ihr einen schönen Tag. Dann machten wir uns endgültig auf den Weg. Wie immer behandelte mich Herr Geselligkeit wie ein vollendeter Gentleman. Er half mir zu vorkommend in die Kutsche und bot mir ein angenehmes Unterhaltungsprogramm, indem er mir allerhand Neues zeigte oder geduldig erklärte. Immer wieder mal machte er mir ein Kompliment oder schenkte mir liebevolle Seitenblicke. In vollen Zügen genossen wir die uns geschenkte Zweisamkeit. »Ich weiß«, begann ich zu sprechen, »du hattest mir einmal erklärt, dass dieses große schwebende Zeitfenster auf einer großen grünen Wiese hinter der Jahreszeitenkreuzung zu finden ist. Ich kann mich allerdings nicht daran erinnern, dass du mir auch verraten hättest, dass dort der Wohnsitz von Herrn und Frau Zeit ist.«

»Das gemeinsame Haus von Frau und Herrn Zeit liegt unmittelbar in der Nähe des großen Fensters. Allerdings befindet es sich zwischen dem Ende des Sommerlands und dem Beginn der Stadtszenerie.« Das hörte sich interessant an und ich wurde neugierig. Herr Geselligkeit schien dies zu bemerken und schmunzelte. Dann sagte er: »Ich dachte mir, so kannst du schon mal ein paar Eindrücke davon sammeln, was dich auf dem Jahreszeitenfest erwartet.«

»Es war lieb von dir, dass du heute Morgen überraschend vorbeigekommen bist, um mich abzuholen. Ich freue mich sehr.« Zu meinem eigenen Erstaunen ergriff ich die Hand meines lieb gewonnen Freundes, der meine auch nicht mehr loszulassen vermochte.

In vollen Zügen genossen wir unsere geschenkte Zeit und die körperliche Nähe zueinander. Wir spürten ganz deutlich, dass das, was hier jetzt gerade passierte, etwas ganz Besonderes war. Man hätte es auch das Flechten eines unsichtbaren Bandes nennen können. Bis wir unser Ziel erreicht hatten, geschah alles völlig ohne Worte. Schließlich war es mein Gefährte, der die Stille unterbrach, indem er mir fast zärtlich zuflüsterte: »Da ist es, siehst du?« Ich folgte mit meinen Augen dem Fingerzeig von Herrn Geselligkeit. Wie hübsch und idyllisch dieser kleine Dorfkern schon von Weitem aussah. Und ich hatte diesen erstaunlicherweise noch nicht gesehen. Viele kleine Häuschen konnte man erkennen, die alle etwas anders gestaltet waren. Manche hatten eckige, manche runde Fenster. Manche waren blau, wieder andere rot oder grün. Doch eines hatten alle gemeinsam: Sie waren hübsch dekoriert und mit vielen Blumen zurechtgemacht. Das alles war einzigartig und wunderschön anzusehen.

Herr Geselligkeit hielt die Kutsche an und versorgte die Tiere. Dann kam er um die Kutsche herum und reichte mir wie selbstverständlich die Hand. So gingen wir Hand in Hand den Weg entlang, bis wir an einem großen Steintor ankamen, vor dem mein Freund stehen blieb. Herr Geselligkeit sah mich an und sagte, fast schon etwas stolz: »Darf ich vorstellen, das ist unser kleines, aber feines Jahreszeitenviertel, in dem man alles findet, was das Herz begehrt, meine Liebe. Dürfen es ein paar Pralinen sein, du findest sie hier. Brauchst du ein paar neue Schuhe oder Kleider, du findest sie hier. Oder solltest du einmal einen Konflikt mit jemanden haben, auch dafür findest du hier die Lösung. Na, sagen wir eher, das Haus der Gerechtigkeit hilft dir, einen Lösungsweg zu finden.« In diesem Augenblick rührte es mich fast zu Tränen, wie mein Freund dieses besondere Fleckchen Sommerland anpries.

Ich war so überwältigt von dem, was ich sah, dass ich erst gar nicht wusste, was ich zu all dieser Vielfältigkeit sagen sollte. Herr Geselligkeit schien das zu bemerken, er grinste vor sich hin und freute sich, dass er mich so hatte überraschen können. So schlenderten wir drauflos in Richtung des Marktplatzes, an dem schon einige Leute damit beschäftigt waren, ihre Stände für das anstehende Jahreszeitenfest aufzubauen. Es berührte mich sehr, was ich zu sehen bekam. Da half der eine dem anderen. Niemand war allein, alle waren freundlich und hilfsbereit.

Herr Geselligkeit sah mich verwundert an und fragte:»Hast du deine Sprache verloren, meine Liebe, oder genießt du gerade und schweigst?«

Ich schenkte meinem Begleiter ein freundliches Lächeln und antwortete:»Ganz ehrlich? Ich bin überwältigt von dem, was ich sehe, und frage mich gerade, warum du mir das jetzt erst zeigst.« Um dem gerade Gesagten ein wenig Humor zu geben, knuffte ich Herrn Geselligkeit in die Seite. Dieser verstand es blendend, seine Chance zu nutzen und mir mal wieder seine Vorzüge zu präsentieren, und das ging am besten mit möglichst wenig Konkurrenz. So sagte er für ihn typische Weise:»So habe ich dich länger für mich, mein Schatz.«

»Es ist wirklich einzigartig schön hier im Jahreszeitenviertel. Doch wo müssen wir denn jetzt hin? Wo wohnen Herr und Frau Zeit? Ist es noch weit?«

»Nein, nein, sieh, wir müssen dort entlang, wo der große Marktbrunnen steht.« Nicht unweit vor uns erkannte ich dieses imposante Bauwerk. Das Marktbrunnen zu nennen, ist gnadenlos untertrieben, dachte ich bei mir. Ich sammelte mich kurz. »Ich bin beeindruckt und überwältigt zugleich, mein Lieber.«

Beim genauen Ansehen dieses architektonischen Wunders konnte man erkennen, dass dieses Denkmal, denn dieser Titel traf es wohl eher als einfach nur die Umschreibung»Marktbrunnen«, aus Elementen der vier Jahreszeiten gestaltet war. Alle Boten waren dort vertreten. Ein starker Baum erinnerte an den stürmischen Herbst, ein großer Berg mit seinem schneebedeckten Gipfel an den kalten Winter, eine Blütenstaude mit unzähligen Schmetterlingen ließ an den Frühling denken und natürlich erinnerte die überdimensionale Sonne mit ihrem alles überstrahlenden Glanz an den Sommer.

»Du träumst wohl schon wieder?«, fragte Herr Geselligkeit.

Ich sah ihn an und antwortete:»Träumen? Nein, nein. Ich träume nicht, ich staune über dieses wahnsinnig schöne Bauwerk, welches alles aussagt und gleichzeitig alles vereint.«

»Das hast du aber sehr schön ausgedrückt und ich kann auch verstehen, dass du deinen Blick kaum davon abwenden kannst. Doch glaub mir, es gibt noch viele andere Dinge, die entdeckt werden wollen, mein Schatz«, sagte mein Begleiter schmunzelnd.

Ich blickte mich um und sah nun die vielen kleinen Häuser und die kleinen Geschäfte aus der Nähe. Auch die Personen nahm ich jetzt deutlicher und ganz anders wahr. Es waren einige dabei, die ich schon kennengelernt hatte, allen voran Frau und Herr Neugier. Doch das waren jetzt wohl die zwei, denen ich am wenigsten von meiner Zeit schenken wollte. Von Weitem winkten uns Herr und Frau Gefühl zu, die damit beschäftigt waren, kleine Fähnchen an einem Stand aufzuhängen. Herr Geselligkeit sah mich an und sagte:»Da sollten wir mal eben rübergehen, um guten Tag zu sagen.«

»Ja, da hast du wohl recht, das ist doch das Mindeste nach dem schönen Nachmittag, den wir bei ihnen verbracht haben.«

Rasch liefen wir Hand in Hand über den Straßenweg. Herr und Frau Gefühl umarmten uns zur Begrüßung und das, wie konnte es anders sein, unter den wachen Augen von Frau Neid und Frau Eifersucht. Auch hier in der Stadtszenerie hatten diese Personen wohl eine gewisse Aufgabe zu erfüllen. Also erstaunte es mich nicht, dass sie sich zu allem Überfluss dazugesellten, um das Geschehen mit Argusaugen aus nächster Nähe zu beobachten, damit ihnen auch ja nichts entging. Frau Gefühl erzählte uns, dass sie etwas später mit Frau Sommer und einigen anderen Frauen zum Basteln verabredet sei. Herr Gefühl schwärmte von dem Nachmittag, den wir gemeinsam verbracht hatten, und er wünschte sich ein erneutes Treffen. Eine Weile erzählten wir uns noch dies und das, dann verabschiedeten wir uns voneinander mit dem festen Vorsatz, am morgigen Tag gemeinsam ein Glas Wein zu trinken.

»Ein paar Schritte müssen wir noch gehen«, sagte Herr Geselligkeit, dann blieb er plötzlich stehen.»Sieh, da vorn ist es ...«

Mein Freund zeigte auf den gegenüberliegenden Straßenweg, an dem vier nebeneinanderliegende Häuser ihren Platz gefunden hatten. Ich schaute etwas verwundert, was Herr Geselligkeit offenbar sofort bemerkte, denn er sagte:»Was ist? Gefällt es dir nicht?«

»Na ja, ich hatte ein großes Fenster auf einer Wiese erwartet nach dem, was du mir darüber erzählt hast, mein Liebster, und jetzt sehe ich einen hübschen Palast.«

»Ja, das ist der Wohnsitz von Herrn und Frau Zeit. Was unschwer erkennbar ist, wie ich finde.«

Sicher, der Wohnsitz, oder sollte ich besser sagen, das Schlösschen, welches von Herrn und Frau Zeit bewohnt wurde, war schon ein Hingucker. Wenn man es genau betrachtete, waren es wohl eher zwei einzelne Türme, die durch einen riesigen Torbogen verbunden waren. Durch den mächtigen Bogen führte ein Steinweg aus weißen Kieselsteinen. Vor den Türmen waren jeweils rechts und links unzählige Schlüsselblumen gepflanzt. Geheimnisvoll und mystisch lag das Anwesen etwas abseits der Stadtszenerie. Die Fassaden des steinernen Gebäudes waren mit zahlreichen Ziffern bemalt. Man konnte sich daran gar nicht sattsehen. Es gab wohl nur ein Wort, das dies umfassend beschrieb: atemberaubend.»Beeindruckt?«, fragte Herr Geselligkeit.

»Definitiv. Ich weiß gar nicht, was ich sagen soll.« Mein Vertrauter sah mich an und drückte meine Hand noch fester.»Komm. Ich werde dir jetzt Frau und Herrn Zeit vorstellen. Sicher warten sie schon.« Gemeinsam gingen wir den weißen Kiesweg entlang. Nachdem wir den gewaltigen Torbogen passiert hatten, teilte sich plötzlich der Weg.»Wir müssen hier entlang.« Herr Geselligkeit zeigte die rechte Richtung an. Ein paar Meter mussten wir noch gehen, dann standen wir vor einer imposanten weißen Holztür mit einem Ziffernblatt.

»Alles okay? Bist du bereit?«, fragte mein Begleiter mich noch einmal. Ich nickte. Mein Freund lächelte mich an und betätigte in dem Augenblick den Türklopfer. Ich spürte, dass mein Herz stärker zu schlagen begann. Man konnte hören, wie sich Schritte der Eingangstür näherten. Ich atmete noch einmal tief ein, dann war es so weit. Die Tür öffnete sich und vor uns stand ein älterer grauhaariger Mann in einer eher gebückten Haltung. »Guten Morgen, mein Fräulein, schön, dass wir Sie auch kennenlernen dürfen. Herr Geselligkeit, ich freue mich, dass du da bist. Aber bitte kommt doch herein, ihr beiden.«

»Ich freue mich, dass ich meinen Freund begleiten darf«, sagte ich freundlich.

»Das ist doch selbstverständlich, mein Fräulein.« Dann wandte er sich Herrn Geselligkeit zu. »Ach bitte, den Werkzeugkasten habe ich schon bereitgestellt, du kennst dich ja aus. Ich werde nur eben das reizende Fräulein in die Küche geleiten. Meine Frau ist dort sehr beschäftigt, müssen Sie wissen, mein Fräulein. Denn meine bessere Hälfte nimmt am hiesigen Kuchenwettbewerb teil und wälzt nun sämtliche Backbücher.« Während wir einen langen Flur entlanggingen, redete er munter weiter: »Ich hoffe, es macht Ihnen nichts aus. Ich meine das mit der Küche, mein Fräulein. Es ist doch so: Gäste empfängt man im Wohnraum und Freunde lädt man in die Küche ein«, sagte der freundliche Herr Zeit und klopfte an eine alte Holztür.

»Kommt doch bitte herein«, erklang eine Frauenstimme. Herr Zeit drückte die Türlinke hinunter, worauf sich mir ein turbulentes Küchentreiben darbot. Eine freundlich dreinblickende Dame lächelte mich verlegen an und begrüßte mich: »Oh, das ist so schön, dass Sie uns besuchen kommen. Treten Sie bitte näher.« Herr Zeit sagte noch: »Ich lasse die Damen dann mal allein und gehe unserem fleißigen Herrn Geselligkeit zur Hand. Ihr kommt doch bestens allein zurecht.« Der rüstige ältere Mann drehte sich um und ging davon.

Ich sammelte mich und sagte: »Frau Zeit, ich freue mich, dass ich meinen Freund begleiten durfte.«

Erst sah Frau Zeit mich an, dann begann sie zu sprechen:

»Mein Fräulein, Sie sollten wissen, auf Freunde von Herrn Geselligkeit wartet immer ein Lächeln bei uns. Er ist so ein engagierter Mann und so hilfsbereit. Glauben Sie mir, ohne ihn wüssten wir manchmal gar nicht, was wir machen würden. Wir freuen uns wirklich sehr, dass Sie Ihr Weg durch ihn auch zu uns geführt hat.«

»Sagen Sie, Frau Zeit, kann ich mich irgendwie nützlich machen?«

»Aber nein. Ich erfreue mich Ihrer Anwesenheit, mein Fräulein. Sagen Sie mir, wie geht es Frau Sommer, und vor allem, wie gefällt es Ihnen bei uns?«, fragte die Dame, während sie dabei war, sich mit dem Handrücken eine Haarsträhne aus ihrem Gesicht zu streichen.

»Frau Sommer, das ist so eine Sache. Wissen Sie, Frau Zeit, um ehrlich zu sein, mache ich mir seit geraumer Zeit etwas Sorgen. Sie wirkt so verändert. Von jetzt auf gleich wechselt sie die Stimmung. Manchmal ist sie überschwänglich lustig und freundlich wie immer, im nächsten Augenblick wirkt sie in sich gekehrt und still. Sie spricht die Dinge nicht aus, sondern zieht sich zurück.«

Frau Zeit hörte aufmerksam zu. Dann sagte sie: »Machen Sie sich keine Sorgen, mein Fräulein, wir alle hängen doch mal durch. Das wird schon, da bin ich sicher. Letztendlich werde ich es wohl sein, die es bringt.«

»Wie meinen Sie?«

Doch Frau Zeit sah mich nur an und sagte: »Mein Fräulein, seien Sie doch bitte so lieb und reichen Sie mir das Mehl. Ich glaube, ich habe mich jetzt für den Kuchen entschieden, den ich machen möchte. Es wird jetzt wohl eine gebackene Stachelbeere mit einer Decke aus Marzipan. Das ist doch eine ungewöhnliche Kombination, meinen Sie nicht auch? Oder haben Sie einen anderen guten Tipp für mich und meinen Kuchen?«, fragte sie mich unvermittelt. Mir kam es so vor, als wollte Frau Zeit mich bewusst auf ein anderes Gesprächsthema lenken. Ich beobachtete sie, wie sie geschäftig mit den Küchenutensilien hantierte. Dann und wann murmelte sie etwas und lächelte. Plötzlich sah sie mich an und sagte:»Ich bin sofort wieder für Sie da, mein Fräulein. Ich muss nur eben die richtigen Mengen zusammenstellen. Sie verstehen das doch, nicht wahr?« »Aber sicher, ich kann das gut nachvollziehen, werte Frau Zeit. Wenn ich mir etwas vorgenommen habe, möchte ich es auch beenden.«

»Es ist wichtig«, sprach die ältere Dame weiter, während sie eifrig mit beiden Händen in ihrer Backschüssel damit beschäftigt war, dem Kuchenteig den passenden Schliff zu verleihen, »wenn man ein klares Ziel hat, welches einem das völlige Glück verheißt, sollte man den Weg, der zum Ziel führt, nicht aus den Augen lassen.«

Ich beobachtete die weise Frau, überlegte kurz, dann sagte ich mit fester Stimme:»Oh, Zielstrebigkeit ist auch für mich etwas Absolutes und etwas sehr Wichtiges, Frau Zeit. Desto schlimmer ist es für mich, nicht so recht zu wissen, wohin mein Weg mich im Augenblick überhaupt trägt.«

Die freundliche Dame sah mich etwas für meinen Geschmack zu eindringlich an und sagte:»Wenn man es zulässt, trägt das Leben einen durchs Leben, meine Liebe. Doch die Gefahr ist immer vor Ort, dass man sich dort wiederfindet, wo man gar nicht hin wollte.« Wieder machte sie eine ausdruckstarke Gesprächspause, bevor sie weitersprach:»Schritt für Schritt, in jedem Augenblick zu spüren, dass du lebst, mein Kind, ist die schönste Vollendung des geschenkten Lebens.«

Wie hervorragend diese reife Dame es vermochte, bestimmte Dinge auszudrücken und dabei dem Sinn in den Worten an den richtigen Stellen Gewicht zu verleihen. Dies war für mich einzigartig. So wie Frau Sommer hatte sie einen scharfsinnigen Verstand und konnte unter Aufnahme der Reflexionen des Gegenübers den Gesprächsfaden aufnehmen. Was sie in diesem Augenblick in meinem Gesicht genau sah, wusste ich nicht, doch sie traf den Nagel auf den Kopf, als sie sagte:»Das Leben wird gebracht durch die Zeit. Klarheit, Vertrauen, Geborgenheit und Sicherheit, das alles wird dir gebracht durch die Zeit, mein Kind. Doch du kannst deiner Zeit nicht hinterherlaufen. Sie wird kommen in jedem Augenblick des Lebens. Wenn du es zulässt. Es ist dein Leben, deine Zeit, mein Kind. Es ist deine Selbstbestimmung, die dich durch dein Leben trägt, ohne auch nur den Hauch einer Manipulation von anderen zu spüren. So lebst du frei mit jeder Faser deines irdischen Körpers.«

Ich ließ die gesprochenen Sätze noch einmal auf mich wirken. Zu diesem Zeitpunkt wusste ich noch nicht, wie aussagekräftig all das für meine herannahende Zukunft sein würde.

Fast wie aufs Stichwort klopfte es leise an der Tür.»Kommt doch bitte herein, ihr beiden«, rief Frau Zeit freundlich. Herr Zeit und mein Freund Herr Geselligkeit betraten gut gelaunt die Küche. Herr Zeit sah seine Frau freudestrahlend an und jubelte:»Ich habe es ja gleich gewusst, dass unser Freund Geselligkeit der richtige Mann ist für unser problematisches Zeitfenster. Ruckzuck hat er es mit seinem handwerklichen Geschick geschafft, dass alles wieder tipptopp in Ordnung ist.«

Herr Geselligkeit freute sich sichtbar über so viel Lob von Herrn Zeit. Doch er wäre nicht mein Freund gewesen, wenn er Bescheidenheit nicht großgeschrieben hätte. So sagte er:»Aber ich bitte dich, Freunde sind zum Helfen da.«

Herr Zeit lächelte seine Frau an und fragte:»Ich hoffe, ihr beide habt auch eine schöne gemeinsame Zeit gehabt.«

Frau Zeit sah geheimnisvoll zu ihrem Mann und Herrn Geselligkeit. Dann sah sie mich an und antwortete:»Ich bin entzückt, dieses bezaubernde Fräulein kennengelernt zu haben.« Bei dieser Bemerkung lächelte sie mir freundlich zu.»Vor allem aber denke ich, dass wir so einiges haben klären können.«

»Das ist ja großartig«, bemerkte Herr Zeit. Er ging zu einem Küchenschrank und öffnete eine Schublade. Dort entnahm er eine kleine Schachtel, blickte seine Frau noch einmal an und machte dann einen Schritt auf mich zu, um sie mir mit den Worten zu reichen:»Es ist schön, dass wir Sie kennenlernen durften. Leider wissen wir nicht, ob wir es noch einmal schaffen werden, Sie wiederzusehen. Mein Fräulein, gerne würden wir Ihnen deshalb heute schon diese kleine Gabe überreichen.« Herr Zeit gab mir das kleine Päckchen, welches die Form einer Taschenuhr hatte. Ich lächelte Herrn und Frau Zeit freundlich an und bedankte mich für das kleine Geschenk. Vor allem aber nahm ich für mich mit, dass die Zeit nicht anstrengend war, sondern eher etwas, dem man mit Besonnenheit und Gelassenheit begegnen sollte.

Gerührt schaute ich noch einmal auf das kleine Präsent, sah dann Herrn und Frau Zeit an und sagte:»Ich bedanke mich bei Ihnen beiden für Ihre Gabe. Vor allem bedanke ich mich dafür, dass ich mitkommen durfte, um Sie kennenzulernen.« Während ich Herrn und Frau Zeit weiterhin aufmerksam zuhörte, verstaute ich die kleine Schachtel in meiner Tasche. Frau Zeit sagte:»Sie sind jederzeit bei uns willkommen, mein Fräulein.« Herr Zeit bedankte sich noch einmal eifrig bei Herrn Geselligkeit für seine spontane Hilfe und versicherte ihm, dass er sich für ihn freue, dass er eine so nette Freundin gefunden habe. Herr Geselligkeit lächelte. Dann sah er mich an und fragte:»Hm, was meinst du, mein Mädchen, wollen wir langsam los?«

»Ja, ich denke auch, dass es Zeit ist. Wir sollten uns auf den Weg machen.«

Frau Zeit sah mich an und sagte:»Es ist schön, dass Sie bei uns waren, doch jetzt wünschen wir Ihnen für Ihren weiteren Weg das Allerbeste, mein Fräulein.« Auch Herr Zeit hatte liebe Worte für mich:»Ich wünsche Ihnen nur das Beste und vor allem seien Sie ganz unbedacht, was die Zeit so alles macht, mein Fräulein. Alles Liebe für Sie und unseren Freund Geselligkeit.« Dann geleiteten uns Herr und Frau Zeit zur Tür und gaben uns noch ein paar liebe Grüße für Frau Sommer mit auf den Weg. Zum Schluss wünschten sie uns einen schönen Tag und vor allem für morgen ein schönes gelingendes Jahreszeitenfest.

Herr Geselligkeit und ich schlenderten davon. Als wir uns noch einmal umdrehten, um den beiden zum Abschied zu winken, konnten wir sehen, dass sie eng umschlungen an der Tür standen und sich etwas zuflüsterten. Herr Geselligkeit lächelte und merkte dann an:»Da wäre ich jetzt gern Mäuschen. Du weißt schon. Hast du manchmal nicht das Bedürfnis zu wissen, was andere Leute über dich reden?«

»Ganz ehrlich?« Ich machte eine kurze Pause, dann sagte ich:»Klar interessiert es mich manchmal schon, was für einen Eindruck ich bei den Leuten hinterlasse. Doch manchmal auch nicht, denn stell dir mal vor, du selbst siehst dich nicht so, wie andere dich sehen. Dann bist du enttäuscht und fragst dich, warum es so ist. Du fängst an, dich damit zu beschäftigen oder dein Image aufzubessern. Kurzum, du fängst an, dich zu verändern. Es stellt sich die Frage, bin ich dann noch ich oder das, was andere von mir erwarten?«

Mein Freund sah mich nur schweigend an, er wartete scheinbar darauf, dass ich noch etwas sagte. Für mich war das, was ich eben gesagt hatte, jedoch aussagekräftig genug. Er schien dies zu spüren und fragte auch nicht mehr nach, da ich ihm mit meiner Aussage wohl verständlich gemacht hatte, dass das ein wunder Punkt in meinem Leben war. Also versuchte ich es mit einem anderen Thema:»Sag einmal, was haben wir denn jetzt noch vor?«

»Also, wenn du möchtest, können wir jetzt noch zusammen etwas essen gehen.«

Ich lächelte.

»Essen gehen?«, fragte ich verwundert.

»Ja, ich denke, das ist doch eine gute Idee, bevor ich dich zurück zu Frau Sommer bringe.«

»Zurückbringen? Aber du kommst doch mit, oder?«

»Sagen wir mal, ich komme zu unserer Verabredung wie geplant. Ich muss erst noch etwas erledigen. Aber dann bin ich ganz für dich da, meine Liebe. Wir wollten doch gemeinsam was ganz Spannendes erledigen, das habe ich nicht vergessen. Wobei, da fällt mir ein, ich wollte eben schon nachfragen, wo hast du denn dein Armband?« Herr Gesellichkeit griff fragend nach meinem Handgelenk.

»Das habe ich gestern Abend schon abgelegt, als ich meine Päckchenflut aus den letzten Tagen ausgepackt habe. Es wartet in einem kleinen Papiertütchen auf uns, zusammen mit den vielen kleinen Anhängern.«

»Ach so, ich hatte schon gedacht, du hättest es verloren. Also, wie sieht es aus? Gehen wir gemeinsam essen? Ich habe da so einen Geheimtipp.«

»Na, du machst es aber spannend«, sagte ich lachend.

»Wer lacht denn da so in den Tag hinein?«, hörten wir hinter uns eine sehr vertraute Stimme. Wir drehten uns um und konnten Herrn Traum begrüßen. »Wie immer scheint ihr ja bester Stimmung zu sein, ihr zwei beiden. Ihr seid ja auch schon unterwegs.« Herr Traum stand mit einigen gut befüllten Taschen vor uns und freute sich sichtlich über unsere Begegnung.

»Herr Traum«, begrüßten wir ihn fast einstimmig. Herr Gesellichkeit grinste und sagte: »Hast wohl auch schon gut zu tun um diese Zeit.« Er zeigte auf die prall gefüllten Taschen.

»Ach, das ist so dies und das. Aber ihr, was macht ihr hier um diese Zeit?«

Jetzt mischte auch ich mich in die Unterhaltung ein und sagte: »Ich wurde heute Morgen schon früh aus den Federn heraus überrascht.«

»Aus den Federn heraus? Dass ich nicht lache. Erschreckt hat sie mich aufs Gemeinste«, lachte mein Freund und warf mir einen herausfordernden Seitenblick zu. Ich knuffte ihn in die Seite.

»Na, ich sehe schon, ihr habt euren Spaß, ihr zwei.«

»Da kann ich nicht widersprechen, werter Traum, mit diesem Fräulein hat man immer Spaß«, sagte Herr Gesellichkeit.

Herr Traum sah mich an und sagte:»Wenn ich ein paar Jahre

jünger wäre, Mädchen, würde unser Geselligkeit hier ganz schön Konkurrenz bekommen.« Dann verabschiedete er sich: »Macht es mal gut, ihr beiden, vielleicht bis später, Tschüss.«

»Ihnen auch einen schönen Tag, Herr Traum. Wir sehen uns, bis bald«, riefen wir ihm noch kichernd hinterher.

Herr Geselligkeit sagte leise zu mir: »Da bin ich aber froh.«

»Du bist froh?«

»Ja, nichts gegen unseren lieben Herrn Traum, doch ich habe dich heute lieber für mich allein. So, junge Dame, nun zu uns. Was gedenken Sie zu speisen? Ein Drei-Gänge-Menü oder eher einen einfachen Imbiss von der Mittagskarte meines Geheimtipps?«

»Also, Geheimtipp hört sich spannend an. Ich bin zu allem bereit«, scherzte ich. »Da, wo du hingehst, gehe auch ich hin.«

»So soll es sein. Dann vertrauen Sie sich mir an?«

Ich überlegte, dann sagte ich: »Für heute auf jeden Fall, mein Bester.«

»Hm«, machte Herr Geselligkeit und sagte dann: »Darf ich nun bitten?« Mein Freund reichte mir galant seinen Arm und ich hakte mich ein, worauf er noch sagte: »Ich führe Sie zu Tisch, mein Fräulein.«

Eine Weile gingen wir schweigend nebeneinander her. Einen Moment nicht aufgepasst und prompt liefen wir direkt Frau Neugier in die Arme. »Das ist heute schon das zweite Mal, dass wir sie und ihren Mann treffen«, flüsterte ich meinem Begleiter zu.

»Das hast du aber scharfsinnig bemerkt, mein Schatz. Störe dich nicht daran.« Ich störte mich nicht daran, doch Frau Neugier hatte so eine spezielle Art, auf sich aufmerksam zu machen.

»Das ist aber nett, Sie hier zu treffen«, sagte sie zu uns.

Herr Geselligkeit setzte sein freundlichstes Gesicht auf, so als könnte er kein Wässerchen trüben, dabei sah er Frau Neugier direkt. »Sie sind es. Ich hätte Sie beinahe gar nicht erkannt«, flunkerte er gekonnt. »Das macht doch bestimmt der neue Hut oder ist es die Frisur?« Ich konnte mich kaum halten und wäre am liebsten geplatzt vor Lachen. Natürlich sah sie aus wie immer. Mein Freund wollte es wohl noch auf die Spitze treiben und sagte:»Also, ich finde ja, dass Ihnen das neue Kleid hervorragend steht, meine Dame. Genießen Sie noch das schöne Wetter, werte Frau Neugier. Wir wünschen Ihnen noch einen schönen Tag, auf Wiedersehen.« Dann wandte er sich mir zu und sagte: »Wir müssen wohl, meine Liebste.«

Frau Neugier blieb staunend zurück. Ich konnte ihren stechenden Blick in meinem Rücken förmlich spüren. Sie ärgerte sich wahrscheinlich in Grund und Boden, dass sie keine Informationen von uns erhalten konnte. Wir eilten lachend davon und wurden erst etwas langsamer, als wir den Straßenweg überqueren mussten. Immer noch kicherten wir vor uns hin, als wir erst links und dann rechts um die Ecke gingen.

»Sieh, da ist es.« Herr Geselligkeit zeigte auf ein kleines Lokal. Es war aber auch wirklich ein Hingucker. Wie man sehen konnte, war es mit antiken Möbeln eingerichtet. Zusätzlich war ein Teil des Weges zu einer Außengastronomie gestaltet worden. Es waren nur wenige Tische mit einer passenden Bestuhlung. Die hübsch eingedeckten Tische luden förmlich dazu ein einzukehren, um in intimer Atmosphäre zu verweilen. Ein grün-weiß gestreiftes Sonnensegel bot genug Schutz vor der stark brennenden Mittagssonne.

»Wollen wir hier zu Mittag essen?«, fragte mein Begleiter mich.

»Ja, das würde ich gern. Was für eine reizende Idee von dir.«

Galant rückte Herr Geselligkeit mir einen Stuhl zurecht und ich nahm Platz. Mein Freund setzte sich ebenfalls und fragte: »Worauf hast du denn Appetit, meine Liebe? Sieh doch mal in die Karte.« Ich nahm die Speisekarte. Sie war in einer alten Schnörkelschrift von Hand geschrieben und wunderschön gestaltet. Herr Geselligkeit sah mich an und fragte:»Gefällt es dir hier?«

»Da fragst du noch? Es ist wunderschön hier. Ich fühle mich

sehr wohl in dieser schönen Umgebung. Vor allem aber in deiner Gesellschaft. Ich danke dir für die geschenkte Zeit.« Mein Freund freute sich wohl sehr über das Gesagte. Er grinste übers ganze Gesicht, erfreut, dass er im Augenblick vieles richtig machte. Ich konzentrierte mich jetzt wieder auf die Speisekarte und entschied mich für einen Salat mit hausgemachtem Dressing und dazu ein gebackenes Steinofenbaguette. Bei meiner Wahl stutzte mein Gegenüber und sagte:»Mehr möchtest du nicht? Das reicht dir heute zum Mittag? Das ist aber nicht viel, mein Schatz.« Mein Begleiter brauchte etwas länger, um sich zu entscheiden bei der großen Auswahl. Doch dann fiel seine Entscheidung auf eine kräftige Tomatensuppe, die ebenfalls als hausgemacht ausgewiesen war. Dazu wurde selbst gebackenes Brot gereicht.

Es dauerte nicht lange, als eine nette, freundliche Dame auf uns zukam. Mein Begleiter lächelte sie an und sagte zu mir: »Darf ich dir Frau Fleißig vorstellen, meine Liebe? Sie ist, natürlich mit Frau Sommer, die unangefochtene Nummer eins der Kochkunst. Mit anderen Worten, es sind die beiden besten Köchinnen, die wir hier zu bieten haben. Du wirst begeistert sein, glaub mir.«

Die Frau sah mich an und gab mir die Hand:»Der Charmeur, guten Tag, mein Fräulein. Ich freue mich, dass Herr Geselligkeit Sie mitgebracht hat. So habe auch ich die Möglichkeit, Sie kennenzulernen. Wie ich hörte, fühlen Sie sich sehr wohl hier bei uns. Und ich hörte auch, dass Frau Sommer gut für Sie sorgt.«

»Ich freue mich ebenfalls. Ein sehr schönes Lokal haben Sie hier, Frau Fleißig. Eine richtige Oase der Ruhe und Behaglichkeit.«

»Schön, dass es bei Ihnen Anklang findet. Es bestätigt mich immer in meinem Wirken, wenn man eine positive Rückmeldung bekommt, mein Fräulein. Wissen Sie, es war mein Lebenstraum, ein Herzenswunsch sozusagen. Aber was schwatze ich denn hier so viel? Was darf ich Ihnen denn zu Mittag bringen?«

Herr Geselligkeit sah mich an und fragte:»Bleibt es jetzt bei deinem bescheidenen Wunsch, meine Liebe?«

Ich überlegte kurz, dann sagte ich:»Vorerst ja, ich nehme den Salat mit dem Steinofenbaguette.«

»Eine Frau, die weiß, was sie will«, bemerkte Frau Fleißig lächelnd. Ich nickte ihr bestätigend zu. Dann bestellte Herr Geselligkeit unser ausgewähltes Mittagessen. Frau Fleißig nahm uns die Speisekarten ab und entzündete die auf dem Tisch stehende Kerze. Geschwind und voller Tatendrang machte sie sich dann gleich auf den Weg in die Küche.

Mein Freund sah mich lächelnd an und sagte:»Hübsch siehst du heute aus, meine Liebe. Ich freue mich, dass wir hier gemeinsam zu Mittag essen. Oft war ich schon hier, doch leider meistens allein.«

»Meistens?«, hakte ich ein. Mein Gegenüber blinzelte und grinste dazu.»Ach, ja, ich hatte da schon gelegentlich eine Begleitung«, lachend redete er weiter,»meine Begleitung trug einen bunten Anzug.« Jetzt musste auch ich lachen.

Herr Geselligkeit begann, mit dem auf den Tisch befindlichen Serviettenständer zu spielen. Es schien, als würden seine Hände die meinigen berühren wollen. Doch immer wieder zuckten sie kurz vor ihrem anvisierten Ziel zurück, als würden unsichtbare Barrieren es verhindern. Er wirkte auf mich etwas zu nervös. Doch Hilfe eilte offenbar schon herbei, denn eine uns vertraute Stimme sprach uns freundlich an:»Guten Tag, ihr beiden. Das ist aber schön, ein Date zur Mittagszeit. So ist es recht, genießt den Tag zu zweit.«

Langsam drehte ich mich in Richtung der Blumenbalustrade und musste kurz überlegen. Doch dann erkannte ich die Frau, die sich hinter einer großen Sonnenbrille und einer mit Eis befüllten Waffel versteckte, und ich traute mich, meine Vermutung auszusprechen:»Guten Tag, Frau Gelassenheit, schön, Sie zu sehen. Lassen Sie es sich gut gehen?«

»Aber sicher, Kindchen. Gibt es etwas Schöneres, als sich von der Sonne und einem Eis verwöhnen zu lassen?«

Auch mein Begleiter begrüßte herzlich die Dame:»Guten Tag, Frau Gelassenheit, ich habe Sie länger nicht gesehen. Geht es Ihnen gut?«

Während die Frau weiter an ihrem Eis schleckte, überlegte sie sichtbar, dann sagte sie:»Mir geht es hervorragend. Ich freue mich auf das morgige Fest. Aber Sie, mein Bester, Sie sollten in Ihrem Vorhaben mehr Lockerheit an den Tag legen. Seien Sie mal nicht so verspannt«, lächelte sie zuckersüß.»Einen schönen Tag noch für Sie beide.« Dann nickte sie geheimnisvoll. Gleichzeitig kopfschüttelnd und lachend ging sie davon.

Mein engster Vertrauter wandte sich mir nun wieder zu. »Weißt du«, begann er,»ich mag dich wirklich sehr und freue mich immer, wenn wir Zeit zusammen verbringen.«

»Das freut mich. Auch ich bin gern mit dir zusammen.«

Langsam näherten sich seine Finger den meinen, die ich vor mir auf dem Tisch, ineinander verschlungen hatte. Mein Freund und Gefährte sah mich nicht nur an, sondern er warf mir knisternde Blicke zu. Es prickelte in meiner Herzensgegend, ich konnte es förmlich brodeln hören. Mein Blut pulsierte. Meinem Herzensmenschen ging es wohl genauso, er wirkte deutlich erhitzt. Er hauchte mehr, als dass er sprach:»Weißt du, schon lange Zeit habe ich nicht mehr jemanden wie dich getroffen. Jemanden, dem ich mich so öffnen kann. Es wäre so schön, wenn unsere freundschaftliche Bindung sich zu etwas Dauerhaftem, Festem entwickeln würde.« Mein Freund machte eine kurze Gesprächspause und griff nun nach meinen Händen. Jetzt hatte er sich gesammelt und fuhr fort:»Du hast alle Zeit der Welt.«

Ich schluckte und wusste gar nicht recht, was ich antworten sollte. Ich überlegte kurz. Nun hörte ich mich sagen:»Weißt du, bevor ich mich richtig öffnen kann, habe ich noch ein paar Dinge, die ich gern klären möchte. Zunächst einmal ist da die Sache mit meinem Armband, den einzelnen Buchstaben. Ich bin mir sicher, dass da mehr hintersteckt. Ich möchte das Rätsel lösen. Und dann ist da noch ...« Auch ich räumte mir eine kurze

Gesprächspause ein, bevor ich die letzten Worte des Satzes aussprach: »... etwas anderes.«

Herr Geselligkeit schaute mich an, überlegte scheinbar, doch dann sagte er, spürbar aus vollem Herzen: »Ich bin bereit, dir bei allem zu helfen, was es auch immer ist. Du müsstest doch spüren, dass ich alles versuchen werde, damit du dich wohlfühlst und endlich frei bist von den Gedanken, die dich traurig machen, mein Herz.« Mein Freund umfasste meine Hände noch fester und schaute mir tief in die Augen. Ich empfand mich gemocht und beschützt von diesem Mann, der ohne Frage kaum Wünsche offen ließ im zwischenmenschlichen Bereich. Doch nach wie vor hatte ich das beklemmende Gefühl, dass ich im Augenblick zwischen den Welten lebte. Immer noch stellte sich die Frage: Gab es das wirklich, eine Parallelwelt, die keine Wünsche offenließ, in der man sich geborgen und aufgefangen fühlte, mehr, als man sich in seinem bisherigen Leben gefühlt hatte? Keine Pflichten, die man zu erfüllen hatte, um andere zufriedenzustellen. Alles, was hier geschah, erfolgte ohne Druck und Zwang von anderen. Das, was man gab, gab man freiwillig. Man beschenkte sich gegenseitig mit Achtung und Freundschaft. Man war gerne füreinander da. Nie stand ein »Du musst« dahinter, sondern immer ein »Ich will« oder »Ich möchte«. Für mich stand jetzt fest, dass es eine bessere Welt gab, und gehört sie einem auch nur allein.

»Ich sehe dich, ich sehe deine Augen, doch du bist nicht da«, sagte die Stimme. Ich blinzelte, als würde ich mich selbst aufwecken wollen. Da saß er der Mann meiner Träume, meiner innigsten Wünsche und geheimsten Gedanken. Er lächelte mich an und sagte: »Du bist so bezaubernd, mein Herz.« Ich rief mich wach ... und lauschte den Worten von Herrn Geselligkeit: »Du bist und bleibst eine Träumerin, doch bitte höre mir jetzt zu: Wenn du meinem Herzen eine Chance gibst, wird es dein Herz finden und sie werden gemeinsam einen Takt anschlagen, meine Liebste. Was ich dazu beitragen kann, werde ich tun. Dafür, dass du bereit bist für unser gemeinsames Wir, werde ich alles geben. Ich hole dir die Sterne vom Himmel. Ich werde dir folgen bis zum Ende der Geschichte. Du bist mein, ich bin dein, gemeinsam sind wir nicht allein.«

Ich atmete tief durch. Mein Freund begann meine immer noch fest umschlossenen Hände mit den Fingerspitzen zu liebkosen. Mir wurde heiß und kalt zugleich. Aus den Augenwinkeln heraus sah ich Frau Liebe, die am Nachbartisch Platz nahm. Frau Fleißig näherte sich mit einem Tablett. »So, es ist so weit«, sagte sie. »Da bringe ich Ihnen Ihr ausgewähltes Mittagessen, meine Lieben. Wissen Sie, es gab da eine kleine Verzögerung. Aber jetzt ist es so weit. So ungern ich Sie auch störe, Sie sind ein wunderbares Paar zusammen. Lassen Sie es sich gut schmecken, guten Appetit.« Wir bedankten uns und versicherten, dass es fantastisch aussehe. Frau Fleißig bedankte sich und ging dann zum Nachbartisch.

Ich konnte hören, wie sie Frau Liebe begrüßte. »Das ist aber schön, Frau Liebe. Sie habe ich lange nicht gesehen, ich freue mich.« Frau Liebe antwortete, für uns gut hörbar: »Guten Tag, Frau Fleißig, wissen Sie, Ihre lieblichen Herzwaffeln haben mich hergeführt. Ich verspürte plötzlich große Lust darauf. Ich bin doch immer da, wo die Herzen nur so sprühen und glühen. Dem Rufen des Herzens zu folgen, heißt, sich der Leidenschaft zu ergeben. Oh, sagte ich das? Ach, wissen Sie was? Im Anschluss würde ich gern noch Ihren Eisbecher mit frischen Herzkirschen zu mir nehmen. Das ist doch zu verführerisch, wissen Sie, bitte mit einem Hauch von der frisch geschlagenen Sahne. Das Sahnehäubchen ist doch das Tüpfelchen auf dem i. Ich kann nicht anders, als meiner Begierde zu folgen. So muss ich mich meinem Verlangen beugen.« Frau Liebe lächelte zuckersüß und Frau Fleißig begab sich kichernd und nicht, ohne uns einen lieben Seitenblick zu schenken, zurück in die Küche.

Mein Freund hatte jetzt auch Frau Liebe wahrgenommen und so grüßte er sie, indem er seine Gabel kurz aus der Hand legte und ihr zuwinkte. Frau Liebe nickte uns freundlich zu und sagte:»Schön, Sie beide gemeinsam zu sehen. Ich wünsche Ihnen einen schönen Tag.«

»Ihnen auch, Frau Liebe«, antworteten wir fast im Chor.

»Oh, da gewinnt wohl die menschliche Übereinstimmung«, kicherte sie. Doch wir überhörten gekonnt ihre letzten Worte, um beim gemeinsamen Essen der Mittagsköstlichkeit unser vorangegangenes Gespräch wieder aufzunehmen.

Herr Geselligkeit begann mit den Worten:»Mein Herz ...« Er schluckte und fuhr dann fort:»Ich sagte dir, ich würde alles tun. Das meine ich so, wie ich es sage, meine Liebste. Was gibt es denn noch, das du erledigt haben musst, damit wir unbeschwert sein können?«

Während ich in meinem Salat herumstocherte, überlegte ich. Dann legte ich meine Gabel an die Seite. Ich sah meinem Gegenüber tief in die Augen und sagte:»Weißt du, da gibt es noch etwas. Ich möchte dem Geheimnis des über mich geführten Gesundheitsbuches auf die Spur kommen. Du weißt doch, ich meine eines von den großen, schwarzen, in Leder gebundenen Büchern mit dem Zahlencode.« So, da war es raus. Ich beobachtete mein Gegenüber ganz genau, jede noch so kleine Regung an ihm, von der ersten ausgesprochenen Silbe des Satzes an.

Es herrschte Stille und es dauerte eine gefühlte Ewigkeit, bis Herr Geselligkeit seine Stimme wiedergefunden hatte. Dann antwortete mein Freund:»Also, du bist in der Tat fest entschlossen? Du willst wissen, was das Schicksal an Irrungen und Wirrungen für dich bereithält?« Mein Freund machte eine kleine Pause. Er atmete tief ein und wieder aus, dann sagte er:»Man muss mit der Vergangenheit leben. Man darf nur nicht in der Vergangenheit leben, denn dann lebt man verkehrt.« Und noch einmal hielt er mitten im Sprechen inne und sah mich nur an. Ich genoss seine ganze Aufmerksamkeit in vollen Zügen. Als mein Freund spürte, dass ich ihm lieber nur zuhören wollte, als mich mit dem Gesprochenem auseinanderzusetzen, fuhr er fort:»Mein Herz, ich versuche, deine Gedanken zu ertasten. Ich versuche, dich zu verstehen mit jeder Faser meines Körpers. Ich werde dir hilfreich zur Seite stehen. Das ist mein Versprechen an dich. Ich wollte leben, doch jetzt weiß ich nicht mehr wie, meine Liebste. Mein Herz, wir kennen den Anfang und die Mitte. Doch mit dir möchte ich gern auch das Ende kennenlernen, mein Schatz.« Ich sah meinen Freund an und beschenkte ihn mit einem Lächeln. Um ganz ehrlich zu sein, ich war so gerührt, dass ich am liebsten in Tränen ausgebrochen wäre. Ich konnte mich nicht daran erinnern, dass schon einmal jemand mir so viel gütige Wärme entgegengebracht hätte. Ein wohliger Schauer legte sich zart um meine Schultern, denn ich spürte, ich war nicht allein. Das waren die Geschenke, die das Leben einem unverhofft übergab in der Hoffnung, dass wir sie annehmen. Ich war so in meine Gedanken abgetaucht, dass ich Herrn Geselligkeit erst wieder bemerkte, als er mit beiden Händen winkend meine Aufmerksamkeit zu erlangen versuchte. Doch ich nahm ihn erst zu hundert Prozent wahr, als ich ihn sagen hörte:»Hallo, mein Schatz, ich bin hier, in voller Größe. Du kannst mit mir sprechen. Ich gebe dir Antworten, meine Liebste.« Herr Geselligkeit amüsierte sich. Dann wurde er wieder etwas ernster und meinte:»Okay, ich würde sagen, wir versuchen es.«

»Ja? Du hilfst mir?«

»Aber sicher helfe ich dir und du wirst staunen. Ich weiß auch schon, wie wir vorgehen, mein Herzblatt.« Gespannt hörte ich zu.»Morgen, wenn alle beim Jahreszeitenfest sind, werden wir uns auf den Weg machen. Glaub mir, wirklich alle werden beschäftigt sein, auch Frau Gesundheit und Frau Zuversicht sind immer sehr eingespannt. Sie betreiben einen kleinen, aber feinen Gesundheitsstand ganz in der Nähe des Marktbrunnens. Folglich wird das Gesundheitshaus total unbeaufsichtigt sein. Genau das ist der richtige Augenblick. Dann können wir bedenkenlos und ungestört die Angelegenheit angehen und dein Vorhaben in die Tat umsetzen.«

Ich lächelte erleichtert, denn alleine hätte ich es ungern gemacht. Ich freute mich, dass mein Freund mir unterstützend zur Seite stehen würde. Mein Gefährte verstand meine Gedanken und beschenkte mich mit einem lächelnden Augenaufschlag, der begleitet war von dem unsagbaren Strahlen seiner stahlblauen Augen, wie aus der Tiefe eines Ozeans. Manchmal sagte ein Lächeln mehr als tausend Worte. Dieser Mann war in jeglicher Beziehung der Traumpartner, den ich mir immer gewünscht hatte. Kaum vorstellbar, dass man immer erst ungewöhnliche Situationen durchleben muss, bis sich die Einsicht meldet. Diesmal war ich es selbst, die sich zurück ins Geschehen, besser gesagt, ins Hier und Jetzt beförderte. Und dies mit einem ganz einfachen Trick. Ich fing an, meinen Beobachter zu aktivieren, und das gerade rechtzeitig, um den Tagesgruß eines alten Bekannten mitzubekommen, der in diesem Augenblick das Terrassenlokal von Frau Fleißig lautstark und unverkennbar betrat: »Hallo, das ist aber nett, dich hier zu treffen.« Ich drehte mich um und erkannte sofort, es war Herr Faul, der im Begriff war, an einem der anderen zahlreichen Tische Platz zu nehmen. »Guten Tag, Herr Faul, na, hat dich heute auch das schöne Wetter und das viele bunte Markttreiben aus deinem Häuschen gelockt? Lässt du es dir mal wieder gut gehen und erfreust dich einfach nur deines Lebens?«

»Du ja wohl ebenso, wie ich sehen kann, meine Liebe. Ich grüße auch Sie, Herr Geselligkeit«, sprach Herr Faul meinen Begleiter an. Dieser antwortete nur knapp: »Hallo Faul, wie geht es Ihnen?« Mein Bekannter Herr Faul überlegte kurz, dann sagte er: »Danke der Nachfrage. Ich kann momentan nicht klagen. Ich bin nur etwas hungrig. Da dachte ich, ich schau mal bei Frau Fleißig vorbei und lasse mich mit ihren kulinarischen Kochkünsten verwöhnen.«

»Das ist ein gutes Stichwort, findest du nicht auch, mein Schatz?«, fragte mich Herr Geselligkeit lächelnd, weiter sagte er dann etwas lauter: »Frau Fleißig, würden Sie bitte kommen? Seien Sie doch so lieb, ach bitte, wir würden gern gehen.«

Frau Fleißig kam auf uns zu und fragte:»Hat es Ihnen beiden denn geschmeckt?«

»Oh ja, es war sehr lecker und wir werden bestimmt noch einmal wiederkommen«, sagten wir fast zeitgleich. Wir mussten lachen und die besonders herzliche Frau Fleißig stimmte fröhlich mit ein. Wir bedankten uns noch einmal für ihre besonders aufmerksame Gastfreundschaft. Im Anschluss wünschten wir der netten, freundlichen Frau sowie dem meistens etwas ironisch angehauchten Herrn Faul noch einen schönen Tag.

Herr Geselligkeit und ich bummelten noch eine Weile Hand in Hand an den dekorativ gestalteten Schaufenstern der Stadtszenerie vorbei. Als wir an einem Bekleidungsgeschäft entlangkamen, erblickten wir, wie nicht anders zu erwarten, Frau Eitelkeit. Sie unterhielt sich mit einer Frau, die von Kopf bis Fuß durchgestylt war, selbst ihr Make-up und ihre aufwendig zusammengesteckte Hochfrisur waren auf ihre sehr exklusive Kleidung abgestimmt. Ich musste kichern. Herr Geselligkeit schaute mich von der Seite an und grinste mit. Milde lächelte er und sagte:»Guten Tag, die Damen, Sie sind wohl dabei, sich von der neusten Mode inspirieren zu lassen?«

Die beiden Frauen zuckten kurz zusammen, als hätte man sie bei etwas Verbotenem erwischt. Frau Eitelkeit sammelte sich als Erste und antwortete:»Sie wissen doch, Frau Schönheit und ich müssen immer up to date sein.« Sie lächelte zuckersüß und warf mir einen kaum wahrzunehmenden Seitenblick zu. Der Blick, der von einem wohl nicht ganz so süß ausfallenden Naserümpfen begleitet war, galt wohl meinen kurzen Shorts, die sie spürbar minimal missbilligend belächelte. Herr Geselligkeit schien das zu bemerken und sagte:»Sie wissen doch, meine Damen, all das, was heute in ist, existiert morgen nicht mehr und ist out.« Herr Geselligkeit machte eine kurze Gesprächspause, dann setzte er nach mit den Worten:»So ist es auch mit der Schönheit. Sie erblüht jeden Morgen erneut, wird noch zusätzlich künstlich bearbeitet, um ihre Mindesthaltbarkeit möglichst engmaschig zu gestalten. Doch letztendlich ist auch sie vergänglich. Ich wünsche Ihnen also einen guten, möglichst langen Tag, meine Damen, genießen Sie nun also Ihre heutige Zeit.«

Die beiden Frauen schluckten, als wollten sie etwas sagen, doch Herr Geselligkeit wandte sich zum Gehen und ergriff meine Hand noch fester als zuvor. Erst als wir außer Hörweite waren, lachte er und sagte:»Ich halte nichts von Äußerlichkeiten, die letztendlich nur aufgesetzt sind. Ich mag mehr die Natürlichkeit, die von Herzenswärme begleitet ist. Diese fehlt den Menschen am meisten, besonders denen, die nur auf ihre aufgemalte Fassade bedacht sind. Kaum fängt diese an zu bröckeln, rasen sie zum nächsten Spiegel und beginnen, sie zu erneuern beziehungsweise nachzuzeichnen, damit alles bleibt, wie es ist. Von natürlicher Ausstrahlung keine Spur. Mehr eine zu Stein gewordene Fassade ist alles, was übrig bleibt vom erlebten Leben in dieser Sekunde, wenn es nicht gar ganz ohne Beachtung an ihnen vorbeigezogen ist.«

Als mein Gefährte bemerkte, dass ich dazu nichts sagte, fragte er:»Bist du, wie du bist, oder gab es dich auch mal anders?«

Ich überlegte, dann antwortete ich:»Ganz ehrlich, ich habe keinerlei Veränderungen festgestellt, seit ich hier bei euch bin.« Ich schmunzelte etwas.»Ich empfinde mich vielleicht als etwas freier als vorher, doch das ist logisch. Ich habe ja im Augenblick keinerlei Verpflichtungen, wie Frau Sommer und ich es immer so liebevoll nennen, bin ich im Augenblick auf Urlaub vom Ich. Von allen Zwängen und Pflichten befreit, die der Alltag sonst so mit sich bringt.«

Mein Freund sah mich lachend an und sagte:»Lassen wir uns den schönen Tag nicht verderben von so nichtssagenden Leuten wie Frau Eitelkeit und Frau Schönheit, meine Liebe. Lass uns den Tag mit allem, was er noch bringen mag, mit allen Genüssen und Versuchungen, die er uns bietet, in vollem Umfang genießen. Wie ist es, kann ich dir noch etwas Gutes tun, außer dich mit meiner Gesellschaft zu erfreuen? Wo wir jetzt so langsam zurück müssen, wie wäre es mit einem Eis?«

Ich schaute meinen Begleiter erfreut an und antwortete:»Was für eine himmlische Idee. Gern würde ich Eis essen.«

Mein Freund lachte. Voller Freude sagte er:»Da habe ich dich ja richtig eingeschätzt, du mein kleines, feines Leckermäulchen.« Er deutete in Richtung eines kleinen Eisstandes am Rande des Marktplatzes.»Dann lass uns mal rübergehen zu Frau Vergnügen.«

Erstaunt und verdutzt zugleich sagte ich:»Ich wusste gar nicht, dass Frau Vergnügen beim Eisstand arbeitet. Seit unserem Ausflug damals habe ich sie nicht mehr gesehen.« Langsam schlenderten wir Hand in Hand zu dem kleinen, aber niedlich anzusehenden Eisstand. Mit seiner rot-weiß gestreiften Markise und den kleinen roten Stehtischen, an denen weiße Sonnenschirme befestigt waren, passte der Eisstand perfekt in die Stadtszenerie. Wir wurden lächelnd von Frau Vergnügen begrüßt:»Das ist aber nett, ihr beiden. Ich freue mich, euch hier begrüßen zu dürfen. Und wie ich erfreut feststelle, hat sich seit unserem letzten Zusammentreffen einiges getan.« Frau Vergnügen deutete auf unsere Hände, die immer noch ineinander verschlungen waren.

Sie lächelte und ich sagte freundlich:»Ich wusste gar nicht, dass Sie hier am Eisstand arbeiten, Frau Vergnügen.«

Die Dame lachte schallend, dann sagte sie:»Der Job ist doch ganz passend, da ich doch den Namen des Geschehens trage. Was bereitet uns denn mehr Freude als ein kühles Eis bei diesen heißen Temperaturen?« Dann fügte sie mit einem hinreißenden Lächeln hinzu:»Ich stellte mir schon selbst die Frage, wann ihr beiden den Weg zu mir finden würdet. Ich traf eben Frau Gelassenheit, die mir aufgeregt erzählte, dass sie euch bei Frau Fleißig getroffen hat.«

Herr Geselligkeit zog eine Augenbraue hoch und grinste spitzbübisch, dann sagte er:»Dass man hier aber auch immer unter Beobachtung steht, unglaublich.«

Frau Vergnügen lachte, dann sagte sie etwas ernster:»Euer

Wohlergehen ist unser aller Bedürfnis, mein Lieber, das weißt du doch.« Dann schwenkte sie zu einem freundlicheren Tonfall über und ihr Gesicht erhellte sich.»Mit welcher Leckerei kann ich euch denn jetzt verwöhnen?«

Mein Freund sah mich kurz an und fragte:»Was meinst du, mein Schatz? Etwas von allem?«

Ich lachte und antwortete:»Bei der großen Auswahl würde ich sagen, etwas Kleines, Gemischtes würde ausreichen.«

Die lustige Frau und Herr Geselligkeit quietschten im wahrsten Sinne vor Vergnügen. Ich stimmte mit ein. Während wir auf unser Eis warteten, beschenkten wir uns gegenseitig mit liebevollen Blicken. Was mal wieder nicht unbemerkt geschah. Denn eine sehr vertraute Stimme sagte zu uns:»So ist es recht. Immer schön den Tag mit Nichtstun genießen und sich die Sonnenstrahlen mit einem kühlen Eis versüßen.«

Wir lachten, dann antwortete mein Freund für uns beide:»Machen Sie es denn anders, Herr Faul?«

Dieser lachte nun ebenfalls.»Ich kenne eben meine Aufgaben«, kicherte der kleine bunte Mann.

Frau Vergnügen reichte uns beiden je eine gut gefüllte Eiswaffel. Nun meldete sich der durchaus witzige Herr Faul lautstark:»Genauso eine hätte ich auch gern, werte Frau Vergnügen. Doch seien Sie ruhig großzügig, mein Magen wird es Ihnen bestimmt danken.«

Wir lachten und verabschiedeten uns freundlich von Frau Vergnügen und Herrn Faul. Belustigt schleckten wir unser Eis und unterhielten uns über dies und das. Unsere interessante Unterhaltung stellten wir erst ein, als wir nicht unweit von uns Herrn Angst wahrnahmen, der sich ganz ungezwungen mit einer Frau unterhielt. Diese hatte uns jedoch den Rücken zugedreht. Ich erkannte sie nicht gleich, doch dann war ich mir fast sicher, es sei Frau Einsamkeit. Auch Herr Geselligkeit hatte diese ungewöhnliche Konstellation wahrgenommen und schmunzelte in sich hinein, bevor er zu mir sagte:»Sieh mal. Es findet zusammen, was zusammen gehört.«

Insgeheim freute ich mich für die beiden, denn einzeln gesehen waren sie jeweils die Traurigkeit in Person, doch zusammen
ergaben sie ein Bild, als habe wie bei einem Puzzlespiel jeder
sein passendes Teil gefunden. Ich sah meinen Freund von der
Seite an und sagte:»Ich finde es schön, dass Herr Angst seinen
Mut zusammengenommen hat, findest du nicht auch?«
»Ich muss dir recht geben, mein Schatz. Ein jeder Mensch
hat ein Recht auf sein Gegenstück, sofern er es findet, so wie
ich dich, meine Liebste.« Wir lächelten uns an und dachten
wohl das Gleiche: Wir können die beiden jetzt nicht stören.
Wir verstanden uns wie oft ohne große Worte. Dann liefen
wir rasch Hand in Hand den Marktplatz hinunter in Richtung
Eingangstor. Herr Geselligkeit half mir auf die Kutsche und
sagte:»Also, ich würde meinen, ich bringe dich eben zu Frau
Sommer, so hatten wir das ja schon abgemacht. Ich würde
dann etwas später wieder zu dir kommen. Du kannst ja alles
vorbereiten. Du weißt schon, dein Armband, etwas Papier und
einen Stift bereithalten. So können wir sofort damit beginnen,
dem Rätsel auf die Spur zu kommen. Wir werden das schaffen
und morgen dann ...«
Mein Freund sprach nicht weiter, er verstummte. Ich denke,
zu diesem Zeitpunkt wusste er schon ganz genau, dass unser
Vorhaben nicht so einfach in die Tat umzusetzen wäre, wie es
sich angehört hatte, als wir unseren Plan durchgegangen waren. Doch mir war nicht klar, was es für Konsequenzen haben
würde, wenn man uns erwischte. Ganz schnell fegte ich diese
Gedanken fort, ehe ich es mir noch einmal anders überlegt hätte
und noch im allerletzten Moment kalte Füße bekäme.
Herr Geselligkeit war es, der mich aus meinem Gedankenkarussell mit den Worten befreite:»So, da sind wir schon, meine
Liebe.« Ich hatte gar nicht bemerkt, dass wir schon auf den Straßenweg eingebogen waren, der zu Frau Sommers Haus führte.
»Tatsächlich, wir sind schon da«, bemerkte ich nur. Vor dem
Haus standen zahlreiche Kutschen. Frau Sommer musste wohl

so einige helfende Hände zu Gast haben. Herr Geselligkeit brachte die Kutsche zum Stehen.

»So, mein Herz«, sagte mein Freund zu mir, sprang vom Kutschbock und half mir hinab. Zum Abschied umarmte er mich noch einmal und scherzte:»Sicher, ich weiß, ohne mich in deiner Nähe wirst du dich sicher langweilen. Du wirst es aber schaffen. Ich bin da ganz zuversichtlich, meine Liebe.« Ich lachte und löste mich aus seiner Umarmung. Dann lief ich auf den Gartenweg zu, drehte mich noch einmal um und winkte ihm zu.»Bis bald«, rief ich, dann sprang ich mehr als ich lief und wurde mit großem»Hallo« begrüßt. Frau Zuversicht, Frau Liebe, Frau Poesie, Frau Vergnügen und Frau Sommer saßen auf der Veranda. Sie waren mit voller Begeisterung dabei, an der Dekoration für das anstehende Fest zu arbeiten. Ich begrüßte freundlich die ausgelassene Damenrunde. Speziell Frau Liebe wandte sich mir zu und fragte:»Na, hatten Sie noch einen schönen Nachmittag? Sie beiden sind so ein hübsches Paar.« Frau Liebe lächelte und nickte mir noch einmal zu. Frau Sommer schaute kurz auf von ihrer Bastelarbeit, dann sagte sie:»Wolltest du nicht in Begleitung kommen, mein Kind?«

»Herr Geselligkeit kommt gleich. Er muss erst noch etwas erledigen.«

»Ach so, wie ist es mit dir, möchtest du etwas essen?«, fragte Frau Sommer.

»Nein, ich habe keinen Hunger. Wir haben heute bei Frau Fleißig zu Mittag gegessen. Das war sehr lecker. Ich würde nur schon mal einen Kaffee kochen, darf ich für die Damen auch etwas bringen? Ich muss sowieso in die Küche.«

»Es ist lieb, dass du fragst, doch ich glaube, wir sind ausreichend versorgt«, sagte Frau Sommer, als sie noch einmal von ihrer Herzgirlande aufsah.

»Okay, dann gehe ich mal. Bis später, dann viel Spaß noch, die Damen«, sagte ich freundlich und machte mich auf in die Küche. Schnell bereitete ich frischen Kaffee zu und stellte einen

Teller mit ein paar Keksen auf das bereitgestellte Tablett. Dazu gesellten sich noch zwei Kaffeetassen, Servietten, eine Zuckerdose sowie das Milchkännchen. Nun machte ich mich daran, das vollgestellte Tablett vorsichtig hinaus aus der Küche zu balancieren, um es in das am Ende des Flures gelegene Lesezimmer zu bringen und es auf den kleinen Beistelltisch zu stellen, der neben dem großen Ohrensessel stand. Dann lief ich noch schnell die Treppe zu meinem Zimmer hinauf und holte das kleine regenbogenfarbene Tütchen von meinem Sekretär. Ich war schon so gespannt, ob wir es gemeinsam schaffen würden, das Rätsel lösen. Flott lief ich die Treppe wieder hinunter, öffnete die Tür zum Lesezimmer und legte das Tütchen ebenfalls auf den kleinen Beistelltisch neben den großen bunten Ohrensessel.

Jetzt kramte ich noch die keine Schachtel von Frau und Herrn Zeit hervor und legte diese dazu. Dann machte ich mich daran, etwas Papier und ein paar Stifte aufzutreiben, was Gott sei Dank gar nicht so schwierig war, da bei Frau Sommer alles immer seine Ordnung hatte. Ich wusste, dass es im Flurschrank eine Schublade gab, in der sie so etwas aufhob. Rasch trug ich die nötigen Dinge zusammen und brachte auch diese ins Lesezimmer. Ich lief zum Fenster des kleinen Zimmers und sah gerade noch, wie Herr Geselligkeit es mit seiner Kutsche passierte. Flott lief ich in mein Zimmer, ging ins Bad, nahm mir die Bürste und verlieh meiner Frisur den letzten Schliff. Gerade rechtzeitig sprang ich die letzte Treppenstufe hinunter, um meinem Freund, noch bevor dieser den Türklopfer betätigen musste, die Tür öffnen zu können. Ich atmete tief durch und machte meinem Vertrauten schwungvoll die Tür auf. Der verdutzte Herr Geselligkeit lachte und sagte: »Na, du kannst es ja scheinbar gar nicht abwarten, mich zu sehen, mein Herz.«

»Ich muss es zugeben, ich konnte deine Ankunft kaum abwarten. Schließlich wartet die Lösung ...« Nun lachte auch ich.

»Die muss noch einen Moment warten«, grinste mein Freund,

dann sagte er:»Ich habe da noch …« In diesem Augenblick holte mein Freund einen hübschen Rosenstrauß hervor und sagte:»Der ist für dich, mein Herzblatt. Nachdem wir heute Mittag ein so inniges Gespräch darüber hatten, wie es weitergehen könnte, und du mir auch Signale der Zuneigung schenktest, dachte ich mir, ich sollte dich mit dieser kleinen Gabe bedenken.«

»Wie lieb von dir. Danke schön, die sind aber hübsch und wie die duften.« Ich nahm den Blumenstrauß entgegen und drückte meinem Freund einen Schmatz auf die Wange. Freudig schaute mein Gefährte mich an und sagte:»Schön, dass ich dir eine Freude machen konnte, meine Liebste. Doch jetzt wollen wir mal sehen, ob mir dein Kaffee schmeckt. Aber erst würde ich gern Frau Sommer und den anderen Damen guten Tag sagen«, äußerte mein vertrauter Gefährte.

»Aber sicher, Frau Sommer wird sich freuen, dich zu sehen. Komm, ich bringe dich. Die Frauen sitzen auf der Veranda.«

Gemeinsam gingen wir zu den Damen und wurden mit einem lauten Hallo begrüßt. Frau Sommer zeigte auf die wunderschönen Rosen und bemerkte:»Du hast aber einen schönen Blumenstrauß bekommen. Eine passende Vase findest du im großen Glasschrank, mein Kind.« Die anderen Damen lächelten zustimmend, als Frau Liebe sagte:»Ihr passt so gut zusammen, Kinder.« Verlegen lachten wir. Ich nickte meinem Vertrauten zu. Der verstand sofort und sagte:»Schön, Sie gesehen zu haben, meine Damen, doch jetzt muss ich …« Wie auf ein Stichwort nahm ich meinen Freund bei der Hand und sagte:»Wollen wir beginnen?«

Frau Liebe und die anderen Damen lachten, dann sagte Frau Sommer:»Ich sehe schon, die jungen Leute wollen lieber unter sich sein.«

»Aber Frau Sommer, du weißt doch, wir …«

Frau Sommer unterbrach mich und sagte:»Ist schon gut, geht nur.«

Mein Freund und ich gingen zurück ins Haus und ich brachte

meinen Besuch ins Lesezimmer. Dann sagte ich lächelnd: »Bin sofort wieder da. Ich muss diesen prachtvollen Blumenstrauß versorgen.«

»Mach nur. Ich werde auf dich warten, meine Liebste«, antwortete mir Herr Geselligkeit.

Geschwind lief ich zurück in die Wohnstube und holte eine passende Vase aus dem großen Glasschrank. Anschließend versorgte ich die Blumen in der Küche mit frischem Wasser und platzierte den Strauß auf dem markanten Küchentisch. Geschwind lief ich den Flur entlang und öffnete die Tür zum Lesezimmer. »Da bist du ja, ich habe dich schon vermisst«, begrüßte mich mein Freund. Mein Gefährte, der es sich auf dem Fußboden mit vielen kleinen weißen Zetteln gemütlich gemacht hatte, klopfte aufmunternd mit der Hand neben sich auf den Fußboden. »Komm, setz dich zu mir, mein Herz. Hier ist es gemütlich, Liebste.«

»Warte noch einen Moment. Ich würde eben noch gern ...«, sagte ich, nahm das Kaffeetablett und stellte es auf die Erde. »Darf ich dir einen Kaffee einschenken?«

»Ja, gern, bitte mit Milch und etwas Zucker«, sagte mein Freund lächelnd.

Zunächst reichte ich meinem Gast die Tasse Kaffee. Nun nahm ich gern seine Hand, dies erleichterte es mir, die Sitzposition neben ihm auf der Erde einnehmen zu können.

»Ich freue mich, erneut mit dir Zeit zu verbringen, mein Herz«, begann mein Freund die Unterhaltung.

»Ich freue mich, dich bei mir haben zu dürfen«, antwortete ich. Ohne Umschweife fragte ich: »Wie wollen wir vorgehen?«

Mein Gefährte sah mich an: »Zunächst einmal würde ich sagen, dass wir uns dein Schmuckstück etwas näher ansehen. Wo hast du es denn?«

Ich angelte nach dem Papiertütchen von Herrn Gerechtigkeit, welches ich auf dem Beistelltischchen bereitgelegt hatte. Vorsichtig öffnete ich die kleine bunte Tüte und schüttete den

Inhalt gut sichtbar vor uns auf den Fußboden. »Da ist der kleine Schatz«, sagte ich lächelnd. Mein Freund schmunzelte und bemerkte treffend: »Ganz schön was zusammengekommen. Ich würde sagen, damit wir uns alles genauer ansehen können, lösen wir alle Anhänger vom Armband.« Eigentlich logisch, was mein Freund da sagte. Ich weiß gar nicht, warum ich immer im Begriff war oder wie ich es schaffte, so dumme Fragen zu stellen, wenn Herr Geselligkeit bei mir war. Ich dummes Schaf, dachte ich. Ich wollte ja nicht sagen, dass ich die Intelligenz gepachtet hätte, in so manchen Situationen wusste ich schon eine gescheite Unterhaltung zu führen. Nur in den Momenten, in denen ich mit ihm zusammen war, fielen mir einfach die richtigen Worte nicht ein. Oder sie fielen mir ein, doch es kamen andere über meine Lippen. Nun beobachtete ich meinen Herzensmenschen dabei, wie er feinfühlig einen Anhänger nach dem anderen von meinem Armband löste. Und ich bewunderte ihn dafür, mit welcher Ruhe und Geduld er sich ereiferte.

»So, das hätten wir. Sieh, so können wir doch viel besser an die Sache herangehen.« Aufmerksam sah ich meinem Freund dabei zu, wie er die kleinen Schmuckstücke nebeneinander aufreihte, hübsch geordnet nach Buchstaben und Symbolen. »Hm«, machte er und begann aufzuzählen:

»D, A, B, H, N, E, R, U, N, V, Z, E, T, E, I.«

»Also, für mich ist das nur Kauderwelsch«, sagte ich und fügte an: »Bitte hilf mir, Licht ins Dunkel zu bringen.« Unterstützend zu meiner Bitte ergriff ich die Hand meines Freundes. Dieser warf mir einen zärtlichen Blick zu. Es kribbelte in meiner Magengegend.

»Okay, versuchen wir es mit den Symbolen.« Auch diese wurden nun von meinem Freund einzeln aufgezählt:

»Kreuz, Baum, Blumenstrauß, Kleeblatt, Spiegel, Fragezeichen, Schreibfeder, Auge.«

Mein Herzensmensch überlegte laut: »Haben wir da nicht einen bedeutenden Hinweis vergessen?« Herr Geselligkeit sah mich herausfordernd an. Ich überlegte und beobachtete ihn. Ich lächelte und scherzte:»Ja, was kann denn da nur noch fehlen?« Das Gesicht meines Gefährten veränderte sich. Es wirkte mit einem Mal nicht mehr fröhlich, sondern eher trüb und nachdenklich. Ich sah, dass ich wohl mit meinem kleinen Scherz zu weit gegangen war, und versuchte einzulenken:»Du meinst den bedeutendsten Anhänger von allen?« Und weiter sagte ich:»Das **Herz** natürlich, mein Liebster.« Jetzt fand mein Liebster sein Lächeln wieder und sagte:»Oh, du bist …« Dann brach er in schallendes Gelächter aus und stupste mich in die Seite.

Unser Gespräch wurde durch ein Klopfen an der Zimmertür unterbrochen. Sie öffnete sich und Frau Sommer stand im Türrahmen des Lesezimmers. Mit einem Sommersonnengesicht sagte sie:»Euch scheint es ja bestens zu gehen, meine Lieben.«

Ich sah sie an und fragte:»Waren wir zu laut? Entschuldige bitte …«

»Nein, aber nicht doch. Ich habe es gerne, wenn das Haus lebt. Ich wollte euch nur fragen, ob ihr vielleicht ein Stück vom selbst gebackenen Kuchen haben möchtet.« Frau Sommer sah uns lächelnd an, dann fügte sie hinzu:»Bevor unser werter Herr Traum alles verspeist hat. Ihr wisst ja, bei Kuchen ist der nicht mehr zu halten.«

»Wer redet da über mich?«, steckte Herr Traum neugierig seinen Kopf durch die halb geöffnete Tür. Nun sah er, dass wir auf dem Fußboden beieinander saßen, und konnte seine Blicke kaum von unseren Versuchen, das Rätsel des Armbands zu lüften, abwenden. Frau Sommer versuchte, Herrn Traum aus dem Zimmer zu lotsen, indem sie zu ihm sagte:»Na komm, wir haben noch so viel Arbeit. Ich brauche dringend deine Hilfe.« Herr Traum sah sehr irritiert aus und versuchte, noch einmal über Frau Sommers Schulter zu spähen. Er sagte noch:»Vielleicht kann ich euch hilfreich zur Seite stehen?« Doch Frau Sommer schloss energisch die Tür des Lesezimmers. Verdutzt sahen wir uns an.

Nach einer Weile öffnete sich die Tür erneut und Frau Sommers Stimme war zu hören:»Entschuldigt bitte, der Kuchen steht in der Küche. Bedient euch doch bitte selbst, wenn ihr mögt, Kinder, und weiterhin viel Spaß.« Dann schaute sie auf die Buchstaben und sagte:»Manchmal liegt die Logik in der Einfachheit der Dinge. Denkt nicht zu kompliziert, Kinder.« Frau Sommer lachte und wurde dabei von Sommersonnenglitter umrahmt.

Wir schauten uns fragend an. Wortlos schoben wir die unterschiedlichsten Buchstabenkombinationen zusammen. Doch was wir auch versuchten, es wollte einfach keinen Sinn ergeben. Nun probierten wir es mit den Symbolen. Um meinen Freund glücklich zu sehen, nahm ich zuerst das silberne **Herz** in die Hand, welches ich von ihm geschenkt bekommen hatte. Ich fragte eher, als ich die Wörter anders benannte und zugleich auf einzelne Zettel schrieb:

»**Herz** = Liebe,
Kreuz = Glaube,
Kleeblatt = Glück,
Spiegel = Eitelkeit,
Fragezeichen = Neugierde,
Schreibfeder = Kreativität,
Auge = Wachsamkeit,
Blumenstrauß = Farbenvielfalt.«

»Um deine Frage zu beantworten: Ja, für mich ist es Liebe. Meine Zuneigung zu dir ist grenzenlos. Sie überflügelt alles. Alle Hindernisse werden nicht so hoch sein, dass ich sie nicht überwinden würde. Sieh mal, die ersten Stufen meiner Herzenswendeltreppe hast du schon erklommen.«

Ich meldete mich zu Wort, auch wenn es sonst nicht meine Art war, dazwischenzusprechen, doch es ließ mich jetzt nicht los, so fragte ich:»Deine Herzenswendeltreppe?«

Mein Freund küsste meinen Handrücken und beschenkte mich mit einem Blick der Achtung. »Ja, diese führt auf direktem Weg zu meinem Herzen, muss aber Schritt für Schritt erklommen werden. Dann steht dir die Herzenstür weit offen. Doch die Schwelle kannst nur du allein überschreiten. Hast du den Mut dazu? Du würdest beschenkt werden mit prasselnder Herzenswärme, die die Funken steigen lässt bis hin zu einem lodernden Feuer. Ich stehe schon voll in Flammen für dich, mein Liebling. Komm, reich mir die Hand.« Mein lieb gewonnener Freund unterstrich seine ernst gemeinten Worte, indem er mir nun auch seine zweite Hand reichte. Denn die eine hatte er nach der Liebkosung in Form eines Handkusses dicht bei sich behalten, ganz nach dem Ausspruch, was wir einmal haben, dürfen wir behalten.

Fast flüsternd sprach er weiter: »Gern würde ich dir jetzt, in diesem Augenblick, in dieser jetzigen Sekunde, all die Sterne vom Himmel holen, die du verdient hast, meine Liebste.« Ich spürte, wie mir die inzwischen sehr vertraut gewordene Röte ins Gesicht stieg. Herr Geselligkeit sah mich mit seinen bezaubernden Augen eindringlich an: »Meine Liebste.« Er hielt kurz mit seinen Worten inne, bevor er weitersprach: »Noch können wir es dabei belassen, mein Herz. Es ist doch schön so, wie es ist. Wir genießen uns, wem ist es schon wichtig, was war oder was kommt?«

Herr Geselligkeit hatte immer eine sehr gefühlvolle Art, mit den Worten zu jonglieren, und er spürte genau, wann es Zeit war, das Thema zu wechseln. So tat er es auch jetzt. Er merkte wohl, dass er bei mir auf taube Ohren gestoßen war. Ich dagegen fragte mich, warum mein Gefährte das Gespräch erneut suchte. Hatte er mir nicht beim Mittagessen erst versprochen, keinen erneuten Versuch zu unternehmen, mich von meinem Vorhaben abzubringen?

Anstatt meinem Unmut Raum zu geben und ihm zu verdeutlichen, dass ich es nicht in Ordnung fand, dass er schon wieder mit diesem leidigen Thema anfing, sah ich meinen Vertrauten nur an und schenkte ihm ein müdes Lächeln. Er kannte mich inzwischen zu gut, denn er lenkte behutsam ein mit den Worten:»Liebes, ich weiß, denn du hast es mir ja zu verstehen gegeben, mein Schatz. Du kannst dich nur befreien und fallen lassen, wenn wir es schaffen, die Lösung hierfür zu finden.« Unterstützend zu seiner Aussage deutete er auf die vielen Zettel, die ich beschrieben hatte.

»Weißt du«, sagte ich zu meinem Freund,»ich empfinde mich in einer Sackgasse ohne einen Ausweg oder eine Abzweigung, die mir die Richtung aufzeigt.«

»Mein Schatz, sieh es nicht als so ausweglos«, antwortete mein Vertrauter. Dann überlegte er einen kurzen Moment, bevor er weitersprach:»Du bist viel zu pessimistisch, meine Liebe. Beginne nun endlich zu vertrauen, dass sich der Verstand einschaltet. Wir befinden uns nur an einem Knotenpunkt, der darauf wartet, dass wir ihn entwirren. Also, auf geht's. Wir haben **DABHNERUNVZETEI**. Lass es uns einmal so versuchen. Schließe deine Augen.«

Ich befolgte die Aufforderung meines Freundes und schloss gespannt die Augen. Dann sprach er beruhigend weiter:»Atme tief durch und sage mir, was dir als Erstes in den Sinn kommt, wenn ich dir den Buchstaben **D** nenne.«

Ich überlegte kurz und antwortete:»Dankbarkeit.«

»Okay, der nächste Buchstabe ist ein A.«

Ich antwortete:»Achtung.«

»Ja, das ist eine wichtige Regel. Ich werde dir jetzt immer nur den nächsten Buchstaben nennen, lass die Augen geschlossen.«

B setzte ich gleich mit»Bereitschaft«, H mit Herzlichkeit, N mit»Neubeginn«, E mit»Ehrgeiz«, R mit»Romantik«, U mit»Unendlichkeit«, N mit»Neugierde«, V mit»Vertrauen«, Z mit»Zeit«, E mit»Eitelkeit«, T mit»Talent«, E mit»Erfolg« und I mit»Idealismus«.

»Du kannst deine Augen öffnen, mein Herz«, sagte mein Vertrauter. Langsam befolgte ich die Aufforderung meines Freundes. Nun sah ich mich um und entdeckte voller Erstaunen die dazugekommenen Zettel.

»Es geht wohl nicht darum, den Begriff zu finden, der hinter den mir geschenkten Buchstaben steckt, sondern darum, die Ordnung wiederherzustellen.«

Mein Freund sah sich um und wusste zu diesem Zeitpunkt ebenso wenig wie ich, wie nahe wir der Lösung bereits gekommen waren. Wir sahen uns an und fingen erst an zu grinsen, dann zu lächeln, um darauf in schallendes Lachen überzugehen. Dieses Lachen war der Endzustand sowie das Ergebnis unseres heutigen Zusammenseins.

Nachdenklich und gedankenverloren nahm ich langsam einen Zettel nach dem anderen in die Hand. Es waren 25. Unbewusst legte ich als vorletzten Zettel das Z und als letzten Zettel das A. Dann sagte ich zu meinem Freund:»In unserer Welt bedeutet ‚AZ‘ Aktenzeichen«, kicherte ich.«

»Gar nicht so dumm, wenn man mal überlegt, dass das geheimnisvolle Buch im Gesundheitshaus dein Geburtsdatum trägt«, kombinierte mein Gefährte. Und weiter sagte er»Wenn wir jetzt von den 15 Buchstaben das A und das Z abziehen, hat das Lösungswort 13 Buchstaben ...«

»Ganz ehrlich?« Ich holte tief Luft, ehe ich weitersprach:»Mir raucht der Kopf. Vielleicht soll es einfach jetzt noch nicht sein.«

Mein Freund ergriff meine Hand und sah mich liebevoll an. Aufmunternd sagte er:»Weißt du was, ich glaube, du brauchst einfach mal frische Luft, mein Herzblatt.« Ich erwiderte seinen liebevollen Blick, begleitet von einem erfreuten Augenaufschlag, dann antwortete ich:»Und weißt du, was ich glaube? Du hast völlig recht. Lass uns einen Spaziergang machen. Ich bringe nur rasch unser Geschirr in die Küche. Dann können wir los.« Mit einem Satz sprang ich auf, stellte die Kaffeetassen zusammen und griff nach dem Tablett.

Ich zögerte noch einen Moment, um dem Stapel mit meinen beschriebenen Zetteln ebenfalls einen ausgesuchten Platz auf dem Tablett zuzuteilen. Herr Geselligkeit sah mich fragend

an und sagte:»Soll ich nicht lieber?« Lächelnd antwortete ich:
»Nein, nein, du könntest mir nur eben ...«

»Aber sicher.« Ohne dass wir manche Dinge aussprachen, verstanden wir uns blind. Mein Freund stand nun ebenfalls auf
und öffnete die Tür. Lachend sah er mich an:»Bitteschön, mein
Fräulein, darf ich bitten?« Geschickt balancierte ich das volle
Tablett in die Küche. Dort angekommen, stellte ich es auf das
Küchenbüfett und schnappte mir noch einmal nachdenklich
den Stapel mit den zahlreichen Zetteln. Ich drehte sie ein wenig angespannt zwischen meinen Fingern hin und her, überlegte noch kurz unschlüssig, doch dann ging ich entschlossen
in Richtung Flur und sprang die Treppenstufen hinauf, lief
weiter zur Tür meines Zimmers und drückte schwungvoll die
Türklinke hinunter. Mit flotten Schritten ging ich zu meinem
Nachtschränkchen, öffnete die kleine Schublade und legte bedacht die Zettel hinein.

Rasant wie zuvor lief ich nun die Treppe hinunter zurück ins
Lesezimmer. Hier erwartete mich mein Freund bereits. Er kam
lächelnd auf mich zu und griff nach meinem Handgelenk. Be-
reitwillig streckte ich ihm meinen rechten Arm entgegen und er
legte mir das neu zusammengestellte Armband an. Ich schaute
meinen Gefährten dankbar an und bemerkte:»Es sieht anders
aus. Du hast es neu zusammengestellt?«

Herr Geselligkeit lächelte und antwortete:»Erst wenn man
etwas Altes loslässt, kann etwas Neues seinen Platz finden.«

Ich war beeindruckt von den Worten meines Freundes, in denen so viel Wahrheit steckte. Doch ehe ich mich versah, packte
mein Gefährte mich und zog mich fest an sich.»Das, was wir
im Arm haben, dürfen wir behalten.«

»Ach, ist das so?«, fragte ich kess nach.

Herr Geselligkeit lachte nur, drückte mir einen Kuss auf die
Wange und löste unsere Umarmung auf.»So, dann mal los«,
sagte er und nahm mich bei der Hand. Wir gingen hinaus auf
die Veranda.

»Da seid ihr ja«, wurden wir von Herrn Traum munter begrüßt. Weiter fragte er neugierig:»Was habt ihr noch vor?«

Frau Sommer eilte uns mit den Worten zu Hilfe:»Du, ich glaub, wir müssen nicht immer wissen, was die jüngere Generation vorhat, mein Lieber. Du hast wirklich noch genug zu tun.« Frau Sommer deutete auf einen Karton mit Herzgirlanden, die wohl noch sortiert und entwirrt werden mussten. Die lustige Damenrunde lachte.

Besonders Frau Liebe hatte ihren Spaß daran, Herrn Traum aufzuziehen:»Den ersten Frühling haben wir schon hinter uns oder sollte ich lieber sagen, den ersten Sommer hier im Sommerland?« Frau Liebe lachte schallend, was so ansteckend war, dass alle anwesenden Damen einfielen.

Das veranlasste Herrn Traum, seinem Freund ganz kleinlaut eine Frage zu stellen:»Kannst du mich nicht etwas unterstützen? Ich bin hier ganz klar in der Minderheit, mein Freund.«

Herr Geselligkeit schüttelte den Kopf und sagte:»Tut mir leid, doch meine Aufmerksamkeit gehört heute nur dieser bezaubernden Dame.« Mit einem freundlichen Augenzwinkern sah er mich grinsend an.

Herr Traum war nicht so glücklich mit dem Gedanken, allein in der Damenrunde zu verbleiben. Vor allem, dass er sich in der nächsten Zeit mit Geduld und Unmengen von Dekorationsmaterialien würde beschäftigen müssen, war wohl nicht so seine Wunschvorstellung. Sein Gesicht erinnerte mich an das eines traurigen Kindes. Ich wollte ihn gerne etwas versöhnlich stimmen und sagte:»Herr Traum, ich finde das toll, dass Sie Frau Sommer und die anderen Damen so tatkräftig unterstützen. Sehen wir uns nachher noch?«

»Hm«, machte Herr Traum erst nur, doch dann antwortete er:»Ich werde hier sitzen mit der Wahnsinnsmenge an Arbeit, mein Kind, und werde auf dich warten.« Herr Traum konnte doch noch scherzen, dachte ich.

»Wir sind dann mal weg«, sagte ich zu Frau Sommer.

»Ist in Ordnung. Viel Spaß, ihr beiden«, antwortete diese

freundlich. »Vor allem viel Vergnügen bei der Zweisamkeit.« Wir winkten noch einmal fröhlich in die Runde und gingen dann Hand in Hand davon.

Still und schweigsam gingen wir eine Zeit nebeneinander her. Das änderte sich, als wir von Weitem Herrn und Frau Zeit wahrnahmen. »Sieh mal dort«, sagte mein Begleiter und winkte den beiden munter zu. Herr und Frau Zeit schienen sich sehr über unser so frühes und unverhofftes Wiedersehen zu freuen. »Hallo, wie schön, dass wir uns doch noch mal treffen, mein Fräulein. Hatten Sie einen schönen Tag heute?«, fragte Frau Zeit interessiert nach. »Danke, wir hatten einen wundervollen Tag, Frau Zeit. Ich hoffe, Sie haben auch noch alles erledigen können.«

Herr Zeit sah mich aufmerksam an und sagte: »Wir haben alles geschafft heute, doch vor allem das Wichtigste, wir haben Sie noch einmal getroffen. Sie beide gemeinsam und das ist wundervoll. Nur jetzt leider müssen wir.« Er sah seine Frau aufmerksam an. Seine Frau verstand sofort und sagte freundlich: »Wissen Sie, wir haben noch etwas zu tun. Seien Sie sicher, wir wünschen Ihnen nur das Allerbeste.«

»Warum hatten die beiden es plötzlich so eilig?«, fragte ich meinen Freund.

Dieser sah mich an und sagte: »Ach, weißt du, wenn das große Fest vor der Tür steht, sind alle immer ganz aus dem Häuschen. Alle haben sie erschreckend viel zu tun und vorzubereiten.« Mein Herzensmensch machte eine kurze Pause, dann sagte er weiter: »Möchtest du etwas Schönes sehen?«

»Für etwas Schönes bin ich immer zu haben. Was ist es denn?«

»Lass dich überraschen, mein Herz, du wirst staunen. Komm, es ist nicht mehr weit.« Herr Geselligkeit sah zum Himmel und sagte nur: »Müsste passen ...«

Irritiert, wie ich war, grummelte ich nur: »Du machst es aber superspannend, mein Liebster.«

Mein Freund führte mich zu einem kleinen Bachlauf, an dem eine kleine Bank stand. »Fällt dir etwas auf?«, fragte mich mein Freund.

Ich sah mir die Bank aus Holz genauer an und erwiderte:»Es ist eine Bank. Aus Holz, mit einer Rückenlehne.«

»Sehr scharfsinnig, meine Liebste. Sieh doch mal genauer hin.« Noch einmal nahm ich die Holzbank in Augenschein. Dann plötzlich erkannte ich ein Herz. Dieses war wohl schon vor langer Zeit hineingeritzt worden. Man konnte aber noch ganz deutlich zwei Buchstaben erkennen.»Für mich sieht das aus wie ein S und ein T.« Ich grinste meinen Freund an.

Dieser lächelte und sagte:»Ich vermute auch, was du denkst«, und weiter:»Du denkst doch sicher an Frau Sommer und Herrn Traum?«

Ich kicherte, doch dann fand ich den Gedanken, dass die beiden an diesem verlassenen Ort bei so manchem Mondschein beisammengesessen hatten, einfach nur romantisch und wunderschön.

Herr Geselligkeit sah mich an:»Setzen wir uns doch für einen Moment. Es ist ein wundervoller Platz, um diesen Abend zu genießen.«

Ich tat es meinem Freund gleich und setzte mich auf die Bank. Mich beeindruckte immer wieder dieses Entstehen einer gewissen Spannung, ja gar ein Spiel zwischen Distanz und Nähe, das es wohl war, was unsere besondere Verbindung ausmachte. Ich genoss die Aufmerksamkeit, die mein Freund mir schenkte. Keine Frage: Wer wünscht sich nicht, von einem anderen Menschen so angenommen zu werden, wie man ist, mit allen Stärken und Schwächen. Die richtige Balance zu finden für die ideale Verbindung zwischen Mann und Frau war noch nie ein leichtes Unterfangen.

Zu Anfang glaubt man immer, es sei die große Liebe und werde es bleiben. Der Ausspruch, den viele gern benutzen, dass Liebe blind mache, wird zum Teil sicher stimmen. Doch wollte ich, dass er auch in meinem Fall zutrifft? Was wollte ich denn überhaupt? Die Antwort, die vielleicht sinnvoll gewesen wäre zu erfahren, musste auf sich warten lassen, denn mein Freund

hatte ein feinsinniges Gespür dafür, je brenzliger die Gedanken-
situationen wurden, mich umso eher da herauszuholen. Dieses
Mal berührte er nur meine Hand. »Weißt du«, begann Herr Geselligkeit das Gespräch. Doch als
ich ihn von der Seite ansah, verstummte er so schnell, wie er
zu sprechen begonnen hatte. Warum hatte ich in diesem Augenblick nur das Empfinden, dass es kein einfaches Gespräch
werden würde? Eine gewisse Anspannung lag deutlich in der
so romantischen Abendluft. In dieser Atmosphäre war jedes
Zirpen der Insekten zu hören, sei es auch noch so leise und noch
so weit entfernt. Ich spürte deutlich, dass meinem Freund dieses
Gespräch, welches er versuchte, mit mir zu führen, sehr schwer-
fiel. Da ich ihn nicht so leiden sehen konnte, sah ich mich jetzt
in der Verantwortung. Ich versuchte, ihm eine Gesprächsbrücke
zu bauen, indem ich zu ihm sagte: »Du weißt doch, wir können
über alles reden, was auch immer dich bedrückt.«

Mein Freund schien zu überlegen, wie er anfangen sollte. Er
streichelte über meine Hand und begann erneut: »Ich weiß.
Ich sagte dir, dass ich alle Hindernisse überwinden würde, die
sich uns in den Weg legen, damit du bereit bist, dich mir gegenüber ganz zu öffnen. Ich habe noch einmal nachgedacht und
ich habe Bedenken bezüglich des Gesundheitsbuchs. Bitte lass
mich noch einen letzten Versuch unternehmen.« Ich sah ihn
aufmerksam an. Mein Freund strich mir sanft eine Haarsträhne
aus dem Gesicht. Ich konnte mich nicht länger zurückhalten
und platzte heraus: »Du willst mich umstimmen. Deswegen dieser Spaziergang, deswegen zeigst du mir hier dieses romantische
Plätzchen ...«

Ich spürte, wie mir Tränen der Enttäuschung in die Augen
schossen. Ich begann zu zittern und innerlich zu beben. Ich
hatte Mühe, meine Worte zurückzuhalten. Herr Geselligkeit
schien das zu merken und versuchte erneut, auf mich einzu-
reden: »Meinst du, es ist so wichtig zu erfahren, was dort geschrieben steht? Ist es nicht besser, es anzunehmen, anstatt zu

wissen, was in der Vergangenheit der Fehler gewesen ist? Ich bin sicher, niemand macht alles richtig in seiner gelebten Zeit, mich eingeschlossen.« Mein Gefährte sah mich kurz an. »Was ist, wenn es danach keinen gemeinsamen Weg mehr gibt?« Zwischen uns herrschte einige Minuten lang Stille. Wieder konnte man die Geräuschkulisse der Natur als Hörspiel wahrnehmen. War mein Vorhaben schon jetzt zum Scheitern verurteilt, bevor es überhaupt begonnen hatte? Mir lag es fern, Herrn Geselligkeit in etwas hineinzuziehen, was er nicht wollte. Was er vielleicht auch nicht mit seinem Gewissen vereinbaren konnte. Hatte ich das Recht, ihn einzuspannen für eine nicht ganz einwandfreie Aktion, nur um vielleicht meinen Seelenfrieden zu finden? Ihn auszunutzen, war das Letzte, was ich wollte. Seine Gefühle für mich waren aufrichtig und ehrlich, da war ich mir sicher. Doch wie er es schon so treffend formuliert hatte, was wäre, wenn es nach der Aktion keinen gemeinsamen Weg mehr gäbe? Da stand sie wieder im Raum, diese Frage, die wir nicht beantworten konnten. Noch nicht, da wir die Situation noch nicht gelebt hatten. Hätte ich zu diesem Zeitpunkt gewusst, wie nah ich der Lösung aller Dinge war, hätte es mich sofort dazu veranlasst, von meinem Vorhaben, das Gesundheitsbuch betreffend, abzulassen.

»Bitte, kannst du mich denn nicht verstehen, für mich ist es wichtig zu begreifen, warum ich hier bin, wie diese Situation entstanden ist. Ist es für dich nicht wichtig zu wissen, woher ich gekommen bin?«

Mein Freund sah mich an und war jetzt endlich wieder bereit, mir ein Lächeln zu schenken. Sachte strich er mir über die Wange und sagte: »Mein Schatz, glaub mir, es ist für mich nicht wichtig, woher du kommst, wer du eigentlich bist. Sondern für mich bist du das Beste, was mir passieren konnte. Ich musste dieses Gespräch mit dir noch einmal führen, um dir und auch mir selbst noch einmal bewusst zu machen, dass es alles ändern könnte. Bist du bereit, mit den Konsequenzen fertigzuwerden?«

»Ich muss. Ich weiß genau, wenn ich das jetzt nicht mache, wird es mir immer im Kopf bleiben, das ist so, wie Herr Angst es mal beschrieben hat. Der Zweifel wird bleiben.«

»Gut, dann werden wir es bei unserem gemeinsamen Vorhaben belassen. Ich werde auch nicht mehr fragen, nur noch dein Begleiter sein. Doch bitte«, Herr Geselligkeit nahm mich jetzt fest in den Arm, »egal, was passiert. Ich bin da und meine Zuneigung zu dir wird immer bleiben, auch wenn wir uns mal nicht sehen können.«

»Aber warum sollten wir ...« Weiter kam ich nicht, denn mein Freund legte mir den Finger auf die Lippen. Mein Liebster sah mich zärtlich an und flüsterte: »Oh, was mach ich nur mit dir? Nein, was sag ich da? Was machst du nur mit mir, mein Herz? Du beraubst mich meiner Sinne. Bei Tag und bei Nacht sind meine Gedanken bei dir. Ich schlafe kaum und denke nur an dich, mein Schatz.« Langsam und sachte begann Herr Geselligkeit, meinen Rücken zu streicheln. Vorsichtig glitten seine Fingerspitzen an meinen Hals entlang. Sie fuhren langsam an meinem Nacken herunter bis zum Ansatz meiner Haare. Sachte berührte er meinen Hinterkopf, als würde er ihn in seine Handfläche legen wollen. Mir wurde kalt und heiß zugleich. Er kam mir langsam näher und näher. Dem ersten Kuss scheint nichts mehr im Wege zu stehen, dachte ich. Doch wie heißt es oft im Leben und in der Mathematik: Rechne immer mit der oder dem Unbekannten. Nur dass es in diesem Fall kein Unbekannter war, der da auf uns zukam.

»Ist es nicht ein schöner Mond heute Nacht? Es ist das Glück, was immer wacht, Kinder. Es ist das Herz, was immer schmerzt. Wer will denn schon zurück, wenn man finden kann hier das Glück?«

»Guten Abend, Herr Glück«, begrüßten wir fast gleichzeitig den stets gut gelaunten Herrn in seinem schmucken grünen Anzug mit den fast schon herrschaftlichen Goldknöpfen.

»Guten Abend, guten Abend, ihr zwei. Großartig, ihr habt gefunden den Mut. So wisst ihr jetzt gewiss, die Liebe tut euch gut. Wie schön, ihr zwei, ob hier oder dort, an einem anderen Ort ist einerlei, ihr habt euch, ihr zwei. Ihr sollt glauben und vertrauen, euch beschenken und aneinander denken. Das Schicksal wird es sicher lenken, also, ich habe da gar keine Bedenken.« Wir sahen uns an und lachten über die beflügelten Worte. Herr Glück freute sich sichtlich, uns dermaßen entzückt zu haben.»So, jetzt muss ich gehen, jetzt gehen, wir werden uns bestimmt bald wiedersehen«, säuselte der stets gut gelaunte Mann. So plötzlich, wie er gekommen war, so schnell ging er flotten Schrittes wieder davon.

»Also, ich glaube Herrn Glück«, sagte mein Freund.

Ich sah ihn an und sagte:»Die Liebe siegt sowieso ...«

»Woher nimmst du die Kraft, daran zu glauben, Liebes?«, fragte mich mein Verbündeter, mein Seelengefährte, mein Freund, meine getroffene Liebe.

Ich sah ihn an und sagte:»Ich bin überzeugt davon. Es findet das zusammen, was zusammen gehört. Weißt du, es ist eine Art von Magnetismus. Ich glaube daran, dass es verschiedene Lieben gibt, die zu unterschiedlicher Zeit in einem Leben da sind, gar dazu berufen wurden, um darauf zu warten, voneinander gefunden zu werden.«

»Wie du das sagst, du scheinst wirklich davon überzeugt zu sein«, stellte mein Freund fest. Auch jetzt schaute ich ihm tief in die Augen, um meinen nachfolgenden Worten Festigkeit zu verleihen:»Ich bin sicher und stehe dahinter. Nicht nur ich, sondern auch viele nennenswerte Wissenschaftler, Forscher und Psychologen haben sich ausführlich mit dem Thema beschäftigt.« Da mein Freund sich im Augenblick nur auf das Zuhören beschränkte, redete ich weiter:»Angenommen, ein außergewöhnliches Ereignis im Leben muss überstanden werden oder vielleicht auch eine gefährliche Situation. Genau in diesem Zeitrahmen treffen wir eine Person, die ähnliche Schwierigkeiten, Belastungen oder dergleichen durchleben muss. Die Wahrscheinlichkeit ist sehr hoch, dass ich und sie zueinanderfinden.« Mein Gefährte sah mich sprachlos an und brauchte scheinbar immer noch einen Moment, um das zu verarbeiten, was ich ihm gerade gesagt hatte. Er sah mich zärtlich an:»Das heißt also, wir sind für einander bestimmt. Wir sollten oder werden einander wieder begegnen ...« Ich lächelte und strich meinem Freund über die Wange. Dann sagte er:»Mal sehen, was das Schicksal sich dabei gedacht hat, uns beide zusammenzuführen.«

Schweigend saßen wir noch eine Weile da, beobachteten die strahlenden Sterne am Himmel und lauschten der Natur. Wir sahen den tanzenden Nachtfaltern bei ihrem Abendreigen zu. Immer wieder streichelte mein Liebster den Handrücken meiner rechten Hand. Er wanderte zärtlich mit seinen Fingerspitzen zu meinem Handgelenk. Sachte fuhr er über mein silbernes Schmuckstück, welches im leuchtenden Mondlicht immer mehr zu funkeln schien. Deutlich sprühten kleine davon aufsteigende Silberfunken in den Nachthimmel. Es machte sich eine wohlige Wärme breit. Nicht nur ich konnte sie wahrnehmen, sie umfasste uns, das Liebespaar, welches sich gefunden hatte. Es knisterte nicht nur die Lust der Liebe, nein, ich war mir sicher, dass eine ganz eigene Magie von meinem zauberhaften Schmuckstück ausging. Ich denke, wir konnten es jetzt beide deutlich spüren: Liebe, das allumfassende Gefühl, das unsere Herzen im gleichen Takt füreinander schlagen ließ. War das der Beginn der neuen Zukunft?

Mein Freund räusperte sich leise und flüsterte:»Ohne den Moment zerstören zu wollen, mein Liebling. Glaub mir, ich könnte mit dir hier noch eine Ewigkeit sitzen bleiben, um die Magie dieser ganz besonderen Nacht zu genießen, mein Herz. Doch es ist schon eine fortgeschrittene Stunde, sodass wir wohl oder übel an den Heimweg denken sollten. Meinst du nicht auch, dass es langsam, aber sicher Zeit ist?«

Noch einmal spürte ich tief in mein Herz hinein, bevor ich antwortete:»Du hast sicher recht, es ist Zeit.« Ganz sachte unter-

stützte mich mein Freund beim Aufstehen von der alten Holzbank. In anfangs kleinen Schritten traten wir nun den Rückweg
an. Kaum spürbar umfasste mein Gefährte meine Taille und
führte mich sicher durch die Nacht zu Frau Sommers Haus. Dieses lag still und ruhig im silbernen Mondlicht. Im Schein der
Straßenweglaterne konnte ich die mir sehr bekannte Silhouette
eines älteren Mannes wahrnehmen. Doch je näher wir der Laterne kamen, um so weiter entfernte sich der vertraute Mann
im Lichtschein, bis er schließlich ganz im Dunkel verschwand.
Unser gemeinsamer Freund wollte uns wohl jede bevorstehende
Sekunde des heutigen Abschiedes in trauter Zweisamkeit genießen lassen. Ich lächelte. Dann sagte ich:»Wie lieb von Herrn
Traum.« Auch mein Freund lächelte, als er mich nun fast sachte
mit beiden Händen umschloss und zu sich zog.

Ganz dicht standen wir beieinander im Schatten der Straßenweglaterne. Jetzt war ich diejenige, die die Initiative ergriff. Ich
umschlang mit meinen Armen den Hals meines Gegenübers
und sah ihm tief in die Augen. Für eine Sekunde sah ich mein
Spiegelbild in den blauen Augen, die tiefer zu sein schienen als
der größte Ozean. Dann plötzlich setzte sich ein ganz anderes
Bild aus vielen kleinen fliegenden Mosaiksteinen neu zusammen. Jetzt konnte ich eine herzförmige Tür erblicken, die weit
offen stand. Ich empfand mich als angezogen von einer Stimme,
die immer wieder sagte:»Vertraue, folge deinem Herzen und
tritt ein. Ich bin bereit, dein zu sein.«

Es knisterte und es brachte mein Herz zum Beben. Mein Puls
stieg rasant an. Mit zitternden Händen streichelte ich meinem
Herzensmenschen über die Wange. Vorsichtig strich meine
Hand nun langsam den Hals meines Liebsten entlang, bis sie
schließlich ihren Platz auf seiner Schulter fand.

Mein Freund war es, der als Erster die Sprache wiederfand.
Er sah mich zärtlich an und sagte:»Meine Liebste, ich möchte
dich gar nicht gehen lassen nach diesem wunderschönen Tag.«
Ich atmete noch einmal tief durch, ehe ich antworteten konnte.

Aus Angst, meine Stimme könnte versagen, räusperte ich mich zur Sicherheit:»Ich danke dir, mein Liebster.«

Langsam wandte ich meinen Blick ab. Ich sah meinem Freund über die Schulter in Richtung Garten. Dieser war bereits in ein fast violett wirkendes Nachtlicht getaucht. Als ich meinen Blick zur Veranda schweifen ließ, erleuchtete plötzlich strahlend die Wandlampe an der Hauswand die Umgebung. Sollte Frau Sommer doch noch nicht schlafen? Sicher wartete sie schon auf mich. Doch diesen Gedanken verwarf ich, als ich sah, wie sich der Schlafraum von Frau Sommer ebenfalls erhellte. Jedoch wurde dieses Licht nach kurzer Zeit wieder gelöscht.

Vorsichtig streichelte ich meinem Freund noch einmal über die Wange. Dann sagte ich:»So, mein Liebster, jetzt muss ich aber, wir werden uns ja morgen früh schon erneut begegnen, mein Schatz.« Herr Geselligkeit sah mich mit seinen reizenden Augen an, bevor er mir eine herabfallende Haarsträhne aus dem Gesicht strich und dann mit seinem Zeigefinger mein Kinn so anhob, dass er einen freien Blick in meine Augen hatte. Er sagte:»Wie schön du bist, mein Herz.« Sein Gesicht kam dem meinen immer näher. Mein Gegenüber verringerte in jeder Sekunde Millimeter für Millimeter unserer Entfernung. Ich legte meinem Freund einen Finger auf die Lippen und sagte kaum hörbar:»Nicht böse sein, doch ich möchte jetzt gehen. Lass uns morgen früh genau da weitermachen, wo wir jetzt aufgehört haben.« Ich lächelte Herrn Geselligkeit aufmunternd zu und er lächelte zurück. Dann zog er mich kurz an sich und sagte leise:»Küsschen, du Nüsschen.« Kurz, aber sinnlich küsste mein Freund mich auf die Wange und löste fast in Zeitlupe unsere Umarmung auf, indem er seine Hände erst an meinen Armen hinuntergleiten ließ, bis er mit ihnen meine Hände erreicht hatte. Diese hielt er eine kurze Weile fest. Nun sah er mich noch einmal intensiv an und sagte:»Schweren Herzens lasse ich dich jetzt gehen. Träum was Schönes und schlaf gut, mein Liebes. Ich werde dich morgen in der Frühe abholen.« Langsam löste ich meine Hände aus denen meines Freundes und strich über seine Handrücken. Ich wartete, bis ich nur noch seine Fingerspitzen spüren konnte, dann sagte ich mit kaum hörbarer Stimme:»Schlaf du auch gut. Wir sehen uns morgen.« Ich wandte mich zum Gehen. Als ich die Haustür erreicht hatte, angelte ich mir erst den Hausschlüssel unterm Blumentopf hervor, den Frau Sommer dort für Notfälle deponiert hatte. Dann schaute ich noch einmal kurz über meine Schulter und warf dem liebenswürdigsten Menschen, den ich in der letzten Zeit kennenlernen durfte, einen Handkuss zu. Dieser bedankte sich lächelnd und winkte mir noch einmal fröhlich zu. Leise schlich ich mich ins Haus. Ich wollte Frau Sommer nicht wecken, da sie doch morgen einen so anstrengenden Tag hatte. Rasch streifte ich mir die Schuhe von den Füßen. Ich lauschte beim Vorbeigehen am Kücheneingang, doch alles war ruhig. Vorsichtig ging ich in Richtung Treppe. Fast in Zeitlupe setzte ich einen Fuß vor dem anderen. Die Hälfte der alten Holztreppe hatte ich problemlos geschafft. Ich sah mich noch einmal um, nur um sicherzugehen, dass alles ruhig geblieben war, denn die ältere Dame hatte wirklich etwas Ruhe verdient. Ich lächelte in mich hinein. Ich musste noch einmal an das liebevoll geschnitzte Herz denken, welches wir an der Holzbank entdeckt hatten. In der oberen Etage angekommen, öffnete ich sachte meine Zimmertür und knipste das Licht an. Ich war stolz auf mich, dass ich es geschafft hatte, unbeobachtet in mein Zimmer zu gelangen.

Doch dann staunte ich nicht schlecht. Und zwar in dem Augenblick, als ich Frau Sommer sitzend auf meinem Bett vorfand. »Frau Sommer«, sagte ich nur. Meine mütterliche Freundin zuckte etwas zusammen, doch dann sagte sie ganz ruhig:»Da bist du ja, mein Kind, ich wollte dich nicht erschrecken. Weißt du, ich wollte dir nur deine Rosen hereinstellen.« Frau Sommer deutete auf die Blumenvase mit dem wunderschönen Rosenstrauß von Herrn Gesellichkeit. Dann fügte sie an:»Ich finde es schön, dass du da bist, mein Kind. Vor allem, dass du dich entschieden hast, mich kennenzulernen.« Die mir lieb gewonnene mütterliche Freundin saß da und schaute mich nur an, als ob sie darauf wartete, dass ich etwas sagte. Doch was sollte ich sagen? Etwa, dass ich mir genau so, wie sie war, meine menschgewordene Intuition vorstellte? So überaus weise, so humorvoll, klug, unendlich liebevoll und stets gut gelaunt? Wie gern hätte ich sie zu diesem Zeitpunkt um Rat gefragt, nur um ihre Meinung zu meinem Vorhaben zu erfahren. Würde sie auch dann zu mir halten? Doch meine Gedanken behielt ich für mich. So hörte ich mich sagen:»Aber das weiß ich doch, Frau Sommer, auch ich bin froh, dass ich bei dir bin.«

Frau Sommer lächelte müde und fragte dennoch:»Wie war denn dein Abend mit Herrn Geselligkeit? Hattet ihr Spaß?«

»Ja, es war sehr schön. Wir haben einen Spaziergang gemacht und dabei waren wir am kleinen Bachlauf.«

Frau Sommer lächelte und sagte freundlich:»Oh, dort ist es sehr schön. Ich bin auch schon oft da gewesen. Es ist einer meiner Lieblingsplätze. Doch mich würde mehr interessieren, was bei eurem Rätselnachmittag herausgekommen ist. Konntet ihr etwas herausfinden?«

Ich überlegte kurz, dann antwortete ich:»Um ehrlich zu sein, nichts Genaues. Schade eigentlich. Gern wüsste ich, was hinter den geheimnisvollen Buchstaben steckt.«

»Weißt du, Kind, du wirst es wissen, wenn es so weit ist. Glaub mir, alles braucht seine Zeit. Man kann nichts erzwingen. Vielleicht ist es im Augenblick das Beste, du machst es wie bisher und genießt deinen Urlaub vom Ich.« Frau Sommer lächelte, dann fügte sie an:»Es ist spät, Kind, morgen ist ein anstrengender Tag.« Sie stand auf und ging ein paar Schritte auf die Zimmertür zu. Dann drehte sie sich noch einmal um und sagte: »Schlaf gut, mein Kind, wir sehen uns morgen.« Frau Sommer wirkte müde und abgespannt.

Ich sah sie lächelnd an und sagte:»Schlaf du auch gut, Frau

Sommer, und danke, dass du mir die Blumen hinaufgebracht hast.«

»Schon gut, träum was Schönes, ach, und wenn du noch ein Stück Kuchen oder ein Brot möchtest, es steht alles in der Küche.«

»Danke«, rief ich ihr noch nach. Frau Sommer nickte nur stumm und wandte sich bereits zum Gehen. Die Dame wirkte zerbrechlich und in sich gekehrt. Was war nur mit dieser starken, liebevollen Frau passiert? Schon letztens, als sie im Lesezimmer abends eingeschlafen war, hatte sie traurig und nicht so vital wie sonst gewirkt. Doch heute Nachmittag, als sie mit den Damen zusammensaß, um die Dekorationen für das Jahreszeitenfest zu richten, schien wieder alles in bester Ordnung mit der reizenden Frau gewesen zu sein. Ich war mir sicher, irgendetwas beschäftigte sie derart, dass sie zeitweise deutliche Erscheinungen einer Überlastung aufwies. Ich machte mir Sorgen um meine mütterliche Freundin. Wenn ich nur wüsste, wie ich ihr helfen könnte. Vielleicht sollte ich Frau Gesundheit kontaktieren? Sie könnte sicher helfen.

Mit diesem Gedanken öffnete ich die Tür zum Badezimmer. Schnell entkleidete ich mich und sprang unter die Dusche. Beim anschließenden Zähneputzen kam mir der Gedanke, dass ich auf jeden Fall morgen beim Fest Ausschau nach Frau Gesundheit halten würde. Nachdem ich im Badezimmer alles erledigt hatte, schloss ich leise die Tür. Dann ging ich noch einmal zum Fenster und sah hinaus in den Nachthimmel. Fast geräuschlos öffnete ich das Fenster. Wie gut doch diese klare Nachtluft tat. Ich atmete einige Male tief durch, bevor ich endgültig die Vorhänge zuzog und auf direktem Weg in mein Bett schlüpfte. Ich weiß nicht, wie lange ich dort in der Dunkelheit meine Zimmerdecke anstarrte, und allem voran wusste ich nicht mehr, wie viele liebevolle Gedanken ich noch meinem Freund telepathisch geschickt hatte. Auch konnte ich mich nicht mehr daran erinnern, wie oft ich in der Nacht mein Herz befragte, was ich tun könnte. Doch eines war sicher und mir auch völlig bewusst: Seinem Schicksal konnte niemand ausweichen, ich eingeschlossen.

Geweckt wurde ich von einer wohltuenden Wärme, welche meinen Körper umhüllte. Die Sonne strahlte mit aller Kraft in mein Fenster, als wollte sie mich aufwecken. Da war er nun, der große, lang ersehnte Tag des Jahreszeitenfestes. Geschwind gab ich meiner Bettdecke einen Schubs mit meinen ausgestreckten Beinen. Ich begann, mich zu recken und zu strecken. Meine Arme warf ich hoch in die Luft. Dann fiel mein Blick als Erstes auf den wunderschönen Blumenstrauß, den Herr Geselligkeit mir gestern geschenkt hatte. Ich erwischte mich dabei, dass ich mich selbst mit einem strahlenden Lächeln beschenkte.

Jetzt aber Schluss mit den Träumereien, sagte ich mir und sprang in einem Satz aus meinem Bett. Draußen vor dem Haus war bereits ein geschäftiges Treiben zu hören. Ich lief zum Fenster, um mit Kraft die großen Vorhänge zur Seite zu ziehen. So sah ich Frau Sommer und Herrn Traum, wie sie emsig dabei waren, die Kutsche mit allerhand Dingen zu beladen.

Ich öffnete den großen Fensterflügel und rief hinunter:»Guten Morgen, ihr beiden, ihr seid ja schon fleißig.«

Herr Traum und Frau Sommer sahen lachend zu mir hoch und Herr Traum rief:»Guten Morgen, mein Fräulein. Bist du auch schon wach? Du bist ja eine kleine Schlafmütze. Ist wohl spät geworden?« Herr Traum lachte übers ganze Gesicht und fügte amüsiert an:»Als ich noch jung war, brauchte ich auch nicht viel Schlaf und sah mindestens so frisch und aufgeblüht aus wie du in deinem Nachtgewand heute Morgen.« Frau Sommer schüttelte den Kopf und lachte mit der Sonne um die Wette. Dann rief sie fröhlich hinauf:»Dein Frühstück steht in der Küche, Kind, wir fahren gleich. Dich wollte Herr Geselligkeit gleich abholen kommen. Wir sehen uns nachher auf dem Marktplatz. Ich werde jetzt mal mit dem immer noch taufrischen Herrn Traum losfahren, bis später.« Frau Sommer winkte mir noch einmal lachend zu, bevor Herr Traum ihr in die Kutsche half.

Ich hatte immer wieder einen Mordsspaß daran, wenn ich die beiden dabei beobachtete, wie sie sich gegenseitig aufzogen. Ich schaute der Kutsche noch eine Weile hinterher, doch dann wurde es wirklich Zeit. Zügig ging ich ins Bad, nahm eine wohltuende Dusche und föhnte meine Haare. Nun machte ich mich etwas zurecht, ging zu meinem Kleiderschrank und sah hinein. Ich entschied mich eher für praktisch als für beeindruckend und wählte meine Shorts und ein gestreiftes T-Shirt.

Beim Anblick meines Spiegelbildes wurde mir bewusst, dass dies das Outfit war, welches ich an dem ersten Tag meines Besuches morgens in der Küche vorgefunden hatte. Frau und Herr Glück hatten es damals am Ufer des Sees gefunden und zu Frau Sommer gebracht. Um genau zu sein, es war das Outfit, welches ich trug, als ich von meinem Zuhause zu einem Spaziergang aufbrach. Ich schaute mich noch einmal im großen Schrankspiegel genauer an und fragte mich, ob das unbewusst etwas zu bedeuten hatte. Ich verwarf den Gedanken aber ganz schnell wieder, lächelte mir zu, verließ mein Zimmer und schloss die Tür hinter mir.

Beim Hinabsteigen der Treppe ließ ich langsam meine Hand am Geländer hinuntergleiten. Mein Blick fiel auf mein silbernes Armband und die zahlreichen Schmuckstücke, die daran herunterbaumelten. Nein, ich ärgerte mich nicht darüber, dass es meinem Freund und mir nicht gelungen war, das Rätsel der verschiedenen Buchstaben zu lösen. Vielleicht sollte es einfach nicht sein oder es steckte noch etwas anderes dahinter. Wobei das eine nicht ohne das andere ging. Wie auch immer, es war so, wie es war, und ich musste es erst einmal so hinnehmen. Als ich die letzte Stufe der großen Holztreppe genommen hatte, fiel mein Blick noch einmal auf das große Schlüsselbrett, welches ich bei meinem ersten Betreten des Hauses schon bestaunt hatte.

Auch dessen Bedeutung war für mich nicht eindeutig. Langsam ließ ich meine Fingerspitzen entlang des Schlüsselbrettes gleiten. Als von draußen das Heranfahren einer Kutsche zu hören war, zuckte ich zusammen und meine Fingerspitzen warfen versehentlich einen Schlüssel zu Boden. Ich bückte mich und sah, dass der Schlüsselanhänger eine Herzgestalt hatte. Wie passend, dass in dem Moment ein Klopfen an der Tür ertönte. Rasch hob ich den Schlüssel auf und hängte ihn wieder an den Haken. Ich machte ein paar Schritte auf die Haustür zu, atmete tief durch und öffnete schwungvoll die Tür.

»Da ist sie ja, meine Hübsche. Guten Morgen«, begrüßte mich mein Freund.

»Guten Morgen. Schön, dass du da bist«, sagte ich und fragte: »Möchtest du noch einen Kaffee mit mir trinken?«

»Ja, das würde ich gern. Ich bin heute Morgen noch nicht dazu gekommen, nachdem es die Sehnsuchtsgedanken waren, die sich bis tief in die Nacht nur um dich rankten und mich kaum schlafen ließen, mein schönes Kind.« Mein Freund lächelte mich strahlend an. Dann sprach er weiter: »Bin in der Früh raus aus dem Bett. So war es Schicksal, dass ich zur richtigen Zeit am richtigen Ort gewesen bin. Ich war auf dem Marktplatz und habe geholfen, ein paar Stände aufzubauen.«

Ich lächelte meinen Freund an und sagte: »Da warst du ja schon fleißig, wie vorbildlich. Na, komm, dann hast du dir einen Kaffee verdient, mein Schatz.«

Gemeinsam gingen wir in die Küche und tranken einen Kaffee. Wir scherzten und immer mal wieder machte Herr Geselligkeit mir Komplimente und versicherte mir, wie sehr er mich mochte. Als ich unsere beiden Tassen abwusch, umarmte mich mein Freund von hinten und drückte mich fest an sich. Er flüsterte mir ins Ohr: »Ich gehe mit dir, wohin du willst, du bist mein Herz.« Mir wurde heiß und kalt. Ich spürte den Herzschlag meines Freundes. Ich lauschte seinem Takt und es knisterte nicht nur, sondern es begann sich ein Flächenbrand zu entfachen. Die Herzen sprachen eine Sprache.

So sehr ich auch die Nähe genoss, so sehr konnte ich wieder diese andere Empfindung spüren. Die Empfindung der Sehnsucht nach meinem alten Umfeld. Doch so direkt konnte und wollte ich es meinem neu gefundenen Lieblingsmenschen nicht sagen. Stattdessen löste ich mich langsam aus der Umarmung. Mein Freund hatte ein großes Feingefühl. Er spürte, wenn ich unsicher war, und ging stets respektvoll mit jeder Situation, die zwischen uns entstand, um. So sagte er auch jetzt:»Stimmt, es wird Zeit.«Ich blickte mich noch einmal um, als würde ich etwas suchen. Meinem Weggefährten war es wohl nicht entgangen. Er fragte:»Suchst du noch etwas?«

»Nein, eigentlich nicht. Nur mir ist heute den ganzen Morgen schon so eigenartig zumute. Immer wenn ich daran denke, was wir heute vorhaben, habe ich ein beklemmendes Gefühl.«

Mein Freund sah mich mit einer hochgezogenen Augenbraue an und fragte:»Wollen wir es lieber lassen? Jetzt wäre noch Zeit. Vielleicht wäre es besser, es so anzunehmen, wie es ist, und bei der momentanen Situation zu bleiben.«

Ich sah meinen Vertrauten an. Energisch schüttelte ich den Kopf und sagte:»Nein, ganz klar müssen wir – oh Moment, ich muss mich korrigieren – muss ich das jetzt durchziehen, und sei es nur, um diese Erfahrung zu machen. Ach, und ganz wichtig, du sagtest, du wolltest nichts mehr dazu sagen, sondern mein unterstützender Begleiter sein.«

»Mittlerweile ...«, setzte mein Freund zu sprechen an. Doch plötzlich tat er einen tiefen Atemzug, bevor er etwas ruhiger weitersprach:»Ich kann dich verstehen und ich stehe hinter dir und deiner Entscheidung.« Jetzt wurde er wieder ernst und atmete gleichmäßig tief ein und aus, ehe er sich letztendlich etwas geordnet hatte und weitersprach:»Auf ins Abenteuer, meine Liebe, und, ganz wichtig, denk daran, egal was passiert, wir gehören zusammen, mein Herz.«

Zum jetzigen Augenblick hatte ich nicht das Bedürfnis, etwas dazu zu sagen. Also ließ ich diese Aussage von Herrn Geselligkeit unkommentiert stehen. Stattdessen nahm ich meinen Freund versöhnlich bei der Hand. So gingen wir gemeinsam aus dem Haus.

Ich schloss die mir so vertraut gewordene weiße Haustür, ohne mich noch einmal umzusehen. Hand in Hand gingen wir gemeinsam die Treppenstufen hinunter. Herr Geselligkeit hatte seine Kutsche direkt vor dem Haus abgestellt. Wie gewohnt half er mir auf den Kutschbock, nachdem er selbst Platz genommen hatte. Er schnalzte mit der Zunge und setzte die Tiere in Bewegung. Als wir den mir so bekannten Straßenweg hinunterfuhren, kam uns ein Paar eingehakt entgegen. Je näher wir den Leuten kamen, desto sicherer wurde ich und war verblüfft. »Sieh mal, das sind doch Frau Einsamkeit und Herr Angst.«

»Wie schön, sie scheinen sich gefunden zu haben«, sagte mein Freund lächelnd und fügte hinzu: »Siehst du, es findet zusammen, was zusammengehört, meine Liebste.«

Ich erwischte mich dabei, dass ich in mich hineingrinste und dass eine innere Zufriedenheit eifrig dabei war, sich in meinem ganzen Körper auszubreiten. Mich machte dieses unsagbare Gefühl unglaublich und unbeschreiblich glücklich. Nur allein für diesen Augenblick der Glückseligkeit hatte es sich gelohnt, einen Moment innezuhalten, um darüber ergriffen nachzudenken, dass es nicht nur einen selbst gab, sondern viele einsame Seelen, die umherirrten und gar nicht wussten, dass es ihr Gegenstück irgendwo gab und man es finden würde, wenn man nur lange genug danach Ausschau hielt.

Langsam näherten wir uns der Stadtszenerie. Mein Freund brachte unser Gefährt zum Stillstand. Gekonnt und voller Energie sprang er von der Bank des Kutschbocks und versorgte die Pferde mit Futterbeuteln.

»So, jetzt du, mein Schatz« sagte er, umfasste mit seinen starken Armen meine Taille und stellte mich sachte auf den Boden.

»Danke«, sagte ich und nahm die Hand meines Gefährten gerne an. Gemeinsam gingen wir nun Hand in Hand in Richtung Marktplatz. Ich staunte über all die schönen Stände, bei denen man alles bekam, was man sich nur vorstellen konnte. Keine Wünsche blieben offen und seien sie auch noch so ausgefallen. Viele Leute waren gekommen und große Freude hatte Einzug gehalten. Wo man auch hinsah, man schaute in strahlende, lächelnde Gesichter, die sich freuten, sich gegenseitig mit Zeit beschenken zu dürfen. Ich war gerührt und beeindruckt zugleich über so viel Herzlichkeit. Einige Meter vor uns erkannte ich Herrn Traum in der Menge, der eifrig dabei war, seine Geschichten unter die Leute zu bringen. Als er uns entdeckte, kam er auf uns zu und begrüßte uns voller Freude:»Hallo, meine lieben Freunde, was sagt ihr, ist das nicht eine großartige Stimmung? Alle freuen sich aneinander. Wie zu erwarten, ist unser Fest ein voller Erfolg und wird gut angenommen. Alle haben sich auf den Weg gemacht.«

»Mensch, Traum, da habt ihr aber wirklich Beeindruckendes geleistet«, sagte Herr Geselligkeit.

Dann meldete ich mich zu Wort:»Ach, da fällt mir ein, Herr Traum, sag mir doch bitte, wo ist Frau Sommer? Ich hatte heute Morgen noch nicht die Gelegenheit, sie richtig zu begrüßen, außer mit einem Ruf aus meinem Zimmerfenster. Das würde ich jetzt gern nachholen.«

»Du findest sie am Kuchenstand, du weißt ja, der Wettbewerb findet gleich statt. Sie möchte ihren Kuchen ins rechte Licht gerückt wissen. Sie meinte, auch das Auge esse mit.« Herr Traum lachte belustigt.

»Dann werde ich mal zu ihr laufen«, sagte ich. Dann wandte ich mich an meinen Freund mit den Worten:»Möchtest du mich begleiten?« Er sah mich herausfordernd an und sagte:»Da fragst du noch? Du kannst davon ausgehen, dass ich dich heute nicht aus den Augen lassen werde, meine Liebe.«

»Na dann, ihr beiden, mal los. Wir werden uns ja bestimmt später noch einmal sehen.«

Wir winkten Herrn Traum noch einmal zu und zogen Hand in Hand los, um uns die Stände anzusehen. Als wir auf Frau Sommer trafen, begrüßte sie uns freudig und lächelte mit der Sonne um die Wette. Sie drückte mich zur Begrüßung und sagte:»Es ist schön, dass ihr da seid. Habt ihr euch denn schon umgesehen? Es wird hier so einiges geboten. Auch für das leibliche Wohl ist gesorgt.«

Herr Geselligkeit meldete sich zu Wort und sagte:»Hallo Frau Sommer, keine Sorge, ich werde auf unser Fräulein hier schon aufpassen.« Bei der Bemerkung warf er mir einen liebevollen Blick zu und umfasste wie selbstverständlich meine Taille. Weiter sagte er:»Können wir noch was helfen?«

Frau Sommer lehnte ab. Sie lächelte nur und sagte:»Ich würde nur gern von euch hören, dass mein Kuchen gelungen ist, Kinder.«

Herr Geselligkeit grinste und meinte:»Das ist mit Abstand der schönste und gelungenste Kuchen, Frau Sommer. Doch bitte sagen Sie, hat Herr Gerechtigkeit schon offiziell das Fest eröffnet?«

»Nein, noch nicht. Jedoch kann es nicht mehr lange dauern. Ich habe ihn eben gesehen, er war eindringlich mit einem weißen Zettel beschäftigt. Ein sicheres Zeichen dafür, dass es gleich losgehen wird.«

»Ah, okay, danke, Frau Sommer. Wir gehen dann mal. Wir sehen uns später noch«, meinte mein Freund, dann sah er mich an:»Wollen wir?«

Aus einem inneren Bedürfnis heraus umarmte ich Frau Sommer noch einmal und flüsterte ihr zu:»Bis später, ich drück dir die Daumen.«

Mein Freund nickte mir zu und nahm meine Hand. So schlenderten wir zum Tanzboden. In der Mitte der Tanzfläche wurde gerade das Rednerpult aufgebaut. Aus dem Augenwinkel konnte ich Frau Gesundheit und Frau Zuversicht erkennen. Bei dem Gedanken an unseren Plan beschlich mich mein schlechtes Gewissen. Ich begann zu schwanken. Sollte ich, sollte ich nicht? Was würde passieren? War es wirklich so wichtig für mich, zu wissen, was in dem geheimnisvollen Buch stand? War das Gestern, das Morgen oder überhaupt das Zukünftige wichtig? War es für die jetzige Situation entscheidend?

Mein Freund riss mich wie so oft aus meinen Gedanken, ohne dass er es bemerkte. Er war immer wieder mein Anker, der es blind verstand, mich im entscheidenden Moment zu erden. Mein ganzer Körper wurde von einer Welle der Zärtlichkeit überrollt, als ich seine Hand auf meinem Rücken spürte. »Sieh, Liebes, es geht los.« Herr Geselligkeit zeigte in Richtung des Rednerpults. Wir gingen gemeinsam noch einige Meter auf die Brüstung der Tanzfläche zu, um eine bessere Sicht zu haben. Herr Gerechtigkeit kam auf das Tanzparkett und wurde mit lautem Applaus begrüßt. Er war sichtlich gerührt über so viel Anerkennung und Aufmerksamkeit. Der Applaus schien gar nicht enden zu wollen, so sehr wurde er geschätzt. Immer wieder bat er scherzend und freundlich um ein Innehalten bei der Huldigung. Doch dann war es endlich so weit und er konnte seine Rede ohne Unterbrechung vortragen.

Nachdem der offizielle Part abgeschlossen war, kamen ein paar kräftige Männer auf den Tanzboden, um das Pult herunterzutragen. Nun ging Herr Gerechtigkeit zu seiner Frau, forderte die Musik zum Aufspielen auf und es folgte der Eröffnungstanz. Immer mehr Paare fanden sich auf der Tanzfläche ein, es herrschte ein buntes Treiben.

Mein Freund sah mich an. Ich nickte nur und ließ mich auch gern auf das Tanzparkett geleiten. Wir brauchten nicht lange, bis wir blind dem Rhythmus folgen konnten, als hätten wir viele Jahre nichts anderes gemacht, als gemeinsam durch die Welt zu tanzen. Über die Schulter von Herrn Geselligkeit hinweg konnte ich Herrn Traum und Frau Sommer dabei beobachten, wie auch sie sich der Musik hingaben. Ich machte meinen Freund auf die beiden aufmerksam: »Ist das nicht wunderbar?«

Mein Freund nickte mir zu und flüsterte mir ins Ohr: »Ich hatte sie schon gesehen und ich muss sagen, die beiden sind gut aufeinander eingespielt. Ich muss zweifelsfrei zugeben, dass die beiden als Turniertänzer durchgehen könnten.«

Ich schenkte meinem Freund einen liebevollen Blick und

merkte noch an:»Wie lieb sie sich dabei ansehen, sieh doch mal ... Um mit den Worten von Frau Gelassenheit zu sprechen: Wie die Schmetterlinge fliegen.«

Mein Freund flüsterte:»Da hast du wohl recht. Aber jetzt wird es langsam Zeit, die Situation ist gerade günstig. Sie sind alle beschäftigt. Wir machen es so, dass wir jetzt zum Rand der Tanzfläche tanzen, mein Schatz. Lass dich in meine Arme fallen, ich werde dich führen. Bis zum Ende der Welt werde ich dich geleiten, mein Herz. Doch jetzt erst mal zum rechten Rand der Fläche. Dann sehen wir, ob wir immer noch unbeobachtet sind. Danach werden wir zu einem Spaziergang in Richtung Gesundheitshaus aufbrechen, meine Liebe. Das ist unauffällig, glaub mir.«

So machten wir es. Erst tanzten wir langsam bis zum rechten Rand der Tanzfläche, dann umarmte mich Herr Geselligkeit und ließ langsam seine Hand an meinem Arm heruntergleiten, um meine Hand mit seiner fest umschließen zu können. Er sah mich aufmerksam an, dann drehte er sich noch einmal zurück zum Tanzparkett. Mein Freund nickte mir zu und sagte leise:»Die Luft ist rein, wir können starten.« Ich verspürte eine solche Anspannung, dass ich nicht in der Lage war, noch einmal zurückzusehen. Nein, aus irgendeinem Grund schaffte ich es nicht. Grundlos sammelten sich in meinen Augen Tränen einer Traurigkeit, die mir im Augenblick unerklärlich war.

Eine ganze Weile gingen wir schweigend nebeneinander her. Wir genossen uns, wie so häufig in letzter Zeit. Es reichte, dass wir zusammen waren. Es knisterte spürbar. Wir wussten, dass unsere Herzen eine Sprache sprachen.

In einer gewissen Entfernung konnten wir jetzt das Gesundheitshaus sehen. Eine grüne Oase der Erholung, der Ruhe und der Stille inmitten von blühenden Bäumen und Sträuchern, so lag es dort. Als hätte ein Maler noch einmal kurzfristig Hand angelegt, um dazu beizutragen, dass dieses Haus in seinem geheimnisvollen, eleganten Glanz hervorgehoben wurde. Schon bei seinem Anblick machte sich ein Gefühl der Entspannung in einem breit.

Mein Freund wandte sich mir zu und fragte:»Bist du bereit? Möchtest du es immer noch?«Ich überlegte und wog noch einmal ab. Doch ich hatte meine Entscheidung bereits gefällt, als ich das erste Mal dieses geheimnisumwobene, in schwarzes Leder gebundene Buch mit meinen Geburtsdaten gesehen hatte. Ich wollte seinen Inhalt kennen. Also war es kaum verwunderlich, dass ich mich sagen hörte:»Ja, mein Entschluss steht fest. Ich bin bereit und ich danke dir schon jetzt, dass du mir hilfst.«»Okay«, sagte mein Freund, drehte sich noch einmal um und sagte:»Es ist alles gut gegangen. Niemand ist uns gefolgt.«Auch ich traute mich jetzt und drehte mich um. Niemand war zu sehen. Wir waren allein. Ich spürte meine Anspannung, mein Herzschlag wurde heftiger. Meinem Empfinden nach hatte er sich verdoppelt. Ich spürte mein Herz, das mir jetzt bis zum Hals schlug. Mein Puls brachte mich zum Beben. Herr Geselligkeit drückte meine Hand noch fester. Ich denke, auch er war nervös. Wir gingen um das Haus herum, bis wir an einer Seitentür standen. Langsam und bedacht stiegen wir die Treppenstufen zu der Tür hinauf. Ich atmete ein paarmal tief ein und aus. Nun standen wir auf dem letzten Treppenabsatz kurz vor der Türschwelle. Mein Wegbegleiter sah mich noch einmal an und fragte:»Bereit?«

»Ja, zu allem«, antwortete ich.

»Doch bevor du jetzt da reingehst, möchte ich ...«Weiter sprach er nicht. Er zog mich kurz an sich und gab mir einen Kuss. Ich war perplex und wusste nicht, was ich sagen sollte. Mit offenem Mund starrte ich ihn an, doch mein Freund grinste nur. Er nahm seinen Zeigefinger und gab meinem Kinn einen Stubs, damit sich meine Lippen schlossen.»Das wollte ich schon bei unserer ersten Begegnung, so sehr hattest du mich in deinen Bann gezogen. Doch mir fehlte der Mut, bis heute. Und bevor das jetzt vielleicht die letzte Gelegenheit ist, habe ich gedacht, ich traue mich einfach.« Ich stand immer noch wie angewurzelt da, doch mein Freund ergriff die Initiative und drückte die Klinke der schweren Eichentür hinunter:»So, jetzt komm.«

Langsam öffnete mein Gefährte die Tür aus Eichenholz und sagte:»Meine Liebste, der Weg ist jetzt frei.« Er löste seine Hand aus meiner.

Ich sah ihn ungläubig an und fragte:»Ich soll allein gehen?«

»Ich habe dich bis hierher begleitet. Doch wenn du es wirklich wissen willst, musst du da allein durch, mein Schatz.«

Ich sah meinen Begleiter ungläubig an. Ich wollte nicht glauben, was er da gerade gesagt hatte. Ich versuchte es noch einmal und wollte protestieren:»Aber ich kann doch nicht ...«

Mein Freund unterbrach mich:»Doch, sicher kannst du. Ich bleibe hier, schon allein deswegen, damit ich dich warnen kann für den Fall, dass jemand spürt, was wir vorhaben, und herkommt.«

Etwas unsicher schaute ich ihn an, den netten, mir lieb gewonnenen Freund, der beim genauen Hinsehen in diesem Augenblick etwas traurige Augen hatte. Auch glaubte ich ein paar Tränchen blitzen zu sehen. Kaum konnte ich mich von diesem Anblick lösen.

Der große alte Baum neben uns begann, seine schweren, gewaltigen Äste zu schwingen. Er konnte sich dem aufziehenden Sommerwind nicht widersetzen und ergab sich ohne Widerstand seinem Schicksal. So standen wir dort im Regen der Blütenblätter. Hätte mein Freund mir nicht einen Stubs in Richtung Tür gegeben, hätten wir dort wohl noch ewig gestanden. Ich atmete einmal tief durch und nahm mir den Baum als Vorbild. Ich ergab mich, um meinem inneren Rufen nachzugeben. Ich warf meinem Herzensmenschen noch einen liebevollen Blick zu und nickte nur mit einem begleitenden»Okay«. Nun schlüpfte ich vorsichtig durch den offenen Türspalt der schweren, großen Eichentür. Langsam tastete ich mich vor und ging hinein in den dunklen, langen Flur des sonst immer so hell und freundlich wirkenden Gesundheitshauses. Ein mulmiges Gefühl ergoss sich über mich. Es erfasste meinen ganzen Körper und fand sein Finale in der Magengegend, die in dieser Sekunde verkrampfte. Doch fest entschlossen, wie ich war, nahm ich mich zusammen. Stück für Stück näherte ich mich dem Ankunftsraum, der dazu diente, darin die Gäste des Gesundheitshauses zu empfangen. Dort hatte sonst immer die freundliche Frau Zuversicht ihren Platz, die dazu berufen war, mit ihrer liebenswerten und zuvorkommenden Art die Besucher von Frau Gesundheit durch ihren Aufenthalt zu leiten, um so möglichst für einen reibungslosen Ablauf der Sprechzeiten zu sorgen. All diese Dinge zählten zu Frau Zuversichts Aufgaben.

Wie verlassen alles wirkte, wenn keine Personen hier waren. Ein kleiner Schauer lief mir über den Rücken. Kurz blieb ich stehen, um mich umzusehen. Ich war allein. Ich lauschte, doch zu hören war nichts. Nicht einmal den Hauch eines Windzugs konnte ich vernehmen. Ich schaute noch einmal zum Empfangstresen. War es von dort aus gesehen der dritte Raum oder doch der vierte, in dem Frau Gesundheit ihren Arbeitsbereich hatte? Ich war mir nicht mehr sicher, ging dann aber erst auf die dritte Tür zu und las das Türschild.»Frau Gesundheit« stand dort in einer gut lesbaren Schrift. Ja, hier war ich richtig. Ich blickte noch einmal den langen, dunklen Flur entlang, bevor ich vorsichtig und sachte die Tür erst nur einen Spalt öffnete, der gerade einmal so groß war, dass ich hineinsehen konnte. Erst als ich Frau Gesundheits Schreibtisch erkannte, setzte ich einem Fuß vor den anderen und übertrat die Türschwelle.

Die Holzdielen knarrten. Ich zuckte für einen Moment zusammen. Sollte ich umkehren? Nein, ganz klar würde ich das nicht machen, so kurz vor dem Ziel war Aufgeben keine Option. Unmöglich, dachte ich ganz bei mir. Entschlossen ging ich voran, hinüber zum weich geschwungenen großen Schreibtisch. Ich schenkte den dort liegenden großen schwarzen Büchern einen kurzen Blick. Doch da ich nicht fand, was ich suchte, nämlich das Buch mit der Aufschrift »23071969«, ging ich weiter zum überdimensionalen Wandregal. Immer auf der Suche nach »23071969« tippte ich mit dem Finger jedes einzelne Buch an. Immer und immer wieder sagte ich mir leise meinen Geburtstag vor: »23.07.1969«, doch ich konnte es nicht finden. Ich spürte, wie sich Schweißperlen auf meiner Stirn bildeten. Ich nahm es fast panisch wahr. Wo war es, wo nur ...

So nah vor dem Ziel, das Geheimnis des Buches zu lüften, und dann wieder nichts? Plötzlich fiel es mir wie Schuppen von den Augen: Frau Gesundheit hatte Frau Zuversicht doch ins Archiv geschickt. Ja, das war es, dort musste es sein. Das Archiv – aber verdammt, wo war das Archiv???

Sorgsam achtete ich darauf, dass ich alles so hinterließ, wie ich es vorgefunden hatte. Nachdem ich mich im Raum noch einmal umgesehen hatte, ging ich zur Zimmertür. Sachte drückte ich die Klinke hinunter und öffnete fast lautlos die Tür. Ich verließ das Sprechzimmer von Frau Gesundheit. Langsam schloss ich die Tür und schaute den dunklen Gang hinunter. Für einen Moment hielt ich inne und versuchte, mir ins Gedächtnis zu rufen, in welche Richtung Frau Zuversicht gegangen war, als Frau Gesundheit sie ins Archiv geschickt hatte. Ich schaute mich um und entschied mich dann für die rechte Seite des Flurs. An jeder Tür machte ich halt und las die Beschriftung des daran befestigten Schildes, doch ein Archiv war nicht dabei. Was jetzt?

Okay, sagte ich mir, alles klar. Dann ist es wohl die linke Seite. Auf geht's, erste Tür: Nein, das ausgewiesene Schild lautete »Labor«. Zweite Tür: Nein, das war das Medizinlager. Dritte Tür auch Fehlanzeige, »Aufenthaltsraum« war die Beschriftung. Vierte Tür – endlich ja, ja, ja, das war es ...

Ich öffnete die Tür, die ein rot gerahmtes Türschild mit der Aufschrift »Archiv« trug. Langsam huschte ich hinein. Ich betrat einen Raum, in dem unzählige Regale standen, die voll waren mit in Leder eingebundenen Büchern. Auf ihnen standen die verschiedensten Zahlenkombinationen. Doch wie sollte ich es schaffen, darunter meine zu finden? Das Beste würde sein, ich ginge systematisch vor. Sollte heißen, ein Regal nach dem anderen zu durchsuchen. So begann ich, die einzelnen Regaletagen nach der Nummer 23071969 abzusuchen. Doch nichts, einfach nichts. Kein Buch wies diese Zahlenkombination auf. Nun war ich schon beim vorletzten Regal. Da plötzlich, ein Rascheln. Ein leises Fiepsen. Ich sah zum Fenster. Dort saß ein kleiner schwarzer Vogel, der gegen den Fensterrahmen pickte. Rasch setzte ich mein Vorhaben fort. Weiterhin tippte ich an die einzelnen Bücherrücken entlang der Regalreihen. Einfach nirgendwo war die Nummer 23071969 zu finden. Ich bog nun in den letzten Gang ein. Eine leichte Wärme stieg in mir auf und erhitzte meine Wangen. Mein Magen begann, zu verkrampfen und sich zusammenzuziehen. Ich erblickte in der Ecke ein kleines Tischchen, auf dem ein schwarz eingebundenes Buch lag. Ich begann zu zittern, langsam ging ich auf das Tischchen zu. Mit den Fingerspitzen berührte ich das Buch und drehte es so, dass ich den Buchcode lesen konnte. Laut las ich:»23, 07, 1969.« Endlich, das war es. Ich hatte schon nicht mehr daran geglaubt.

Unglaublich, ich hatte es wirklich geschafft, das richtige Buch zu finden! Sachte und achtsam öffnete ich den Buchdeckel und begann zu lesen. Fassungslos und ungläubig stand ich dort. Alles, einfach alles war darin verzeichnet: meine Kindheit, meine Schulzeit, meine erste große Liebe, die erste Enttäuschung, der verarbeitete Liebeskummer, meine traurigen Gedanken über die Einsamkeit, meine Zweifel, ob das Leben lebenswert sei. Meine Gedanken darüber, ob es ein anderes Leben gäbe, wenn das eine zu Ende geht. Jeder Gedanke, jeder erhabene Moment war hier festgehalten, jede Freude, jedes Herzklopfen, all die Angst, die lange in meinem Körper gewohnt hatte, wenn gewisse Personen in meiner Nähe waren.

Ich spürte, wie meine Augen sich mit Tränen füllten. Schnell überschlug ich ein paar Seiten. Wer wollte sich schon gerne mit seiner Vergangenheit auseinandersetzen? Schon gar nicht, wenn sie wohl eher schwierig als einfach gewesen war, man immer auf der Suche nach Zuwendung und Anerkennung gewesen ist. Doch geblieben war nur ein zerschmettertes Spiegelbild meiner Seele. Einige Fragen blieben: Ob manche Personen wussten, was sie mir angetan hatten? Eine der Fragen war auch, was hatte ich einigen Personen angetan? Wie entwickelte sich der Kreislauf des Lebens, die Prägung in der Kindheit? Die vergrabenen Wurzeln sind tief in uns. Doch ich hatte jetzt zu wenig Zeit, um sie alle auszugraben und mich mit allen auseinanderzusetzen. Mich interessierte, was jetzt kommen würde. Jetzt, in diesem Augenblick. Rasch übersprang ich wieder ein paar Seiten. Beim Überfliegen des Textes blieb ich immer wieder an Stellen hängen. Manche ließen mich lächeln, manche machten mich nachdenklich und wieder andere machten mich unsagbar traurig. Plötzlich las ich:»Da war er nun, der Mann der Träume ... zurückhaltend und ängstlich, glücklich wirkend, durch den Tag tanzend.« Genau das beschrieb jetzt gerade meine Situation und dann der letzte Satz dieser Seite:»Die Entscheidung naht ...«

Wie aus weiter Ferne nahm ich eine Stimme wahr, doch ich konnte nicht recht verstehen, was sie sagte. Plötzlich wurde das Licht angeknipst. Ich erschrak und drehte mich um.

»Na, hast du gefunden, was du suchst?« Frau Gesundheit stand in der Tür und sah mich kopfschüttelnd an. Sie stand nur dort und blickte mir mit einem klaren, stechenden Blick direkt in die Augen. In scharfem Ton sagte sie:»Schlag die nächste Seite auf.«

»Aber Sie müssen mir glauben, ich ...«, stammelte ich.

Frau Gesundheit unterbrach mich und sagte:»Wenn du es wirklich wissen möchtest, blättere zur nächsten Seite.«

Erneut begannen meine Hände zu zittern. Vorsichtig berührte ich das dicke, schwere Papier. Ich schaute Frau Gesundheit fragend an. Doch um ihrem Wort von eben noch einmal Gewicht zu verleihen, nickte sie mir zu. Kurz überlegte ich, dann blätterte ich zur nächsten Seite. Ich stutzte, sah Frau Gesundheit erneut an, blickte dann auf das aufgeschlagene Buch und schüttelte den Kopf:»Aber ...??«

Als wenn Frau Gesundheit meine Frage erahnt hätte, antwortete sie:»Ja, die Seite ist blütenweiß. Sie ist sozusagen noch nicht geschrieben, meine Liebe ...« Frau Gesundheit sah mich an und sprach sanft weiter:»Das ist das große Geheimnis. Das Buch schreibt sich erst durch die Erinnerungen. Gestalter des Lebens ist man immer selbst. Sicher gibt es immer mal Situationen, in denen man es nicht allein in der Hand hat. Oder nehmen wir die frühen Lebensjahre, in denen man angewiesen ist auf seine Eltern, Lehrer oder andere Personen. Immer mal wieder gibt es diese Streckenposten, die dir diese oder jene Richtung weisen. Oder diese Bestimmer, die meinen, sie müssten Unterdrückung und im schlimmsten Fall Gewalt anwenden, ja sogar Besitz von dir ergreifen, nur damit sie sich an deinem Leid profilieren und stärken können. Doch glaube mir, solche Menschen sind oft kränker als diejenigen, die sich sagen: Ich lasse es über mich ergehen. Zumindest in gewissen Phasen ist man machtlos. Man kann sich nicht wehren. Glaub mir, es gibt für alle Situationen einen Ausweg. Manchmal ist das Ertragen nur einfacher, als die Angst zu überwinden. Doch wenn du dich einmal losgelöst hast ...« Frau Gesundheit sprach nicht weiter, stattdessen kam sie auf mich zu, nahm das große schwarze Buch beiseite und klappte es zu.

Ich wusste nicht, wie mir geschah. Ich suchte nach Worten der Entschuldigung. Ich schämte mich für mein Tun. Ich genierte mich dermaßen, dass ich aufstand und davonlief, den dunklen Gang entlang bis zur erlösenden Seitentür des Gesundheitshauses. Zumindest glaubte ich das, bis zu dem Augenblick, in dem ich die Tür öffnete.

Eine Welle der Emotionen, aller Empfindungen überrollte mich. Ich erschrak: Alle waren dort. Allen voran Frau Neugier, Frau Neid, Frau Eifersucht, dann folgten: Herr Glaube, der eher ungläubig aussah, Frau Mut, Herr Faul, Frau Zuversicht, Herr Traurigkeit, Frau Einsamkeit, Herr und Frau Überzeugungskraft, Frau und Herr Gefühl, Frau Schwindlerin, Frau und Herr Dummheit, Frau Weise, Herr Anziehung, Frau Bescheidenheit, Frau und Herr Zeit, Frau und Herr Vergnügen, Frau und Herr Lästerei, Herr Entscheidung und Herr Glück sowie Frau Poesie. Etwas abseits standen Herr Traum und Frau Sommer, die ein weißes Taschentuch in der Hand hielt. Herr Gerechtigkeit kam auf mich zu. Er streckte mir die Hand entgegen. Doch ich war zu beschämt, um auf ihn zuzugehen. Alle, einfach alle starrten mich an und schüttelten den Kopf. Ich rannte los. Ich rannte und rannte, ohne den Mut zu haben, mich noch einmal umzudrehen. Ich rannte, bis mir die Luft zum Atmen fehlte. Ich hatte das Gefühl, als würde mir der Hals zugedrückt und eingeschnürt werden. Nach einiger Zeit wurde ich langsamer, setzte nur noch einen Schritt vor den anderen, bis ich plötzlich stehen blieb. Mir war, als hielte mich eine unsichtbare Hand am Handgelenk. Dabei waren es zwei Augen, die mich voller Liebe und mit hingebungsvoller Rührung ansahen. Sie schimmerten im Sonnenlicht. Es blitzten Tränen auf und es machte sich Wärme breit. Herr Geselligkeit umschloss mich mit seinen starken Armen und hielt mich nur fest.

So standen wir dort. Wir bemerkten erst gar nicht, dass alle Emotionen und Gefühle um uns herumstanden. Wir hatten nur Augen für uns. Völlig fern von Raum und Zeit genossen wir unsere körperliche Nähe. Meine verweinten Augen begannen, die Umgebung klarer wahrzunehmen. Plötzlich sah ich auch die anderen, alle Personen, die mir sehr vertraut geworden waren und zu denen ich eine lieb gewonnene Beziehung aufgebaut hatte. Mein silbernes Armband löste sich und all seine Anhänger flogen explosionsartig durch die Luft, um sich dann wieder zu vereinen und sich selbstständig an das silberne Kettchen zu gliedern. Nun umschloss es gekonnt wieder mein Handgelenk. Durch meine tränenverschleierten Augen erblickte ich zuerst einen sanft und doch strahlend kräftig scheinenden kunterbunten Regenbogen. Mir eröffnete sich ein neues Bild der Sinne, als ob die Tränen alles andere hinfortgespült hätten. All die mir lieb Gewonnenen bildeten einen Kreis um meinen Herzensmenschen und mich. Alle Emotionen und Gefühle reichten sich die Hände. Sie bildeten nicht nur einen Kreis, sondern symbolisierten vor allem eine gemeinsame Stärke. Der geschlossene Kreis um uns begann, sich langsam zu drehen. Als wäre dies ein stummes Signal, küsste mein Herzensmensch mich auf die Stirn. Nur langsam und zögerlich löste mein Freund seine innige Umarmung. Vorsichtig und sachte fuhr er mit seinen Händen entlang meiner Arme bis zu meinen Handinnenflächen, die er nun fest umschloss, um mich bei den Händen zu halten. Auch wir begannen, uns zu drehen. Erst langsam und vorsichtig, dann schneller und schneller. Mit jeder gemeinsamen Umdrehung verwischte das Bild meines Gegenübers. Auch das Bild des großen Reigens verschwamm, bis es sich plötzlich ganz auflöste.

Wie von selbst begannen meine Beine zu rennen. Doch je schneller ich rannte, desto weniger spürte ich den Boden unter den Füßen. Dieser drohte schließlich ganz zu entgleiten. Ein Moment der Schwerelosigkeit ins Ungewisse begann, als würde ich vom immer stärker werdenden Wind getragen ... Wie durch Zauberhand löste sich der Verschluss meines Armbandes. Es flog hinauf. Es funkelte und spielte scheinbar für einen Augenblick mit dem hereinbrechenden Sonnenlicht. Es umwirbelte mich noch einmal windhosenartig, bis es sich schließlich ganz in Luft auflöste.

Ich empfand es, als erwachte ich aus einem lang andauernden Traum. Ich nahm allen Mut zusammen und öffnete meine Augen. Langsam begann ich, mich aufzurichten und umzusehen. Was war passiert? Da war er wieder, mein Spazierpfad. Erschrocken sah ich mich nochmals um. Wo waren alle? Wo waren Frau Sommer, Herr Traum, Herr Gerechtigkeit, vor allem, wo war

Herr Geselligkeit geblieben? Mein Gefährte, mein Freund, mein Vertrauter? Fast panisch sah ich mich immer wieder um. Immer und immer wieder suchten meine Augen die mir so vertraut gewordenen Gesichter. Doch nichts, weit und breit nichts war zu sehen von all den mir lieb gewordenen Leuten.

Was sollte ich tun? Aufgeregt ließ ich meinen Blick immer wieder schweifen, doch das Einzige, was ich erkannte, war die Szenerie des Stadtparks meiner Heimatstadt, begrünt und bepflanzt mit den standardmäßigen Pflanzen des alltäglichen Lebens. All das waren lange nicht so prachtvolle, satte Farben, wie sie sich mir in der letzten Zeit dargeboten hatten. Auch der Geruch, den ich jetzt in der Nase hatte, reichte lange nicht an die frische Brise heran, die ich in den letzten Wochen, Tagen – oder waren es gar nur Stunden – immer um die Nase gehabt hatte. Nein, dieser beißende Geruch in diesem Moment tat mir nicht gut. Im Gegenteil, mir wurde richtig flau und schwindelig. Mein Magen krampfte sich zusammen. Ich begann zu zittern und ich spürte, wie sich in mir noch mehr alles verkrampfte. Ein dicker Kloß machte sich auf den Weg in meinen Hals. Es war, als schnürte sich ein unsichtbares Band um meine Kehle. Ich nahm traurig wahr, dass sich meine Augen mit Tränen füllten. Und immer wieder dieselben Fragen tauchten auf: Was war nur geschehen und warum war ich hier? Eine tiefe Traurigkeit schien mich fest zu umfassen. Sie beraubte mich meiner Luft zum Atmen. Ich weinte hemmungslos, der Weinkrampf schien mich fest in seinen Bann gezogen zu haben. Ich schluckte. Langsam und sachte sank ich in die Knie und dann zu Boden. Ich schluchzte unaufhörlich. Fest vergrub ich mein Gesicht in meinen Händen. Was hatte ich nur getan ...

Warum war ich nur so versessen darauf gewesen zu erfahren, was passieren würde? Weshalb beschäftigte mich immer wieder diese Frage nach dem, was morgen sein würde?

Ich versuchte, in meinen Gedanken zu rekonstruieren, was geschehen war, doch so sehr ich mich auch bemühte, mir die letzten Stunden, Tage oder gar Wochen ins Gedächtnis zurückzuholen, es gelang mir nur bedingt. Ich hatte ein großes, in schwarzes Leder gebundenes Buch vor Augen. Das Nächste, was ich sah, war eine liebreizende ältere Dame und dann waren da noch ein paar zauberhafte stahlblaue Männeraugen ...

Ich nahm die Hände aus meinem Gesicht und umarmte jetzt fest meinen Körper, so als würde ich mich selbst wärmen wollen. Langsam stand ich auf, um an mir herabzusehen. Es durchzog mich ein Kribbeln, als hätte ich gerade, wie sagt man noch, eine gewischt bekommen. Ich schüttelte mich.

Da stand ich nun auf einer grünen Wiese mitten im Stadtpark meiner Heimatstadt. Ich spürte die warme Sonne, sie erwärmte meine Haut. Als hätte sie mich in diesem Augenblick wachgeküsst, konnte ich plötzlich die schönsten Sommerdüfte wahrnehmen. Keine Frage, ich war angekommen in meiner tatsächlichen Welt. Der Welt, die ich vor geraumer Zeit verlassen hatte. Aus einer Intuition heraus sah ich hinauf, hinauf in den azurblauen Himmel. Ein Adler drehte seine Runden, seine gewaltigen Flügel schwang er majestätisch, als löste er immer wieder Luftströme aus. Eine Stimme wurde gut hörbar durch den Wind getragen. Etwas ungläubig lauschte ich ihr: »Sei wachsam wie der Adler über dir. Spüre jeden Augenblick, achte auf jeden Atemzug, der von dir in die Welt hinausgetragen wird. Empfinde die Verbundenheit deiner Emotionen, Gefühle und Reaktionen. Dann wirst du sie finden, deine eigene Welt. Du wirst es spüren, du wirst nie allein sein ...«

Dann war es still. Die Stimme war verstummt. Auch der große Adler war nur noch ein dunkler Punkt am Horizont. Ich schüttelte den Kopf und blickte irritiert um mich. Nochmals sah ich an mir herab. Ich begann, erst meine Beine, dann meinen Hosenboden abzuklopfen. Immer noch ungläubig hinsichtlich des Erlebten schüttelte ich den Kopf und setzte einen Schritt vor den anderen.

Ich schlug die Richtung meines Heimwegs ein, als ich hinter mir eine Stimme hörte:»Hallo, warten Sie, hallo, Fräulein, warten Sie.« Ich drehte mich kurz um und sah einen mir unbekannten Mann, der mit ausgestreckter Handfläche auf mich zugelaufen kam. Ich wandte mich zum Gehen, doch da rief der Mann noch einmal:»Fräulein, so warten Sie doch, warten Sie. Ich habe ...« Weiter rief er nichts, denn in wenigen Laufschritten hatte er mich erreicht und fragte mich nun etwas außer Atem:»Entschuldigen Sie bitte, gehört das hier Ihnen?« Er streckte mir seine offene Handfläche entgegen und deutete auf ein kleines silbernes Armband, welches mit einigen silbernen Elementen bestückt war. Auf denen stand gut lesbar geschrieben:

»VERBUNDENHEIT«.

Der freundliche Mann sah wohl mein verdutztes Gesicht, denn er fragte noch einmal:»Gehört das Ihnen?« Er machte eine kurze Pause, bevor er weitersprach:»Ich fand es dort drüben im Gras, mein Fräulein.« Jetzt lächelte er mich an. Cool und lässig stand er dort in seinen Sportklamotten. Ein Lächeln, welches mich an etwas erinnerte. Ich sah noch einmal auf seine geöffnete Hand und dann wieder in sein freundliches Gesicht, wobei mir seine stahlblauen Augen auffielen. Ein solches Strahlen – das kannte ich doch. Erinnerungen wurden in mir wach. Erinnerungen an eine wohl längst vergangene Zeit ...

»Nun, was ist denn jetzt mit dem Armband?«, lächelte mein Gegenüber.

»Ich weiß nicht.« Ich ging näher auf den Mann zu, der ungefähr mein Alter haben musste. Ich nahm das silberne Kettchen entgegen, um es mir genauer anzusehen. Sofort erkannte ich einen kleinen bunten Blumenstrauß und die vielen kleinen Buchstaben. Lachend las ich noch einmal laut:

»Verbundenheit«.

Das war wohl der Schlüssel zum inneren Frieden, um innerlich und äußerlich glücklich zu sein.

Danksagung

Ich habe es vollbracht und mir bleibt es, Danke zu sagen. In erster Linie danke ich meinem Mann für seine tatkräftige Unterstützung dabei, dass ich meinen Traum vom eigenen Buch verwirklichen konnte. Er war in jeder Situation an meiner Seite. Einen besonderen Dank möchte ich meiner Freundin Astrid L. aussprechen. Sie beseitigte alle anfänglichen Zweifel, als ich ihr von meiner Geschichte erzählte und von meinem Plan, mein erstes Buch zu schreiben. Sie unterstützte mich mit ganzer Seele und hatte immer ein offenes Ohr.

Ich danke allen Menschen, die ich in meinem Leben kennenlernen durfte und die mir Inspiration waren für die unterschiedlichen Charaktere, die diesem Buch zugrunde liegen.

Herzlichst
Ihre Sabine Nattkemper-Sperlich